POUR ÊTRE BELLE

LISTE DES OUVRAGES

DE LA COLLECTION *FEMINA-BIBLIOTHÈQUE*

Pour bien tenir sa maison.
Pour bien s'habiller.
Pour bien connaître les usages mondains.
Pour bien se porter.
Pour bien élever ses enfants.
Pour bien faire du sport.
Pour bien travailler chez soi.
Pour bien gagner sa vie.
Pour bien manger.
Pour bien s'initier aux arts.
Pour être belle.
Pour bien connaître ses droits.

EVREUX, IMPRIMERIE CH. HÉRISSEY. PAUL HÉRISSEY, SUCC^r.

FEMINA-BIBLIOTHÈQUE

POUR ÊTRE BELLE

PRÉFACE DE

M. HENRI DUVERNOIS

Collection publiée sous le patronage du LYCEUM

*OUVRAGE ORNÉ DE 24 PAGES D'ILLUS-
TRATIONS PHOTOGRAPHIQUES
HORS-TEXTE*

PIERRE LAFITTE & Cie

90, AVENUE DES CHAMPS-ÉLYSÉES

PARIS

NOTE DES ÉDITEURS

Les Édi-
teurs de FEMINA-
BIBLIOTHÈQUE seront
obligés aux lecteurs de ce volume de leur signaler les oublis
et les omissions qui pourraient s'y
être produits. :: :: :: Ils accueilleront
aussi avec reconnaissance les indications, les conseils qu'on voudra bien
leur faire parvenir au sujet des perfec-
tionnements et améliorations à y
apporter. :: :: :: :: :: Ils s'efforceront
d'en tenir compte dans les édi-
tions ultérieures du présent
ouvrage, ainsi que dans les
autres volumes de la
collection.

POUR ÊTRE BELLE

TABLE DES MATIÈRES

TABLE DES MATIÈRES

LE VERNIS DE LA BEAUTÉ : LA PEAU

LES PETITS SECRETS DU CABINET DE TOILETTE

CE QUI FAIT DURER LA BEAUTÉ

LES ARTIFICES DE LA COQUETTERIE

LES DÉCORS DE LA BEAUTÉ

VIII   *TABLE DES MATIÈRES*

PRÉFACE

Article premier et unique :

Il n'y a plus de femmes laides.

La plus belle moitié du genre humain est chargée de l'exécution du présent décret.

En vérité, n'est laide que celle qui le veut bien. Un effort de volonté et la plus médiocre deviendra jolie, pour peu qu'elle s'arme de patience. Car cette vertu, nécessaire au génie, ne l'est pas moins au charme physique. Et il n'y a plus de laides que les paresseuses. Ceci est tout à fait conforme à la morale. « Eh ! quoi ! me diront de sévères censeurs, est-il naturel qu'une créature humaine passe une heure et demie à sa toilette, alors qu'en un quart d'heure on peut être propre ? Et le travail, monsieur ? Et les enfants ? Et les soins du ménage ? Et la besogne quotidienne, pour celles qui doivent gagner leur vie ? » A cela je répondrai que l'on voit des oisives dénuées de la plus élémentaire coquetterie et des travailleuses pimpantes et charmantes. Il arrive que l'oisive se lève à midi et ne trouve, entre son lever et son déjeuner, que le temps stric-

tement nécessaire à une toilette hâtive, tandis que la tra-
vailleuse, levée à six heures du matin, a trouvé le temps de
se livrer à un fignolage savant. Seulement elle ne s'éparpil-
lera point en vains recommencements. Après s'être poli les
ongles, elle ne découvrira pas que ses mains sont insuffi-
samment lavées ; elle ne se remettra pas cent fois par jour
de la poudre de riz ou un peu de rouge sur les lèvres ; elle
aura obéi à l'immortel précepte : fais ce que tu fais, *qui doit*
être, à une époque agitée, surmenée comme la nôtre plus de
mise que jamais.

Montaigne écrivait : « La beauté est une pièce de grande
recommandation au commerce des hommes; c'est le pre-
mier moyen de conciliation des uns aux autres et n'est
homme si barbare et si rechigné qui ne se sente aucunement
frappé de sa douceur.» Un livre qui aide les femmes à deve-
nir belles, si elles ne le sont point, et à le rester, si elles ont
reçu ce que le même Montaigne appelait « l'avantage de
naissance » n'est donc point un ouvrage si frivole qu'il en a
l'air. Il a son utilité sociale. Il peut, enfin, apporter le
bonheur. Ce que vous découvrirez au cours de celui-ci,
c'est que la beauté est souvent une affaire de volonté. Vous
avez tous constaté que dans des circonstances exception-
nelles, des personnes assez disgraciées par la nature,
étaient arrivées. grâce à un effort héroïque, à modifier leur
physionomie au point d'en laisser l'assistance stupéfaite.
Une pauvre fille, terne et médiocre tout le long de l'année,
est invitée à un bal ; elle y paraît éblouissante, animée de
ce désir de plaire qui est fécond en miracles. Et si Roxane
avait pu voir Cyrano de Bergerac pendant la fameuse scène
du balcon, peut-être la face du drame eût-elle été modifiée.

J'ai lu le livre que je vous présente avec attendrissement.
Je pensais à toutes celles qui y chercheraient un baume à
quelque secrète blessure d'amour-propre, sinon d'amour,
et qui le trouveraient. Il n'y a dans les Universités ni chaire
d'esthétique, ni chaire d'hygiène. La plupart des femmes
se livrent à leur inspiration personnelle ou se fient à des
charlataneries la plupart du temps dangereuses. Le hasard
a voulu que j'eusse entre les mains la correspondance d'un
journal de modes féminines. Il y avait bien des lettres
naïves : « Voici une mèche de cheveux et trois lignes d'écri-
tures d'un soupirant ; dois-je l'épouser ? » demandait une
crédule jeune fille. Mais combien y en avait-il de tou-
chantes, voire de navrantes. « Vingt ans et des tannes sur
le nez ! soupirait une correspondante. Cette infirmité me
désole, m'enlève tous mes moyens, toute confiance en
moi-même ! » Une petite « bruyère des bois » s'affligeait d'un
soupçon de moustache qui ombrageait ses lèvres. Une autre
— et c'était terrible — avait des rides à trente ans. Déjà et
disait des siennes : « C'est d'avoir trop ri. » Celle-ci avait trop
pleuré. Durant son adolescence : des chagrins, des deuils,
la ruine. Puis la vie s'était éclairée, le bonheur était venu
avec le mariage. Mais le passé avait laissé sur son visage
une griffe que rien ne pouvait effacer... Combien d'autres
se plaignaient. Ah ! la patte d'oie ! objet de temps de cau-
chemars ! Et le teint brouillé ! Et l'horrible bouton qui
dépare le nez le plus fin ! Et la maigreur rédhibitoire !
Et l'obésité, plus affreuse encore.
Béni soit le livre qui répond à tant d'interrogations
anxieuses. On n'ose pas toujours recourir au médecin. Et
le médecin n'est pas en possession de ces petites recettes

anodines et infaillibles dont les femmes averties se transmettent la tradition. Puis, à une époque où l'on prétend
connaître tant de choses, connaît-on seulement l'art de se
débarbouiller ? Il y a certains débarbouillages incon-
sidérés qui ont ruiné des teints éblouissants. On ne sait
même pas se moucher, car il y a une façon hygiénique et une
façon dangereuse de se moucher. Si je ne craignais de sortir
de mon sujet, j'ajouterais que l'on n'apprend pas non plus
à dormir ; il y a des poses néfastes pour la santé et depuis
une dizaine d'années seulement en France on s'est avisé
que la chambre à coucher devait être aérée la nuit. Sait-on
manger ? Non. Nous mâchons mal, d'où maux innombrables. N'en déplaise aux penseurs austères dont l'espèce
pullule aujourd'hui, toutes ces choses ont leur importance,
et une grande importance. La toilette, la nourriture et le
sommeil absorbent les trois-quarts d'une existence humaine.
Et nous sommes, à ces divers sujets, plus arriérés que
bien des peuplades sauvages. J'ai vu bien des fois, en visi-
tant des appartements à louer, la salle de bains convertie
en débarras par les locataires. La baignoire couverte d'une
vénérable couche de poussière, recélait des cartons à chapeaux, des paquets de linge sale et des jouets cassés. On
choisit pour le transformer en cabinet de toilette quelque
coin obscur et incommode, rarement nettoyé et qui sent le
savon rance et l'eau croupie. Mais le salon est énorme et
le mobilier impitoyablement Louis XV !

Or, il convient de changer tout cela. A la base du livre
que vous allez lire se trouvent ces deux cris : « De l'eau ! De
la lumière ! » La première condition de la beauté, c'est la
santé ; la première condition de la santé, c'est l'hygiène.

Je vous jure, madame, que le vernis rose dont vous avez recouvert vos ongles n'excuse pas la hâte avec laquelle vous vous êtes lavé les mains. Tout à l'heure, la couche de poudre de riz dont vous avez couvert votre visage tombera et tout le monde constatera que vous n'avez pas surveillé votre teint. Toutes les coquetteries douteuses sont inutiles, voire pernicieuses. La première coquetterie est l'hygiène, Cette grosse dame se lamente et absorbe pour maigrir des poisons violents. Paresse ! Elle n'aurait qu'à exécuter quelques mouvements de gymnastique suédoise, à marcher longtemps et vite, de bon matin et à se priver de gâteaux. Ne la plaignez pas ; elle n'a que ce qu'elle mérite. Aussi je reviens sur mon axiome, en y insistant : « La laideur, c'est la paresse. »

C'est aussi l'ignorance. Je ne prétends pas que celles qui en ont besoin suivent à la lettre les milliers d'excellents et simples conseils que donne Pour être belle. _Mais il suffira parfois qu'elles en suivent un pour modifier dans un sens agréable une imperfection physique. De même une phrase, une simple, une seule phrase perdue dans le coin d'un bon livre peut sauver une âme, si elle est lue au bon moment et surtout si, par le mécanisme souvent inconscient de la pensée, elle se grave profondément dans le cerveau._

Certains affirment que la beauté ainsi acquise est le privilège de la richesse. Quelle erreur ! Les détails d'une existence élégante apprennent que la richesse s'oppose au contraire à la conservation de la beauté. A rouler perpétuellement en voiture on devient gras ; à absorber des nourritures excitantes, truffes, foie gras, gibier faisandé, on acquiert des maladies d'estomac ; veiller tard, serait-ce *pour son plaisir, abîme les yeux. Il est entendu que par beauté nous n'entendons pas ici les beautés laborieuses, acquises à grands renforts de plâtrages et de maquillages.*

Ce qui manque donc aux autres, c'est un enseignement rationnel que guident la prudence et l'expérience et qui ne nécessite ni un temps ni une dépense exagérée. Les Japonais de la classe la plus humble et qui se nourrissent avec quelques sous par jour ont une cuve de bois pour le bain quotidien. Toute la famille s'y lave et l'on fait aux étrangers l'honneur de la première eau, tellement bouillante que les novices s'y brûlent. J'ai visité à Munich des maisons ouvrières ; chaque logement comporte une baignoire adroitement disposée dans la petite cuisine. Or les appartements de trois mille francs sans salle de bains ne sont pas rares chez nous...

L'auteur de Pour être belle *a conçu son ouvrage avec beaucoup de sagesse et de méthode. Il n'enseigne pas aux femmes une vaine et périlleuse coquetterie. Il leur enseigne cette coquetterie qui est une vertu, qui est une preuve de l'estime que l'on a pour soi-même et de la considération que l'on a pour les autres. Elle est à la portée de tous et de toutes. Là aussi il y a eu des progrès. La gymnastique suédoise, les ablutions raisonnées, les exercices salutaires n'emploient que quelques minutes et se soldent par des résultats admirables. Toute la littérature n'est qu'un chant en l'honneur de la beauté et un cri de pitié pour la laideur. Mais la littérature ne présente pas le remède à côté du mal. Elle ne dit pas que beaucoup de grâce et beaucoup de séduction peuvent s'acquérir et que l'on peut lutter contre la vieillesse, retarder l'inéluctable déchéance physique, en* accomplissant néanmoins tous les autres devoirs humains. Montaigne, cité plus haut, écrit avec sa naïveté savoureuse que le corps « a une grande part à notre être ; il y tient un grand rang et sa structure et composition sont de bien juste considération ». Il se lamentait d'être petit et citait l'anecdote de Philopœmen, général grec, qui arrivant avec ses officiers dans une maison où on ne le connaissait pas fut prié, sur sa mine, par l'hôtesse d'aller puiser de l'eau et attiser le feu ! Sa suite le trouva en train de s'acquitter tant bien que mal de sa besogne et il répondit aux questions, avec un sourire mélancolique : « Je porte le poids de ma laideur ! » Et Montaigne ajoute : « Pour moi, je suis engagé dans les allées de la vieillesse, ayant déjà franchi les quarante ans. Ce que je serai dorénavant, ce ne sera plus qu'un demi-être ; ce ne sera plus moi ; je m'échappe tous les jours et me dérobe à moi. »

Molière parlait ainsi d'un « vieillard de trente ans ». Nous avons réussi déjà à retarder cette échéance d'un nombre considérable d'années. Ne nous arrêtons pas en si beau chemin. Le temps n'est peut-être pas très lointain où l'on s'écrira avec surprise : « Et dire que pour nos aïeux une femme de soixante ans n'était plus une jeune femme ! »

Henri DUVERNOIS.

QUAND ON VEUT ÊTRE BELLE

COMMENT ON JUGE LES FEMMES Les femmes disent volontiers : « Les hommes ont beaucoup plus de chance que nous : on les observe moins et on les juge avec plus d'indulgence. » Ici, comme dans beaucoup de cas, les femmes ont raison.

Mais si les hommes ont plus de chance, les femmes ont plus de mérite : ce qui doit être pour elles une noble consolation.

On se préoccupe médiocrement de la beauté d'un homme, tandis qu'on ne trouve jamais assez de louanges pour vanter le charme et la beauté d'une femme.

Et c'est justement pour cette raison que le rôle des femmes, pour être plus compliqué que celui des hommes, n'en est pas moins plus méritoire. Il leur procure, du reste, des satisfactions si délicates que, pour être belles et pour le paraître, les femmes vont souvent très loin dans la pratique du sacrifice et qu'elles se jugent très joliment récompensées lorsque tout leur fait supposer, autour d'elles, qu'elles réalisent dans leur personne, à force d'art et d'ingéniosité, l'un des aspects de la Beauté.

Un écrivain spirituel a dit : *Pour que la louange donnée à une femme soit juste et noble, il faut que celui qui la loue n'ait rien à espérer d'elle.*

S'il en était ainsi, les femmes se soucieraient beaucoup moins du jugement qu'on porte sur elles.

Dans la société actuelle, la femme, quelle qu'elle soit, n'est jamais considérée avec indifférence.

Lorsqu'elle apparaît où que ce soit, dans la rue, dans une maison, dans un magasin, en chemin de fer, les regards se portent sur elle. On l'observe, on l'examine en la détaillant des pieds à la tête et avec d'autant plus d'insistance que l'on découvre dans sa personne plus de charme et de perfections.

I

D'où il résulte encore que le rôle d'une femme, qui est jolie et élégante, comporte beaucoup plus de difficultés que celui d'une femme médiocre ou laide ou insoucieuse de se faire valoir.

On a fait remarquer bien souvent, en enseignant le savoir-vivre, que l'un des signes les plus caractéristiques de la mauvaise éducation consiste précisément dans l'insistance que mettent certaines gens à dévisager leurs semblables. Il est vrai que ce même savoir-vivre, sans doute un peu sévère et suranné, invite les femmes, commes les hommes, à ne rien faire, ni rien porter sur soi qui puisse attirer l'attention du voisinage.

Eh ! bien, négligeons un instant le savoir-vivre et représentons-nous la vie telle qu'elle est, avec ses nécessités et ses exigences. Tous les yeux sont tournés vers la femme qui passe. On la juge séance tenante et, somme toute, très sommairement, puisqu'on ne lui demande jamais ses raisons et qu'elle n'a jamais le loisir de fournir d'excuses.

Le fait est précis : il faut qu'une femme soit belle, qu'elle le soit en tout lieu, à toute heure, sans laisser apparaître de fatigue. Une femme qui vit dans le monde n'a pas, pour ainsi dire, le droit de se reposer.

Vous savez, du reste, ce qu'il y a de désobligeant dans cette opinion portée sur une femme : « *Avez-vous vu hier soir Mme X...? Elle n'était pas en beauté !...* » ou encore : « *Comme je l'ai trouvée vieillie !...* », etc.

Ne trouvez rien de décourageant dans les constatations que nous faisons ici. Au contraire, elles doivent vous stimuler à rechercher avec assiduité par où, par quelles ingéniosités, par quels raffinements vous arriverez à vous rapprocher d'une certaine perfection dans l'art de vous apprêter et de vous montrer, de la perfection qui correspond le plus normalement à votre *type naturel*.

L'art pour une femme qui veut s'imposer au jugement de son entourage consiste, en effet, à ne rien négliger de ce qui peut la rapprocher de l'expression de beauté que son *type naturel* l'invite à réaliser et à ne rien tenter qui puisse détruire l'harmonie entre sa nature propre et l'idéal normal et plausible vers lequel doivent l'entraîner, à la fois, son bon sens et son goût.

LES TRADITIONS CLASSIQUES DE LA BEAUTÉ Vous connaissez la boutade de Voltaire : « *Le beau pour le crapaud, c'est sa crapaude.* » Ce qui veut dire évidemment que la beauté est, pour les hommes, quelque chose de relatif.

Si relative qu'elle soit, tout fait croire que la beauté d'il y a deux mille ans est encore la beauté d'aujourd'hui. L'œil et le goût humains veulent qu'il en soit ainsi. Prenez les plus élémentaires manuels de beauté et ceux qui sont destinés à la clientèle la plus frivole, vous verrez s'étaler au frontispice, la *Vénus de Milo* et toute la variété des *Diane*, des *Vénus*, des *Minerve* et des *Apollon*.

En d'autres termes, il existe une beauté lointaine, une beauté classique faite de régularité et d'harmonie généralement majestueuse à laquelle se reporte le jugement dans les cas exceptionnels de perfection corporelle.

Mais avouez, malgré la louange qu'on en fait, que cette beauté nous paraît volontiers froide et conventionnelle.

Elle est conventionnelle et froide comme tout ce qui sent la règle.

Au temps d'Homère, au temps de Phidias et de Praxitèle, on eut, sans doute, de beaux enthousiastes pour les personnes qui réalisaient ces perfections d'harmonie dans les membres et dans les traits. Mais nous n'avons plus les mêmes raisons de nous enflammer et nous retenons seulement, comme l'œil retient les distances et les couleurs, certains contours, certaines courbes, certaines proportions qui caractérisent éternellement les conditions de la beauté.

Du reste, il faut bien croire que les anciens eux-mêmes n'étaient pas si éloignés de rechercher dans la beauté des éléments moins magnifiques et plus distrayants. On parle du luxe de Cléopâtre ; on dit aussi qu'elle était très belle, mais on a retenu qu'elle avait le nez fort long et rien ne nous empêche de croire que ce petit défaut ne fût considéré comme un agrément.

A toutes les époques, il y eut de grandes beautés dont la gloire a traversé les siècles. Et presque toujours, on a noté, à propos de chacune d'elles, telle ou telle imperfection, dont l'effet fut, peut-être, de faire mieux ressortir la perfection du reste.

Puisqu'il faut, cependant, se familiariser avec les règles de la beauté classique, retenez quelques détails qui vous permettront de vous faire une conception assez exacte des proportions qui doivent exister entre les différentes parties du corps.

On estime, en général, que la hauteur du corps doit égaler huit fois la hauteur de la tête, six fois la longueur du pied et la longueur totale des bras tendus. Le tour de la ceinture sera égal à deux fois le tour du cou.

De même, le tour du cou égalera deux fois le tour du poignet.

La longueur du bras arrêtée au poignet doit correspondre à la moitié de la longueur du corps, tandis que le coude arrive à la ceinture.

Le visage sera régulier et beau, à condition de ne pas être trop large, mais ovale en quelque sorte, avec une certaine rondeur. Aucun trait trop accentué ne doit le prédisposer aux rides, aux grimaces ou aux expressions figées. Il suffit, en effet, d'un trait, d'une ride ou d'un relief pour dénaturer une physionomie.

Du reste, on estime que le visage doit pouvoir être divisé en trois parties égales : la première, de la racine des cheveux à la naissance du nez; la seconde, de la naissance du nez à la pointe du nez; la troisième, de la pointe du nez à l'extrémité du menton.

Il doit y avoir la même distance entre la naissance du nez et l'extrémité de l'orbite de l'œil qu'entre la naissance et la pointe du nez.

D'une façon générale, les anciens pensaient que le corps de la femme, pour être beau devait, dans sa partie inférieure, rappeler la forme de l'amphore.

Pour compléter ces données, je citerai ce que dit Brantôme à propos de la femme *parfaite* et absolue en beauté. C'est une dame de Tolède qui avait confié secrètement à l'auteur quelles sont les trente merveilles que doit comporter le corps d'une femme parfaite :

Trois choses blanches : la peau, les dents et les mains.

Trois noires : les yeux, les sourcils et les paupières.

Trois rouges : les lèvres, les joues et les ongles.
Trois longues : le corps, les cheveux et les mains.
Trois courtes : les dents, les oreilles et les pieds.
Trois larges : la poitrine, le front et l'entre-sourcil.
Trois étroites : la bouche, la ceinture et l'entrée du pied.
Trois grosses : le bras, la cuisse et le mollet.
Trois déliées : les doigts, les cheveux et les lèvres.
Trois petites : les seins, le nez et la tête.

A QUOI TIENT Il ne faut pas être trop avare du mot *beauté*.
LA BEAUTÉ La beauté est naturelle à la femme comme le soleil l'est aux journées de printemps.

Ne nous laissons donc pas embarrasser outre mesure par les traditions classiques et reconnaissons et louons la beauté partout où elle se trouve.

Une femme d'esprit a dit de la beauté : « C'est l'harmonie qui existe entre le désir que l'on a de plaire et le plaisir réel que l'on procure. » Voilà bien une beauté un peu hasardée et dont ne se fussent peut-être pas contentées les Grecques. Cependant, la beauté ne tend à rien moins qu'à causer de l'agrément et c'est généralement à l'agrément qu'elle procure, en effet, qu'on la reconnaît.

C'est bien aussi au plaisir que cause votre présence et aux louanges qu'on vous adresse que vous reconnaissez les effets de votre charme.

On a vraiment trop divinisé le mot beauté. Et même est-ce bien *divinisé* qu'il faut dire ?

Quand on dit : *Madame X... est une belle femme*, on ne pense pas précisément qu'elle ressemble à quelqu'une des déesses marmoréennes de l'antiquité. On ne pense même pas que son visage a toutes les finesses, tout l'attrait de celui de la Vénus de Milo, ni de celui des grandes madones et des grandes héroïnes dont Raphaël, Véronèse et tant d'autres ont gravé l'image dans l'esprit.

La *belle femme*, telle qu'on la conçoit aujourd'hui n'a pas toutes les perfections. Elle est grande, magistralement charpentée, exprimant plutôt de la force que de la grâce sans rien qui soit spécialement *joli*.

N'est-ce pas là restreindre le caractère de la beauté? La beauté n'est-elle pas autre chose et plus que cette espèce de majesté imposante par les proportions?

Nos voisins d'Espagne, d'Italie, les habitants du Nord eux-mêmes, se font une idée plus étendue de la beauté courante. Chez eux, c'est encore la suprême satisfaction que de se savoir *belle* femme, tandis que chez nous, on préfère être tenue pour *jolie* femme.

La beauté réelle réside soit dans l'ensemble, soit dans le détail du corps, chaque fois qu'il y existe une harmonie. A ce point que, pour admirer la beauté chez une femme, il n'y a pas besoin que cette femme réalise, dans son corps, la perfection plastique.

Alphonse Karr se moquait assez volontiers de la beauté conventionnelle et des éloges singuliers qu'on lui accordait. Il raille, dans *Sous les Tilleuls* certaines façons de peindre la beauté des femmes. Et voici, entre autres, un des exemples qu'il condamne : « Elle avait un front d'ivoire, des yeux de saphir, des sourcils et des cheveux d'ébène, des joues de roses, une bouche de corail, des dents de perles et un cou de cygne. »

Je préfère la courte description du poète indien pour peindre le portrait d'une belle femme : « Ses lèvres roses entr'ouvertes laissent voir des dents aussi blanches que la fleur du jasmin... De longues tresses de cheveux, douces comme la soie, ombragent ses joues. Ses membres, élégants dans leurs formes, gracieux dans leurs mouvements, ont l'éclat et la légèreté des rayons de la lune glissant dans le vague des airs. »

Pratiquement, nous ne sommes guère maîtresses de modifier l'ensemble de notre silhouette. Et, dans cet état, ne possédant pas, de naissance, la beauté académique, nous ne saurions aspirer, sans nous leurrer, à réaliser en quoi que ce soit la beauté, si la beauté n'était qu'académique.

Mais, dans la société moderne, avec notre art raffiné de l'analyse et notre application à rechercher et à trouver le beau dans ses plus secrètes retraites, la femme, quelle qu'elle soit, peut réaliser la beauté, à condition qu'elle y applique toute son ingéniosité, qui est surprenante, et son talent instinctif de s'apprêter et de se parer.

En d'autres termes, il lui sera toujours possible de se réformer, de se corriger et, en adaptant à sa personne les éléments complémentaires susceptibles de rehausser sa valeur physique, d'atteindre à un degré appréciable de beauté.

La beauté sera donc réalisée définitivement chaque fois que la vie se manifestera radieuse dans un corps où il n'apparaîtra que des détails harmonieux, de nature à déterminer un charme précis ou à créer, par leur simple juxtaposition, un ensemble attachant ou attrayant.

LA MODE ET LA BEAUTÉ Il est tellement vrai que les types éternels de beauté dont l'antiquité nous a légué les admirables modèles ne sont pas toute la beauté, qu'aux diverses époques de l'histoire et dans les civilisations différentes, on s'est plu à représenter la femme belle sous des aspects très dissemblables.

La mode ne s'est pas attachée seulement à varier la parure et le costume des femmes, elle s'est également imposé ses caprices touchant la personne même. A certaines époques, la femme grande et élancée fut à la mode. Il en fut ainsi en Angleterre au siècle dernier. Sous Henri IV, on aimait les belles poitrines, sans même se choquer de leur ampleur débordante. Sous Louis XIV, on affectionna les tailles longues à la façon de Mlle de La Vallière, Mlle de Fontanges, de la duchesse du Maine.

Sous l'empire, on revint aux beautés grecques et romaines; et aujourd'hui, après avoir fait grand succès aux plastiques imposantes, c'est la femme mince et svelte, — qui ne rappelle en rien la Vénus de Milo, — qui obtient la majorité des suffrages.

On est allé plus loin. Il fallait, pour être belle ou jolie, être de la nuance à la mode : ce qui montre à quel point l'art de la parure importe à la beauté telle qu'on la conçoit aujourd'hui chez la femme.

Ne nous exagérons pas, cependant, les prérogatives de la mode. Que l'on soit grande ou petite, forte ou mince, on peut toujours, en sachant s'y prendre, et même en profitant de la mode, — à condition de n'en prendre que ce qu'elle a de bon —

se faire plus jolie qu'on n'est en réalité. C'est ici qu'intervient la question des modèles.

A QUI DEVEZ-VOUS Chacune d'entre nous doit avoir un idéal
RESSEMBLER? auquel elle s'efforce de ressembler, soit en modifiant dans la mesure du possible, sa plastique, à force de soins raffinés et attentifs, soit en adoptant le style, les nuances, la coupe et le caractère général des costumes ou des parures qui s'harmonisent le mieux avec cet idéal.

Il s'agit de s'entendre sur la portée du mot *idéal*.

En matière d'esthétique féminine, l'idéal, c'est le modèle rêvé puis incarné, de même qu'en matière de peinture ou de sculpture, il faut nécessairement que l'artiste humanise son rêve, lui donne des formes réelles empruntées au monde humain.

Certaines personnes, évoluant dans un milieu d'exception, telles que sont les artistes à la scène, peuvent choisir leurs modèles soit dans l'histoire, soit dans la légende, mais il serait imprudent de les imiter.

Au contraire, nous avons toutes, à notre portée, des modèles imitables grâce auxquels nous pouvons nous acheminer vers la note de perfection qui nous paraît la mieux appropriée à notre type naturel.

Bien entendu, je ne parle ici que des modèles bien vivants, de ceux que nous pouvons étudier, discuter et juger en pleine action.

Représentez-vous les erreurs des malheureuses femmes qui voudraient copier quelque mode ancienne, quelque coiffure historique sur une simple illustration ! Même en matière de costume, ne vous avisez jamais de faire votre choix d'après un catalogue.

Au contraire, recherchez dans votre entourage la femme élégante, distinguée et estimée, dont la condition se rapproche de la vôtre, dont le type rappelle votre type, et retenez ses inspirations, ses façons d'être, de se vêtir, de se parer. Au besoin, si vous l'approchez intimement, trouvez la formule gracieuse pour lui demander une recette, une information de coquetterie ou un secret de toilette.

N'oubliez pas, toutefois, qu'il n'est rien de si dangereux que cette curiosité féminine par où nous sommes poussées à profiter de la science ou de l'effort des autres. Il n'y a que les femmes de très bon caractère qui consentent à livrer leurs recettes. Les autres ne vous pardonneraient pas de copier leurs allures ou leurs attitudes ou bien d'avoir surpris leur méthode.

Ce qui veut dire que, même lorsque vous avez choisi vos modèles, il faut mettre de l'art, de la discrétion dans la façon de les copier.

De l'art, c'est-à-dire que vous devrez les analyser en détail pour y découvrir exactement ce par où ils favorisent votre personne, mais aussi ce par où ils peuvent lui nuire. Car le même modèle ne saurait s'adapter exactement, avec la même perfection, à deux personnes, quels que soient leurs points de ressemblance.

De la discrétion, parce qu'une femme, et surtout une femme élégante, n'aime pas qu'on la copie et que, du reste, vous vous devez à vous-même de ne pas imiter servilement les manières des autres.

Dans les familles, on habille uniformément les jeunes filles qui sont à peu près du même âge, parce que leur silhouette n'a pas encore une précision définitive, parce qu'au point de vue plastique, elles sont encore astreintes à une certaine retenue : elles ne doivent pas, entre elles, rivaliser de coquetterie. La décence et le goût justifient cet usage.

Au contraire, vous ne concevez pas deux femmes, deux amies, portant exactement les mêmes costumes, se coiffant de ₁a même façon, affectant le même régime de coquetterie, les mêmes caprices de toilette.

Choisir un modèle, c'est se décider à adapter à sa propre personne les idées d'élégance que l'on a reconnues favorables à une personne déterminée, dont l'élégance même et le goût sont jugés remarquables.

Vous choisirez bien si votre modèle reste dans la mesure, c'est-à-dire dans les limites de la décence, du goût, de la distinction et du rationnel.

Si, au contraire, c'est l'excentricité d'une femme, ses manières ou ses toilettes extraordinaires qui vous ont attirée, votre choix est dangereux et il est presque certain qu'il vous sera nuisible.

Sachez imiter et copier avec assez d'adresse et assez de discrétion pour que l'on ne devine pas sur qui vous avez pris modèle.

LA TAILLE Lorsque la femme est à la fois grande et belle, il semble qu'elle puisse prétendre à tous les bonheurs. Elle attire forcément l'attention, ce qui lui rend plus facile l'exercice de son autorité.

La difficulté pour elle est de savoir *porter sa taille*. Vous connaissez assurément des femmes qui, étant grandes, semblent, de ce fait, embarrassées dans leurs mouvements.

C'est, au repos, que la femme de haute stature est le plus à son aise, et c'est dans cette position qu'on lui reconnaît le plus de charmes.

La femme petite se meut plus commodément. Par contre, il lui faut faire plus d'efforts pour attirer sur soi l'attention et, par conséquent, pour se faire valoir et étendre son autorité. A celle-ci, je conseillerai donc particulièrement les raffinements d'élégance, l'étude constante des expressions de physionomie et aussi du mouvement, du geste, de la démarche.

La femme grande est assez rarement bien proportionnée. D'où il suit, lorsqu'elle possède de belles proportions, que son succès est exceptionnel et retentissant.

Au contraire, la femme petite, qui est généralement bien proportionnée, réalise, dans la plupart des cas, un ensemble harmonieux. Elle a donc encore l'avantage de pouvoir s'habiller à son gré, tandis que la femme grande n'a pas un grand choix de toilettes.

Une invention qui n'est pas récente a encore augmenté les chances de la femme petite : ce sont les talonnettes. La femme grande ne peut pas diminuer sa taille ; tout au plus, par la magie du costume, arrive-t-elle quelquefois à produire un peu d'illusion.

Les talonnettes grandissent réellement la femme, mais elles ne sont pas faciles à porter et l'on deviendrait vite excentrique et ridicule à prétendre rattraper, grâce à elles, plus de deux ou trois centimètres.

Comme, dans la vie, il faut savoir choisir son décor, et comme le devoir de toute femme sensée est de rechercher les circonstances susceptibles de favoriser son aspect extérieur, je vous conseille, que vous soyez grande ou petite, de ne jamais vous encadrer de personnes dont la taille soit trop différente de la vôtre. On rit volontiers d'une femme grande dont le mari est tout petit. Peut-être serait-on plus indulgent pour une femme petite ayant un mari de haute stature. Il suffirait, pour cela, que le mari s'imposât par d'autres qualités que celle de la taille.

Jusqu'à la taille de un mètre cinquante-cinq, la femme est petite. La femme moyenne mesure de un mètre cinquante-huit à un mètre soixante-cinq. De un mètre soixante-cinq à un mètre soixante-dix, la femme est grande. Au delà de cette taille, il est très rare de trouver des femmes qui soient bien proportionnées.

On dit que les Écossais attribuent leur belle taille à la grande consommation qu'ils font de farine d'avoine, *oat meal porridge.*

Rien ne nous empêche d'y croire !

L'EMBONPOINT   L'embonpoint est toujours difficile à porter. On s'en plaint quand on en a trop, mais il est dangereux de prétendre contrarier le développement naturel des organes.

Du reste, la femme *forte* a aussi ses bons moments. Le décolleté lui est très favorable, à moins que ses formes n'excèdent ses proportions normales.

Au contraire, la femme mince, de tournure plus élégante que la femme forte, n'a pas autant d'éclat dans les réunions mondaines, en soirée, par exemple.

Il est plus facile à la femme mince de briller à la ville. Toutes les toilettes lui vont. Tous les mannequins de couturiers sont des femmes minces. Bref, la femme mince est à la mode.

N'oubliez pas que minceur ne veut pas dire maigreur, mais bien sveltesse et justes proportions sans adiposité.

Le malheur pour les femmes fortes n'est pas immédiat, lorsqu'elles sont jeunes. Ce qui est grave, c'est la menace qui pèse sur elles.

On admirera la belle poitrine d'une jeune femme, mais on s'inquiétera de l'avenir de cette poitrine, en songeant à l'empâtement probable, à la rapide fatigue des organes, à l'envahissement des hanches et de la ceinture par la graisse, etc.

D'où il suit que l'on préfère aujourd'hui les femmes minces, et qu'il faut recommander à celles que menace l'embonpoint de se surveiller assidûment. Ce ne sont pas les moyens de réaction qui manquent et nous en indiquerons un grand nombre dans cet ouvrage.

Ce qui manque, c'est la patience et l'énergie, sans lesquelles on ne peut pas suivre sérieusement un régime.

Tandis que l'hygiène réussit à arrêter l'embonpoint ou même à le donner à celles qui le réclament, la toilette et l'art de s'apprêter permettent aussi aux femmes ingénieuses, de faire paraître ce qu'elles n'ont pas ou de masquer ce qu'elles ont en trop.

La maigreur est bien une autre disgrâce, car elle fait redouter, pour l'avenir, cette espèce de sécheresse et de décharnement qui font disparaître toute fraîcheur et tout charme, en même temps qu'ils donnent à la personne une sévérité et un aspect maladif pénibles à voir.

Les femmes maigres, plus encore que les femmes plantureuses, ont intérêt à recourir aux raffinements d'hygiène et aux expédients de coquetterie.

Si le monde est un peu sévère pour l'excès des formes, il exige aussi que l'on ait *bonne mine* et, pour une femme, avoir bonne mine, c'est paraître à l'aise et saine avec de justes proportions.

LA BEAUTÉ DU DIABLE   A quinze ans, disait La Chaussée, *on est, du moins, jolie.*

Cette expression de *beauté du diable* traduit assez judicieusement le charme ensorceleur de la jeunesse fraîche et fringante.

La beauté du diable est celle des jeunes filles, des jeunes femmes qui, pendant une certaine période de leur vie, réalisent un ensemble tellement harmonieux, tellement séduisant, que l'on n'imagine pas qu'il puisse être respecté par le temps, lequel flétrit tout. Les fleurs ont ainsi, au moment de leur épanouissement, une fraîcheur et un éclat qui ne sauraient durer que quelques heures. Ces agréments sont tellement fragiles, qu'on ne les conçoit pas durables.

La beauté du diable émerveille ceux qui l'approchent. Elle surprend, conquiert, déchaîne les enthousiasmes. C'est par là même qu'elle est dangereuse, aussi bien pour celles qui la possèdent que pour ceux qui la subissent.

Celles qui possèdent la beauté du diable ont grand plaisir et tout bénéfice à en profiter sur-le-champ. Mais l'avenir est, pour elles, incertain, d'autant plus incertain que le temps s'attaquera plus vite à la perfection qu'elles auront réalisée. Il leur faudra donc, plus qu'à toutes les autres, de l'adresse et de la sagacité dans les pratiques de cette théorie qui, après avoir contribué à rehausser et à aviver la beauté, réussit parfois, à force d'art, à la remplacer.

IL Y A TOUJOURS
MOYEN DE PLAIRE

QUELQUES PRIVILÈGES DES DAMES Pour être belle et pour le rester, la femme a certainement beaucoup à faire. C'est une artiste à qui sa condition, entourée de concurrence, ne laisse pas de loisirs.

Mais, en compensation de ces contraintes et de cette sujétion, la femme jouit de certains privilèges si appréciables qu'elle n'échangerait pas son succès d'être belle contre les gloires les plus pures auxquelles puisse aspirer l'artiste.

La comédienne met toute son ardeur à exprimer, dans une scène, un idéal de vérité destiné à causer un maximum d'émotion parmi les spectateurs. Si elle réussit à réaliser son dessein, elle éprouve une satisfaction délicate. Mais lorsqu'elle s'entend dire : *Elle est belle !* rien n'égale sa félicité.

La société a fait une place spéciale à la femme. Elle a non seulement la liberté mais le devoir de consacrer à sa beauté et à son charme des soins minutieux et constants.

On ne reproche pas à une femme d'être coquette, lorsque sa coquetterie ne consiste que dans le souci de rehausser sa beauté. C'est lorsque la coquetterie est maladroite, mal mesurée et, pour ainsi dire, indécente, qu'elle nous est nuisible.

Nous vivons entourées d'égards. Le savoir-vivre et les usages sont fondés sur le respect que l'on nous doit. On nous réserve partout la meilleure place et la meilleure part. On s'ingénie à découvrir notre attrait et notre supériorité. Du moment que c'est à une femme que l'on s'adresse, on a pour elle, dans la bonne société, toutes les complaisances.

Bien plus, on ne nous ménage pas l'admiration et il nous

est permis de la goûter sans fausse honte. On ne nous dit pas crûment : *Vous êtes jolie !* mais on s'y prend de telle sorte que le compliment nous arrive et que nous n'ayons pas à nous méprendre sur l'effet produit par notre présence.

Enfin, les hommes se piquent de ne nous procurer que des impressions agréables. Ils savent vanter et faire valoir ce par où chacune de nous a du mérite. Tantôt c'est notre esprit, tantôt notre bonté : la conversation avec l'un d'eux nous apporte toujours quelque satisfaction d'amour-propre.

En vérité, nous ne pouvons nous plaindre de notre lot. Aussi la femme ne doit-elle pas trop exiger. Souvent les féministes se trompent. Si le monde allait autrement qu'il ne va, si, sous prétexte d'obtenir des droits et des pouvoirs égaux à ceux de l'homme, nous étions tentées d'abdiquer nos prérogatives féminines, — et l'un n'irait pas sans l'autre, — nous perdrions singulièrement au change.

CHACUNE DE NOUS A SON CHARME — *Les femmes, quand il s'agit des femmes, jugent de la beauté qui se prouve ; les hommes seuls peuvent reconnaître celle qui s'éprouve, — et cette dernière, c'est la vraie.*

Ainsi s'explique, au sens de l'un de nos plus spirituels romanciers, la diversité de la beauté.

N'avez-vous pas vu beaucoup de femmes s'étonner des passions et de l'amour qu'inspirent à des hommes certaines créatures dont la beauté ne leur paraît cependant pas subjuguante ni sensiblement conforme à l'idéal habituellement rêvé ? « M. A..., dira l'une, s'est brûlé la cervelle pour Mme B..., quoique celle-ci n'ait pas le nez aussi joli qu'est mon nez qui, cependant, n'a jamais fait mourir personne. »

Saint-Prosper estimait qu'il est des femmes qui sont puissantes par le seul son de leur voix. C'est donc à se demander si la laideur existe réellement chez les femmes !

A vrai dire, la laideur n'est jamais telle qu'il n'y ait, en même temps, certaines qualités morales ou même certains détails physiques capables de la faire oublier.

« Du reste, dit Stahl, il y a un âge où la laideur passe, comme le reste. C'est celui où les femmes qui furent jolies cessent de l'être et où celles qui ont été laides commencent à oser dire qu'elles ont été jolies. » C'est là une innocente satisfaction que toutes peuvent s'offrir. Elles ressemblent ainsi à ces chauves qui, à les en croire, seraient toujours ceux qui ont eu le plus de cheveux.

Remarquez l'impression que produit une femme sur une autre femme. Vous serez surprise de la rapidité avec laquelle cette dernière aura découvert une multitude de détails soit dans le visage, soit dans la tournure, soit dans l'aspect général.

La femme est peut-être sévère lorsqu'elle juge d'autres femmes, mais elle y montre une clairvoyance qui permet aussi de comprendre quelle infinité d'attraits la personne féminine peut exercer. Ce n'est pas alors la beauté qui importe, c'est une beauté parmi tant d'autres.

De même, la jeunesse qui constitue, à elle seule, un charme si puissant, n'est pas toujours ce qui détermine le plus l'admiration. On dit qu'Hélène avait quarante ans lorsqu'elle était dans tout l'éclat de sa beauté. Cléopâtre elle-même en avait plus de trente lorsqu'Antoine la rencontra. Anne d'Autriche, que l'on disait la plus belle femme de l'Europe, avait alors trente-huit ans, et Mme Récamier eut toute sa célébrité entre trente-cinq et quarante-huit ans.

Il est si difficile qu'une femme soit parfaite que l'on imagine assez volontiers qu'il y ait une quantité de moyens par où elle puisse plaire.

Voici le portrait que faisait d'elle-même Mme Rolland quelques jours avant de monter sur l'échafaud. Ces lignes ont été transcrites par Isidore Bourdon, et elles montrent à quel point la femme tient au moindre de ses attraits et tout l'effet qu'elle peut tirer de chacun d'eux :

« *J'ai le pied petit, disait-elle, il est alerte et rapide, mais vacillant ; mes hanches sont fort relevées, si relevées que j'en rougis presque et j'ai une large poitrine superbement meublée. Ma bouche est peut-être un peu grande, on en voit mille de plus jolies ; pas une n'a le sourire plus tendre et plus séducteur. Mon nez me cause bien quelqu'appréhension, je le crois un peu gros du bout ; cependant, à tout prendre, il ne gâte rien. Mon front est vaste ;*

mes sourcils, très marqués et fort épais, le rendent majes-
tueux ; heureusement, mes larges paupières tempèrent tout
cela en voilant plus d'à moitié mes prunelles, beaucoup
plus ardentes que je ne voudrais. Les veines de mon front
se gonflent vingt fois le jour, alors que je suis émue, et
elles forment une espèce de lettre qu'on m'assure être un
y grec. Mes cheveux sont si innombrables et si longs,
que je trouverais sûrement en eux une défense et un abri ;
ils sont ma plus belle parure. J'ai le menton retroussé et
tel que ceux où les physionomistes voient l'indice de la
volupté : je doute que personne fût plus faite pour elle et
l'ait moins goûtée. »

LA BEAUTÉ QUI S'ANIME On peut dire de la beauté féminine qu'elle réunit, par définition, quatre éléments principaux
qui sont : la régularité des lignes, la proportion, le coloris et l'expression.

L'expression, c'est la vie. C'est par elle que la beauté naturelle s'élève à la plus haute distinction, c'est par elle que la
beauté est intelligente, vibrante, qu'elle conquiert et qu'elle
domine.

Vous savez que notre physionomie est perpétuellement
influencée par les événements au milieu desquels nous vivons,
par notre humeur, par l'état de notre santé, par les sentiments
divers que nous inspirent les gens qui nous entourent. En
d'autres termes, nos traits reflètent notre vie intérieure.

Or nos traits, comme notre tournure, ne sont que la résultante de nos sentiments et de notre mimique habituels.

La femme qui tient à rendre sa beauté expressive doit donc
s'appliquer à échapper, autant que possible, aux états d'esprit
susceptibles de compromettre son équilibre moral.

Il est incontestable que, dans la gaieté, la femme est plus
naturellement belle que dans la tristesse.

Vous voyez fréquemment des femmes qui, presque laides, se
trouvent, un beau jour, comme transfigurées par une grande
joie qui leur arrive.

Nous sommes peu enclins à admirer sincèrement et avec
enthousiasme la beauté classique dans sa froide perfection. De

même que nous nous plaisons à étudier la *manière* et l'âme de l'artiste dans un chef-d'œuvre, de même nous nous attachons à rechercher, dans la beauté personnelle, l'expression vivante.

Le temps est passé où l'on faisait grand succès à ces beautés conventionnelles devant lesquelles « on avait envie de s'agenouiller ». Etait-ce tendance au réalisme, était-ce défaillance d'idéal ? Ce qui importe aujourd'hui, c'est que la beauté soit animée et qu'on y voie circuler la vie en transparence. On la trouve ainsi plus bienfaisante, plus chaude et plus aimable.

LES ÉLOQUENCES DE LA PHYSIONOMIE C'est sur le visage que se concentre le plus vite et le plus vivement l'effet de notre vie intérieure.

Plus exposé que les autres parties du corps, plus directement soumis à notre volonté, c'est le visage qui est affecté le plus tôt par l'âge, par la fatigue et par les ambiances diverses auxquelles condamne la vie de chaque jour.

C'est ainsi que la physionomie, qui n'est que l'expression de notre visage, est essentiellement mobile et se ressent de nos moindres émotions et de nos sentiments les plus secrets.

De même que les comédiens s'appliquent à modifier l'expression de leur physionomie selon les rôles, les scènes et les circonstances, de même la femme, qui ne doit cependant pas prendre la vie en comédienne, s'efforcera de conserver à sa physionomie l'aspect ou même les divers aspects qu'elle sait lui être les plus flatteurs.

Chez la femme, les expressions les plus éloquentes sont celles de la bonté, de la joie, du désir ardent.

Du reste, il faut s'en tenir à quelques règles générales dont l'observance constitue une discipline facile à respecter :

1º *Ne jamais maintenir le visage dans un même état de contraction au delà du moment précis où l'on éprouve l'émotion qui a occasionné la contraction.*

2º *Comme la femme est habituée à surveiller perpétuellement sa physionomie, ainsi que tous les autres détails de sa personne, elle évitera de laisser apparaître toute contraction de physionomie correspondant au mécontentement, à la colère, à la rancune et même à la douleur.*

3° *Tout en maintenant l'expression de sa propre physionomie en harmonie avec celle de ses interlocuteurs ou avec
les circonstances dans lesquelles elle se trouve, la femme
évitera les contractions excessives que peuvent déterminer
la surprise, la joie, la douleur, etc.*

4° *Lorsque l'on constate la présence sur le visage de certains traits accusateurs et caractéristiques d'une expression particulière, menaçante pour la beauté, il faudra
s'observer, au besoin dans l'isolement du cabinet de toilette, à rectifier la physionomie, en s'exerçant à des expressions différentes de celle dominante ou trop accusée.*

La physionomie est assez éloquente par elle-même pour
rendre la beauté sympathique ou antipathique. Elle a même
bien souvent le pouvoir de faire excuser la laideur.

**UN REGARD
UN SOURIRE
ET VOUS
ÊTES JOLIE** Ce sont le regard et le sourire qui donnent à
la physionomie sa vie la plus intense.
    Rappelez-vous la scène de Molière dans le
Bourgeois gentilhomme :

CLÉONTE

Donne la main à mon dépit et soutiens ma résolution contre tous les restes
d'amour qui me pourraient parler d'elle. Dis-m'en, je t'en conjure, tout le
mal que tu pourras. Fais-moi de sa personne une peinture qui me la rende
méprisable, et marque-moi bien, pour m'en dégoûter, tous les défauts que
tu peux voir en elle.

COVIELLE

Elle, monsieur? Voilà une belle mijaurée, une pimpesonnée bien bâtie,
pour vous donner tant d'amour ! Je ne lui vois rien que de très médiocre et
vous trouverez cent personnes qui seront plus dignes de vous. Première-
ment, elle a les yeux petits.

CLÉONTE

Cela est vrai, elle a les yeux petits ; mais elle les a pleins de feu, les plus
brillants, les plus perçants du monde, les plus touchants qu'on puisse voir.

COVIELLE

Elle a la bouche grande.

CLÉONTE

Oui ; mais on y voit des grâces qu'on ne voit point aux autres bouches ; et
cette bouche, en la voyant, inspire des désirs, est la plus attrayante, la plus
amoureuse du monde.

Il suffit que le regard soit vif, pénétrant, expressif, pour que l'on ne songe pas à dire d'une femme, disgraciée par ailleurs, qu'elle est laide.

Beaucoup de gens regardent, chez la femme, ses yeux d'abord. De même que l'inanité du regard, son fléchissement, son atonie, suffisent pour faire oublier tout le reste qui serait charmant.

Le regard est vraiment l'étincelle de l'esprit dans le visage. On y lit la pensée et souvent ce que tait la bouche.

Certaines femmes doivent leur réputation surtout à leur regard. Alexandre prétendait que les filles des Perses faisaient grand mal aux yeux lorsque le regard se rencontrait avec le leur.

Les Orientales s'ingénient à augmenter par la teinture l'éclat de leurs yeux, et cette mode ne laisse pas d'être souvent imitée chez nous quoiqu'elle soit difficilement admise dans la bonne société et dans la vie normale.

Le regard et les yeux ont été chantés par tous les poètes. Scarron lui-même, qui n'était pas spécialement lyrique, a exprimé la puissance des yeux sous une forme à la fois comique et originale :

> En quel amoureux magasin
> Bel œil homicide, bel œil assassin,
> Prenez-vous tant de plomb
> Et tant de poudre à canon ?
> Je crois qu'il vous en coûte bon.

Si le regard, sans être audacieux ni provocant, ni affecté, doit exprimer la finesse des sentiments et l'intelligence, le sourire qui accompagne presque continuellement les actes et les paroles de la femme en société, se dessinera de mille nuances diverses.

Ce qu'il y a de plus dangereux, en effet, pour le sourire, c'est la monotonie. Évitez surtout les sourires prolongés dans le même état de contraction. On dit vulgairement que c'est le sourire *bête*. Et, en quelque sorte, il indique l'apathie de l'esprit.

Vous pouvez vous représenter une personne aussi laide que possible, c'est-à-dire difforme, aux traits accusés, au nez et à la bouche mal dessinés, aux oreilles trop larges, au front ridé. Si elle vous accueille avec, dans les yeux, l'éclat de la joie ou celui de la bonté, avec un sourire affable, il ne vous viendra pas à la pensée de songer à sa mauvaise tournure.

Le regard et le sourire peuvent se marier éloquemment pour exprimer les bons sentiments, les aspirations intimes, les pensées délicates. Lorsqu'ils viennent illuminer un visage régulier et joli, ils constituent les parures les plus flatteuses et il n'est pas d'éloquence comparable à la leur. Il n'est pas non plus de force égale à celle d'un regard et d'un sourire francs. On les recherche chez les autres, on doit s'appliquer à les rendre tels pour soi-même.

L'ÉDUCATION DU MAINTIEN Dans le *maintien*, comme dans beaucoup d'autres cas, c'est l'idée qui a dépassé le mot. Il ne s'agit pas seulement, dans le maintien, de la manière de porter les mains, qui correspond plus spécialement au geste. Le maintien est la façon de porter toute la personne. C'est par là qu'il importe de lui consacrer une étude toute spéciale, continuelle et attentive.

Parmi tant de détails admirables dans le corps humain, il faut noter l'indépendance des parties entre elles : la tête, essentiellement mobile et maîtresse de ses mouvements, sans que le torse soit condamné à les suivre ; le torse lui-même s'inclinant à droite, à gauche, en avant et même en arrière, en pivotant sur les hanches ; enfin les jambes et les bras, qui sont les grands moteurs, les leviers évoluant en toute liberté.

Il est bien évident qu'ainsi constitué, notre corps n'est pas fait pour l'immobilité. Bien plus, à ne pas se mouvoir, il perd de son élasticité, de son aisance, de sa souplesse.

Or, dans le maintien, ce sont précisément les trois avantages qu'il importe, pour la femme, de mettre en relief sans affectation, mais tout naturellement, parce que faire ainsi, c'est *bien se tenir*, avoir du maintien, parce que faire différemment c'est manquer de maintien et *se tenir mal*.

Nous avons dit précédemment que la femme grande avait plus de difficultés à bien se tenir que la femme petite. Il n'est pas rare que celle-là paraisse embarrassée de ses membres, tandis que celle-ci, plus mobile, plus agile, plus souple, est aussi plus maîtresse de son mouvement.

La question de l'élégance du maintien se complique, pour la femme grande, de ce que la vivacité des mouvements, la rend presque toujours disgracieuse. Les attitudes incurvées, les gestes étendus lui sont défavorables. Au contraire, une certaine nonchalance dans l'attitude, les poses quelque peu rigides, presque académiques, faisant valoir la nature, sans rien qui implique la moindre timidité dans le geste, procure certains avantages plastiques à la femme grande.

Par contre, elle doit beaucoup plus surveiller son geste et ses attitudes que la femme petite qui a la liberté de toutes les souplesses, qui passe facilement d'une attitude à l'attitude contraire et qui a tout à gagner esthétiquement à développer la souplesse de ses membres.

Dans un cas comme dans l'autre, c'est l'harmonie de l'attitude avec la personne que chacune de nous doit s'efforcer de réaliser.

Lorsque vous êtes debout, à l'état de repos, ne faites rien pour augmenter ni diminuer votre stature. Évitez la raideur, ne haussez pas la tête, inclinez-la plutôt légèrement et laissez reposer librement, mais sans affalement, votre torse sur les hanches.

Ne vous appliquez pas à aligner les deux jambes, c'est-à-dire à les tenir l'une à côté de l'autre sur la même ligne. C'est une des jambes qui, seule, doit recevoir le poids du corps, de façon que l'autre, restant libre, soit prête aux mouvements, sans que l'équilibre en souffre.

Il ne faut pas laisser tomber les bras ballants. Occupez toujours l'un d'eux, sans y mettre non plus la moindre affectation. Il est rare, du reste, qu'une femme n'ait rien dans la main. Lorsque le cas se produit, il lui suffira d'occuper une de ses mains, soit à son corsage, soit à sa taille.

Le point important, dans le maintien, c'est d'éviter les attitudes trop *symétriques*, les attitudes *confuses*, c'est-à-dire par lesquelles il semble que l'on ait quelque chose à cacher, les attitudes *négligées*, qui correspondent à un manque d'équilibre en ce qu'elles soulignent une partie du corps au détriment des autres.

Lorsque vous êtes assise, vous devez également vous soucier d'observer une attitude esthétique.

Rien n'est plus laid que de se tenir sur un siège, les jambes écartées, et de faire ainsi apparaître, sous la jupe, la saillie des genoux.

Etant assise, vous ne devez, pas plus que dans l'attitude debout, tenir les jambes symétriquement, côte à côte, les pieds sur la même ligne. Allongez la jambe gauche, par exemple, de façon à laisser apparaître la cambrure du pied, et rentrez légèrement le pied droit, jusqu'à le faire disparaître sous la jupe. Vous éviterez ainsi la saillie du genou, et vous rendrez plus harmonieuse la ligne de votre corps. Mais n'oubliez pas que le pied doit reposer à terre complètement, c'est-à-dire depuis le talon jusqu'à l'extrémité des orteils.

L'attitude assise est plus favorable à la femme dont le buste est allongé. Mais elle ne fait pas ressortir la perfection du corps.

Il est tout naturel que les personnes qui ont les jambes courtes ou mal faites se trouvent mieux, assises que debout, tandis que les personnes grandes et dont les jambes sont longues perdront de leur valeur esthétique lorsqu'elles sont assises.

Les unes, comme les autres, doivent surveiller tout particulièrement la position de leurs bras qui ne seront ni ballants, ni allongés en avant, ni, surtout, croisés sur la poitrine.

Les autres attitudes et variétés du maintien se rapprochent presque toujours des deux postures que je viens d'indiquer. Avec du bon sens, de l'étude devant la psyché, on aura vite l'expérience des conditions diverses dans lesquelles le corps prend toute sa valeur esthétique.

Complétez cette éducation du maintien en recourant aux bons modèles. Retenez les attitudes des meilleures artistes. Les scènes classiques vous fourniront des éléments très sûrs que vous pourrez, au besoin, modifier d'après les données de la mode présente également étudiée au théâtre dans la bonne comédie contemporaine.

N'oubliez pas, cependant, que vous ne trouverez là que des modèles et qu'il ne suffit pas, pour bien faire, de savoir et d'avoir bien vu ; il faut encore étudier et renouveler les expériences.

LE GESTE Le geste est, comme la parole, l'expression de
HARMONIEUX la pensée. Il complète le langage et exprime
ET MESURÉ bien souvent plus que lui.

Le geste trahit souvent et c'est pour cette raison qu'il faut le discipliner.

Le degré de distinction d'une femme apparaît vite dans son geste et l'affinement du geste apparaît lui-même dans les moindres détails. Relisez ce joli portrait de la femme à table par Brillat-Savarin :

« *Rien n'est plus agréable à voir qu'une jolie gourmande sous les armes : sa serviette est avantageusement mise ; une de ses mains est posée sur la table ; l'autre voiture à sa bouche de petits morceaux élégamment coupés ou l'aile de perdrix qu'il faut mordre ; ses yeux sont brillants, ses lèvres vernissées, sa conversation agréable, tous ses mouvements gracieux ; elle ne manque pas de ce grain de coquetterie que les femmes mettent à tout. Avec tant d'avantages, elle est irrésistible ; et Caton le censeur lui-même se laisserait émouvoir.* »

De même que le geste, qui souligne la pensée et précise la volonté, doit rester en harmonie avec la pensée même, de même il doit aussi rester en harmonie avec toute la personne. Il ne faut même pas qu'il existe de désharmonie entre la physionomie et le geste. Le ridicule et l'effet comique résultent précisément des attitudes contradictoires, de celles où le geste contredit la pensée ou l'intention, les sentiments.

Faites donc la plus grande attention à vos gestes. Qu'ils soient toujours mesurés, pondérés. Qu'ils soulignent la pensée et qu'ils ne l'exagèrent pas. Qu'ils soient appropriés aux circonstances : c'est-à-dire que, dans une conversation intime, ils seront beaucoup plus discrets que lorsque vous aurez besoin de rendre votre pensée saisissante en présence de plusieurs personnes.

Il faut avoir, comme on dit, le geste opportun, c'est-à-dire approprié naturellement aux choses que l'on dit, sans jamais accentuer le mouvement au point de laisser supposer aux interlocuteurs qu'on ne les croit pas capables de comprendre la parole qui ne serait pas accompagnée de cette espèce de mimique.

Dès qu'il est accentué, le geste tend à devenir prétentieux, vulgaire, outrecuidant.

On recommande dans tous les manuels de savoir-vivre de n'user que de gestes modérés, c'est-à-dire qui n'affectent pas l'humeur des voisins, qui ne troublent pas leur équilibre moral, qui ne leur causent nulle gêne.

Il est des petits gestes discrets qui sont charmants, qui sont comme des coquetteries et font valoir les agréments de la personne.

La femme qui a le bras joli sait fort bien le lever et passer, sous un prétexte quelconque, sa main sous sa nuque de façon à faire apparaître la rondeur et la blancheur du membre. De même le geste d'approcher une fleur de ses narines pour en respirer le parfum est très élégant. Les dames de l'antiquité se plaisaient, par élégance, à tenir une branche de myrte entre leurs dents lorsqu'elles les avaient jolies.

Il faut que le geste soit arrondi et non anguleux : il est ainsi plus élégant et plus doux. Il donne meilleure opinion de celle qui parle et reste mieux en harmonie avec sa personne.

Ne faites jamais de geste *complet*, c'est-à-dire n'étendez pas le bras de tout son long, ni verticalement, ni horizontalement. Vous devez montrer de la modération dans chacun de vos gestes.

Le geste complet, qui doit correspondre à la limite extrême de l'expression, vous trahirait nécessairement. Il vous livre sans défense au jugement des autres dans une attitude où vous ne paraissez plus être maîtresse de vous.

En pareil cas, le geste n'est plus un raffinement de l'expression, c'est un emballement et la femme bien élevée ne doit jamais subir d'emballement.

Les gestes familiers, tels que ceux de croiser les jambes, de s'accouder nonchalamment sur une table, de se croiser les mains derrière la tête, ne sont pas admis dans la bonne société.

Je ne veux pas dire que la tension totale des membres ne soit pas, parfois, profitable au développement même des muscles du corps. Je serai amenée à la recommander plus tard, mais elle fait partie de la gymnastique corporelle et non pas de ce raffinement, de ce complément de l'expression qu'est le geste.

LA DISTINC- Il faut surveiller avec autant de soin le corps
TION DANS LA dans le mouvement et dans le repos.
DÉMARCHE   Les gens du monde et les esprits affinés jugent une femme et de son degré de distinction rien qu'à la voir marcher.

La démarche exprime réellement chez la femme de l'intelligence et de la grâce. Chez l'homme, la grâce est sacrifiée. C'est l'intelligence et la volonté qui apparaissent surtout dans la démarche.

Quoique ce soient les jambes qui, pendant la marche, aient la fonction la plus active, toutes les parties du corps participent à rendre plus ou moins élégant, plus ou moins plastique et gracieux, cet ensemble d'attitudes que l'on désigne par la démarche.

Le grand danger, pour la femme, c'est de se laisser aller à une sorte de déhanchement que favorise souvent la mauvaise façon du corset.

Tout l'attirail féminin, la complication des dessous, des jarretelles et même des chaussures qui affectent parfois les formes les plus invraisemblables, contribuent à rendre la démarche féminine malaisée, guindée, choquante.

Il faut dire aussi que, pour avoir une jolie démarche, la femme a besoin d'être proportionnée dans tout son corps. L'embonpoint donne nécessairement de la lourdeur, de l'essoufflement et de la mollesse. Au contraire, la maigreur rend la démarche sèche et brève, presque cassante.

Les exercices de gymnastique permettent de conserver aux membres moteurs une élasticité bienfaisante, grâce à laquelle l'harmonie entre les parties du corps n'est jamais rompue dans l'action mécanique de la marche.

Les conditions de la bonne démarche sont les suivantes :

1° Tenir la tête droite, sans inflexion ;

2° Tenir le corps droit, sans affectation, sans raideur, et de façon que le torse puisse exécuter un léger balancement sur les hanches ;

3° Porter le bout du pied en avant, de façon qu'il touche le sol avant le talon ;

4° Faire des enjambées naturelles, c'est-à-dire sans s'étudier à les rendre plus courtes ou plus longues et les faire régulières et bien d'aplomb ;

5° Ne pas laisser pendre les deux bras pendant la marche et éviter surtout leur balancement accentué. On recommande de tenir les coudes un peu en arrière, de façon à faire ressortir le buste.

La démarche que je viens d'indiquer est celle du *dehors*.

La démarche d'*intérieur* est plus légère, plus souple, presque glissée. C'est à peine si le talon porte à terre. Il ne faut pas cependant se laisser aller aux démarches traînantes, et, à cet égard, l'usage des mules est dangereux, aussi bien que celui des chaussures à talonnettes, qui doit être réservé aux femmes petites dans les courses au dehors.

On prétend que les talonnettes caoutchoutées donnent de l'élasticité à la démarche. C'est là une erreur, car le caoutchouc adhérant plus complètement au sol que le cuir, tend, au contraire, à rendre la démarche plus lourde. Les talons caoutchoutés ont le seul avantage de protéger la chaussure, d'en éviter l'usure et de faciliter le mouvement de rotation sur soi-même.

SURVEILLEZ-VOUS

POUR ÊTRE BELLE, IL FAUT SE BIEN CONNAITRE Il ne faut pas se moquer des femmes qui consacrent beaucoup de temps à leur toilette. Ce n'est jamais du temps perdu.

La femme qui veut être belle et prolonger l'effet de son charme doit nécessairement se connaître avec minutie. Il ne faut pas qu'un jour se passe sans qu'elle exerce, sur les détails de tout elle-même, une surveillance implacable, sans indulgence, sans oubli.

Vous me direz qu'il est indispensable pour cela d'avoir beaucoup de loisir. Je vous répondrai qu'il est toujours possible de trouver du temps lorsqu'il s'agit de s'embellir.

L'étude de soi-même doit être faite de sang-froid, c'est-à-dire sans parti pris, sans mauvaise humeur, avec le désir loyal de se perfectionner et la volonté patiente sans laquelle il serait impossible de procéder avec suite et avec profit à la multitude des petits soins qu'exige une toilette raffinée.

Se connaître, en matière d'esthétique féminine, c'est s'appliquer à définir devant le miroir ou la psyché les défaillances de sa beauté, de sa silhouette, de ses traits, de façon à y remédier au jour le jour.

Et c'est par le traitement au jour le jour que l'on réussit à entretenir son charme.

Il ne faut pas se voir vieillir, et celles d'entre nous qui s'attachent ainsi avec vigilance à combattre quotidiennement la fatigue de leur figure et de leur corps, conservent, pour elles-mêmes et aussi pour les autres, un peu d'illusion de l'éternelle jeunesse.

Il vous sera plus facile de reconstituer devant la glace le

visage que vous aviez hier et d'arrêter, dès sa naissance, une ride menaçante, que d'attendre, pour ce faire, huit jours, quinze jours, dans l'espoir de trouver une occasion favorable, un moment propice de liberté complète, dans l'attente du spécialiste, lequel vous ordonnera sans doute les petites pratiques que vous eussiez imaginées vous-même et rien de plus.

Du reste, il est inhérent à la nature de la femme de se bien connaître. Sans parler des nombreuses petites misères qui la contraignent à surveiller sans cesse sa santé, elle est constamment portée à étudier son tempérament, sa tournure. Elle ne passe pas devant une glace sans y observer son image.

Le souci de sa fraîcheur et de sa beauté l'obsède constamment et cet état d'esprit ne peut que lui être profitable.

Malheureusement, beaucoup ont le tort de n'être attentives qu'à leur visage, qu'à ce qui paraît d'elles-mêmes extérieurement. Elles se contentent du miroir, tandis qu'elles devraient aussi s'observer scrupuleusement dans la psyché, ce qui les préserverait des embonpoints prématurés et des différentes calamités qui rendent la démarche lourde, inélégante et l'âge apparent.

Ces examens de chaque jour ne font pas seulement reconnaître au passage les défaillances de la beauté, elles permettent aussi d'apercevoir les détails flatteurs, les perfections de détail d'où chacune de nous peut tirer avantage.

Il y a bien des femmes qui ne se sont jamais regardées de profil, qui ne se connaissent pas de profil. Il en est également un grand nombre qui n'ont jamais eu la curiosité de s'examiner de dos, en recourant à certaines combinaisons de glaces juxtaposées.

Et cependant, n'est-il pas indispensable de savoir l'effet que l'on produit?

Comment, sans cela, choisirez-vous vos toilettes, préparerez-vous vos attitudes?

Il y avait autrefois la beauté des bergères, beauté inconsciente et providentielle. On en parlait dans les contes de fées, mais les fées permettaient à ces jolies bergères de ne jamais vieillir.

Notre fée aujourd'hui, c'est nous-même, ou plutôt c'est notre

patience, et si Buffon a dit du génie qu'il n'est qu'une longue
patience, nous pouvons bien admettre qu'il n'y ait pas, pour la
femme, d'œuvre plus géniale que celle qui consiste à s'embellir
toujours davantage.

LA FEMME CHANGE　Le mot *vieillir* est bien, pour les
PERPÉTUELLEMENT　femmes, le plus attristant du diction-
naire, mais il est beaucoup moins
redoutable pour celles d'entre nous qui s'observent patiemment
jour par jour à lutter contre les atteintes de la vieillesse. Celles-
là ne *vieillissent* pas, elles ne font que *changer*.

Et vraiment, n'avez-vous pas constaté que les années passent
avec beaucoup d'indulgence sur certaines femmes ?

De telle ou telle de vos amies il vous est arrivé d'entendre
dire : *On ne lui donnerait pas son âge!* Et Dieu sait l'éloge
que l'on fait d'une femme en la jugeant ainsi !

Il faut considérer que la fragilité physique de la femme, de
ses organes comme de son charme, est telle qu'elle vit un peu
à la merci de toutes les influences. Le soleil plus vif, le vent,
le froid, tout la modifie. Si elle a le moyen de s'embellir, elle
a toutes les raisons de craindre le défraîchissement et la laideur.

Ce n'est donc pas à tort que l'on vous recommande de vous
observer sans cesse, en tenant compte aussi, bien entendu, de
votre âge et du milieu où vous vivez, des influences que vous
subissez.

Il ne faut pas vous effrayer de ce changement perpétuel
auquel nous sommes toutes condamnées, il ne serait effrayant
que si nous ne savions pas prendre les mesures nécessaires
pour conjurer les grands ravages.

On n'a, vous le savez, que l'âge que l'on paraît. Mais, pour
atténuer les effets mêmes de l'âge, il ne faut pas s'écarter de
la raison. N'essayez pas tout d'un coup, à quarante ans, de
vous refaire, un beau jour et à l'improviste, un visage de vingt
ans par une coloration savante qui n'aboutirait qu'à vous rendre
ridicule.

Au contraire, recherchez chaque jour les atteintes minuscules
de l'âge sur votre peau, les flétrissures de votre coloris, et
armez-vous de tout votre arsenal de produits éprouvés et sains.

En général, observez la naissance du mal. C'est le moment où vous pouvez le mieux combattre. Les remèdes violents ne conviennent qu'aux maladies accidentelles; c'est, au contraire, par un traitement méthodique et suivi que l'on répare la santé générale. La beauté est comme la santé, c'est minute par minute qu'il faut la surveiller.

IL EST BON D'Ê-TRE COQUETTE Le temps est passé où l'on médisait de la coquetterie. De nos jours, on s'est rendu compte qu'elle fait partie de l'intelligence de la femme.

Une jolie femme, disait Stahl, *n'est jamais bête pour les hommes. Elle a toujours le premier esprit qu'il demande à une femme : celui d'être jolie. Il faudrait qu'une bêtise fût plus grosse qu'une maison pour qu'un homme la vît sortir d'une jolie bouche, éclairée de jolies dents, entre deux lèvres bien roses.*

On a dit aussi que, par sa seule présence, la femme est bienfaisante. Or, on aurait beau se piquer de décence et de sérieux, on ne pourrait cependant admettre que la présence d'une femme laide ou négligée fût aussi agréable que celle d'une femme jolie, coquette, dans le sens plausible du mot.

Il s'agit de s'entendre sur ce qui est permis dans la coquetterie.

Tant qu'elle n'est pas en désaccord avec le bon sens, la coquetterie est admissible. Je dirai même qu'elle est profitable et louable.

Plaire est une assez grande satisfaction pour la femme, et c'est une satisfaction assez naturelle pour qu'elle s'y ingénie. Personne, autour d'elle, ne s'en plaindra. Au contraire, chacun lui saura gré des efforts qu'elle fera pour procurer autour d'elle cet agrément délicat, inséparable d'une jolie figure, d'une parure seyante ou d'une toilette de bon goût et qui fasse ressortir la perfection de la silhouette.

Ces remarques conservent leur valeur pour toutes les femmes, mères de familles ou non. La coquetterie de la femme, dans son intérieur, est la plus délicieuse parure de la maison. C'est une sorte de parfum pour la vie conjugale, qui la rend plus douce et y fait oublier les années qui passent. Le ménage est plus heureux lorsque la femme y apporte un élément de coquetterie prudente et raisonnable.

Le plaisir du mari, qui goûte si volontiers la coquetterie de sa femme, c'est de la favoriser. Il ne s'irritera jamais sérieusement des sacrifices même coûteux qu'aurait occasionnés la satisfaction d'un caprice, à condition, toutefois, que le caprice soit opportun et qu'il ait pour résultat précis d'accroître le charme de la femme.

LES ERREURS DE LA COQUETTERIE C'est qu'il n'est pas si facile d'être coquette intelligemment et avec art! On a, du reste, longtemps blâmé la coquetterie parce qu'il y paraissait surtout de la vanité, du mauvais goût et de l'indécence.

Rendons à notre époque cette justice que les erreurs de la coquetterie y sont moins fréquentes et moins dangereuses. Cela tient à ce que la coquetterie n'est plus le fait d'un tout petit nombre de femmes, mais qu'elle est devenue une satisfaction à la portée et recherchée de presque toutes.

Avec l'expérience, le goût s'est développé. L'éducation de la coquetterie s'est faite, à tel point qu'aujourd'hui la femme a presque l'instinct de ce qui lui est seyant et la crainte également instinctive de ce qui la rendrait ridicule.

Car la coquetterie rend volontiers ridicule. Il est presque toujours plus facile d'y pécher par excès que par défaut. C'est ce qui arrive aux excentriques qui, sous prétexte d'originalité et de ne ressembler à personne, déplaisent à tout le monde, se font montrer du doigt et sont vite perdues de réputation.

L'excentricité ne consiste pas seulement à ne porter que des toilettes tapageuses et qui se signalent par leur singularité, elle consiste surtout à associer ce qui est dissemblable ou ce qui est incompatible.

Une femme peut paraître excentrique en portant une robe qui siérait à une autre femme. Ici encore, c'est question de pure harmonie.

Pour éviter ces erreurs si fréquentes de la coquetterie maladroite, retenez les principes suivants qui vous paraîtront tout

d'abord des vérités à la La Palisse, mais qui, peut-être en raison de leur évidence, sont la sagesse même et vous rendront des services insoupçonnables au cours de votre carrière de femme élégante et soucieuse de son charme :

1° Ne jamais tenter une expérience dont l'effet puisse être de causer autour de soi une surprise qui soit en désharmonie avec l'impression que l'on a l'habitude de produire.

2° Repousser, a priori, toute idée, tout effet de coquetterie, tendant à ne déterminer que la surprise et non l'admiration. En d'autres termes, ne jamais tenter une expérience sans s'assurer, au préalable, que l'effet produit vous rapprochera d'un idéal de beauté.

3° Ne jamais choisir un apprêt, une toilette, une parure pour eux-mêmes, parce qu'ils sont seyants à d'autres, ou qu'ils sont d'actualité. C'est de soi-même que l'on doit s'inspirer d'abord. Adaptez la parure à votre personne, mais ne comptez pas adapter votre personne à votre parure.

LES ERREURS DE LA MODE — Nous en arrivons tout naturellement à parler de la mode et des erreurs qu'elle occasionne.

On se montre volontiers sévère pour la mode, surtout à distance. En la jugeant de loin, lorsqu'elle a produit son effet, on a beau jeu. Mais lorsqu'on se représente que la femme est presque forcée de s'y conformer dès son apparition, on est amené à plus d'indulgence et à concevoir que nous soyons toutes exposées, devant la nouveauté, toujours séduisante, à certaines défaillances de goût, à certaines hérésies. Souvent ainsi, la mode nous enlaidit et nous avons, dans le moment même, la chance de nous illusionner sur notre propre compte.

Dans le tumulte de la coquetterie générale, nous sommes volontiers aveugles devant le ridicule et ce qui nous sauve, en pleine erreur, c'est que tout le monde partage notre erreur.

Nous sommes arrivés, en France, à une période où la mode est très complexe et multiple. A chaque saison, nous voyons apparaître plusieurs modes successives ou simultanées. Et ce n'est pas toujours, bien entendu, le bon sens qui les dicte.

Je sais bien qu'il n'y a, grâce à cette multitude de modes, que l'embarras du choix. Mais nous craignons toujours de ne pas choisir assez nouveau. Et cette préoccupation nous porte volontiers à passer sur le rationnel et à tomber dans le snobisme.

Lorsqu'une mode fait ressortir un de nos agréments naturels, emparons-nous-en. Laissons-la de côté, si elle n'est que nouvelle et sans avantages pour nous. On raconte que les sujets de Charles le Chauve se firent tous raser la tête, pour lui ressembler. C'était là, sans doute, une mode assez peu flatteuse, mais les courtisans eussent volontiers, s'il avait fallu, porté des bosses artificielles pour plaire à un roi bossu.

On dit que Louis XIV n'imposa la perruque que parce qu'il fut lui-même obligé d'en porter une à cause d'une loupe énorme qu'il avait sur la tête.

On connaît l'histoire de la crinoline qui n'eut primitivement d'autre but que de dissimuler la grossesse de l'impératrice; celle des souliers à la poulaine que l'on dût à certain Anglais qui, par coquetterie, tenait à cacher une excroissance qui déparait son pied.

Il y a deux espèces de modes : La première est un retour au passé; on la désigne sous le nom de *mode de style*. La seconde, d'origine très variable et quelconque, est la *mode de fantaisie* Cette dernière se rapporte à l'actualité, quelquefois à rien du tout. Elle naît dans le cerveau d'un fabricant et, pour peu qu'elle soit lancée par une femme jolie ou élégante, il lui arrive de s'implanter.

La mode de style a ceci pour elle qu'elle fait revivre des modes qui eurent déjà du succès. Elle a donc plus de chance de vitalité que la mode de fantaisie, qui est une innovation. Nous avons vu, dans ces dernières années, réapparaître toutes les modes de style avec une rapidité vertigineuse. Notre époque est une véritable mangeuse de modes et, dans cette succession confuse des évocations les plus diverses, il n'est pas étonnant que nous commettions nombre d'erreurs.

Transportez-vous dans un milieu élégant, étudiez le détail des toilettes et des parures que l'on étale autour de vous : vous constaterez, sur-le-champ, que beaucoup de femmes très dissemblables adoptent les mêmes modèles et que, si ces modèles sont seyants pour les unes, ils rendent les autres parfaitement ridicules.

Vous constaterez encore qu'il existe simultanément les modes les plus contradictoires. La variété y gagne peut-être, mais l'ensemble se présente souvent avec l'aspect d'une véritable mascarade.

Vous verrez la même personne porter la robe Empire et le chapeau Henri II, ou le chapeau casque du premier Empire avec la robe Louis XVI à taille longue.

Je ne veux pas dire qu'il faille être intransigeante sous le rapport de l'exactitude historique, en matière de mode. Toutefois, il est bon de se montrer prudente et d'éviter les erreurs grossières ou les anachronismes bizarres.

D'une mode de style, retenez, si vous voulez, le schema, les contours, mais évitez une reproduction trop fidèle, qui serait fatalement disgracieuse, étant données la différence des époques et les conditions différentes de l'existence.

Jadis, ces toilettes brillantes que portaient les grandes dames étaient faites pour la vie seigneuriale, pour la Cour. On ne les eût pas vues dans la rue. Aujourd'hui, la vie sociale est nivelée; les milieux ne diffèrent guère : ce que l'on doit rechercher et ce que l'on admire partout, c'est la sobriété du décor.

Dites-vous donc qu'il faut, autant que possible, retenir de la mode ce qu'elle a de plus simple, de plus sensé et de mieux approprié à votre personne. Ne prétendez pas imposer ce qui vous paraît un tant soit peu discutable en soi, si vous n'y trouvez pas un bénéfice évident pour l'agrément de votre personne.

LES ERREURS DU LUXE Il ne faut pas médire du luxe. Nous l'aimons toutes et il nous procure, à n'en pas douter, des satisfactions appréciables. Mais le luxe est comme la mode, comme l'originalité : sachons le régler et n'en usons qu'avec discernement.

Persuadez-vous qu'il est très difficile d'user du luxe. Les gens du monde, qui observent tout, auront de l'indulgence pour une femme vêtue simplement, sans parure, avec goût. Ils seront, au contraire, impitoyables pour celle qui, dans son désir de paraître, s'avisera de réunir sur sa personne des parures lourdes, coûteuses, mais sans art.

Le luxe ne consiste pas spécialement dans l'usage des articles et objets coûteux. C'est aussi du luxe que de recourir au clinquant et à tout ce qui simule la richesse pour en parer la personne.

L'erreur la plus grave, en matière de luxe, c'est l'étalage tapageur des fausses parures.

Ne prétendez jamais produire l'illusion. De même que l'on rirait d'une femme qui proclamerait le prix des parures qu'elle porte sur elle, de même on trouverait ridicule et insolente la prétention de celle qui imaginerait de tromper son entourage sur la valeur de ces mêmes parures.

Tout le monde n'a pas le moyen de porter des colliers de perles et des rivières de brillants. Mais qui vous assure que vous serez plus belle avec ces somptueux ornements qu'avec une simple pierre limpide et éclatante dont la tonalité douce ou vigoureuse se détachera joliment sur la blancheur de votre poitrine?

Je sais que l'on imite aujourd'hui à merveille l'éclat des pierreries et des perles. Mais je sais aussi qu'il n'est rien de plus ridicule que la manie qu'ont certaines femmes d'étaler des imitations monstrueuses par le volume sous prétexte d'éblouir par leur luxe. C'est généralement l'effet contraire qu'elles obtiennent.

Du reste, alors même que vous possédez de belles et authentiques parures, prenez soin de ne les juxtaposer qu'avec discernement. Les chefs-d'œuvre eux-mêmes se nuisent côte à côte. On ne les apprécie bien que s'ils sont isolés.

Le luxe dans la parure ne doit pas consister à créer de toutes pièces un attrait spécial destiné à remplacer l'attrait naturel. Il doit seulement contribuer à rehausser l'attrait naturel et, pour cela, il ne suffit pas que l'on exhibe des trésors, il faut surtout qu'on les dispose avec ingéniosité et discrétion.

En d'autres termes, l'usage du luxe nécessite du tact; l'intention ne doit pas apparaître. Il faut, somme toute, que le luxe, comme la beauté même qu'il seconde, soit naturel.

CORRIGEZ-VOUS, AFFINEZ - VOUS, MAIS SOYEZ VOUS-MÊMES On a dit avec beaucoup de raison que, pour être belle, ou du moins pour augmenter son charme, deux méthodes sont excellentes et nécessaires :

1° S'instruire de ce qui n'est pas beau, l'analyser et le fuir;

2° S'instruire de ce qui est beau, l'analyser et s'en inspirer pour soi-même.

C'est un peu dans ces termes que l'on peut résumer les conseils généraux que j'ai donnés dans les pages qui précèdent.

Recherchez en vous et étudiez chez les autres ce qui peut être considéré comme défaillance de beauté. Ce sera déjà beaucoup d'acquis. Quand on connaît le mal...

Cette étude n'est pas si facile, car elle suppose que l'on sait déjà ce qui est beau.

Or, ce qui est beau dans chacune de nous, c'est ce qui est régulier, ce qui nous rapproche des *types* harmonieux que les artistes de tous les temps ont glorifié dans leurs œuvres. Encore une fois, il est rare que l'on ressemble à ces glorieux modèles, mais il suffira que vous vous appliquiez à rechercher par où vous approchez des perfections qu'eux-mêmes réalisent pour découvrir au moins un détail de votre personne qui constitue un élément précis de charme.

C'est par là que vous êtes belle. Et c'est dans cette beauté minuscule, si vous voulez, que vous trouverez un encouragement à vous embellir. Un charme appelle l'autre; un charme vous enhardit, ou, pour mieux dire, il vous débarrasse de cette malfaisante timidité dont tant de femmes sont les victimes.

En procédant à ce travail, qui est tout d'abord mental, vous réussirez certainement à adopter la bonne méthode, celle qui vous permettra de corriger en vous ce qui est défectueux et d'y affiner ce qui est naturellement agréable ou sympathique.

Il ne faut pas oublier que l'entretien de la beauté ne consiste pas seulement dans un ensemble de pratiques matérielles. Il suppose encore et surtout une clairvoyance assidue, c'est-à-dire l'application chez la femme d'une intelligence vigilante et expérimentée.

C'est cette intelligence qui lui permettra de choisir, entre

tous les moyens, les procédés et même les artifices grâce auxquels elle pourra conquérir son maximum d'attraits, sans
s'écarter de la sagesse et de la décence. En d'autres termes,
au lieu de se tourmenter et de s'astreindre à réaliser, à force
d'expédients, un *type* qu'elle juge enviable, mais tout différent
du sien, il lui suffira : 1° de bien connaître par où elle excelle
naturellement; 2° de discerner quel est, étant donné son *type*
propre, la perfection à laquelle il est normal qu'elle aspire;
3° de recourir à quelques pratiques et traitements méthodiques
et salutaires qui lui permettront d'amener et de conserver longtemps, en leur plein épanouissement, le charme et les éléments
de beauté inhérents à sa personne.

LE VERNIS DE LA BEAUTÉ : LA PEAU

LES FONCTIONS DE LA PEAU Tout le monde a eu la curiosité d'examiner la peau au microscope. On la voit alors parsemée d'une infinité de petits trous ou pores, par où s'accomplissent les diverses fonctions de notre enveloppe corporelle, qui est, en même temps, le plus important de nos organes.

La peau s'étend, en effet, à la surface de tout le corps. Elle est d'une finesse extrême, mais aussi d'une grande résistance, puisqu'elle est encore l'intermédiaire entre notre corps et les corps étrangers.

La peau diffère des muqueuses qui tapissent les ouvertures naturelles telles que la bouche, en ce que celles-ci consistent dans une membrane perpétuellement humide, tandis que la peau est relativement sèche, et que ses diverses fonctions sont presque inapparentes.

La plus importante des fonctions de la peau est l'*exhalation* qui s'accomplit par l'intermédiaire des vaisseaux exhalants et permet au corps de se débarrasser de certains résidus de la nutrition. Cette fonction n'est autre que la *transpiration*, dont Lavoisier évaluait l'importance entre un kilogramme et deux kilogrammes et demi par vingt-quatre heures.

Dans l'épaisseur de la peau sont situées de petites glandes, dites glandes cutanées, qui sécrètent une sorte d'enduit adipeux destiné à adoucir l'enveloppe du corps.

Quant à la fonction *d'absorption* de la peau, elle est tellement réelle, que des expériences fameuses ont permis d'établir qu'une personne plongée dans l'eau tiède jusqu'au cou, absorbait de 20 à 22 grammes d'eau, pendant une demi-heure, par l'intermédiaire des pores de la peau.

Enfin, la troisième fonction de la peau, c'est la *sensibilité tactile*. C'est par là qu'elle est si précieuse dans les actes de la vie extérieure. C'est par elle aussi que nous percevons les impressions de chaleur et de froid.

Tout cela nous conduit à dire que l'on ne saurait trop prendre soin de la peau, ni la protéger trop prudemment.

Du reste, il est tellement indispensable que la peau soit en bon état et accomplisse normalement son office, qu'une personne dont on s'aviserait de recouvrir, seulement un tiers du corps, d'un vernis imperméable, tomberait très vite malade, et la mort s'ensuivrait rapidement.

Il est établi, au surplus, que la peau, déchargeant les organes internes d'une partie de leur travail, ceux-ci ne peuvent se passer d'elle ni remplir son office par surcroît.

Enfin, lorsque la peau exerce librement ses fonctions, elle donne au corps de la beauté et de la fraîcheur. C'est comme une sorte de vernis d'un coloris délicat au travers duquel la vie apparaît, pour ainsi dire, et s'épanouit.

C'est en ce sens qu'avant tout autre soin de beauté, nous devons nous préoccuper de favoriser l'accomplissement des fonctions de la peau, en la débarrassant régulièrement et fréquemment de tout ce qui obstrue les pores et en nous gardant bien, d'autre part, de compromettre son état, en la soumettant à des traitements fantaisistes ou à des contacts malsains.

LA BEAUTÉ DE LA PEAU C'est de la santé de la peau que nous avons parlé. La beauté de la peau en est la conséquence immédiate.

La peau est belle lorsqu'elle est fine, lisse, fraîche et discrètement colorée.

L'épiderme, qui est le tissu superficiel de la peau, doit être essentiellement transparent. Il est formé et renouvelé par une sorte de vernis assez comparable à la cire, qui est sécrété par les glandes sébacées. C'est à la fois un vernis et un protecteur.

La beauté de la peau est d'autant plus florissante que son fonctionnement est plus normal.

Chez les personnes dont la vie est sédentaire, la période de beauté est généralement l'été ; c'est-à-dire le temps de la chaleur, pendant lequel l'exhalation est nécessairement plus active.

Au contraire, les personnes dont la vie est active, ont la peau plus belle au printemps, à l'automne et même en hiver, car elles fournissent une dépense corporelle qui facilite le travail des pores. En été, ces dernières ont la peau trop colorée ou altérée par le surmenage. C'est à elles surtout qu'il importe de ne négliger aucun des soins spéciaux qu'imposent l'hygiène et l'élégance.

Ce sont, d'ailleurs, ces mêmes soins qui sont recommandés plus spécialement pendant l'hiver lorsque le froid rend plus difficile la production de la matière cireuse qui forme l'épiderme et dont l'absence ou l'insuffisance peuvent déterminer les maladies ou les désagréments physiques auxquels sont exposées les peaux sèches.

PEAUX SÈCHES ET PEAUX GRASSES Chaque femme doit connaître très exactement la nature de sa peau. Or, il y a deux espèces de peaux : les *peaux sèches* et les *peaux grasses*.

Il est bien évident que les traitements qui conviennent aux unes, doivent être nuisibles aux autres. Aussi ne veillerez-vous jamais assez à n'employer des produits de beauté qu'autant qu'ils seront favorables à la nature de votre peau.

Pour bien faire, il faudrait que l'alimentation et le régime général de l'existence fussent également appropriés à l'état de la peau. Les soins superficiels sont assurément bienfaisants, mais l'importance organique de la peau est telle qu'elle ne saurait prendre tout son éclat, sans une surveillance sévère de l'hygiène générale.

En principe, les *peaux sèches* ont besoin d'être stimulées. Il faudra donc éviter de les mettre en contact avec les produits *astringents* qui resserrent nécessairement les pores.

Evitez l'emploi de l'*eau froide*, du *citron*, du *thé*, de l'*alun* sur les peaux sèches.

Au contraire, vous emploierez avec succès les *corps gras*, et certaines crèmes rationnelles.

Vous combattrez la sécheresse de la peau, que souvent occasionne le vent, en enduisant les parties du corps exposées à l'air de cold-cream à la lanoline. Étendez le cold-cream avec un linge humide, laissez séjourner pendant dix minutes, essuyez avec soin et poudrez avec de l'amidon.

Voici, du reste, la composition d'un autre cold-cream très efficace pour combattre la sécheresse de la peau :

```
Huile d'amandes douces. . . . . . . . . . . . . . . . . . . 60 gr.
Beurre de cacao. . . . . . . . . . . . . . . . . . . . . . . . 60 —
Acide salicylique . . . . . . . . . . . . . . . . . . . . . . 2 —
```

Les altérations des peaux sèches proviennent le plus souvent de l'emploi du savon ou d'eaux de toilette trop alcoolisées.

Je conseille, au contraire, l'emploi de l'eau de son, de l'eau de guimauve et de la glycérine neutre.

Voici encore une excellente recette d'eau de toilette qui conviendra au traitement général des peaux sèches :

```
Fleurs de sureau . . . . . . 50 gr.  |  Fleurs de primevère. . . . . 50 gr.
Fleurs de mauve. . . . . . 50 —      |  Deux bulbes d'iris.
     Faites bouillir le tout pendant dix minutes dans un litre d'eau et passez.
```

Les *peaux grasses* se trouvent bien des astringents et des poudres absorbantes employées avec modération. En un mot, on doit les traiter par une méthode presque contraire de celles qui convient aux peaux sèches.

L'*alcool*, l'*alun*, le *citron*, le *borax*, l'*œuf* font généralement la base du traitement classique des peaux grasses.

Les décoctions de fleurs de lavande, de pétales de roses, de feuilles de thé leur sont aussi très favorables.

Voici la recette d'une excellente lotion qui pourra être employée plusieurs fois par jour :

```
Eau. . . . . . . . . . . un litre.   |  Fleurs de primevère . . une poignée.
Pétales de roses . . . une poignée.  |  Racines de serpentaire. 25 gr.
     Faites bouillir pendant un quart d'heure et passez.
```

Pour resserrer les pores dilatés, douchez fréquemment la peau à l'eau froide. La crème suivante conviendra aux peaux grasses :

```
Eau de roses . . . . . . . . 100 gr.   |  Teinture de benjoin . . . . . 10 gr.
Suc de bulbe de lis. . . . . 20 —      |  Alun pulvérisé . . . . . . . 6 —
Cire blanche. . . . . . . . 30 —       |
```

Lotionnez fréquemment la peau matin et soir avec une eau de toilette préparée selon la formule :

Eau distillée.	250 gr.
Bicarbonate de soude.	1 —
Essence de violette.	6 gouttes.

La poudre d'amidon, comme la fécule de pommes de terre et surtout le bicarbonate de soude, sont de précieuses ressources pour les personnes qui ont à combattre l'adiposité de la peau.

La fécule de pomme de terre est employée comme il suit :

Prenez une cuillerée à dessert de fécule de pomme de terre, délayez avec un peu d'eau froide, étendez sur la peau avec un linge mouillé et laissez sécher sans essuyer. Un quart d'heure après, passez un tampon d'ouate hydrophile sur lequel sera recueilli tout le résidu de la fécule.

Il faut toujours avoir à sa disposition une poudre efficace appropriée aux besoins de la peau.

Je recommande aux personnes qui ont la peau grasse, d'employer la recette suivante :

Pulvérisez très fin 125 grammes d'alun, tamisez et ajoutez 60 grammes d'iris de Florence en poudre.

Si vous voulez préciser le parfum de cette composition, ajoutez-y une autre poudre parfumée au jasmin, à la violette, à la rose, etc.

LA TRANSPIRATION La transpiration, qui est un bienfait pour l'organisme, devient parfois si abondante et présente tellement d'incommodités qu'on la considère volontiers comme une infirmité.

Bien entendu, ce sont les peaux grasses qui sont le plus exposées aux transpirations abondantes, et il est à remarquer que les personnes rousses souffrent plus généralement que les autres de ce désagrément, dont la complication la plus redoutable est l'odeur qui accompagne les sécrétions abondantes de la peau.

Il y a donc, en quelque sorte, un double mal à combattre : d'abord la sécrétion et ensuite l'odeur.

On combat la surabondance des sécrétions comme on combat l'adiposité de la peau. Je vous recommande surtout les lotions et les frictions à l'alcool. La formule la plus connue et la plus recommandée est celle d'Edgerly :

Eau de Cologne. . . . . 90 gr.
Teinture de belladone. . . . . 15 — .

Frictionnez trois ou quatre fois par jour avec une très petite quantité de cette préparation.

Il ne faut pas abuser des poudres qui ont l'inconvénient de boucher les pores et d'entraver le fonctionnement de la peau. Toutefois, si l'on a la précaution de distribuer la poudre avec légèreté, c'est-à-dire d'employer la houppe, on obtiendra de très heureux effets.

Voici deux recettes de poudres absorbantes :

1º Racine d'iris en poudre. . . 250 gr.
  Ecorce de bergamote pulvéri-
    sée . . . .   10 —
    Mélangez et passez au tamis.

Fleur de cassis sèche pulvéri-
  sée. . . . .   10 gr.
Clous de girofle. . . . . . .   1 —

2º Iris de Florence en poudre . 100 gr.
  Poudre de talc. . . . . . .   5 —

Carbonate de magnésie. . . 100 gr.
Alun en poudre . . . . . .   30 —

Pour se garder de la transpiration, les dames de l'antiquité se frictionnaient le corps avec de l'huile de myrte ou de l'huile d'olive sauvage. Elles employaient également la poudre de roses sauvages et la poudre de soufre.

LES ACCIDENTS DE LA PEAU Il ne faut pas s'aviser d'entreprendre à la légère des traitements de la peau, lorsque celle-ci traverse une crise passagère ou se trouve être le siège d'accidents mal expliqués.

Dans la plupart de ces cas, c'est au traitement général qu'il faut recourir et, par conséquent, consulter le médecin.

Il est certains états, dits herpétiques, qui embarrassent ceux qui en sont atteints mais que ceux-ci prétendent néanmoins combattre en recourant à des recettes destinées uniquement à corriger les vices superficiels de la peau.

On croit alors obtenir une guérison rapide en écoutant les professeurs de beauté, mais pendant que l'on attend la guérison, le mal ne fait qu'empirer : la beauté ne revient pas et la santé s'altère.

C'est surtout dans le régime alimentaire que l'on trouvera la source originelle des accidents de la peau. Il n'est rien, par exemple, de plus dangereux pour la peau que la constipation habituelle à laquelle l'abus de certains aliments épicés ou autres condamne beaucoup de femmes.

Heureusement qu'on peut la combattre en se résignant courageusement aux régimes des laxatifs ou des lavages qui constituent les secrets de beauté les plus précieux d'un grand nombre d'élégantes.

D'une façon générale, on peut recommander aussi, dans les cas d'accidents de la peau, de changer d'air et de recourir avec discernement, et toujours sur conseil médical, à un régime hydrothérapique approprié.

Nous étudierons successivement, à propos de chacune des parties du corps, les moyens par lesquels on peut triompher des accidents superficiels de la peau.

Il est un accident assez fréquent et qui ne présente aucune gravité réelle, mais seulement une incommodité passagère, l'*urticaire*, qu'il est bon de savoir combattre dès qu'il se produit.

Voici une recette contre les éruptions d'urticaire, à laquelle on pourra toujours recourir avec profit.

Bois de réglisse.	25 gr.	Chicorée sauvage	15 gr.
Pensée sauvage	30 —	Feuilles de noyer	15 —
Salsepareille	15 —	Douce amère	15 —
Badiane	15 —	Sené	5 —

Faites bouillir le tout dans un litre d'eau et laissez réduire de moitié. Après refroidissement, passez et mettez en bouteille.

Il suffit de prendre une cuillerée à café de ce mélange, additionné d'un peu d'eau, après chacun des trois principaux repas.

Poudrez les boutons d'urticaire avec la composition suivante :

Fécule de pommes de terre .	80 gr.	Camphre pulvérisé.	4 gr.
Poudre d'iris de Florence . .	20 —	Oxyde de zinc pulvérisé . . .	4 —

Quand on est atteint d'urticaire, il faut surtout s'abstenir dans l'alimentation, des poissons de mer, des coquillages, des crustacés, de la charcuterie, des mets épicés et des boissons alcooliques.

LES CICATRICES ET LA BEAUTÉ De même que le temps, la fatigue et les émotions laissent sur le visage des rides et des sillons, de même les accidents laissent sur la peau des traces plus ou moins profondes qui compromettent toujours la beauté.

Il ne faut pas être trop incrédule en ce qui concerne le traitement des cicatrices.

Il en est certainement qui résistent à toutes espèces d'efforts : tout dépend de la partie du corps qu'elles occupent et aussi de la nature de l'accident dont elles sont la suite. Mais il en est d'autres que l'on réussit généralement à faire disparaître presque entièrement, à force de soins méthodiques et patients.

On conseille de badigeonner tous les soirs les parties atteintes avec dix gouttes de la préparation suivante étendue d'une cuillerée à bouche d'eau bouillie :

Alcool . . . . 15 gr.
Benjoin . . . . 5 —
Baume de Judée . . . . 5 gouttes.

On emploie généralement avec un certain succès les massages locaux et les courants électriques continus.

C'est à ces moyens que l'on recourt pour atténuer, en particulier, les marques de la variole.

On recommandait autrefois les applications de jus d'oignon mélangé avec du sel ou le mélange de myrrhe avec du miel et de la cannelle.

Les lavages au jus de citron distillé et avec une décoction de petite centaurée sont également bienfaisants et produisent à la longue de très heureux effets.

LA PROTECTION DE LA PEAU CONTRE LE FROID Pour n'avoir rien à craindre du froid, il faut, avant tout, posséder une chaleur naturelle suffisante. C'est-à-dire que notre sang doit être sain et riche. C'est du sang, en effet, que le corps tient son calorique. L'alimentation et l'exercice sont destinés à l'entretenir. Il faut donc que l'un et l'autre soient suffisants et appropriés à chaque personne, aussi bien en quantité qu'en qualité.

L'autre moyen tout naturel de se protéger contre le froid, consiste dans l'usage des vêtements.

Il est certaines parties du corps qui ne doivent pas être couvertes ou qui doivent l'être fort peu. Tels sont le visage et la tête. C'est une erreur de se couvrir la tête de chapeaux épais et lourds ; ils y font affluer le sang au détriment du reste de la personne.

De même, il est maladroit de s'envelopper le cou très chaudement, car une aspiration d'air froid ou un courant d'air imprévu pourront déterminer des malaises longs et graves.

La meilleure façon de se garantir du froid, c'est de s'aguerrir contre lui. Les médecins allemands estiment que plus on s'emmitoufle la tête, la gorge et la poitrine, plus les pieds se refroidissent. Ils attribuent même à cette cause un grand nombre d'anémies. Ils sont également d'avis qu'il faut laisser les mains libres, autant que possible, et à l'air, car les mains, dont l'activité est très variée, ont besoin d'être perpétuellement en contact avec l'air pour ne pas craindre les changements de température. On ne devrait porter des gants que lorsqu'il fait grand froid. C'est assez dire que, le reste du temps, il est prudent de ne faire usage que de gants légers.

La laine est un élément très précieux de l'habillement, à condition qu'elle ne soit pas trop épaisse et que l'air puisse passer au travers. Il ne faut adopter les vêtements de dessous en laine que lorsqu'on est atteint de maladies sérieuses.

Au contraire, lorsqu'on jouit d'une santé normale, il serait malaisé d'en faire usage sous prétexte de se protéger contre le froid, car, au moindre abaissement de la température, on se verrait atteint de rhumatismes articulaires ou de crampes. L'usage de la laine aurait rendu le corps délicat et fragile.

C'est la marche et l'exercice naturel qui permettent le mieux de réagir normalement contre le froid. Les autres procédés employés pour obtenir un supplément de chaleur n'ont pas la même valeur. Et cependant, comme on n'a pas toujours la faculté de prendre de l'exercice, comme on est souvent obligé de séjourner dans des locaux dont la température est basse, de s'y livrer à des occupations sédentaires, il est indispensable de recourir au chauffage artificiel.

La température saine de l'habitation ne doit pas excéder 18 à 20 degrés. C'est la chaleur du feu de bois et celle transmise par les radiateurs à eau chaude que l'on peut considérer comme les plus favorables à la santé humaine.

Au delà de 18 à 20 degrés, vous avez tout à craindre, sinon de la température ambiante, du moins du passage à la température extérieure ou à celle de locaux moins chauffés.

La protection contre le froid comporte une quantité de précautions, aussi bien sur la personne que dans l'habitation. Mais, quels que soient les raffinements dont on s'entoure pour éviter les effets du froid, on ne saurait aboutir à des résultats aussi heureux que ceux obtenus par l'habitude de lutter, par soi-même et sans secours artificiel, contre le froid.

Les historiens de l'antiquité racontent qu'à la suite d'un combat entre les Egyptiens et les Perses, on avait mis de côté et à part, les soldats de chaque nation qui étaient morts pendant l'action. On constata alors que les crânes des Perses étaient mous et cédaient à la pression. Au contraire, les crânes des Egyptiens étaient tellement durs qu'on ne pouvait les briser qu'en frappant des coups violents. Hérodote, qui est l'historien dont je parle, attribua cette différence constitutionnelle à ce que les Egyptiens avaient coutume, depuis l'enfance, de vivre tête nue, avec les cheveux ras, alors que les Perses étaient affublés de bonnets qui leur descendaient jusqu'aux oreilles.

Sans tomber dans l'exagération, sans traiter le corps comme si ses forces étaient illimitées, sans se piquer de porter les mêmes vêtements en hiver qu'en été, il faut avoir soin de graduer les habitudes, c'est-à-dire de s'alimenter, d'agir, de se vêtir graduellement en s'inspirant de l'état de la température, sans passer brusquement d'un excès à l'autre. Ce ne sont pas le grand froid ni la grande chaleur qui sont le plus dangereux pour la santé : c'est la transition brutale de l'un à l'autre.

D'une façon générale, retenez que les tissus faits d'éléments animaux tels que le poil, la laine sont plus chauds que ceux fabriqués avec des éléments végétaux tels que le lin, le chanvre ou le coton.

De même, on peut s'inspirer d'une expérience de Franklin pour choisir la couleur du vêtement.

Ce grand savant avait déposé sur la neige un morceau de drap noir et un morceau de drap blanc. Il les laissa ainsi pendant le même temps et remarqua que sous le morceau de drap noir la neige avait fondu beaucoup plus vite que sous le morceau de drap blanc. La conclusion de cette expérience est que les tissus noirs et sombres sont plus chauds et transmettent plus facilement le calorique que les tissus blancs et clairs.

Mais n'oubliez pas, ce qui est la contrepartie de l'expérience, que dans les pays très froids, pendant les hivers rigoureux, ce sont les vêtements blancs et clairs que l'on devra préférer aux vêtements sombres.

Pour les sports d'hiver, tels que le ski et le patinage, ce sont les vêtements de laine blanche qu'il faut adopter pour mieux conserver la chaleur du corps.

En été, dans les pays chauds, vous porterez de la laine ou de la toile blanche, cette couleur ayant la propriété de réfracter les rayons lumineux et la chaleur, sans les absorber, tandis que le noir les absorbe tous.

LA PROTECTION DE LA PEAU CONTRE LA CHALEUR Les moyens artificiels d'abaisser la température ambiante et de procurer à la peau des soulagements pendant la chaleur sont beaucoup plus rares et moins pratiques que les méthodes de protection usitées contre le froid.

On n'a encore trouvé rien de mieux que les *ventilateurs* pour produire de la fraîcheur dans les locaux habités. On a bien imaginé de transmettre le froid, comme la chaleur, au moyen de radiateurs gradués, mais les résultats obtenus sont beaucoup trop coûteux et l'usage de ces appareils serait par trop limité pour que l'on s'exposât à en faire l'installation.

En sortant d'une température de 15 degrés, on souffrira beaucoup plus, si l'on se trouve exposé brusquement à une température de 30 degrés.

Réciproquement, si vous vous trouvez, au dehors, à la température de 30 degrés, vous éprouverez assurément une surprise délicieuse pendant quelques instants, en pénétrant dans une salle tempérée à 15 degrés, mais le changement brusque pourra vous occasionner des malaises graves.

Si vous voulez avoir des appartements frais, ayez soin de fermer hermétiquement pendant les heures où le soleil donne. Aérez dès que le soleil est passé.

Au dehors, astreignez-vous à ne porter que des vêtements très clairs et des tissus de fil, de chanvre, de lin ou même de laine blanche. Que ces vêtements soient amples, de façon que l'air y circule librement.

Il ne faut pas trop se plaindre de la chaleur. Lorsqu'elle n'est pas excessive, considérez-la comme beaucoup plus saine que le froid. C'est pendant la chaleur que nous revenons à la simplicité naturelle de la vie et que nous nous débarrassons d'une grande partie de ces vêtements encombrants qui isolent nos organes de l'air, leur milieu normal.

C'est à l'eau et à l'hydrothérapie qu'il faut réclamer le bien-être pendant les périodes chaudes.

Je vous recommande les affusions, les douches et la méthode suivante que les Italiens désignent sous le nom de *Fascia di Nettuno* :

Prenez un petit drap ou une grande serviette de toile, pliez dans le sens de la longueur pour former une bande. Plongez-la dans l'eau froide et tordez-la légèrement. Enveloppez le corps avec cette bande de façon à entourer le buste, à partir des épaules jusqu'à la partie supérieure du ventre.

Couvrez le tout d'un bandage sec et conservez jusqu'à ce que le premier bandage soit complètement sec.

Cette méthode essentiellement rafraîchissante a, en outre, l'avantage d'empêcher les maux d'estomac, les troubles intestinaux et de favoriser le sommeil.

Au point de vue de la beauté du visage, il est important de ne pas exposer les traits directement au soleil. Protégez-vous donc au moyen de voiles discrètement teintés, marrons, bleus ou verts, et ayez la précaution, avant de sortir ou d'aller à la promenade de passer sur votre figure une crème bienfaisante par-dessus laquelle vous poudrerez.

LA PEAU ET L'EAU : HYDROTHÉRAPIE

L'EAU ET LA TOILETTE La grande propriété de l'eau consacrée aux soins du corps, c'est d'enlever tous les résidus et l'excédent de la chaleur et du travail produits par l'organisme. Elle est donc à la fois rafraîchissante et détersive.

C'est pourquoi l'eau est la base de la toilette et des soins de propreté, en même temps qu'elle fortifie le corps et le rend plus apte à l'action.

Ces effets sont tellement évidents que toute une école d'hygiénistes et de médecins ont fait de l'eau et surtout de l'eau froide appliquée avec circonspection, un remède universel.

Vous connaissez peut-être l'histoire de cet obscur paysan de Silésie, Vincent Priesnitz qui, en dépit de tous les médecins, eut la vie sauvée par l'eau froide. Ce Priesnitz était un charretier et un jour qu'il avait été renversé par un coup de pied de cheval, sa propre charrette lui passa sur le corps. On le releva les côtes cassées. Désespérant de sa guérison, les médecins l'abandonnèrent à son sort. Mais, comme il n'avait pas perdu le sens, le charretier eut l'idée de couvrir ses blessures avec des compresses d'eau froide.

La guérison s'étant produite rapidement, on fit grand bruit autour de ce cas et l'on s'étonna, à la réflexion, de découvrir à l'eau froide d'aussi salutaires vertus.

L'eau entretient la peau fraîche et propre, de même qu'elle évite la congestion des organes surmenés par un travail constant. Elle calme les nerfs et donne de la fermeté aux muscles, tout en éliminant les matières graisseuses et autres qui embarrassent les pores. Enfin, l'usage de l'eau permet à la peau d'affronter des températures basses ou élevées.

On ne peut donc rien trouver de meilleur que l'eau pour la toilette. Il importe seulement de l'approprier à la toilette, en la corrigeant selon la nature de la peau et les circonstances où elle est employée.

LA TEMPÉ-RATURE ET LA PURETÉ DE L'EAU On peut donc résumer les bienfaits de l'eau en disant qu'elle est à la fois un agent de propreté et un fortifiant. Toutefois, à des températures différentes, les propriétés de l'eau diffèrent également.

C'est l'eau froide qui fortifie, tonifie et affermit les tissus. Au contraire, l'eau tiède, nettoie, débarrasse la peau de tous les résidus de l'économie.

La bonne température de l'eau pour la toilette, peut être obtenue en additionnant l'eau froide d'un tiers d'eau bouillante, de façon à obtenir un mélange d'environ 25 à 30 degrés.

Par conséquent, si l'on peut se servir, à certaines heures, de l'eau froide comme stimulant accessoire de la toilette, c'est l'eau tiède, qui doit être considérée, comme l'eau de la toilette proprement dite.

Pour bien faire, il faudrait que l'eau destinée à la toilette fût débarrassée de toutes ses impuretées. En d'autres termes, on ne devrait employer que de l'eau bouillie.

Néanmoins, on a remarqué que, de toutes les eaux, l'eau de pluie est la plus salutaire à la toilette, surtout l'eau de pluie qui tombe en été, pendant l'orage.

Mais il n'est pas facile de se procurer l'eau de pluie en permanence. Aussi peut-on obtenir une eau ayant à peu près les mêmes propriétés en recueillant de l'eau ordinaire dans un seau en zinc, sur les parois duquel on aura promené un linge imbibé de vinaigre. Le seau prend un aspect farineux. Remplissez alors d'eau et couvrez.

Quelle que soit l'eau, il est indispensable, avant de s'en servir pour la toilette quotidienne, de connaître sa composition. Il sera facile ensuite de la corriger, en y ajoutant les éléments appropriés à la nature de la peau.

On appelle *eaux dures*, en matière de toilette, les eaux char-
gées de sels de chaux et, en particulier, beaucoup d'eaux de
puits. On les corrige en les additionnant de sels de soude, dans
la proportion d'un à deux grammes par litre. On agite le
mélange et on laisse reposer pendant une heure au moins avant
de s'en servir. Il est bon de faire cette préparation la veille du
jour où l'on désire l'employer.

LOTIONS, ABLUTIONS, Il y a différentes façons d'employer
ASPERSIONS ET BAINS l'eau pour la toilette.

Le *bain*, qui constitue la méthode
la plus complète de traitement par l'eau, est une immersion
plus ou moins prolongée d'une ou de toutes les parties du corps.

La *lotion*, *l'aspersion* et *l'affusion* sont des applications
rapides mais partielles dont l'effet est stimulant. Elles sont suivies d'une réaction bienfaisante et, sans être aussi profitables au
point de vue de la propreté, que les bains et les ablutions renou-
velées, elles les complètent et doivent toujours les accompa-
gner.

Les *ablutions*, à l'eau froide ou chaude, consistent en des
lotions répétées et au cours desquelles on prend soin d'étendre
l'eau sur toute la peau, de façon à ce qu'elle reste imprégnée
et que l'eau pénètre dans les pores.

L'usage des ablutions, qui remonte à la plus haute antiquité,
montre bien la vertu que de tout temps on leur a reconnue. Les
Musulmans exprimèrent même, pendant des siècles, leur mépris
des chrétiens en les accusant de ne pas se laver. C'est en effet
d'Orient que nous est venu l'usage des ablutions.

J'ai dit précédemment qu'il importait de n'employer que de
l'eau pure et saine pour les soins de la toilette. Aussi, pour
répandre l'eau sur le corps, devra-t-on éviter l'usage des serviettes ou autres linges de toilette dont on n'est jamais en mesure
de contrôler la parfaite propreté. Préférez, pour le visage surtout, les tampons d'ouate hydrophile, chaque fois renouvelés.

Les éponges qui ont l'avantage de permettre les douches partielles des parties du corps, ne seront employées que si l'on a
la précaution de les soumettre, au préalable, à des nettoyages
hygiéniques et stérilisants.

On a souvent l'habitude, sous prétexte d'assécher le corps
après les ablutions, d'employer du linge chaud. Cette méthode
doit être rejetée. Il suffit de linge sec. La réaction que l'on
cherche à déterminer sera produite par la friction sèche à la
lanière ou au gant de crin.

N'oubliez pas, d'ailleurs, que si la chaleur de l'eau ou même
du linge occasionne une sorte de détente agréable, que si l'eau à
température moyenne est un excellent agent de propreté, il ne
faut ni prolonger les applications chaudes, ni les renouveler
trop souvent, sous peine d'affaiblir l'organisme, de relâcher les
tissus et de diminuer ainsi l'élasticité de la peau.

Je suis tout à fait d'avis de conseiller à toutes les femmes, si
fragiles soient-elles, les lotions ou ablutions à l'eau froide, tout
au moins sur le visage, une fois par jour et, de préférence, au
réveil.

Dans tous les cas, ces lotions ou ablutions ne doivent pas durer
plus d'une ou deux minutes et lorsqu'elles sont administrées
ailleurs que sur le visage, elles seront suivies de frictions énergiques et d'exercice modéré.

COMMENT IL On peut considérer le bain comme l'une des
FAUT PRENDRE plus efficaces applications de l'eau. Mais
LES BAINS pour que le bain soit lui-même bienfaisant,
il faut le prendre dans certaines conditions
de température et de durée.

Le bain normal que l'on prend chaque jour n'a pour but
que d'entretenir la propreté et l'élasticité de la peau. Il ne doit
pas durer plus de quinze à vingt minutes et la température
habituelle reste entre vingt-huit et trente-cinq degrés.

Si l'on s'avisait de prendre le bain dans d'autres conditions,
on risquerait d'obtenir, au point de vue de la santé, un résultat
contraire à celui que l'on recherche.

Pour les enfants en bas âge, il ne faut pas que l'eau soit inférieure à trente degrés; au second âge, on peut leur administrer
de temps en temps, en été, des bains frais, mais dont la durée
sera courte.

Pour les jeunes gens et les jeunes filles, ce sont les bains
tièdes en hiver et froids en été qui s'imposent.

Enfin, à tout âge, il est bon de reprendre des bains froids dès que la température le permet. Ce n'est que dans la vieillesse que les bains chauds et les bains tièdes soient seuls bienfaisants. Dans cette période de la vie, en effet, il faut éviter de soumettre le corps aux réactions trop vives.

C'est une opinion fausse de croire que le bain froid est moins favorable et moins nécessaire à la femme qu'à l'homme. Il faudrait prendre alternativement le bain froid de santé et le bain chaud de propreté, celui-ci réparant la peau et la débarrassant, celui-là tonifiant le corps et le stimulant.

Bien entendu, les bains tièdes et les bains chauds sont les seuls autorisés pendant la grossesse comme pendant l'allaitement.

Etant donné que le bain doit produire une détente de tout l'organisme, il ne sera pas pris de la même façon sous les divers climats.

Dans les pays froids, on se trouvera bien des bains tièdes et chauds, tandis que les bains froids seront indiqués dans les pays où la température de l'air atteint et dépasse celle du corps.

Dans nos climats tempérés, les bains frais et les bains froids sont les seuls dont on puisse se trouver bien pendant l'été, alors que les bains tièdes et chauds sont indispensables pendant l'hiver.

Tous les bains ne conviennent pas à tous les tempéraments. Les lymphatiques, comme les sanguins devront éviter les bains chauds et prendre, au contraire, des bains froids ou à peine tièdes lorsque la température le leur permet.

Les bains tièdes, presque chauds conviennent aux nerveux, alors que les bilieux ne se trouvent bien que des bains tièdes.

Le bain doit être considéré également comme moyen de délassement. A la suite d'une fatigue, d'une marche prolongée, d'un voyage, prenez un bain tiède, même un bain froid, mais ayez soin de ne le prendre qu'à une heure opportune, c'est-à-dire au moins trois heures après le repas.

Assurez-vous que la baignoire dans laquelle vous prenez le bain est parfaitement propre et que l'eau y est assez abondante pour que vous puissiez vous y plonger complètement.

Nous insistons, ne restez pas plus de vingt minutes dans le

bain de propreté et, en en sortant, frictionnez-vous énergiquement pour éviter les inconvénients du changement de température, la peau, au sortir du bain, étant particulièrement délicate et fragile.

Reposez-vous toujours après le bain.

On peut classer les bains, d'après leur *température*, en :

Bains froids, vingt-cinq degrés et au-dessous.

Bains tièdes, vingt-cinq, ou, plus exactement vingt-huit à
trente-cinq degrés.

Bains chauds, trente-cinq à quarante degrés.

D'après le milieu d'immersion, on divise les bains en *bains
liquides*, *bains gazeux* et *bains solides*.

Le type du bain gazeux est le bain d'air chaud et le type du bain
solide est le bain de boue, comme on le prend à Dax et à Spa.

Enfin le bain est *entier* ou *partiel*, suivant que l'on y plonge
tout ou partie du corps.

**BAINS DE
PROPRETÉ**
On n'a pas le droit de ne pas prendre de bains de
propreté, et ce n'est pas trop de les prescrire au
moins deux fois par semaine. Dans l'antiquité on
édictait souvent des lois, pour contraindre les femmes à se baigner et l'on alla même, comme à Athènes, jusqu'à désigner des
commissaires qui faisaient des tournées à l'effet de s'assurer
que la loi était respectée.

De nos jours, l'hygiène et la propreté, dans les villes surtout,
s'imposent à toutes les femmes tant soit peu soucieuses de leurs
charmes, avec une force qui ne devrait pas être moins impé-
rieuse que la force de la loi.

L'usage du bain de propreté s'est du reste partout généralisé
mais il n'a pas toujours son efficacité, car beaucoup de femmes
ne savent pas le prendre dans les conditions les plus favorables
ni le compléter par les divers raffinements et soins particuliers sans lesquels la beauté ne saurait conserver longtemps
tout son éclat.

Les bains de propreté ne se prennent pas au hasard. Lorsque
vous vous êtes allongée dans la baignoire, restez-y immobile et
en repos pendant un quart d'heure environ. Il faut que l'eau péné-
tre la peau et l'amollisse.

Au bout d'un quart d'heure, prenez le savon ; on recommande souvent l'emploi du savon noir, mais il est des savons blancs en pâte qui sans lui être inférieurs au point de vue du nettoyage, lui sont préférables au point de vue de l'élégance, de l'agrément et du parfum.

Passez-vous donc sur le corps cette pâte de savon, en vous servant d'une brosse dure, ou tout simplement d'une brosse à ongles ordinaire.

Bien entendu, l'opération ne peut être faite que hors de l'eau. Frottez un peu plus fort les parties de la peau qui prennent l'aspect de chair de poule.

Savonnez le dos avec le dessous de la main imprégné de savon.

Replongez-vous ensuite dans l'eau, passez-vous les mains sur le corps et reposez-vous ainsi pendant cinq minutes.

Sortez du bain, enveloppez-vous rapidement dans un peignoir sec que vous aurez eu soin de faire étendre à votre portée. Frictionnez-vous énergiquement avec un linge dur d'abord, puis avec le gant de crin, jusqu'à ce que le corps devienne rouge, ce qui sera le signe de la réaction.

Passez-vous tout le corps à l'alcool ou à l'eau de Cologne.

Le bain savonneux est évidemment le plus élémentaire de tous les bains de propreté. Mais il est rare que l'on n'ajoute pas à l'eau du bain certaines compositions, certaines substances destinées à en augmenter l'efficacité.

BAINS COMPOSÉS On corrige souvent l'eau du bain en y ajoutant du carbonate de soude, 250 grammes par bain. Le bain est alors *alcalin ;* sa propriété est d'assainir la peau et de faire disparaître l'acné, les rougeurs et les boutons. On recommande plus particulièrement ce bain aux peaux grasses.

Le *bain de Vichy*, qui a à peu près les mêmes propriétés que le bain alcalin, contient 500 grammes de bicarbonate de soude par bain.

Le *bain de sel* est un bain tonique. Il n'est pas rare que l'on ajoute au sel gris qui est employé, du carbonate de soude, comme dans le bain alcalin. Les bains de sel contiennent de deux à cinq kilogrammes de sel gris.

Le *bain d'amidon* est favorable aux peaux grasses. On délaye dans deux litres d'eau 200 à 500 grammes d'amidon que l'on mélange ensuite lentement à l'eau du bain. Ce bain assouplit l'épiderme.

Le *bain de son* s'obtient en mélangeant à l'eau du bain de l'eau de son, c'est-à-dire cinq ou six litres d'eau que l'on aura fait bouillir pendant dix minutes, un kilogramme d'eau de son. Ce bain blanchit la peau et la débarrasse à merveille de tout ce qui l'obstrue. C'est un des bains les plus recommandés et les plus efficaces.

Le *bain de tilleul* se prépare en ajoutant à l'eau du bain une infusion de tilleul obtenue en faisant infuser, pendant une heure dans dix litres d'eau, un kilogramme de fleurs de tilleul. Le bain de tilleul est un bain calmant et adoucissant, au même titre, que le *bain d'avoine* et le *bain de pousses de sapin* en décoctions.

Le *bain sinapisé*, qui est un bain de pieds, contient 150 grammes de farine de moutarde délayée dans trois litres d'eau froide et versée dans le bain à température convenable. Ce bain est essentiellement médicamenteux et ne saurait être qu'un bain partiel.

Parmi les bains médicamenteux les plus connus et les plus recommandés, nous avons :

Le *bain sulfureux* contient généralement 50 à 100 grammes de trisulfure de potassium que l'on a fait dissoudre à chaud dans un quart de litre d'eau, puis filtré.

Le *bain de Barèges*, comme les bains sulfureux ordinaires, doit être pris dans des pièces spéciales, peintes au blanc de zinc, et dans des baignoires de bois, de fonte émaillée ou de zinc. Il contient 60 grammes d'hydrosulfate de soude cristallisé, 60 grammes de chlorure de sodium cristallisé et 30 grammes de carbonate de soude desséché, le tout préalablement dissous dans un litre d'eau, avant d'être ajouté à l'eau du bain.

Bien entendu, on ne prendra pas la peine de composer soi-même le bain de Barèges. Mais si je donne ici sa composition, c'est qu'il importe de ne jamais prendre ni bain ni médicament, sauf sur avis du médecin, sans se rendre compte exactement de leur composition.

Le *bain de Plombières* contient 100 grammes de carbonate de soude, 100 grammes de gélatine, 60 grammes de sulfate de soude et 20 grammes de sel marin.

Le *bain de Bourbonne* contient 100 grammes de carbonate de soude, 500 grammes de chlorure de sodium et 10 grammes de bromure de sodium.

Les *bains gélatineux* s'obtiennent en versant dans le bain une dissolution de colle de Flandre dans la proportion de 500 grammes de colle pour 10 litres d'eau chaude.

Les *bains gélatino-sulfureux* contiennent 250 grammes de gélatine dissoute préalablement dans l'eau chaude puis additionnée de 50 grammes de polysulfure de potassium.

BAINS DE BEAUTÉ Le bain de beauté est un raffinement du bain de propreté. Il n'en tient pas lieu, en ce sens que ses effets ne sont pas de débarrasser la peau des résidus qui encombrent les pores. Il a toujours pour objet d'assouplir, de lisser, de blanchir l'épiderme ou d'affermir la peau.

On ajoute généralement l'agrément du parfum aux compositions préparées pour les bains de beauté.

Parmi les bains de beauté les plus simples, citons :

Le *bain de glycérine*, obtenu par l'addition de 250 à 500 grammes de glycérine à l'eau du bain. Ce bain est recommandé aux personnes qui ont la peau sèche et rugueuse.

Le *bain de fécule de pommes de terre*, obtenu par l'addition de 500 grammes de fécule à l'eau du bain.

Le *bain de Pennès*, que l'on achète généralement tout préparé, est composé d'après cette formule :

Carbonate de soude	300 gr.	Sulfate de fer	3 gr.
Carbonate de chaux	1 —	Teinture de staphisaigre	50 —
Bromure de potassium	1 —	Huile de lavande	1 —
Phosphate de soude	8 —	Huile de thym	1 —
Sulfate de soude	5 —	Huile de romarin	1 —
Sulfate d'alumine	1 —		

On prépare le *bain d'orge* en faisant bouillir dans une bonne quantité d'eau :

Orge mondée	500 gr.	Bourrache	quatre poignées.
Graine de lin	250 —	Fleurs de mauve	quatre »
Riz	250 —	Son	2 kilogr.

Passez et parfumez avec un peu d'essence de lavande ou de serpolet.

Le *bain à l'eau de Cologne* est assez facile à préparer puisqu'il consiste à additionner l'eau du bain d'un litre d'eau de Cologne. Mais comme ce bain serait très coûteux, on se contente d'acheter chez le pharmacien ou le parfumeur des sachets de poudre d'eau de Cologne, qui donneront à l'eau des propriétés analogues à celles qu'elle tiendrait de l'eau de Cologne même.

Le *bain de roses* est composé comme il suit :

Eau de roses	1.500 gr.	Teinture de benjoin	50 gr.
Alcool à 90°	30 —	Essence de bouleau	30 —

Mélangez à l'eau du bain les parfums que vous avez eu soin d'agiter au préalable.

Le *bain de fraises*, qui assouplit la peau et la parfume, est un bain très coûteux. C'est presque un bain historique, puisqu'il fut usité par des beautés célèbres et, en particulier, par Mme Tallien.

Pilez dans un mortier 7 kilogrammes de grosses fraises bien mûres, 2 kilogrammes et demi de framboises et ajoutez à ce mélange, pour former une pâte, 2 kilogrammes et demi de son, 1 kilogramme de fleurs de guimauve et 250 grammes d'eau de roses.

Délayez peu à peu avec de l'eau chaude et ajoutez à l'eau du bain.

On conseillait de rester trois quarts d'heure dans ce bain et, en sortant, de se frotter la peau avec une éponge trempée dans de l'eau tiède pour frictionner ensuite avec de la teinture de benjoin.

Le *bain de lait*, essentiellement adoucissant, est également un bain de haut luxe. On le remplace souvent par le *bain de guimauve* que l'on obtient en faisant bouillir dans 10 litres d'eau 2 kilogrammes de racine de guimauve et 250 grammes d'hysope. On ajoute 500 grammes de gélatine.

Le *bain virginal* blanchit et tonifie la peau. On le prépare d'après la formule suivante :

Eau de roses	1 litre.	Glycérine	150 gr.
Teinture de benjoin	500 gr.	Acide salycilique	5 —

Le *bain d'amandes douces*, autre bain adoucissant, est préparé comme suit :

Pilez et broyez dans un mortier 250 grammes d'amandes douces en ajoutant peu à peu 50 grammes de teinture de benjoin. Mettez cette pâte d'amandes douces dans un sachet, tandis que vous mettez dans un second sachet 250 grammes de graines de lin et dans un troisième 250 grammes de farine de maïs. Ajoutez au bain les trois sachets et, tout en vous baignant, pressez-les dans l'eau comme des éponges.

Tous les *bains aromatiques* à la mauve, à la violette, à la lavande, à l'œillet, à la rose, etc., s'obtiennent en faisant infuser pendant une heure 500 grammes de ces substances aromatiques dans 10 litres d'eau bouillante; on passe avant d'ajouter à l'eau du bain.

L'usage des bains de beauté a donné lieu, autrefois, comme aujourd'hui, à des excentricités auxquelles la beauté n'a rien gagné, mais dont le souvenir s'est attaché à la réputation, de celles qui en furent les auteurs. C'est ainsi que l'on parle encore des *bains d'huile parfumée* des femmes de Corinthe, des *bains de lait d'ânesse* des impératrices romaines, des *bains de vin* d'Anne de Boleyn et des *bains de vin de Champagne* de certaines beautés contemporaines, etc.

Retenons seulement la recette, un peu modernisée sans doute, du fameux bain de beauté de Ninon de Lenclos :

Après avoir fait fondre, dans 1 litre d'eau de pluie 250 grammes de sel de cuisine et 100 grammes de carbonate de soude, faites dissoudre 3 livres de miel dans 3 litres de lait.

Versez successivement ces deux mélanges dans l'eau du bain.

L'un des bains de beauté les plus usités, et que je vous recommande tout spécialement, se compose en additionnant l'eau du bain d'un quart de litre d'eau de Cologne, de 5 grammes de carbonate de potasse et de 60 grammes de savon râpé.

BAINS FROIDS Un des plus grands hygiénistes belges enseigne un remède souverain contre la mauvaise humeur des enfants. Ce remède est, du reste, d'une application facile. On déshabille l'enfant et on le frictionne légèrement sur tout le corps avec une éponge ou une serviette imbibée d'eau froide. On le rhabille ensuite rapidement et, comme par enchantement, le sourire vient remplacer chez lui l'air chagrin.

Cette observation suffirait à montrer que l'eau froide est bienfaisante à la fois pour le moral et pour le physique. Mais comme nous n'avons pas à nous occuper ici du moral, qui joue cependant un grand rôle et qu'il ne faut pas négliger lorsqu'on a souci de sa beauté, contentons-nous de reconnaître les effets précis occasionnés par l'eau froide sur le corps.

Dès que notre peau se trouve en contact avec l'eau froide, nous éprouvons : 1° une surprise qui correspond à une sensation de froid; 2° une réaction presque immédiate, qui est comme une reprise de la chaleur vitale; 3° une nouvelle impression de froid moins vive cependant que la première.

C'est surtout lorsqu'on pénètre dans l'eau de rivière ou l'eau de mer que cette triple impression se produit. Elle est suivie, pendant toute la durée du bain, d'un sentiment de bien-être et de force très agréable en même temps que d'un sentiment de fraîcheur délicieuse qui, en particulier pendant les grandes chaleurs, prédisposent efficacement à lutter contre les excès de la température extérieure.

Les bains froids les plus bienfaisants sont les *bains de rivière* et les *bains de mer*.

Les *bains de rivière* conviennent aux personnes dont la constitution est débile. Ils stimulent, rafraîchissent et tonifient. Cependant, il ne faut pas en abuser, car on en obtiendrait à la longue le résultat contraire à celui que l'on recherche.

Les enfants qui, dans la période très chaude, restent trop longtemps dans l'eau et renouvellent plusieurs fois par jour l'exercice de la natation ou simplement l'immersion, maigrissent et pâlissent vite.

D'autre part, il faut se défier de la température de l'eau de rivière qui est parfois très basse, tandis que l'eau de mer qui, plus agitée, sans cesse se renouvelle et contient des principes vivifiants, ne présente pas les mêmes dangers.

Les *bains de mer* ont eux-mêmes une action tonique et surtout rafraîchissante sur les sujets riches en calorique. Au point de vue de la beauté, si le voisinage de la mer est défavorable au teint, l'eau salée et le choc des vagues contribuent à raffermir la peau en même temps qu'ils stimulent la circulation.

Les chlorotiques et les scrofuleux doivent recourir aux bains de mer qui sont, par contre, parfois nuisibles aux débiles, aux nerveuses et aux hystériques, aux femmes enceintes et aux vieillards. Celles qui souffrent du cœur, les arthritiques, les personnes prédisposées aux hémorragies, doivent absolument s'abstenir des bains de mer, qui sont également contraires aux personnes sujettes à la couperose, aux érésipèles et aux affections cutanées périodiques.

Au contact de l'eau de mer, la peau se resserre, se contracte, se tonifie. D'où il suit que la circulation est activée ainsi que les sécrétions, tandis que les forces se développent facilement. L'appétit lui-même augmente.

La cure marine, pour une personne à qui elle n'est pas absolument nuisible, renouvelle en quelque sorte la vie organique. Il se produit nécessairement un échange entre les principes salins du sang et les principes salins de l'eau marine.

On a constaté que le bienfait de l'eau marine est plus sensible sur les bords de la mer où l'évaporation s'accomplit plus activement qu'au large où les couches d'eau sont plus profondes.

De même, on a reconnu que les principes salins sont plus actifs dans la Méditerranée que dans la Manche ou dans la mer Baltique.

La moyenne des principes salins dans les eaux de l'Océan Atlantique est d'environ 8 à 10 p. 100, ce qui est une moyenne remarquable.

Lorsque l'on n'a pas la faculté de se rendre au bord de la mer, il peut être utile de prendre des bains de mer à domicile. Bien que l'action de ces bains soit considérablement limitée en raison de l'absence des vagues et, par suite, de l'espace restreint dont on dispose, bien que l'exercice musculaire y soit impossible, il est salutaire d'y recourir pour fortifier les muscles et affermir les chairs.

Voici les formules classiques des bains de mer artificiels :

1º Sel marin	8 kgr.	Hydrochlorate de chaux . . 700 gr.
Sulfate de soude cristallisé.	3.500 gr.	Hydrochlorate de magnésie. 2 kg.
2º Chlorure de sodium . . .	7,500 gr.	Sulfate de soude. . . . . . 2,525 gr.
— de magnésium. .	2,515 —	Iodure de potassium. . . 0 — 15
— de calcium . . .	515 —	Bromure de potassium. . 0 — 15
— de potassium . .	60 —	Sulfhydrate d'ammoniaque. V gouttes.

Pour que les bains de mer soient efficaces sans être fatigants, il faut que le bain soit relativement court et n'excède pas dix à quinze minutes. Immédiatement après le bain de mer, le bain de pieds chaud est très salutaire.

Les bains de mer pris à marée montante, lorsque la mer est un peu agitée, sont assurément les plus profitables. Il ne faut pas, autant que possible, les prendre à la marée descendante, alors que la mer ramène dans ses flots toutes les impuretés du rivage. La vague est moins forte, la lame n'a plus la même vigueur.

Adoptez, pour prendre le bain, le costume de laine classique, culotte bouffante, courte et tunique longue. Enveloppez les cheveux d'un bonnet en caoutchouc qui protégera hermétiquement les oreilles.

N'allez jamais dans l'eau de mer sans être chaussée. Les chaussons de corde sont assez pratiques et suffisent pour protéger les pieds contre les cailloux et les coquillages.

Donnez-vous beaucoup d'exercice dans le bain. Apprenez à nager, car il ne faut jamais rester inactif, et le travail musculaire que nécessite la natation rend encore plus efficaces les bienfaits de l'eau.

Un conseil très précieux pour les personnes qui ont les pieds fragiles. Au sortir de l'eau de mer, restez quelques instants pieds nus. Enfoncez-les dans le sable de la plage pour les poncer et les limer en quelque sorte. Du reste, la marche, pieds nus, sur le sable marin, est très saine et, d'une façon générale, fortifiante pour les parties du tissu cutané en contact avec lui.

BAINS D'AIR CHAUD ET BAINS DE VAPEUR Ces bains sont pris dans des étuves sèches ou humides, selon que c'est de l'air chaud ou de la vapeur d'eau que l'on y fait pénétrer.

La température moyenne des *bains d'air chaud* est de 40 degrés, mais on la fait osciller entre 30 et 50 degrés.

La moyenne des *bains de vapeur* est de 45 degrés, avec oscillation de 35 à 70 degrés.

Le but de ces bains est de provoquer les transpirations abondantes tant pour assainir le corps que pour compléter l'effet des ablutions.

Dans certaines maladies, le bain d'air chaud est tout indiqué, tandis que le bain de vapeur est surtout destiné à entretenir la propreté, l'élasticité et la beauté du corps.

On prend le bain de vapeur, ou *bain turc*, dans des étuves totales ou limitées, selon qu'on veut soumettre à l'effet de la chaleur tout ou partie du corps. Cette distinction est très importante, car il serait imprudent d'exposer le visage, par exemple, à d'abondantes sudations.

Dans les établissements de bains, on prend le bain de vapeur dans des étuves diversement chauffées. On passe successivement d'une étuve chauffée à 35 degrés dans une autre chauffée à 50 et enfin dans une troisième chauffée à 70 degrés. Il faut alors prendre soin de s'envelopper le visage pour que la vapeur ne distende pas trop les traits. Après ce bain, douchez à l'eau froide tout le corps et, en particulier, les seins.

Les frictions et le massage doivent toujours suivre le bain de vapeur.

A défaut des bains de vapeur pris dans les établissements spéciaux, contentez-vous, en hiver, par exemple, des bains de vapeur pris à la maison à l'aide d'un appareil portatif qui se replie aisément et qui n'occupe pas beaucoup d'espace dans la salle de bains.

Cet appareil se compose de quatre cloisons formant cabinet, recouvertes à la partie supérieure d'une toile cirée munie d'une ouverture circulaire pour le passage de la tête qui doit rester complètement à l'air libre.

A l'intérieur de ce cabinet que vous monterez sur une toile cirée ou sur un paillasson, vous disposerez une chaise cannée ou percée sur laquelle vous vous installerez après avoir disposé au-dessous la lampe à alcool surmontée de la bouilloire qui produit la vapeur.

Ces bains pourront durer de quinze à vingt-cinq minutes et seront suivis de frictions énergiques sèches d'abord, avec la lanière de crin, puis avec l'alcool additionné de teinture de myrrhe.

En hiver, ces bains auront l'avantage d'expulser toutes les impuretés du corps, d'assouplir la peau et de la rendre plus brillante et plus lisse.

5

Le *bain russe*, qui est le bain de vapeur complété par la douche, diffère du *bain turc* en ce que ce dernier ne comporte pas les applications d'eau froide.

Pour rendre le bain de vapeur plus agréable, on peut charger la vapeur d'essences ou d'alcool parfumé. C'est ainsi que l'on ajoutera de la teinture de benjoin ou de myrrhe, de l'essence de pin ou de cinabre.

On pourra également charger la vapeur de produits médicamenteux, tels que la térébenthine ou l'iodure de potassium.

Le repos est indispensable après le bain de vapeur.

LA DOUCHE La douche est la plus énergique des méthodes hydrothérapiques. On l'emploie en toilette et en médecine. Elle consiste dans la projection d'une colonne ou d'une pluie d'eau à pression et à température déterminées.

Les règles à suivre pour la douche sont très simples :

1° Durée très brève et limitée, autant que possible, à moins d'une minute.

2° Application à quatre heures au moins du dernier repas.

3° Application après un exercice de gymnastique, une promenade ou un exercice de natation.

4° Exclusion de la tête.

5° Faire quelques mouvements sous la douche. Frictions de la peau.

6° Il faut six heures au moins d'intervalle entre une douche et la suivante.

7° Les personnes qui n'ont pas le cœur en bon état doivent s'abstenir absolument de la douche.

La douche agit à la fois sur le système nerveux et sur les tissus. Les effets sont plus ou moins sensibles selon la durée de la douche, le mode d'application et la température de l'eau.

La douche est précieuse à la beauté en ce qu'elle active les fonctions de la peau, la circulation en général et qu'elle raffermit les tissus. Elle favorise la cicatrisation et fait disparaître les douleurs.

D'après son application, la douche est *locale* ou *générale*. Kneipp déplore que l'on soigne certains malades au moyen de douches générales, car il pense qu'on amoindrit l'effet de la douche en la faisant porter indistinctement sur toutes les parties du corps, alors que quelques-unes d'entre elles ont seules besoin de l'affusion d'eau. C'est pourquoi il préfère souvent l'affusion proprement dite à la douche qui lui paraît surtout excellente comme complément de toilette et pour l'hygiène générale du corps.

Les principales douches usitées sont les douches *en jet, en pluie* et *en colonne*. C'est là douche en pluie que l'on prend le plus souvent à domicile au moyen de l'appareil adapté au-dessus de la baignoire.

Les autres modes de douche sont généralement administrés dans les établissements spéciaux.

Quant à la température des douches, elle est de 10 degrés et au-dessous pour les *douches froides*. La douche est alors très courte.

La *douche chaude* est de 30 à 35 degrés, tandis que la *douche écossaise* est portée graduellement jusqu'à 45 degrés pour être suivie ensuite d'un jet froid.

La *douche alternative* consiste dans une succession de jets chauds et de jets froids alternés et répétés.

Après la douche, il faut prendre un peu d'exercice et aussi de repos.

LA SALLE DE BAINS On prend les bains dans un local spécial, qui n'est autre parfois que le cabinet de toilette, mais ce local est toujours organisé de telle façon que l'on y trouve à la fois toutes les commodités, la sécurité et l'isolement.

Il est assez naturel qu'on ait admis la baignoire et les accessoires d'hydrothérapie dans le cabinet de toilette, puisque le bain est généralement pris à l'heure de la toilette dont il n'est, du reste, qu'une partie indispensable.

Lorsque la salle de bains constitue un local spécial, on a soin de n'y rien introduire qui soit fragile ou salissant. Les murailles sont peintes à l'huile ou garnies de céramique ou de faïence. Le parquet est carrelé, cimenté ou même vitré, à moins qu'on ne se contente de protéger le bois au moyen d'un tapis de linoléum.

C'est la baignoire émaillée qui est la plus usitée. Elle n'a pas l'aspect luxueux des anciennes vasques de marbre ou de porphyre, mais elle est d'une propreté irréprochable.

Chaque baignoire est munie de son chauffe-bains en cuivre ou en nickel. Ce dernier métal est le moins fragile et c'est le plus élégant, en même temps que le plus facile à entretenir pour ces appareils assez compliqués qu'il importe de ne pas déranger ni malmener de peur des accidents qui sont malheureusement fréquents et dangereux.

C'est, bien entendu, du chauffe-bains à gaz que je veux parler ici, et qui consiste en un cylindre à l'intérieur duquel arrive l'eau qui se trouve chauffée à son passage par la flamme intense du gaz.

Dans les chauffe-bains les plus perfectionnés, on peut élever ou diminuer la température de l'eau en diminuant ou en accélérant le débit. C'est le même robinet qui sert aux deux fins et cela se conçoit puisque l'eau, en passant plus lentement dans les tuyaux, se trouve exposée plus longtemps à la flamme du gaz.

C'est en allumant le gaz et en l'éteignant que l'on risque évidemment d'occasionner des accidents. Le gaz mal fermé peut s'emmagasiner dans le cylindre et produire explosion. Ne confiez donc le maniement du chauffe-bains qu'à une main expérimentée et sûre.

Dans les appartements où l'eau chaude est, comme l'eau froide, distribuée partout, on se trouve avoir les mêmes commodités que dans les établissements de bains, et l'on obtient, pour le bain, la température voulue en procédant soi-même au mélange, à l'aide des deux robinets installés au-dessus de la baignoire.

Avec le chauffe-bains, il est très compliqué, lorsqu'on est dans la baignoire, de modifier la température du bain. On se trouve nécessairement dans l'obligation de recourir, pour ce soin, au concours de la femme de chambre.

Devant la baignoire, on a soin de placer une descente de bain en liège, en bois ou même en tissu éponge.

Le mobilier de la salle de bains doit être restreint à une chaise longue en osier, une chaise basse à haut dossier et une petite table sur laquelle on dispose les divers objets dont on peut avoir besoin après le bain.

Les porte-manteaux ne doivent être qu'en nickel, en verre ou en bois. Il ne faut pas laisser séjourner dans la salle de bains le linge dont on s'est servi.

Ce linge consiste en peignoirs et en serviettes de tissu éponge. Il faut, pour chaque bain, un peignoir et deux serviettes.

A certains chauffe-bains est adapté le chauffe-linge.

En ce qui concerne l'organisation de la salle de bains, la coquetterie et l'hygiène se trouvent d'accord pour n'y admettre aucune étoffe ni aucune lingerie. On emploie du tissu caoutchouté pour suspendre aux tringles qui sont disposées autour de la baignoire lorsqu'il existe un appareil à douches.

LES FRICTIONS
ET LE MASSAGE

LE GANT DE CRIN   Pour activer la circulation, le procédé le plus simple que l'on ait trouvé consiste dans la friction sèche au gant de crin.

Le gant de crin a bien la forme d'un gant, sans que les doigts y soient cependant indiqués. C'est plutôt une main en crin tissé que l'on se passe sur la peau.

Malheureusement, le gant de crin ne conserve pas longtemps sa raideur. Les crins s'amollissent et se cassent. Aussi préfère-t-on au gant proprement dit la lanière de crin, qui est généralement faite de crins beaucoup plus forts et qui, du reste, étant plus étendue a plus de résistance et plus d'efficacité.

A chaque extrémité de la lanière de crin, montée sur de la toile très forte, est adaptée une poignée ou anneau, grâce auquel on peut tenir l'instrument des deux mains et procéder soi-même aux frictions en avant et en arrière.

Il est bon de se passer un gant de crin le matin en se levant, et toujours après le bain.

FRICTIONS SIMPLES ET ONCTIONS   L'application du gant de crin constitue la plus simple des frictions. Mais l'hygiène comme la médecine, utilisant le bienfait de la friction pour la circulation, ont préconisé des systèmes plus compliqués et aussi plus énergiques.

C'est ainsi que l'on ordonne parfois des frictions à la laine, à la flanelle, à la brosse de chiendent ou de crin, etc.

L'effet des frictions sur la peau est considérable. Elles stimulent son fonctionnement, ouvrent les pores et font affluer le sang vers l'enveloppe cutanée.

La friction n'intéresse pas que la partie du corps qui la reçoit, mais toute l'économie s'en ressent : le teint lui-même s'épanouit et le visage paraît plus frais. On semble animé d'une vie plus intense. C'est en ceci que la friction est d'une importance capitale en ce qui concerne l'entretien de la beauté.

Du reste, le seul fait de se frictionner constitue déjà une gymnastique. Mais il importe de savoir se donner les frictions.

Avec le gant de crin, on frictionne généralement les membres en ayant soin de remonter des extrémités vers le cœur.

Avec la lanière, on se frictionne les épaules, le dos et les hanches, par un simple mouvement de va-et-vient. Le gant de crin sert aussi pour les hanches, mais c'est alors une sorte de massage et la main nue est bien souvent préférable au gant.

LE MASSAGE Le massage est une combinaison de différentes manœuvres destinées à activer la circulation et généralement aussi à modifier l'aspect de certaines parties du corps. Je ne parle ici, bien entendu, que du massage esthétique et non du massage médical qui comporte non seulement des frictions, mais toute une série de pétrissages, de pincements, de vibrations, de claquements, de tapotements, etc.

Les principaux instruments usités pour les massages de beauté sont la brosse, le gant, la lanière, la râclette, la roulette, la palette et le fouet.

Mais il faut se dire que tout cet arsenal n'est souvent destiné qu'à produire de l'impression sur l'esprit des élégantes.

Le véritable instrument de massage, celui qui est le plus efficace : c'est la main.

Il faut savoir choisir la masseuse. Recherchez des mains fortes, dont les doigts soient épais et la peau douce et soignée. Evitez les mains osseuses.

Veillez encore à ce que la masseuse ait les ongles courts, bien faits, sans être ni pointus ni taillés en griffes. Je ne veux pas dire par là que l'on ait à se protéger contre les égratignures, mais des ongles longs recueilleraient trop facilement le résidu qui se forme nécessairement sur la peau pendant les opérations.

Ce résidu est d'autant plus important qu'il ne faut pas se laisser masser sans le concours d'un lubréfiant tel que l'huile d'amandes douces ou tout autre corps onctueux.

Les manœuvres ordinaires du massage de beauté sont les frictions ou onctions, qui sont des frôlements ou attouchements très légers, que l'opérateur accomplit avec la face intérieure des doigts et dont la pression ne doit pas être plus forte que le poids même de la main.

Pour masser vigoureusement, il faut se joindre les mains comme en collier de façon que l'une puisse agir après l'autre ou en même temps qu'elle. Ainsi, l'opérateur peut donner son maximum de force.

Quant aux malaxations qui constituent le pétrissage, elles consistent dans un travail des mains qui rappelle les mouvements exécutés lorsqu'on pétrit de la pâte ou que l'on exprime l'eau d'une éponge. Ce sont des pressions pratiquées avec méthode, régulièrement et à pleines mains, en écartant les doigts ou en les réunissant, comme si on voulait étreindre circulairement toute la région intéressée.

Quelquefois même, le pétrissage se pratique avec la pulpe des doigts seulement. Ce sont des cas où il s'agit de ne malaxer qu'une surface de peu d'étendue.

Certaines pratiques complémentaires du massage ont une destination spéciale. Les *claquements* ainsi que les *vibrations pointées* et la *palette* sont usitées surtout lorsque le traitement s'applique à l'appareil locomoteur.

Les *pincements* sont efficaces contre l'atonie et l'insensibilité des organes.

Les *tapotements* stimulent les régions inertes, de même que les frictions à pleines mains ou le *pétrissage* proprement dit sont plutôt appliqués dans le massage du dos et des hanches.

Le *foulage* se pratique avec les deux mains disposées dos à dos, en descendant plusieurs fois d'un point vers un autre pour remonter ensuite vers le point de départ.

Le *sciage* est une sorte de pression pratiquée en exécutant avec le bord de la main un mouvement de va-et-vient qui rappelle le mouvement de la scie.

Chacune de ces manœuvres peut être exécutée de bas en haut,

de haut en bas, de droite à gauche, obliquement, circulairement, en courbe concentrique ou excentrique.

C'est précisément dans le choix de ces manœuvres que la
masseuse peut faire preuve d'initiative et obtenir des résultats
merveilleux en ce qui concerne la beauté.

LES DANGERS Toutes les heures ne sont pas bonnes pour le
DU MASSAGE massage. C'est avant les repas ou lorsque la digestion est accomplie qu'il faut se faire masser.

Lorsque le massage est général, qu'il intéresse les parties
abdominales, les hanches et même le dos, il est pratiqué sur
une table ou une surface bien plane.

On s'étend de tout son long sur cette table, sans roideur,
c'est-à-dire sans contraction et en laissant au corps toute sa
liberté, de façon que l'opérateur se trouve en présence du corps
tel qu'il est naturellement et qu'il ne s'avise pas de combattre
une défectuosité qui ne serait qu'apparente et non réelle.

La personne qui masse connaîtra à fond l'anatomie du corps
humain. Ce serait un grand danger pour l'opérée s'il en était
autrement.

Du reste, toutes les opérations du massage doivent être soumises à la surveillance du médecin, lorsqu'elles constituent un
traitement général qui pourrait avoir sa répercussion sur les
organes essentiels.

Retenez bien que les parties abdominales doivent être maniées
avec beaucoup de prudence et par onctions et frictions très
légères, généralement circulaires.

L'un des dangers du massage les plus redoutables au point de
vue de la beauté, réside dans les modifications qu'il apporte au
corps humain. Ayant pour effet principal de faire disparaître
les adiposités, les dépôts de graisse, il risque aussi d'occasionner des dépressions et des rides dans les régions traitées.

Apprenez, plutôt que de vous exposer au mécompte des traitements de beauté, à pratiquer vous-mêmes ces petits massages
de peau qui doivent être faits méthodiquement, à longue
échéance, sans rechercher d'effet immédiat, et qui sont comme
une sorte de discipline que l'on impose aux tissus pour combattre les effets de l'âge.

Une séance de massage ne doit pas durer plus de quinze à vingt minutes. Vous aurez tout bénéfice à vous faire masser immédiatement après le bain, les tissus ayant à cette heure-là toute leur réceptivité.

LOTIONS POUR LE MASSAGE ET LES FRICTIONS Ne vous avisez jamais de procéder à sec à la moindre opération de massage. Il faut toujours employer un lubréfiant qui rende le mouvement de l'opération plus aisé et le massage plus doux à la peau.

On a toujours sous la main la vaseline ordinaire ou la glycérine, mais on ne se contente pas, en général, de ces substances qui ne procurent que le bénéfice de l'onctuosité.

Par raffinement d'élégance, on parfume les substances lubréfiantes lorsque le traitement lui-même n'indique pas quelque élément complémentaire destiné à rendre le massage plus profitable encore.

Pour corriger la fadeur de la vaseline, vous pouvez adopter la composition suivante :

```
Vaseline. . . . . . . . . . . . . . . . . . . . . . . . . .  500 gr.
Essence artificielle de violette . . . . . . . . . . . . . . .  10 —
```

On peut, au lieu d'essence de violette, adopter n'importe quelle essence.

Les onctions à la glycérine sont très souvent employées :

```
Glycérine pure. . . . . . .  250 gr.  |  Teinture de benjoin . . . . .  5 gr.
Alcool à 60°. . . . . . . .  1 litre.  |  Essence d'œillet . . . . . . .  2 —
```

Pour rendre le mélange plus solide, on ajoute parfois du savon blanc râpé. Il suffit du reste d'employer :

```
Huile d'amandes douce. . .  500 gr.  |  Alcool à 90° . . . . . . . .  1 litre.
Savon blanc râpé. . . . . .  500 —   |  Essence de géranium . . . .  2 gr.
```

Si le massage a pour but de faire disparaître la graisse des régions opérées, employez l'onction suivante :

```
Glycérine . . . . . . . . . . . . . . . . . . . . . . . . . .  100 gr.
Teinture d'iode. . . . . . . . . . . . . . . . . . . . . . . .  20 —
```

Vous pouvez vous procurer aussi du savon iodé chez le pharmacien ou le préparer vous-même selon la formule :

Savon blanc râpé.	100 gr.	Iodure de potassium,	10 gr.
Vaseline.	30 —	Jus de citron	20 —

De même que le massage, la friction est plus facile à administrer à l'état humide qu'à l'état sec, lorsque l'on n'emploie pas le gant de crin, c'est-à-dire lorsque la friction est exclusivement manuelle.

C'est l'alcool sous une forme quelconque que l'on emploie pour les frictions. L'eau de Cologne serait tout indiquée si elle était moins coûteuse.

Vous me direz qu'il y a de l'eau de Cologne à tous les prix, mais je vous objecterai que pour la friction, il faut de l'alcool très fort. Il ne s'agit pas seulement d'humecter le corps, il faut le stimuler et hâter la réaction.

Parfumez votre alcool de la manière suivante :

Alcool à 90°	1 litre.
Essence de lavande.	20 gr.

Vous remplacez l'essence de lavande par de l'essence d'iris ou de violette, de l'essence d'œillet ou de géranium, selon vos préférences.

Toutefois, l'essence de lavande, comme l'essence de romarin, sont toujours recommandées dans les soins de la toilette.

LES PETITS SECRETS DU CABINET DE TOILETTE

LES PRESCRIPTIONS DE L'HYGIÈNE C'est assurément l'un des plus grands mérites de notre époque que celui d'avoir su, en ce qui concerne l'organisation intérieure, s'inspirer à la fois de l'hygiène et du bon sens, sans que l'élégance y perde.

Le cabinet de toilette existe aujourd'hui dans presque toutes les habitations ; il existe même à portée de presque toutes les chambres à coucher. C'est ainsi que le veut l'hygiène.

Lorsque l'on sort du lit, on a besoin de réparer, sans attendre, l'état du corps. Si le cabinet de toilette n'est pas tout à fait voisin de la chambre, s'il faut traverser, pour s'y rendre, quelque couloir tant soit peu long ou quelqu'autre pièce intermédiaire, on risque de souffrir d'un courant d'air ou, tout simplement, d'être aperçu des personnes de la maison à une heure et dans des conditions où l'on a le droit de n'être pas présentable.

C'est le matin, au saut du lit, que l'on est le plus susceptible au point de vue de la santé, alors que le corps est encore imprégné de la moiteur du sommeil.

Les raisons, qui veulent que le cabinet de toilette soit à proximité de la chambre à coucher, nous imposent également de veiller à l'orientation et à l'organisation de ce local.

Il faut, dans le cabinet de toilette, de l'air, de la chaleur et de la lumière.

L'air et la lumière pénétreront par une fenêtre et non pas par ces espèces de vasistas borgnes que l'hygiène devrait proscrire définitivement de l'habitation.

Aucun local ne mérite plus que le cabinet de toilette de recevoir franchement et largement l'air du dehors. Il faut aussi que le soleil y donne pendant une partie de la journée, car le cabinet de toilette humide est le refuge où prennent naissance toutes les maladies.

La question de la température du cabinet de toilette est également très importante. Les femmes qui consacrent au moins une heure, chaque jour, à faire leur toilette, dans un costume nécessairement très léger, doivent veiller à entretenir de 15 à 18 degrés dans le local, c'est-à-dire une température au moins égale et sensiblement supérieure à celle de la chambre à coucher où l'on peut facilement se contenter de 15 degrés.

Un danger permanent pour le cabinet de toilette, c'est l'usage qu'on y fait des eaux au cours des ablutions et aussi des bains, lorsque la baignoire est installée dans le local. On le conjure en organisant le cabinet de toilette dans des conditions spéciales d'hygiène qui, sans diminuer le confortable, sont des garanties de sécurité.

Je ne puis que répéter ici ce que j'ai sommairement indiqué en parlant de la salle de bains. Le cabinet de toilette ne comportera aucun ornement ni tenture qui puisse redouter le contact de l'eau ou de l'humidité. Les cloisons ne seront pas garnies de papier, si ce n'est d'une de ces compositions modernes, imperméables, rappelant le linoléum et dont la solidité est à toute épreuve.

Le marbre est très luxueux mais donne une impression glaciale. Le carrelage de faïence ou de céramique est élégant, propre et gai : c'est ce qui me semble le plus pratique.

La garniture la plus simple est la peinture laquée unie, blanche ou de nuance très claire. Cette peinture a l'avantage d'être facilement lavable et c'est bien ce qu'il faut dans le cas qui nous occupe.

Le parquet de bois est remplacé par le carrelage de faïence ou un ciment sur lequel on a le loisir d'étendre du linoléum.

LES CONSEILS DU BON SENS La vie des femmes d'aujourd'hui étant toute différente de celle des femmes d'autrefois, il est tout naturel que le cabinet de toilette soit plus strictement conforme à sa destination initiale et exclusive, qui est l'appropriation du corps conformément aux préceptes de l'hygiène et de la beauté.

Par conséquent, le bon sens nous invite à organiser et meubler ce local avec le strict nécessaire, — mais le nécessaire seulement, — et je ne saurais trop donner aux femmes comme il faut le conseil de s'en rapporter plutôt à l'hygiène et au bon sens qu'à la coquetterie d'apparat. Il est très mal porté de rechercher les succès d'élégance par le luxe du cabinet de toilette.

Rappelez-vous cette description de l'excentrique cabinet de toilette d'une héroïne du demi-monde crayonnée par Gyp :

« La baignoire de cristal chiffrée de turquoises ; le pavé de mosaïque ; les peaux d'ours ; des piles de coussins ; des divans bas adossés aux murs tendus d'étoffes japonaises ; les fontaines jaillissantes ; les palmiers et les lauriers roses ; la toilette de marbre rosé et la garniture en cristal pareille à la baignoire... »

N'est-ce pas à la fois le comble de la prétention aggravé par le comble du ridicule ?

Le bon sens impose à la femme de s'entourer, dans le cabinet de toilette, de tout ce qui peut lui être utile, au moment de ses apprêts, de tout ce qui peut lui éviter un déplacement, une recherche. C'est la sagesse même qui a préconisé la mode de réunir la salle de bains et la toilette dans le même local.

On fait mieux aujourd'hui, puisque l'on a adopté la coutume d'installer aussi, dans le cabinet de toilette — salle de bains, le siège des waters-closets avec cuvette en porcelaine et tout à l'égout.

Le cabinet de toilette qui doit être presque toujours ouvert à l'air libre, restera fermé du côté de l'appartement.

LE MOBILIER DE TOILETTE   Il faut donc s'inspirer de la simplicité même pour meubler le cabinet de toilette.

Le mobilier, que l'on admet dans ce local se composera presque exclusivement d'une table de toilette et d'un siège assez bas — pouf ou pliant — sur lequel on pourra, sans fatigue et sans gêne se livrer à tous les mouvements que nécessite l'apprêt du corps.

La mode est aux grandes tables de toilette à dessus de marbre et surmontées d'étagères également en marbre.

Les tables de toilette avec placards et tiroirs superposés, les armoires de toilette auxquelles on attribuait, bien à tort, l'avantage de masquer tout le matériel de toilette, sont tout à fait hors d'usage.

Dans le cabinet de toilette, il faut que les objets, comme les personnes, se trouvent perpétuellement en contact avec un air sain et renouvelé. Tout ce qui ferme et, par conséquent, tout ce qui risque d'entretenir ou de retenir des éléments malsains, doit être banni du local.

N'étaient-ce pas de véritables engins destructeurs de la santé que ces meubles dans lesquels, sous prétexte d'élégance ou de discrétion, on recueillait, sous clef, les seaux, brocs et tous récipients de toilette pendant toute la journée et, parfois, toute la nuit. Jamais l'intérieur du meuble ne prenait l'air et presque jamais, non plus les ustensiles de toilette. C'est donc un bienfait que la mode nouvelle soit d'agencer le cabinet de toilette selon la plus grande simplicité avec le strict nécessaire en matière de mobilier.

Je sais que les tables de marbre sont très coûteuses, étant donnée surtout l'étendue que l'on exige aujourd'hui de ce meuble fondamental du cabinet de toilette.

Mais il y a marbre et marbre. Certains marbres roses et gris, moins élégants peut-être, n'en sont pas moins très propres, très pratiques et très agréables à l'œil. On peut facilement s'en contenter, à défaut de marbre blanc. D'autant plus que le marbre blanc est fragile et que certaines teintures le corrodent sans qu'on puisse effacer la trace des taches.

Le grand avantage de la table de marbre, c'est qu'elle est généralement munie de la cuvette renversable avec tout à l'égout.

Souvent même, on installe au-dessus de la cuvette des robinets pour l'eau à discrétion.

A défaut de marbre, vous vous contenterez d'une table de bois laquée recouverte d'un plateau de verre sur lequel vous installerez la cuvette et les divers ustensiles de toilette.

Vous pouvez même adopter un système plus simple encore et qui consistera tout simplement dans une table de bois blanc recouverte de toile cirée.

Du reste la confection d'une table de toilette ne présente aucune difficulté. Il est très simple de faire exécuter par le menuisier une tablette de sapin ou de hêtre que l'on fixe à la muraille au moyen de branches en fer. Par ce moyen, on peut utiliser tout le dessous de la tablette en se contentant de tendre tout autour, soit au moyen d'une tringle et d'anneaux, soit au moyen de clous ordinaires ou de clous dorés un tissu imprimé quelconque et, de préférence, de la toile de Jouy. Il faut, bien entendu, choisir un tissu solide et qui ne craigne aucun nettoyage.

Une table en bois blanc ordinaire ou même un petit bahut en bois blanc surmonté d'une tablette peuvent rendre le même service, et il sera facile de les draper de la même façon. On aura l'agrément de ranger dans le placard les provisions de lingerie ou d'accessoires de toilette.

On a coutume de revêtir le siège de toilette du même tissu dont la table se trouve drapée.

Quant aux tablettes ou plutôt à la tablette unique qui est fixée au-dessus de la table de toilette, elle est en bois ou en verre. Si elle est en bois, on la recouvre du même linoléum, qui a servi pour la table et on l'orne d'un volant du même tissu dont est drapée la table.

Il est de bonne précaution d'installer, dans un coin du cabinet de toilette, un petit placard où mettre à l'abri les produits qui ne sont pas d'usage constant et qui ne doivent pas rester à la portée de tous.

Ce petit meuble sera en bois blanc laqué ou peint.

Lorsque l'espace est suffisant et que la baignoire est dans le cabinet de toilette, on y installe également la chaise longue en osier ornée de coussins en kapok et recouverts de tissu lavable.

Si la salle de bains forme un local à part et que la chambre à coucher soit trop petite pour qu'on y installe la coiffeuse, cette dernière trouvera sa place dans le cabinet de toilette. Du reste, une coiffeuse n'est pas encombrante. C'est un petit guéridon joliment drapé dans le même style que la table de toilette et devant lequel on place un pouf qui n'est autre souvent que celui de la toilette, à moins que la hauteur de la table ou de la glace ne nécessite un siège spécial.

Les meubles coiffeuses, de style ou ayant un caractère artis-

tique, ont leur place dans la chambre à coucher ou dans le bou-
doir. Là, ils ne risquent pas de souffrir de l'humidité.

POUR SE FAIRE JOLIE, Nous avons dit que le cabinet de
IL FAUT BIEN SE VOIR toilette doit être très lumineux,
c'est-à-dire exposé à la pleine lu-
mière qu'il recevra par une fenêtre assez vaste.

Il faut, en effet, qu'une dame à sa toilette n'ait pas besoin de
faire d'efforts, pour observer tous les détails de sa personne
dans les glaces qui sont toujours ses conseillères naturelles.

Les glaces sont indispensables dans le cabinet de toilette.
Il doit y en avoir de toutes les dimensions et de tous les genres,
depuis le petit miroir grossissant, qui permet de surveiller de
près les moindres détails de la toilette, jusqu'aux glaces en
pied et à la psyché devant lesquelles on a le loisir de régler
l'attitude, le maintien, le geste.

Devant la table de toilette, on dresse une glace dans laquelle
on doit pouvoir se mirer non seulement le visage, mais encore
la poitrine. Cette glace est droite ou inclinée, plane ou biseautée.

Lorsqu'il existe dans la pièce ou même dans la chambre à
coucher, un meuble coiffeuse, on se contente généralement,
devant la toilette, d'une glace droite appliquée au mur ou
encore d'une glace à trois faces qui permet de s'observer de
différents points de vue.

Toutefois, j'incline à croire que la glace à trois faces est d'un
usage plus pratique lorsqu'on l'installe sur la coiffeuse ou à la
muraille, dans un endroit bien éclairé.

Comme la table de toilette est généralement encombrée d'accessoires plus ou moins utiles, mais presque toujours fragiles,
il est assez difficile d'y manier la glace à trois faces ou tout
autre glace mobile à pied. Aussi se contente-t-on presque toujours pour observer le visage, pendant les ablutions, de la glace
droite et fixe.

La psyché est un véritable meuble. Elle permet de s'observer
en pied. C'est la vraie glace de la toilette d'ensemble. Elle est
préférable à la grande glace fixe de la muraille, parce que grâce
à sa facilité d'inclinaison, on peut modifier l'angle visuel et
varier les attitudes.

C'est par la psyché que l'on remplace presque toujours, aujourd'hui, l'armoire à glace. Le modèle le plus simple et le plus usité consiste dans un cadre en bois laqué supporté par un double pied muni de montants au centre sur lesquels pivote la glace.

Malgré les avantages de la psyché dont l'un des plus appréciables est sa mobilité, on tend désormais à lui préférer la grande glace à plusieurs faces, comme le miroir dit *volte-face*, et qui n'est qu'une glace à trois faces dont les dimensions sont telles que l'on peut y mirer toute la personne, de face, de profil et de dos.

Ces miroirs sont fixés à la muraille ou montés sur un pied. Ils se ferment comme un triptyque. Dans cette position, ils ne sont ni encombrants, ni fragiles : on ne les ouvre si bon semble, qu'au moment de la toilette.

Une glace ne doit pas être placée dans un endroit où, aux heures habituelles de la toilette, le soleil donne directement. Il faut également éviter les faux jours. La position la plus commode, pour bien s'observer, consiste à recevoir la lumière du jour du côté gauche ou d'en haut, tandis que la lumière artificielle viendra d'en haut ou de chaque côté.

On doit avoir à sa portée de petites glaces à main. Il en existe généralement une ou deux sur la table de toilette ou sur la coiffeuse.

CE QU'ON DOIT AVOIR SOUS LA MAIN Si le mobilier du cabinet de toilette se trouve assez restreint, par les règles de l'hygiène et du bon sens, au strict nécessaire, le matériel de toilette est, au contraire, compliqué à l'infini, en ce sens que la coquetterie suggère chaque jour l'emploi de nouveaux ustensiles et de nouveaux produits.

La garniture de la table de toilette est, à peu près, toujours la même. Il existe une série de récipients presque classiques que l'on retrouve sur les tables les plus élégantes comme sur les plus modestes. Ce sont :

Le pot à eau.
La cuvette.
Le savonnier.
Le porte-brosse.

Lorsque le cabinet de toilette est destiné à l'usage de deux personnes, ce qui arrive dans tous les ménages, chaque personne a son service complet en propre.

Quand la table est à *cuvette*, c'est-à-dire lorsque la ou les cuvettes sont incrustées de façon que l'on peut les vider sans avoir besoin de les déplacer, il existe rarement le pot à eau car presque toujours des robinets à eau sont installés au-dessus de ces cuvettes.

Lorsque la vidange doit s'opérer sur place, c'est-à-dire sans sortir la cuvette de sa niche, il faut préférer le système des trous ou des trappes au système de la bascule, ce dernier permettant rarement la chasse complète de l'eau de toilette.

Le pot à eau a sa place dans la cuvette, le savonnier à droite et le porte-brosse à gauche. Le plat à lotions ou à barbe n'existe pas toujours.

Beaucoup de toilettes à dessus de marbre et à cuvette incrustée comportent aussi le savonnier et le plat à brosses creusés dans le marbre même.

En outre du service complet des récipients que je viens d'énumérer, la table de toilette est garnie d'une collection de *flacons* et de *pots* plus ou moins élégants et riches et que l'on aligne généralement sur l'étagère qui est au-dessus de la table de toilette.

Ces collections se composent de quatre ou six flacons, de quatre ou six pots. Les premiers sont destinés, par ordre de taille, en allant du plus grand au plus petit, 1° à l'alcool, eau de Cologne, eau de roses ou lotions pour les ablutions ; 2° au champoing, ou lotion pour la chevelure ; 3° au lait de beauté ; 4° à l'eau dentifrice ; 5° à l'alcoolat pour les frictions ; 6° à une essence parfumée.

Quant aux petits pots, on peut leur affecter la destination suivante : le plus grand sera destiné à la pâte d'amandes de savon, le second, à la vaseline boriquée, le troisième, à la poudre de riz rose, le quatrième, à la poudre de riz blanche, le cinquième, à une crème de beauté, le sixième, à une pâte dentifrice.

Des pots plus petits contiendront les pâtes et poudres à ongles, les fards, etc.

De même, les huiles, les teintures, et toutes compositions

grasses seront contenues dans des pots ou des flacons spéciaux qu'il ne serait pas prudent de laisser constamment sur la toilette.

Le jeu de *brosses* fait partie des objets que l'on n'a pas à dissimuler. Comme les brosses doivent être très soignées et qu'une dame en possède toujours une collection élégante, il est tout naturel qu'elle les expose, soit sur la table, soit sur la coiffeuse, sur cette dernière, de préférence.

Le jeu de brosses se compose de sept brosses : la brosse dure à habits, la brosse dure à chapeau, la brosse douce à chapeau, la brosse dure à cheveux, la brosse à poudre, la brosse à ongles, la brosse à brillantine.

Les messieurs emploient aussi la brosse dure à moustaches et les dames la brosse à sourcils. Quelquefois, dans les trousses très complètes, on trouve la grosse brosse ronde à cheveux en même temps que la brosse ordinaire munie d'un manche.

Les brosses à habit, ainsi que les brosses à chapeau, ne doivent pas paraître sur la table de toilette. Il est préférable, du reste, de ranger les autres brosses sur la coiffeuse, les brosses à ongles et les brosses à dents trouvent seules leur place sur la toilette proprement dite.

Les brosses à chapeaux et les brosses à habits seront rangées dans des portes-brosses pendus au mur, dans une boîte à brosses.

Retenez aussi que les brosses que l'on expose doivent être d'un parfait état de propreté telle, sinon, n'exposez que vos brosses de luxe et recueillez dans un tiroir les brosses d'un usage journalier ainsi que les épingles à cheveux et tous peignes, postiches, etc.

Les *peignes* sont de formes diverses selon leur destination. On compte généralement trois peignes indispensables : le rateau, à dents longues et assez larges, le démêloir, qui comprend des dents larges et des dents fines, le *peigne fin*, de forme carrée, qui ne comprend qu'une ou deux rangées de dents fines. Lorsqu'il y a deux rangées de dents au peigne fin, l'une d'elles est composée de dents plus fines que les dents de l'autre.

On ajoute parfois un peigne fin de forme longue, destiné à

lisser les cheveux. Les messieurs ont un petit peigne à moustache.

Pour les ablutions, on emploie les *éponges*. Il faut toujours avoir, dans le cabinet de toilette, deux éponges, l'une grosse et l'autre fine. Vous savez que l'on reconnaît la qualité des éponges à leur pureté et à l'absence de matières étrangères. Elles sont compactes, serrées et de tissu fin.

Ne laissez jamais les éponges humides. Faites-les sécher à l'air après les avoir bien rincées et abritez-les ensuite dans un porte-éponges que vous dissimulerez à côté de la toilette.

On se sert souvent des *mains-éponges*, qui ne sont que des espèces de gants en tissu-éponge. L'éponge en caoutchouc n'est ni élégante, ni agréable, mais elle est beaucoup plus hygiénique et se nettoie infiniment mieux que l'éponge véritable que le savon encrasse facilement.

Il y a tout un matériel de *brocs*, *seaux* et *bassins* qui sont indispensables à la toilette et que l'on dissimule sous la table. Ces objets sont soit en faïence, soit en métal émaillé. Cette dernière matière est antihygiénique et dangereuse, à cause de la difficulté qu'il y a à faire disparaître complètement l'odeur des eaux de toilette. D'autre part, le métal émaillé s'écaille facilement, ce qui le rend plus fragile encore que la faïence.

L'*onglier*, qui contient tous les menus ustensiles destinés à la toilette des ongles, pinces, ciseaux, limes et polissoirs, ne trouvera sa place que sur la coiffeuse ou sur une table spéciale. Ces divers instruments sont, en effet, généralement en acier et doivent être tenus à l'abri de l'humidité.

Tous ces objets sont alignés sur la table ou restent rangés dans l'onglier.

Ayez encore sous la main le *tire-bouton*, pour les chaussures et pour les gants, l'*ouvre-gant*, la *corne à chaussures*, les *vaporisateurs*, etc.

L'élégance conseille d'éviter les exhibitions inutiles ou inopportunes. Le cabinet de toilette étant, comme nous l'avons dit, un local essentiellement privé, les fantaisies de luxe n'ont d'autre objet que de procurer des satisfactions strictement personnelles à celui ou celle qui en font usage.

Il est assez naturel qu'en voyage, lorsque vous êtes à l'hôtel, vous vous contentiez de sortir votre trousse du sac et de l'exposer avec tous ses étuis et ses flacons sur la table de toilette. Chez vous, au contraire, ne vous avisez pas de sortir vos trousses pour garnir la toilette. Contentez-vous de disposer les objets utiles bien alignés sur la table, sans que les étuis paraissent. Si les objets sont trop fragiles pour sortir de l'étui, tenez-les à l'abri.

Les ustensiles destinés à la toilette des ongles sont les seuls qui puissent être exposés dans leur étui ouvert. Toutefois, la peau de chamois qui sert à polir les ongles ne paraîtra pas.

L'ÉLÉGANCE DES USTEN- C'est surtout par la matière dont
SILES DE TOILETTE ils sont faits, plutôt que par leur
forme, que les ustensiles de toilette revêtent un aspect d'élégance.

Observez qu'ici, comme dans beaucoup de cas, ce n'est pas la richesse des objets qui leur donne de la valeur au point de vue de la coquetterie de l'organisation.

La garniture de toilette, c'est-à-dire la série des récipients, pot à eau, cuvette, etc., est généralement en faïence ou même en porcelaine, — quoiqu'il importe d'avoir toujours sous la main des objets de toilette solides.

Les garnitures de verre ou de cristal taillé ont précisément l'inconvénient de leur fragilité. La moindre hésitation dans les mouvements peut occasionner un éclat, une fêlure, qui compromettent évidemment l'existence de toute la garniture.

Quand on veut être élégante, il ne faut pas l'être à demi, et l'on doit faire en sorte qu'il n'y ait aucun défaut, aucun accroc dans ces objets qui constituent précisément le matériel essentiel de la coquetterie.

Le grand luxe, c'est de posséder une garniture de toilette en métal précieux, argent massif ou argent doré. Le métal argenté a lui-même sa fragilité, puisque le meilleur n'est pas éternel. Quant au nickel, il est inélégant.

Les services de faïence ou de porcelaine diffèrent surtout par le dessin. Le fond est généralement blanc, ce qui est le plus agréable pour faire la toilette. On peut orner la faïence elle-même des initiales ou du chiffre, mais cette précaution est plutôt indiquée lorsque la matière du service est d'un certain luxe, c'est-à-dire en métal argenté, en argent massif, en argent doré, ou même en cristal taillé, à condition que les boîtes soient garnies d'un couvercle métallique.

Si vous adoptez la garniture de métal, prenez toujours du massif, car les bosses et les déchirures du métal en feuilles ou en plaques sont plus inélégantes encore que les ébréchures ou les éclats de la faïence ou du verre.

Il ne faut pas avoir de prétention au style lorsque l'on emploie un service de faïence. Au contraire, un service de métal précieux doit avoir un cachet artistique, sinon on encourrait le reproche de n'aspirer qu'au faux luxe et au clinquant.

Le jeu de brosses le plus simple est en bois, ciré généralement. Il y a aussi le jeu de brosses en ébène qui donne déjà une certaine note d'élégance.

Les plus luxueuses sont les brosses en ivoire, en écaille, en argent massif ou en argent doré. Le métal argenté a, pour les brosses, le même inconvénient que pour la garniture de toilette.

Quant au celluloïd, qui imite joliment l'ivoire et même l'écaille, il offre l'avantage d'être propre et facile à nettoyer, mais il a le grave inconvénient de sentir le camphre et d'être très inflammable.

Tous les jeux de brosses, quelle que soit la matière, peuvent être chiffrés.

Quoique les peignes ne puissent être considérés comme objets d'élégance, puisqu'on les dissimule généralement, ils sont souvent de la même matière que le jeu de brosses, c'est-à-dire en ivoire ou en écaille. Je ne saurais trop insister sur la nécessité d'avoir des peignes de bonne qualité. Si vous hésitez à acheter des peignes de prix, contentez-vous de peignes en corne, mais n'employez jamais des peignes en celluloïd ou en métal qui risquent d'abîmer le cuir chevelu et les cheveux eux-mêmes.

Les flacons en cristal taillé, en cristal de Bohême sont de très haut goût. Certains flacons, tels que ceux à essences, reposent dans des demi-étuis en ivoire, en écaille ou en métal, c'est-à-dire toute matière assortie à la garniture de toilette elle-même.

LA PROPRETÉ DU CA- La propreté rigoureuse s'impose dans
BINET DE TOILETTE le cabinet de toilette. Chaque jour, ce
local doit être grand ouvert à l'air et
à la lumière du dehors.

Comme il est assez difficile d'y établir les courants d'air,
puisque le cabinet de toilette doit rester isolé de l'appartement
et toujours fermé, il faudra tenir les fenêtres longtemps ouvertes,
c'est-à-dire environ deux heures chaque jour et, de préférence,
le matin, après la toilette.

L'aération n'est pas la seule préoccupation indispensable. Le
cabinet de toilette étant, par suite de son affectation même,
exposé à l'humidité, il est bon de le tenir ouvert aux heures où
le soleil donne.

Il ne faut laisser séjourner dans ce local aucune trace de
la toilette que l'on vient d'y faire. Toutes les eaux doivent disparaître, celles qui sont usées et celles qui n'ont pas été
employées, car il est indispensable de nettoyer à fond, chaque
jour, tous les récipients.

Nous avons dit que le cabinet de toilette doit pouvoir être
lavé et qu'à cet effet, les murs sont peints à l'huile, vernis ou
carrelés, le parquet cimenté ou carrelé.

Pour faire ces lavages, on emploie l'éponge et le savon noir.

Pour que le nettoyage du cabinet de toilette présente toutes
les garanties de salubrité, il est bon d'employer, pour les
lavages hygiéniques des parquets et des murs, soit le formol
en solution, à raison de 40 grammes par litre d'eau, soit tout
simplement l'eau de Javel étendue d'eau.

Dans cette lutte que nous devons soutenir perpétuellement
contre les agents nuisibles à notre santé, surtout au moment où
nous sommes particulièrement exposées à leurs atteintes, comme
dans le cabinet de toilette, nous devons rechercher tous les
moyens pratiques de purifier l'atmosphère où nous vivons en
détruisant tous les ennemis invisibles et puissants.

Pour que les désinfectants soient pratiques et utiles, il faut
qu'ils répondent aux conditions suivantes : *action rapide,
innocuité, économie* et *commodité.*

Parmi les désinfectants connus et les plus efficaces nous
devons citer :

1° Le *sublimé* qui agit rapidement, mais qui est éminemment toxique et irritant. Il a le défaut de corroder les objets métalliques.

2° L'*acide phénique* qui est irritant et légèrement toxique. Il a une odeur désagréable.

3° L'*aldéide formique*, qui est un excellent désinfectant mais dont les vapeurs sont irritantes. On peut toujours faire disparaître son odeur, qui est très persistante en laissant évaporer de l'ammoniaque dans les pièces closes où ce produit a été employé.

4° Le *lysol*, qui est excitant et toxique mais qui est un excellent désinfectant en solution de 2 à 5 p. 100.

5° La *créoline*, également excitante et toxique, qui s'emploie en émulsion.

6° Le *chlore et les chlorures de chaux, de soude ou de potasse*, qui sont d'excellents désinfectants.

7° L'*ammoniaque*, qui a pour effet, comme *la chaux vive, la soude et la potasse*, de neutraliser les acides malfaisants, l'acide carbonique, par exemple.

8° Le *charbon*, les *cendres de houille ou de bois*, qui absorbent les produits gazeux s'échappant des matières animales en décomposition.

9° Le *lysoforme*, que l'on obtient en saponifiant l'huile avec une lessive de potasse et en liquéfiant le savon au moyen de l'aldéide formique. Les qualités du *formol* se trouvent ainsi fixées dans un corps qui ne dégage ni mauvaises odeurs, ni vapeurs irritantes. Il peut être employé sans danger.

Le lysoforme est un liquide transparent soluble en toutes proportions dans l'eau à laquelle il donne une teinte opaline. On l'emploie en solution à 2 p. 100 pour supprimer les mauvaises odeurs. Il stérilise à merveille et n'a aucune action délétère sur les instruments de métal et de gomme, ce qui est pratiquement un avantage très appréciable relativement aux objets en nickel et aux seringues diverses.

L'action microbicide du formol et par conséquent du lysoforme, est très puissante.

Le lysoforme est employé à 3 p. 100 pour tuer les microbes

et pour stériliser les ustensiles de toilette. Une solution à 1 p. 100 suffit pour la désinfection des mains.

10° Le thymol, qui est, avec le lysoforme, l'un des meilleurs désinfectants. On l'emploie en solution de 1 à 3 p. 100 pour la désinfection des objets et de la peau. Son action microbicide est très puissante.

L'*acide borique*, qui est employé comme antiseptique, n'a pas de propriétés désinfectantes. Il faut donc l'abandonner.

Parmi les compositions les plus recommandées pour la désinfection des locaux et des récipients et objets de toilette, on peut retenir la suivante :

Sel de cuisine.	30 gr.	Acide sulfurique du commerce.	15 gr.
Minium.	20 —	Eau froide	1 litre.

Mêlez le sel de cuisine et le minium, introduisez le tout dans une bouteille remplie d'eau et ajoutez peu à peu l'acide sulfurique. Agitez et vous constaterez aussitôt que la réaction s'opère. Le sulfate de plomb se précipite tandis que le sulfate de soude et le chlore restent dissous dans l'eau qui prend une couleur jaune.

On emploie ce liquide en le versant par petites quantités dans des récipients plats. Il agit par évaporation.

Le chlorure de zinc en solution dans l'eau chaude — 25 grammes par litre — et le sulfate de zinc en solution dans l'eau chaude — 6 à 7 grammes par litre — sont d'excellents désinfectants.

Pour les grands lavages, les hygiénistes recommandent la solution antiseptique du Dr Salomon :

Chlorure de sodium	1 gr.	Acide tartrique.	5 gr.
Sulfate de cuivre.	2 —	Eau distillée	1 litre.
Sublimé.	1 —		

Lorsqu'on a procédé aux lavages désinfectants, il faut toujours avoir la précaution d'aérer avant les heures de toilette.

LE NETTOYAGE DES OBJETS DE TOILETTE Il ne faut pas laisser aux domestiques l'initiative des procédés de nettoyage à employer pour le cabinet et les accessoires de toilette. La santé est trop directement intéressée à leur parfait état de propreté hygiénique pour qu'on se repose sur les données d'une expérience de hasard comme est celle des gens de service.

Lorsqu'on est pris au dépourvu, ou en cas de maladie, on demande au docteur les indications précises, touchant les soins de désinfection à administrer aux objets ou aux locaux. Mais dans la pratique du nettoyage journalier, la maîtresse de la maison doit veiller scrupuleusement aux modes de nettoyage appliqués aux objets. C'est là un soin qu'elle ne saurait confier à personne, sans danger.

Les *seaux*, *bassins* et *récipients* qui servent soit à transporter l'eau destinée à la toilette, soit à la contenir pendant les ablutions seront chaque jour lavés à l'aide d'une solution désinfectante. Les plus usitées sont le thymol et le lysoforme. Après la désinfection, on rince à l'eau fraîche.

Lorsque vous devez utiliser des cuvettes qui ne vous sont pas personnelles, dans les chambres d'hôtel en particulier, ayez bien soin de les stériliser avant de vous en servir.

Le procédé le plus simple consiste à verser dans le récipient un peu d'alcool ou d'eau de Cologne que vous enflammez.

Lavez de temps en temps les objets de toilette, peignes, brosses, dans de l'alcool à 85°, pendant une minute au moins.

Les *brosses* et les *peignes* seront, du reste, nettoyés journellement. Les brosses seront frottées sur du tissu éponge ou sur du papier buvard et les peignes lavés à l'eau alcoolisée ou légèrement ammoniacale.

Je vous conseille encore, pour le nettoyage des brosses à cheveux, le procédé qui consiste à tremper les soies dans une solution de cristaux de soude, 125 grammes pour un litre d'eau. Secouez et laissez sécher en plaçant le côté des soies sur un papier très propre. Le séchage au soleil est préférable.

Les *brosses à dents* seront soigneusement antiseptisées à l'alcool. Renouvelez-les au moins chaque mois.

Nettoyez les *flacons* avec de l'eau de carbonate de soude, puis rincez.

Pour débarrasser les flacons d'une odeur persistante, passez-y plusieurs fois de la glycérine, puis enfin de l'alcool pur.

On nettoie les flacons gras avec une solution de cristaux de soude à 10 p. 100.

Les objets en *métal* de la garniture de toilette sont nettoyés comme l'argenterie ordinaire, c'est-à-dire, en général, avec du blanc d'Espagne.

On essuie et l'on frotte les objets en *écaille* et en *ivoire*. L'eau oxygénée blanchit l'ivoire. Après une immersion de l'objet dans cette eau, on le fait sécher au soleil.

La poudre ponce délayée dans un peu d'eau produit le même résultat que l'eau oxygénée.

On rend à l'ivoire sa teinte primitive en plongeant les objets, pendant plusieurs heures, dans une solution saturée d'alun. On assèche dans un linge humide.

Nettoyez les *éponges* avec du jus de citron ou de l'alcali et rincez. Dans les hôpitaux, on prend la précaution de les tremper, pendant quelques minutes, dans une solution de permanganate de potasse.

LES OBJETS DE TOILETTE SONT STRICTEMENT PERSONNELS Lorsque plusieurs personnes font leur toilette dans le même local ou, en d'autres termes, lorsqu'il n'existe qu'un seul cabinet de toilette pour une famille, il est indispensable, nous l'avons déjà dit, que chaque personne ait ses ustensiles de toilette bien à soi. C'est là un principe d'hygiène qui ne souffre pas de dérogation. D'autant plus que lorsque deux personnes emploient, par exemple, la même cuvette ou le même peigne, il est bien évident que l'on ne procédera pas, entre le premier et le second usage, à une désinfection minutieuse.

On a beau se croire et croire les autres en bonne santé, nul ne peut être sûr de ce qu'il est. Nous entretenons en nous-mêmes des germes morbides insoupçonnés, et je trouve effrayante, pour ma part, l'habitude qu'ont certaines mères de faire employer par leurs enfants le verre à bouche qui vient de leur servir à elles-mêmes. Je ne parle pas de la brosse à dents qui ne doit jamais, sous aucun prétexte, être empruntée.

Les brosses et les peignes engendrent souvent des maladies du cuir chevelu et certaines calvities précoces et inattendues n'ont d'autre origine que dans l'emploi de brosses contaminées par l'usage d'un étranger.

Je conseille aux femmes soucieuses de leur santé de ne jamais laisser exposés à la portée des domestiques les objets qui servent à leur toilette journalière. La tentation est très forte pour une femme de chambre d'employer les ustensiles de sa maîtresse. C'est ainsi que, malgré le luxe dont témoigne une belle trousse étalée sur la table de toilette, il vaut mieux se condamner à plus de simplicité, par égard pour la santé, qui est le plus précieux de tous les biens.

AYEZ AUSSI VOS HEURES
ET PRENEZ VOTRE TEMPS

A QUELLE HEURE ON FAIT SA TOILETTE C'est le matin qu'on fait sa toilette, avant de se livrer aux occupations habituelles. Mais le matin comprend une bonne partie de la journée, et les personnes qui se lèvent vers onze heures pourraient se croire elles-mêmes dans la règle saine et normale, si l'on ne délimitait avec un peu plus de rigueur le programme de la coquetterie bien entendue, c'est-à-dire tempérée de quelque sagesse.

Il n'est pas question, mesdames, de raccourcir vos nuits. Vous pouvez vous lever à l'heure qui vous plaît, — rien n'est plus salutaire pour la beauté que le repos et les nuits calmes et complètes — mais ce qui est déplorable pour une femme c'est de prolonger la phase intermédiaire entre la sortie du lit et l'apprêt complet du corps.

Vous ne sauriez croire combien cette période de relâchement, cette période pendant laquelle vous prétendez *rester à votre aise* dès le matin, est préjudiciable à votre charme.

Nous avons vu que le corps se façonne perpétuellement d'après les mouvements qu'on lui imprime. Or, avant de faire votre toilette, vous êtes lourde, votre visage mal éveillé conserve toutes les empreintes du sommeil, vous manquez de fraîcheur, vous ne voudriez pas — ce qui est un signe caractéristique — qu'un étranger vous aperçût en cet appareil !

Eh ! bien, dès que vous êtes éveillée, dès que vous avez franchi cette petite étape d'indolence nécessaire à tout bon réveil et qui peut durer environ un quart d'heure, sautez du lit. Selon la température du local, jetez sur vous un peignoir de chaud molleton ou de lingerie et passez dans votre cabinet de toilette. Mais, de grâce, n'entreprenez pas de vous occuper des choses de la maison !

Créez-vous une sorte de discipline en vous obligeant à ne paraître qu'après toilette faite devant les gens de la maison eux-mêmes. Dans le cas où les soins de la maison réclameraient de bonne heure votre présence, il faudrait vous lever plus tôt, mais ne vous accordez aucune faiblesse sur ce point : il suffit d'une première défaillance pour se laisser entraîner aux pires habitudes.

Par conséquent, sans vous astreindre à un horaire fixe, je vous conseillerai de vous lever vers sept heures et de vous livrer sans délai à votre toilette, c'est-à-dire aux ablutions, coiffure et apprêts divers. Corsetez-vous. Revêtez ensuite un vêtement d'intérieur, si vous n'avez pas à sortir immédiatement, et vaquez à vos occupations dans la maison.

Si vous attendez dix ou onze heures pour faire votre toilette, vous perdrez tout le bénéfice de la matinée. Sans compter que votre maison ira forcément à vau-l'eau, le personnel s'y sentant hors de surveillance, votre corps prendra de la mollesse, le cabinet de toilette sera probablement insuffisamment aéré et l'aération de la chambre elle-même négligée.

D'autre part, en vous levant pour l'heure du déjeuner, il est probable que l'appétit vous manquera. N'ayant fait qu'une dépense de forces à peu près nulle, vous n'éprouverez pas le besoin de les réparer.

Enfin, la vie au lit invite à la nonchalance, au *farniente* et, ce qui n'est pas moins grave, à la morosité et à la mélancolie. L'humeur et la beauté gagnent à ce qu'on soit matinale. Se lever de bonne heure n'est pas un manque d'élégance, c'est une preuve de jeunesse persistante et robuste. Que pouvez-vous souhaiter de mieux que de rester jeunes ?

LA TOILETTE   C'est le matin qu'on fait la toilette en grand,
D U   S O I R   puisque c'est en sortant du lit qu'on doit
apprêter le corps non seulement pour le rendre apte à la vie active de la journée, mais encore pour qu'il puisse réaliser les effets harmonieux d'ensemble ou de

détail que l'on obtient par les raffinements des reliefs et de l'expression.

Mais si la toilette du matin est plus complète et plus minutieuse, si l'on n'y doit négliger aucune partie du corps, il faut aussi procéder à la toilette du soir, avant de se mettre au lit. Le corps, fatigué par le travail et l'exercice de la journée, a besoin, avant de se détendre dans le sommeil, d'être débarrassé de tous les résidus qui encombrent l'enveloppe cutanée.

Cette toilette du soir doit donc consister en ablutions, tièdes de préférence, les ablutions froides risquant d'éloigner le sommeil, — et en certains soins de la chevelure qui, pendant la journée, a été particulièrement exposée à la poussière.

Je ne parle pas des soins intimes qu'il ne faut jamais oublier et pour lesquels l'hygiène ordonne de surveiller, avec une attention scrupuleuse, aussi bien les ustensiles que l'eau employée qui doit être bouillie.

Les femmes élégantes savent très bien, avant de paraître devant le monde, se réparer le visage et se passer la crème ou la poudre qui doit donner à leur physionomie l'éclat ou le coloris souhaité. Cette petite toilette du visage est répétée plusieurs fois par jour et elle correspond à un souci de beauté très judicieux.

Il ne faut pas être moins scrupuleuse sous le rapport de la beauté et de la propreté des mains que l'on doit laver plusieurs fois par jour et toujours avant de commencer la toilette.

Les circonstances à l'occasion desquelles la toilette prend le plus grand développement, et où elle nécessite le plus d'art, sont les sorties du soir.

Il faut que la femme ait l'œil aussi bien exercé à s'étudier et à se connaître à la lumière artificielle qu'à la lumière du jour.

De même que le cabinet de toilette et les glaces doivent être organisés de façon que le corps y apparaisse dans sa plus grande netteté, c'est-à-dire y reçoive le plus directement possible les rayons lumineux du dehors, de même les appareils destinés à projeter la lumière artificielle seront installés aux endroits les plus favorables pour éviter les ombres et les faux-jours.

Le foyer de lumière unique présente des dangers. S'il est

libre et franc, c'est-à-dire sans rien pour tamiser la clarté, il ne projettera pas, sur tous les points du local, une lueur égale. Si sa lumière est tamisée, la clarté sera presque certainement insuffisante.

C'est donc à la lumière à foyers multiples qu'il faut recourir et, de préférence, à celle des bougies et du pétrole, si l'on recherche surtout l'exactitude des traits : ce qui est indispensable pour obtenir la fidélité de l'expression, en particulier dans le maquillage.

Si l'on veut obtenir le maximum d'intensité et d'égalité dans la clarté, c'est la lumière électrique qu'il faut adopter. Elle a seulement le défaut de pâlir. La lumière du gaz serait elle-même défavorable au point de vue du coloris puisqu'elle jaunit légèrement le teint.

Disposez les foyers lumineux, soit en haut, soit à droite et à gauche de la glace.

On adopte généralement les appliques en pendants, de chaque côté de la toilette.

Des candélabres ou tout simplement des petites lampes seront placées sur la coiffeuse.

L'ISOLEMENT DU CABINET DE TOILETTE Autrefois, les dames faisaient leur toilette dans un vaste local qui n'était autre, bien souvent, que la chambre à coucher, dans laquelle le lit occupait l'alcôve, c'est-à-dire un petit espace limité et isolé.

Le lever était une véritable solennité, qui affectait même volontiers le caractère de cérémonie publique. Les visiteurs y défilaient, y échangeaient des compliments à n'en plus finir et l'on y apprenait les nouvelles de la cour et du monde.

Voici à titre de curiosité ce qu'écrivait au XVIIIe siècle, l'auteur du *Livre à la Mode*, touchant une dame de sa connaissance :

« Elle a arrangé toute sa vie avec un art et une prévoyance si admirables, que rien n'est plus délicieux que le tissu des quarts d'heure qui forment la chaîne de ses beaux jours. Elle sonne le matin la cloche aux vapeurs ; car elle en a autour d'elle pour tous les besoins et pour toutes les maladies. Des domes-

7

tiques viennent en foule et aussitôt notre dame, voluptueuse-
ment malade, reprend toute son âme dans un bouillon délicieux ; bouillon ambré, bouillon plus excellent que l'ambroisie
même.

« Après cette opération, sa santé revient peu à peu : on sourit trois fois, on demande des nouvelles du temps, on jette un
œil à demi ouvert sur un livre tout joli, on en lit deux lignes
et l'on cause ensuite une demi-heure. Le médecin entre, tâte le
pouls, qu'il trouve toujours un peu ému, vérifie la régularité du
battement de cœur, tient quelques propos badins et raconte
quelques historiettes de la veille. Enfin, l'heure de la toilette
arrive, c'est-à-dire midi, on se laisse aller entre les bras de deux
femmes de chambre qui transportent l'idole sur une magnifique
délassante. Là, on baille quatre à cinq fois, on ferme encore
l'œil, comme si l'on voulait sommeiller, car l'usage est qu'on a
toujours besoin d'une heure pour se reposer lorsqu'on en a
dormi dix. On se réveille tout de nouveau, on demande un
miroir et bientôt on s'écrie qu'on est laide à faire peur. On
change de décoration, on passe une robe de Perse, on se pâte,
on se fait tortiller les cheveux et l'on y répand des parfums à
profusion. Les couleurs se présentent à la vue, on se barbouille
avec le pinceau et l'on se rend rouge comme la crête d'un coq,
on applique quelques mouches, on se nettoie les dents où l'on
en ajuste trois postiches, mais qui paraissent dans tout leur
naturel. Telle est la matinée de la Dame en question, si vous
ajoutez qu'on baise un serin, qu'on caresse un chien, que, d'intervalle en intervalle, on gronde une femme de chambre et
qu'enfin on donne un coup d'éventail, mais coup tout mignon
sur les doigts indifférents d'un abbé poupin qui assiste régulièrement à la toilette..... »

Nous sommes devenues plus décentes et, vraisemblablement,
plus raisonnables. Nous estimons que, pour faire sa toilette, il
faut être aussi attentive que pour exécuter n'importe quel travail nécessitant l'application de l'esprit. Le concours de la
femme de chambre est assurément précieux. Il diminue notre
peine et, parfois, nous pouvons en attendre des indications précieuses. Mais n'est-ce pas vraiment lorsque nous sommes en
confidences avec nous-mêmes, bien installées devant le miroir,

que nous pouvons le mieux corriger les défauts de notre visage ou de notre silhouette ?

Devant la femme de chambre la plus éprouvée, devant le coiffeur le plus discret, avons-nous vraiment toute notre liberté ? Si un détail nous déplaît dans l'organisation de notre coiffure, aurons-nous le courage de leur faire recommencer cinq ou six fois de suite l'édifice de notre chevelure ?

Au contraire, étant seules, nous ne craignons aucun jugement. Nous pouvons exécuter tous les exercices d'assouplissement sans risquer d'être ridicule. Nous essayons ainsi notre démarche, nous étudions le dessin de nos gestes. Nous pouvons aussi exercer notre physionomie aux contractions ou aux expressions les plus étranges pour lui donner une éloquence imprévue et attrayante.

En un mot, l'application à se faire belle n'est efficace et décisive que dans l'isolement. La présence du mari constitue elle-même une contrainte. Il suffit que l'on cause et que l'on soit préoccupée par une idée étrangère à la toilette pour que celle-ci ne soit pas réussie à souhait.

Prenez donc une décision énergique, celle de vous enfermer dans votre cabinet de toilette. Personne ne vous en voudra, puisque ce sera pour vous faire plus belle.

POUR BIEN FAIRE SA TOILETTE, IL FAUT ÊTRE DE BONNE HUMEUR Les dispositions de l'esprit ne sont pas indifférentes tandis que l'on fait sa toilette. J'ai connu une femme très belle qui avait le caprice singulier de se faire jouer de la musique joyeuse pendant tout le temps qu'elle passait dans son cabinet de toilette. Cela, disait-elle, lui donnait des idées et la mettait de belle humeur.

J'en ai connu une autre qui choisissait des roses d'une certaine nuance et les faisait installer en gerbe sur sa table de toilette. Elle s'ingéniait à obtenir sur son visage un coloris approchant de celui des fleurs dont la présence embaumait le local et y répandait, en même temps que leur parfum, une impression délicieuse de vie printanière.

Ce sont là, si vous voulez, de petites manies que les personnes sages pourraient interpréter comme excentricités. Mais ne vous est-il pas arrivé à toutes de constater des différences immenses entre votre toilette de la veille et celle du lendemain ? Avec la même application, on arrive, parfois, à des résultats bien différents. Une inquiétude, un souci suffisent pour faire échouer tous nos efforts vers la beauté.

Remarquez, d'une façon générale, que notre beauté est éminemment variable selon les circonstances en vue desquelles nous l'apprêtons. Lorsque nous devons assister à un enterrement, nous nous inspirons, en faisant notre toilette, d'idées tout autres que celles qui nous animent les jours de fête ou de réception. Nous savons nous donner, dans ces derniers cas, des airs de triomphe et d'allégresse, tandis qu'aux jours tristes c'est la sévérité qui inspire notre coquetterie devenue décente et sobre.

Tout s'enchaîne dans la vie. Lorsqu'on se lève de bonne humeur et que l'on a de la bonne humeur pendant les heures de la toilette, il y a beaucoup de chances pour que l'on conserve toute la journée cette tournure d'esprit.

Quand bien même on ne se ferait pas, ces jours-là, plus belle qu'à l'ordinaire, on se trouve animée d'un tel optimisme que l'on se découvre des perfections inattendues. Et cela ne fait que rendre l'esprit plus joyeux et l'existence meilleure.

LE TEMPS QU'ON PASSE A SA TOILETTE Les femmes ont un ennemi terrible : c'est l'impatience. N'avez-vous pas observé qu'à certains jours rien ne vous réussissait ? C'était la malchance continue, vous commettiez maladresse sur maladresse et, bien entendu, cette succession de malheurs se produisait justement le jour où vous étiez le plus pressée.

Mettez donc tout votre temps à faire votre toilette. La chose est assez importante pour que vous n'y lésiniez pas. Il y a quantité de bons conseilleurs qui vous diront : « Une femme sérieuse ne passe pas plus d'une demi-heure par jour dans son cabinet de toilette. »

Une femme sérieuse fait sa toilette sérieusement, comme toutes choses. Et elle y passe tout le temps voulu.

Faut-il être plus précis ? Faut-il déterminer exactement la durée des opérations de la toilette ?

Sans fixer de règle absolue, on peut établir que l'on ne saurait mettre moins de trois quarts d'heure pour faire complètement sa toilette. Je ne parle pas ici du temps que prennent le bain et la gymnastique. Admettez, si vous voulez, que les jours de bain l'ensemble de la toilette durera une bonne heure.

Rentrons dans le détail. Les ablutions proprement dites par lesquelles on commence la toilette et qui consistent dans le nettoyage des pieds, des jambes, des mains, des épaules, du cou et du visage, ne dureront pas moins de quinze à vingt minutes, y compris les frictions. On emploie dix minutes pour la chevelure, dix minutes pour les soins particuliers du visage et l'on terminera par la toilette spéciale de la main et des ongles.

Il faut faire la toilette en une seule fois, sinon on risquerait de perdre la notion de l'harmonie générale ou même de commettre des oublis.

Le souci d'accomplir méthodiquement et complètement toutes les opérations de la toilette, ne doit pas entraîner, toutefois, à y consacrer un temps superflu. Seules les personnes qui se sont condamnées à l'application des teintures ou des fards compliqués ont le droit de dépenser plus d'une heure par jour à leur toilette.

Quant à la toilette du soir, elle ne saurait durer moins d'un quart d'heure.

LE PIED

L'ÉLÉGANCE DU PIED Le pied est l'une des parties du corps à propos desquelles il s'est produit le plus de confusion dans l'esthétique humaine. Beaucoup d'Orientaux se sont montrés partisans invétérés de la liberté complète du pied pour lequel ils admettaient tout au plus l'usage des sandales.

Par contre, le pied des Chinoises est légendaire pour sa petitesse presque tyrannique, tandis que les Américaines se font une gloire d'affranchir le pied moderne en élargissant la chaussure selon la forme rationnelle de nos extrémités.

Les Anglaises sont demeurées amoureuses des pieds longs et élancés.

C'est peut-être en France que l'on s'est fait du pied, comme de beaucoup d'autres choses, la conception la plus artistique.

L'importance du pied dans la vie normale est telle qu'il ne faut le sacrifier ni à une préoccupation de coquetterie, ni à un souci exclusivement utilitaire.

Tel qu'il est naturellement, le pied a sa beauté. C'est, en outre, un auxiliaire admirable de résistance et d'élasticité puisque, sans lui enlever rien de sa délicatesse, de son harmonie ni de sa souplesse, l'accomplissement de sa fonction l'oblige à une activité incessante.

Il supporte tout le corps humain, et c'est grâce à lui que nous conservons notre aplomb dans la marche. Il mérite donc bien qu'on l'entoure de soins et qu'on se flatte de sa grâce, lorsqu'il est délié et menu. C'est merveille, en effet, qu'un si petit instrument rende tant de services.

Pour que le pied soit bien fait et pour qu'il soit jugé joli, il faut que le contour dessine une série de courbes harmonieuses, sans ligne droite, qu'il ne repose pas complètement et à plat sur le sol et que, élégamment cambré, il se rattache à la jambe par la nodosité saillante de la cheville à l'endroit même où le membre affecte sa plus fine rondeur.

Certains esthètes prétendent qu'un joli pied doit être en relation de mesure avec le visage. C'est là une opinion fantaisiste car si, exceptionnellement, cette pseudo-règle trouve quelques applications, il est bien évident qu'il n'y a pas, entre la tête de l'homme et la tête de la femme une différence comparable à celle qui existe entre le pied masculin et le pied féminin.

A s'en rapporter aux mesures du bottier, le pied féminin, pour être élégant, chausse trente-six à trente-huit et le pied masculin quarante à quarante-deux. Il ne faut pas prétendre se chausser trop fin. On doit rester à l'aise dans le soulier pour que la marche conserve sa fermeté et sa régularité.

Les mauvais pieds et les vilains pieds sont : le pied plat qui, lorsqu'il est posé sur le sol y adhère sur toute sa surface palmaire, à la façon du pied des palmipèdes ; le pied gras, dont les orteils se détachent sans grâce et, comme on dit, en « boudinant » ; le pied court, dont les orteils naissent presque sur la même ligne et semblent raccourcis ; le pied épais qui semble faire corps avec la jambe, sans que la cheville se détache nettement ; le pied étroit et trop long où souvent les orteils chevauchent l'un sur l'autre.

SOINS JOURNA- Quoiqu'on pense, quoique cette opération
LIERS DU PIED puisse paraître une complication embarrassante, il faut prendre au moins un bain de pieds chaque jour. Je ne veux pas dire que l'on ait besoin de rester pendant dix minutes chaque jour les pieds dans un bassin ou une baignoire. Ce qui est indispensable, c'est de procurer aux pieds, sur toute leur surface, le contact abondant de l'eau, de façon à débarrasser l'épiderme, à stimuler la peau et à procurer de la fraîcheur à ces extrémités si actives que leur travail constant expose le plus à la poussière et à la fatigue.

La véritable toilette des pieds consiste à les passer, le soir de préférence, à l'eau tiède savonneuse. Employez une éponge et asséchez bien avec un linge sec. C'est bien la méthode la plus succincte de procéder à l'apprêt des pieds. Mais il ne faut pas oublier qu'en raison du travail fourni chaque jour pendant la marche, le pied s'abîme et peut perdre son élasticité et sa souplesse. De même, lorsque le pied reste inactif, il perd de sa vigueur. Il faut, dans ce dernier cas, le stimuler par un traitement énergique.

Indépendamment du nettoyage proprement dit et après ce nettoyage, poncez soigneusement toutes les parties cornées du pied, de façon à éviter la formation de callosités. Poncez même le dessous des pieds.

Après le ponçage, lotionnez le pied avec une eau fortement alcoolisée ou tout simplement à l'eau de Cologne.

Pour éviter que le pied ne se salisse pendant la marche, ayez la précaution de le revêtir, sous le bas, d'un chausson de tissu doux et fin tel que la soie blanche. Vous *protégerez* ainsi le bas lui-même contre l'usure rapide.

Ce moyen de protéger le pied est plus pratique et plus sûr que celui, tout à fait illusoire, que l'on avait imaginé, des bas de couleur à semelle blanche.

LES BAINS DE PIEDS Tout le monde en général et particulièrement les personnes qui prennent beaucoup d'exercice, qui font des marches prolongées, doivent prendre un bain de pied spécial tous les jours. On se préserve ainsi de la fatigue des membres, des callosités et de cet inconvénient si grave qu'est la transpiration excessive des pieds.

Le bain de pieds consiste dans une simple immersion dans l'eau tiède ou chaude. On peut rendre le bain plus ou moins bienfaisant en l'adaptant à la nature même du pied. Le même bain ne convient pas aux pieds gras et aux pieds maigres.

Pour les pieds gras, je vous conseille les bains de son, tandis que les bains de farine d'amandes sont préférables pour les pieds maigres.

Lorsque l'on veut tonifier le pied, on ajoute à l'eau du bain de l'eau de Cologne ou de l'eau de lavande.

Le *bain de sel* est encore plus énergique, il est éminemment fortifiant.

Les *bains alcalins* sont des bains de beauté très efficaces pour entretenir la blancheur et la finesse de la peau.

Vous composerez un bain alcalin avec cent grammes de carbonate de soude.

Les *bains alcoolisés* sont toujours fortifiants. Composez-les de la manière suivante :

```
Alcool . . . . . . . . . . . . . . . . . . . . . . . . . . .  50 gr.
Alcoolat de romarin. . . . . . . . . . . . . . . . . . . .  5 —
Teinture de benjoin. . . . . . . . . . . . . . . . . . . .  10 —
```

La teinture de benjoin est excellente dans la toilette du pied.

Un bain de pieds ne doit pas durer plus de dix à quinze minutes.

Il ne faut pas mettre le bas avant que les pieds ne soient parfaitement secs. Asséchez-les soigneusement avec un tissu éponge, frictionnez-les, sans les masser, avec un peu d'eau de Cologne, en allant du bout du pied jusqu'au talon.

C'est pendant que le pied est encore sous l'influence de l'eau, c'est-à-dire amolli, que l'on peut procéder le plus facilement au ponçage de la peau et à la toilette des ongles.

Certaines personnes se trouvent bien de passer le pied à la poudre de talc, avant de chausser les bas. De cette façon, alors même que le pied a encore quelque moiteur, il n'y a pas d'adhérence de la peau au tissu.

Le bain de pieds sinapisé est un bain médical. Jadis, on faisait volontiers abus des fameux bains à la moutarde qui, sur le coup, font affluer le sang aux extrémités inférieures. Mais immédiatement après le bain, la réaction s'opère et le danger, au lieu de disparaître, peut, au contraire, s'aggraver.

On emploie aujourd'hui le bain de pieds sinapisé dans les cas d'urgence où il faut produire un effet violent et immédiat.

Je vous rappelle, pour mémoire, la composition du bain de pied sinapisé.

```
Eau. . . . . . . . . . . . . . . . . . . . . . . . . . . .  10 litres.
Farine de moutarde . . . . . . . . . . . . . . . . . . .  150 gr.
```

La farine de moutarde doit être délayée dans l'eau froide à laquelle on ajoute assez d'eau chaude pour obtenir la température convenable.

N'oubliez pas que l'eau trop chaude nuit à l'action de la farine de moutarde.

LES ONGLES Pour que l'ongle soit beau, il faut qu'il soit arrondi en forme de ceintre, rose, brillant, poli et transparent. Ce sont là beaucoup de qualités que l'on ne saurait entretenir qu'en surveillant chaque jour et dirigeant, pour ainsi dire, la croissance de ce cartilage délicat qui n'est que le produit d'une sécrétion et qui termine élégamment les extrémités du pied et de la main.

Il est évident que, dans la chaussure, l'ongle ne doit pas être long, sinon on s'exposerait à de petites infirmités très douloureuses, sans compter l'inconvénient également appréciable, de voir percée continuellement l'extrémité du bas.

Sans vous astreindre à faire chaque jour une toilette des ongles du pied aussi minutieuse que celle des ongles de la main, examinez chaque jour, après le nettoyage des pieds, l'état des ongles, et taillez-les toutes les fois que vous constatez que le cartilage dépasse la limite de la chair.

Adoptez la taille en carré pour les gros orteils afin d'éviter *l'incarnation* de l'ongle. Quant aux autres ongles, inspirez-vous, pour la taille, de la forme même des doigts, en recherchant de préférence, la forme elliptique.

N'employez que des ciseaux courbes dont vous vous servirez sur leur côté plat.

Après la taille, brossez les ongles et nettoyez-les en vous servant, plutôt que de la pointe des ciseaux, d'une lime ou d'un petit instrument d'acier en forme de burin.

Lorsque les ongles sont trop cassants frottez-les fréquemment avec la pommade suivante :

Huile d'amandes douces . . . 20 gr.		Cire blanche . . . . 10 gr.
Huile de tartre . . . . 20 —		Alun en poudre . . . . 2 —

S'il vous arrive de couper l'ongle trop près de la chair il se produit alors une boursouflure douloureuse sur le bord même de la chair. Enveloppez le doigt d'un linge ou d'une mousseline à pansement imbibée d'eau bouillie froide. Evitez de marcher tant que la blessure ne sera pas parfaitement cicatrisée.

L'alun, le sel, le vinaigre, et même le jus de grenade, sont efficaces contre les blessures qui détachent l'ongle de la chair.

Pour remédier aux épanchements de sang qui se produisent sous l'ongle à la suite de contusions, entourez le doigt d'une gaze hydrophile trempée dans la composition suivante :

Eau bouillie	un quart de litre.	Laudanum de Sydenham . . .	8 gr.
Vinaigre de Saturne.	12 gr.	Sulfate de zinc	1 —

Cette composition sera appliquée très froide et on aura eu soin avant de l'employer et, autant que possible, aussitôt après la contusion, de plonger à plusieurs reprises le doigt de pied malade dans de l'eau froide.

LES ONGLES INCARNÉS Il suffit d'une taille défectueuse des ongles ou d'un relâchement de quelques jours dans la surveillance de leur croissance pour occasionner l'une des plus douloureuses infirmités du pied, les ongles incarnés. Je dis avec intention infirmité, car celui qui en est atteint est tout à fait incapable, le temps que dure ce mal, de se mouvoir librement.

Lorsque l'ongle des orteils est mal taillé, il n'est pas étonnant que le mal s'aggrave vite, étant donné que l'on a constaté que les ongles croissent d'environ un millimètre par semaine. D'autre part, les chairs étant douées d'une certaine élasticité, on ne s'occupe de l'ongle défectueux qu'au moment où la douleur est déjà cuisante et, dès lors, il est souvent trop tard.

Il est certain que les chaussures trop étroites occasionnent souvent la naissance des ongles incarnés. Mais le véritable mal tient à l'habitude que l'on a de tailler l'ongle du gros orteil comme les autres ongles ou même comme ceux de la main, c'est-à-dire elliptiquement.

Lorsque l'ongle, en poussant, a entamé la chair, il se produit vite une plaie et des suppurations.

Dès que l'on voit la chair s'irriter et rougir autour de l'ongle, il faut prendre une décision énergique. Au moyen d'une petite lime très fine, diminuez le dessous de l'ongle, en le râclant, et continuez cette opération jusqu'au moment où l'ongle sera assez mince pour être pris au moyen d'une pince avec laquelle vous lui imprimerez une courbure dans le sens contraire de celle qu'il avait.

Bien entendu, l'ongle ne conservera pas cette position si vous ne l'y fixez pas. Introduisez donc, sous l'ongle de la charpie que vous retirerez lorsqu'il aura poussé et repris sa position normale.

Ce qu'il faut surtout c'est éviter le contact de la pointe de l'ongle avec la chair vive.

Renouvelez surtout l'opération du limage de façon que l'ongle ne devienne pas rude ni trop épais tant qu'il n'aura pas repris la direction voulue.

On peut se contenter, dès les premières douleurs, lorsque la chair est rouge, enflammée, sans suppuration, d'appliquer, matin et soir, le badigeonnage suivant :

> Teinture d'aloès . . . .)
> Teinture d'opium . . . . } en parties égales.
> Perchlorure de fer . . . .)

On recouvre d'un doigtier de coton, pour éviter tout contact du bas, et l'on a soin de porter des chaussures un peu grandes.

L'alun en poudre doit être fréquemment employé pour la toilette du pied. C'est un astringent qui resserre les tissus et prévient souvent le dommage des ongles incarnés. Ayez donc soin de passer chaque soir, sous le gros orteil, un peu de poudre d'alun.

En cas de suppuration, lavez fréquemment avec de la liqueur de Van Swieten ou sublimé au millième.

En limant le dessus de l'ongle, au milieu, de façon à en diminuer l'épaisseur, vous éviterez la repousse des ongles incarnés car l'ongle aura tendance à se resserrer vers le milieu et non à s'étendre.

LES CORS Les cors aux pieds comptent parmi les méfaits des chaussures trop étroites. Le nombre des personnes affligées de cors aux pieds est considérable et ce petit mal est tellement pénible qu'on le considère comme une véritable persécution dont on souffre, non seulement pendant la marche, mais même pendant les moments de repos.

Vous voyez souvent des personnes de mauvaise humeur et qui

n'ont cependant d'autre raison d'être tristes, que les cors aux pieds. C'est un véritable fléau.

Malheureusement, on a beau multiplier les recettes et les formules : les cors aux pieds sont presque toujours aussi nombreux. Comment se l'expliquer?

Dans leur hâte de se guérir, les personnes qui sont atteintes de cette affection insupportable recourent, les yeux fermés, à n'importe quelle recette dont on leur fait l'éloge. « En trois jours « leur a-t-on dit, vous serez guéri ». Et l'on a soin de fournir l'exemple d'une ou de plusieurs cures merveilleuses accomplies grâce à ce produit, à cette solution ou à cette application plus ou moins mystérieuse.

Les remèdes les plus populaires contre les cors aux pieds sont les applications d'oignon macéré dans le vinaigre et les badigeonnages au moyen d'un mélange de vinaigre et de teinture d'iode en parties égales.

Parmi toutes les méthodes employées, l'une des meilleures consiste en badigeonnages à l'aide d'une préparation à l'acide salicylique et au collodion, dont voici la formule :

Extrait de Cannabis. . . 25 centigr.		Ether . . . . 2 gr.	
Acide salicylique. ⎫	âa. . 1 gr.	Collodion élastique. . . . . . 5 —	
Alcool à 90°. . . ⎭			

On badigeonne chaque soir la partie malade, et cela jusqu'à ce que le cor se détache de lui-même. Ayez soin de ne pas toucher les parties qui ne sont pas cornées.

Le nitrate d'argent appliqué sur le cor donne aussi d'excellents résultats. Vous pratiquez alors de la manière suivante :

Prenez un bain de pieds très chaud pour enlever toute la partie saillante du cor, avec l'ongle seulement. Humectez un crayon de nitrate d'argent, promenez-le sur toute la surface du cor et très légèrement au delà. Cette opération ne doit pas durer plus d'une minute.

Laissez sécher avant de remettre le bas.

Vous constaterez dès le lendemain, que la surface du cor devient noire, puis une légère vésication se produit au bout de huit jours, exercez avec les doigts ou une petite pince une légère traction, de la circonférence au centre de l'escarre, et vous réussirez à extirper en entier tout l'épiderme endurci, c'est-à-dire tout le cor.

On assure que les feuilles de lierre rampant préalablement passées au-dessus d'une flamme pour en enlever toutes les impuretés suffisent à faire « mourir » le cor. On maintient la feuille de lierre sur le cor, au moyen d'une petite bande de toile ou d'un peu de charpie. La surface du cor jaunit rapidement et la partie cornée se détache

Les cataplasmes d'alun donnent encore d'excellents résultats : Faites fondre 20 grammes d'alun dans un peu d'eau et ajoutez trois cuillerées à bouche de henné et une cuillerée à bouche de vinaigre. Mélangez bien pour former une pâte que vous appliquerez le soir sur le cor. Bandez soigneusement pour ne pas tacher les draps du lit. Lavez le pied le lendemain matin et recommencez l'opération une seconde fois à huit jours d'intervalle. Prenez enfin un bain de pieds très chaud et le cor se détache.

Voici une très vieille recette qui donne d'excellents résultats : Faites dissoudre dans du vinaigre un gramme de sel ammoniac et ajoutez cinq grammes de diachylum. Mêlez à trente grammes de poix et quinze grammes de galbanum et appliquez un peu de ce mélange, en cataplasme, sur le cor. Bandez et laissez pendant quatre ou cinq jours après lesquels vous enlèverez l'emplâtre et le cor se détachera.

La potasse, en solution appliquée chaque jour sur le cor jusqu'à ce qu'il se forme à la place du cor une peau douce et flexible est également très efficace.

Voici enfin un autre emplâtre qui réussit à détacher la partie cornée :

Ciguë.	20 gr.
Vigo	20 —
Diachylum	20 —

Formez une bouillie épaisse que vous placerez sur le cor et assujettirez au moyen d'une bandelette.

Au bout de huit jours, enlevez l'emplâtre et le cor se trouvera assez amolli pour être détaché sans résistance et sans douleur.

Lorsque le cor dont vous souffrez est tenace et résiste à tous les petits traitements que vous lui appliquez, ce qui arrive quand vos occupations ne vous permettent pas de procurer au pied soigné un repos complet, recourez aux soins du pédicure, qui saura extraire avec prudence le tubercule qui forme la racine du cor. C'est, en effet, dans cette extraction faite au moyen d'instruments très fins que consiste la médication la plus radicale du mal.

Ce qu'il faut, c'est qu'il ne reste, après l'extraction, aucune portion de la racine du cor et que l'opérateur n'atteigne pas la chair au point de la faire saigner.

La moindre hémorrhagie peut déterminer des complications graves.

N'essayez donc pas d'opérer vous-même vos cors aux pieds avec des instruments chirurgicaux ou même des ciseaux. Contentez-vous de faire des applications judicieuses sur la partie précise où s'étend le mal et d'essayer après un bain de détacher le cor avec le seul concours de l'ongle.

Pour éviter les cors aux pieds si douloureux, portez des chaussures larges.

LES DURILLONS Les durillons sont des boursouflures durcies et calleuses de l'épiderme. Ils sont occasionnés par la pression de la chaussure ou par le frottement.

Le moyen le plus efficace pour les combattre, c'est de poncer fréquemment toutes les parties du pied qui ont tendance à durcir. Poncez après un lavage à l'eau chaude pour attendrir la peau.

Si les durillons sont douloureux, coupez-les avec une lame fine en ayant soin de ne pas faire saigner et en procédant graduellement, par lamelles successives.

Après l'opération, poncez et passez à la poudre d'amidon.

LES OIGNONS Les oignons sont constitués de la même façon
ET LES ŒILS que les cors, mais ils ont plusieurs racines,
DE PERDRIX lesquelles sont de la grosseur de grains de millet, de forme variable et généralement assez durs.

Tout autour de l'oignon, les tissus sont enflammés.

On ne saurait mieux faire que d'appliquer aux oignons le même traitement qu'aux cors.

L'œil de perdrix se développe généralement entre et sous les orteils. Rien n'est plus douloureux que la souffrance qu'il occasionne. Cette excroissance est occasionnée, d'ordinaire, par l'étroitesse des chaussures. La marche devient presque impossible lorsqu'on a des œils de perdrix. Malheureusement, le mal est très difficile à soigner quand il se développe entre les doigts du pied, où le tissu est extrêmement délicat et où il suffirait du moindre faux mouvement pour occasionner une blessure grave.

Par conséquent, soignez les œils de perdrix plutôt en faisant des applications qu'en employant la lime ou le canif.

Les applications usitées pour ces petites infirmités sont à peu près les mêmes que celles destinées à combattre les cors.

Je vous recommande, en particulier, la mixture de teinture d'iode et de vinaigre.

Ayez soin de protéger les tissus qui avoisinent les œils de perdrix en interposant un linge fin ou un peu d'ouate hydrophile. L'œil de perdrix se propage, en effet, rapidement et, étant donné que lorsqu'une chaussure est étroite pour un pied. l'autre pied aura, vraisemblablement, à souffrir de la même infirmité, il est presque inévitable que les œils de perdrix se multiplient.

Un bon traitement est le suivant : badigeonnage avec une composition formée de :

Teinture d'iode . . . . 10 gr.	Alcool. . . . . 1 gr.
Acide acétique , ... 8 —	Acide salicylique. . . . . . . 1 —

Lorsqu'il n'apparaît encore entre les doigts de pieds qu'une ampoule, appliquez un emplâtre formé avec :

Savon . . . . 50 gr.	Vinaigre . . . . 25 gr.
Suif . . . . 50 —	Alcool camphré. . . . . . . 25 —

Laissez l'emplâtre séjourner sur la partie malade pendant quelques jours et prenez un bain de pieds de façon à faire lever sans difficulté les couches épithéliales.

CONTRE L'INFLAM- L'inflammation des pieds due à la marche
MATION DES PIEDS est combattue par les bains de pieds
fréquents et les frictions alcoolisées.

Je vous recommande la composition suivante :

Glycérine. . . . . 50 gr.	Vinaigre . . . . 20 gr.
Savon de Marseille . . . . . 50 —	Alcool camphré . . . . 20 —

Remplacez si vous voulez la glycérine par de l'axonge, employé dans la même proportion.

Les bains de tilleul, les bains de cendre, de sel ; d'alun sont très efficaces pour éviter l'inflammation. Essuyez avec un torchon rude et appliquez, sous la plante des pieds, des rondelles de citron.

Quand les pieds sont seulement fatigués, après la marche, lotionnez à l'eau fraîche et frictionnez avec du jaune d'œuf délayé dans de l'huile d'amandes douces ou bien oignez-les avec un mélange de saindoux et d'encens. Tamponnez avec un linge et poudrez.

POUR COMBATTRE LE FROID AUX PIEDS Rien ne vaut, dit·on, l'exercice, pour combattre le froid aux pieds. Mais c'est justement lorsque l'exercice est impossible que l'on a surtout besoin de savoir comment remédier au froid aux pieds.

Ce que l'on peut dire, c'est qu'il faut s'exercer à aguerrir les pieds et cela dès le jeune âge. La meilleure méthode, à cet effet, consiste à les tenir le plus souvent possible en contact avec l'air libre. Ne les approchez donc pas du feu et n'employez jamais les chaufferettes.

Les médecins allemands recommandent de marcher pieds nus fréquemment pendant l'été. A ce régime, on gagnera d'être beaucoup plus vaillant contre le froid pendant l'hiver.

Ce sont les bas et les chaussures que l'on peut considérer comme les préservatifs naturels contre le froid. Les meilleurs bas seraient, pensait Kneipp, tricotés avec du gros fil de lin. Ce sont, du moins, ceux qui retiendraient le mieux la chaleur naturelle. Les bas de laine sont également très sains en hiver.

Je vous conseille de faire chaque matin un exercice de gymnastique très peu compliqué et qui vous empêchera d'avoir froid pendant toute la journée : Élevez-vous plusieurs fois sur la pointe des pieds en élevant en même temps les bras verticalement au-dessus de la tête et en respirant largement.

Un excellent système consiste à porter des chaussons de papier, ou, tout simplement, à glisser un papier de soie ou un papier buvard dans la chaussure.

8

Les bains de sel pris chaque matin, les frictions à l'arnica étendu d'eau, à l'alcool ou à l'eau de Cologne, raffermissent les pieds et les rendent plus aptes à supporter le froid.

LA TRANSPIRA-TION DES PIEDS Si les cors aux pieds, les durillons et les œils de perdrix sont incommodes et douloureux pour ceux qui en souffrent, l'excès de transpiration est désastreux, à la fois, pour celui qui en est affecté et pour les personnes qui l'approchent.

Malheureusement, cette incommodité, qui anéantit l'effet de toute espèce de charme, n'est combattue victorieusement qu'à force de soins prolongés et minutieux.

Le régime journalier des personnes qui sont affectées de transpiration abondante des pieds est le suivant, d'après Kneipp :

1° Bains de pieds matin et soir dans l'eau froide, deux minutes à peine.

2° Deux fois par jour marche dans l'eau froide pendant quatre minutes.

3° Une tasse d'infusion de millepertuis, sauge et millefeuilles, répartie en trois absorptions.

Ce régime sera répété pendant quinze jours consécutifs.

Après guérison, on continuera deux ou trois bains de pieds par semaine.

On recommande encore, pour compléter ce traitement, les grains de genièvre absorbés à raison de six ou huit par jour. Ils ont la propriété d'améliorer la digestion, le sang et les sucs.

Le borate de soude, une cuillerée à café dans une cuvette d'eau, est excellent pour combattre la transpiration. Prenez un bain de pieds, asséchez soigneusement et poudrez ensuite au lycopode. Continuez ces bains pendant huit jours consécutifs. Prenez-les ensuite trois fois par semaine, puis deux fois, jusqu'à ce que la transpiration s'arrête presque complètement.

Les bains de sel d'alun, les ablutions d'eau de Cologne sont toujours efficaces.

Les vieilles recettes employées pour combattre la transpiration trop abondante des pieds consistaient surtout en frictions au soufre et onctions à l'huile d'olive sauvage ou à l'huile de myrte.

Retenez encore cette formule tout à fait classique pour les frictions :

Eau distillée. 100 gr.
Hydrate de chloral. . . . . 1 —

Les onctions au perchlorure de fer sont très souvent recommandées, on les compose comme suit:

| Perchlorure de fer. . . . . . 20 gr. | Bichromate de potasse. . . . 10 gr. |
| Glycérine . . . . 25 — | Essence de romarin . . . . . 5 — |

Voici enfin une poudre dont vous pourrez vous servir après le bain du matin, avant de vous chausser :

Oxyde de zinc . . . . 50 gr.	Salol. . . . . 25 gr.
Talc de Venise . . . . 50 —	Poudre d'iris . . . . 20 —
Salicylate de soude . . . . . 5 —	

N'oubliez pas cependant qu'il peut être dangereux de faire disparaître totalement la transpiration des pieds. Consultez le docteur avant d'entreprendre aucun traitement.

LES AMPOULES Les pieds gras ou ceux qui ne sont pas suffisamment exercés à la marche sont particulièrement sujets aux ampoules qui consistent en une boursouflure de la peau sous laquelle se dépose un liquide incolore.

La meilleure méthode, pour guérir les ampoules, consiste à les vider en les perçant au moyen d'une aiguille préalablement passée à la flamme et munie d'un fil enduit d'un corps gras, autant que possible antiseptisé.

La vaseline boriquée ou salolée est tout indiquée.

Lorsque le fil est entré dans l'ampoule, coupez-le à ses deux extrémités et laissez-le jusqu'à ce que l'ampoule soit vidée. Epongez l'humeur avec un peu de gaze ou d'ouate hydrophile, retirez ce fil, lavez à l'eau boriquée, puis passez sur la blessure un peu de poudre de talc.

LA JAMBE

L'ÉDUCATION DE LA JAMBE La jambe est l'une des parties les plus belles du corps humain, car, depuis l'envoûtement des hanches jusqu'à la cheville, elle constitue un ensemble merveilleusement harmonieux dont la rondeur se développe avec une ampleur progressive pour exprimer à la fois la solidité et la force en son épanouissement et la distinction délicate et fine à son extrémité.

Elle est armée de deux nodosités, qui sont comme des relais de force : le genou et la cheville. On peut aussi les comparer à deux ressorts puissants mis en œuvre par la volonté.

Pour que la jambe soit belle, il faut qu'elle soit longue et droite, sans lourdeur, sans empâtement, sans apparence que le travail fourni lui cause la moindre fatigue. La beauté de la jambe est, du reste, pour la femme, une coquetterie secrète, car elle n'a pas l'occasion de faire apparaître cette partie d'elle-même plus haut que la naissance du mollet qui doit être lui-même nerveux et cambré sous le bas bien tendu.

Si la beauté de la jambe échappe au jugement d'autrui, chacun n'en a pas moins le loisir d'apprécier votre degré de légèreté et aussi d'élégance par la façon dont vous dirigez vos jambes. Ce sont en effet, et par excellence, les instruments de la démarche et nous avons vu combien cette dernière contribue à révéler la note distinctive d'une femme.

Par conséquent, consacrez-vous à entretenir la beauté plastique de vos jambes, leur blancheur, la finesse de l'épiderme, mais appliquez-vous également, sans défaillance, à *éduquer* les jambes, à les exercer à remplir sans peine apparente leur office qui est de supporter et de diriger le corps.

Les personnes qui ont les pieds malades ou qui portent des chaussures mal faites marchent mal assurément, mais celles dont les jambes sont mal exercées ou raidies par l'inaction ont une démarche beaucoup plus disgracieuse encore, car c'est non seulement leur pas qui est mal assuré, mais aussi le mouvement de leurs hanches qui est anormal, heurté et qui enlève toute harmonie à leur allure.

C'est naturellement par la gymnastique que la jambe peut acquérir le plus facilement de la légèreté et de la souplesse.

Or il suffirait d'exécuter chaque jour quelques mouvements rationnels des jambes pour leur donner et leur conserver une belle aptitude à accomplir leur fonction.

Voici quelques exercices dont vous tirerez très rapidement profit :

I. Tenez les mains sur les hanches et lancez successivement chaque jambe en avant, aussi haut que possible, en vous tenant bien droite sur la jambe immobile.

II. Levez le pied droit à la hauteur du genou gauche, puis lancez la jambe en avant et à droite de manière à toucher la terre avec le talon, tandis que vous vous abaissez légèrement en pliant le genou gauche, sans courber le corps. Répétez plusieurs fois le même exercice de l'autre jambe en tenant les mains sur les hanches.

III. Appuyez le pied droit sur un tabouret et tenez-vous bien droite sur la jambe gauche à quatre-vingts centimètres de distance du point d'appui. Courbez le corps en avant jusqu'à votre genou droit, revenez à la position normale puis courbez le buste en arrière pour revenir encore à la position normale.

Répétez plusieurs fois cet exercice en vous tenant en équilibre successivement sur chaque jambe, les mains sur les hanches.

IV. Abaissez-vous de manière à vous asseoir en quelque sorte sur vos talons tout en tenant le buste très droit. Vous pouvez pendant cet exercice tenir les mains sur les hanches ou lancer les bras en avant, horizontalement.

SOINS SPÉCIAUX Abstenez-vous rigoureuseusement de procéder à des massages de la jambe. Ce n'est qu'en cas d'accident que vous aurez à recourir à un spécialiste dont l'effort tendra à rendre plus aisé le jeu de vos articulations. Ce sera, dès lors, un massage médical tout à fait différent de ceux usités pour la beauté des autres parties du corps. La gymnastique, du reste, tiendra lieu du massage destiné à assouplir le membre.

Contentez-vous d'entretenir la jambe dans un état de propreté parfaite. Ce sont les bains dont vous aurez le plus à profiter à cet égard.

Après le bain, faites avec le gant de crin une friction sèche de la jambe, de l'extrémité jusque vers la hanche. Passez ensuite à l'alcool que vous étendez légèrement avec la main.

Ne restez jamais les jambes nues, et mettez vos bas à votre lever ou à la sortie du bain.

C'est en prenant le bain de pieds quotidien que vous procédez le plus commodément à la toilette de la jambe, laquelle doit être savonnée soigneusement.

LES GENOUX   Pour que le genou ne dépare pas la jambe, il faut qu'il ne soit ni trop saillant, ni trop arrondi.

Trop saillant, il dénote la faiblesse de l'articulation, trop arrondi, il donne une impression de lourdeur.

Il est vrai que les genoux, comme les jambes, faisant partie de la plastique secrète, et ne contribuant pas à donner de la distinction à l'allure extérieure, la femme ne se préoccupera d'entretenir leur beauté que pour sa satisfaction personnelle.

Cette considération ne suffit pas moins pour que l'on veille attentivement à l'entretien des genoux qui ont aussi leur fragilité.

Beaucoup de rhumes, de douleurs et d'indispositions se contractent par l'intermédiaire des genoux. Il faut toujours avoir chaud aux genoux. Et c'est pour cette raison que je conseille aux personnes rhumatisantes l'usage des genouillères. Ce sont des bandes tricotées en forme dont la présence n'est pas apparente sous le bas.

On dit que, pour que les genoux soient beaux, il faut qu'ils soient exactement sur la même ligne, sans ressortir intérieurement, ni extérieurement, et cela lorsque les jambes sont rapprochées, les talons joints et les jarrets tendus.

Pour faire disparaître les duretés du genou, appliquez chaque soir un cataplasme de mie de pain. Bandez et gardez toute la nuit. Ces duretés n'apparaissent pas si l'on prend soin chaque jour de se baigner les genoux et de les frictionner ensuite.

La glycérine et le citron peuvent être employés avec succès pour éviter les callosités. On recommande encore les frictions au verjus.

LES JARRE-TIÈRES ET LES JARRETELLES On est d'accord aujourd'hui pour proscrire la jarretière du vêtement féminin. On a décidé de la remplacer par la jarretelle qui n'est qu'un ruban caoutchouté retenu au corset et auquel s'agrafe le bas.

Assurément, la jarretelle retient moins complètement le bas que la jarretière, puisqu'elle ne peut le tirer que sur un point. Aussi recommande-t-on de porter toujours deux paires de jarretelles, l'une en avant, l'autre de chaque côté.

Le gros reproche que l'on fait à la jarretière, c'est qu'elle nuit à la libre circulation du sang. A cet égard, la jarretelle est infiniment supérieure et elle a, en outre, l'avantage étant bien tendue, de maintenir le corset exactement appliqué sur le ventre et les hanches.

Les jarretelles sont de caoutchouc de soie de la même nuance que le corset.

Ne craignez pas de bien tendre les jarretelles pour que le bas lui-même ne fasse pas de plis et ne retombe pas d'une façon disgracieuse sur la chaussure.

Les personnes qui sont partisans incorrigibles des jarretières auront la précaution de les porter au-dessous du genou.

LES VARICES Il ne faut jamais traiter à la légère les varices, qui, sans être par elles-mêmes une affection grave, indiquent qu'il faut prendre de grandes précautions, eu égard à l'état fragile de la circulation.

La varice résulte de la compression d'une veine. Le sang éprouvant une difficulté passagère dans son trajet vers le cœur, s'étend sur place et dilate la veine qui possède une certaine élasticité.

Les varices se manifestent extérieurement par des boursouflures plus ou moins violacées.

Lorsque les varices prennent un certain développement, à la suite de surmenages, de marches forcées, de stations debout prolongées, il peut se produire des fissures et même des plaies qui présentent toujours un certain danger lorsqu'on ne les soigne pas sur-le-champ.

Si vous êtes atteinte de varices, abstenez-vous des exercices violents, des marches prolongées. Evitez surtout de rester debout ou de piétiner sur place. La marche normale n'est jamais dangereuse.

Le froid est très nuisible aux jambes variqueuses. Il faut donc porter des jupons chauds et, au besoin, des guêtres, en hiver.

Du reste, on recommande généralement à toutes les personnes qui souffrent de varices, l'usage des bas caoutchoutés ou, ce qui vaut mieux, des bandages de crêpe de laine.

La supériorité des bandages tient à ce qu'ils peuvent être changés et nettoyés plus facilement; ils ne perdent pas leur élasticité, tandis que le bas se détend et peut même se détériorer au lavage.

Pour cette même raison, les crêpes soutiennent mieux la jambe et s'appliquent plus exactement sur le membre. Malheureusement, ils sont longs à mettre et il est difficile de faire le bandage de même façon chaque jour. C'est un exercice qui demande beaucoup d'application et de patience.

Il faut avoir soin de rouler la bande, chaque soir, en la quittant, de façon à lui redonner son apprêt et à pouvoir la remettre facilement le lendemain, en la déroulant.

Lorsqu'une plaie variqueuse se déclare, il faut appeler le médecin. Mais ne vous avisez pas, sous prétexte de soulagement immédiat, d'appliquer une médication quelconque et, en particulier, des compresses d'eau froide.

L'œdème est également un accident de la circulation résultant de fatigue ou de surmenage physique. Il consiste dans l'enflure de la jambe, et c'est par le repos qu'on y remédie.

Dans les cas graves, on consulte le docteur qui ordonne généralement l'emploi des bandages.

LA BOUCHE, LES LÈVRES ET LES DENTS

L'IMPORTANCE ESTHÉTIQUE DE LA BOUCHE La bouche a mille éloquences. Depuis le sourire à peine dessiné jusqu'à la grimace invraisemblable et comique, c'est par la bouche que chaque personne exprime tacitement sa pensée, sans compter aussi que c'est par elle que s'épanouit la parole. Il n'en faut pas davantage pour que la bouche humaine soit la plus admirable des merveilles du monde.

Lorsque la femme passe devant un miroir, elle ne manque jamais de s'y regarder. Dans son regard, c'est surtout sa bouche qu'elle surveille, cette bouche qui, même au repos, alors même qu'elle n'a pas à exprimer une pensée particulière, doit réaliser, par son dessin, par son coloris et par son frémissement, un état de pensée déterminé.

Selon la seule position de ses lèvres, on a vite jugé une femme. On ne dit pas d'elle qu'elle a les lèvres pincées, on dit qu'elle est *pincée*.

Avez-vous les lèvres entr'ouvertes et toujours prêtes au sourire ? On vous tient pour naïve.

Si, par hasard, vous détruisez le dessin symétrique de vos lèvres, on vous accusera d'être méprisante, maniaque, agressive, irritable.

Nous n'avons pas à donner ici de préceptes touchant l'art de *se faire sourire* ou de modifier la disposition des lèvres, au passage des diverses émotions.

Nous nous contenterons d'énumérer les procédés et les recettes qui nous semblent les plus pratiques pour conserver à la bouche et à ses divers attributs, la fraîcheur, l'éclat et la jeunesse.

Toutefois, sans recommander l'impassibilité, qui se manifeste de la manière la plus générale par l'inertie des lèvres, je vous engage, si vous voulez conserver longtemps la beauté de votre visage, à éviter toutes les contractions musculaires par où se traduisent les impressions violentes. Ce n'est pas seulement le chagrin qui altère les traits et dépare la physionomie, c'est l'habitude que détermine la répétition d'efforts musculaires tendant à modifier l'aspect normal des traits.

Rappelez-vous ce mot de Mlle Déjazet que citait récemment, dans un ouvrage d'esthétique féminine, un hygiéniste contemporain : « Vous regardez ces deux rides que j'ai au coin des joues et vous croyez que c'est la vieillesse. Eh bien non, c'est d'avoir trop ri ! »

La délicatesse et la mobilité de la bouche qui lui permettent d'être expressive à ce point, en font un élément important dans l'ensemble de la beauté féminine. Mais il ne faut pas oublier que la bouche n'est belle qu'autant qu'elle se pare de tout l'éclat de la santé.

Dans vos efforts à vous embellir, ne vous appliquez pas seulement à corriger ou à régulariser le dessin et le coloris de la bouche : veillez à lui donner et à lui conserver l'aspect de la santé. Et pour cela, vous aurez une multitude de soins à connaître, car la bouche n'est que le boîtier délicat qui contient d'autres trésors de la beauté : les dents, les gencives, et la langue.

LE COLORIS   Toutes les lèvres doivent être roses, plus ou
DES LÈVRES   moins roses, jamais trop rouges et jamais
                  pâles.

L'art d'une femme coquette consiste à trouver et à réaliser la note exacte de rose qui convient au coloris général de son visage et qui le complète, en dominante, sans exagération.

Les lèvres pâles sont toujours l'indice de la mauvaise santé. Elles font apparaître également maladives les gencives, tandis que les lèvres roses encadrent magnifiquement des dents blanches enchâssées dans l'étui également rayonnant des gencives.

Il ne faut pas malmener les lèvres, elles sont fragiles et redoutent tous les contacts, même celui de l'air qui, trop vif ou salin, les gerce ou les hâle.

Les gens de théâtre recommandent d'employer un moyen mécanique très simple pour faire paraître les lèvres rouges : c'est de les mordre. Ce procédé ne vaut pas grand'chose, car son effet est bref et suivi presque immédiatement d'une pâleur pire encore. Sans compter que cette pâleur est très déplaisante et ne va pas sans inquiéter ceux qui la voient naître soudainement. Heureusement pour les gens de théâtre, ils ont des moyens plus efficaces pour corriger la pâleur des lèvres, mais ces moyens sont dangereux, car les fards contiennent souvent des matières corrosives ou toxiques.

On fait la toilette des lèvres en faisant celle du visage. Il est tout à fait inutile d'exagérer les frictions sur cette partie sous prétexte qu'elle doit apparaître plus animée et plus colorée. Il ne faut pas oublier qu'elle n'a pas la résistance du reste de la face. Les lèvres ne sont que l'épanouissement de la muqueuse buccale. Tenez-les bien closes tandis que vous procédez aux ablutions du visage et évitez, comme pour le visage même, de les mettre en contact avec le savon. Tenez compte également que les crèmes que vous employez pour le visage n'ont pas leur raison d'être sur les lèvres, le coloris de ces dernières étant tout différent de la tonalité qui convient au premier.

POUR AVOIR LES LÈVRES ROUGES On se sert généralement d'une pommade dite « pommade rosat » pour augmenter le coloris des lèvres.

Les pommades que l'on trouve dans le commerce ne sont pas toutes inoffensives. C'est pourquoi il est utile de savoir préparer soi-même une pommade qui ne contienne aucun produit caustique ou malfaisant.

Voici, par exemple, la formule d'une pommade facile à préparer :

Huile d'amandes douces	125 gr.	Orcanète en poudre	12 gr.
Cire blanche	60 —	Huile de roses	12 gouttes.

Les pommades dites « au raisin » accentuent, plus encore

que la pommade rosat, le coloris des lèvres. Elles sont composées de la manière suivante : Faites bouillir 250 grammes de beurre avec 125 grammes de cire blanche. Dès l'ébullition, ajoutez 30 grammes d'orcanète en poudre et les raisins de trois belles grappes de raisin noir. Laissez bouillir jusqu'à consistance de sirop épais. Passez dans un linge, sans tordre ni presser. Cette pommade se conserve indéfiniment en pot.

On conseille parfois, pour avoir les lèvres naturellement roses de les tremper dans l'eau tiède, puis de les essuyer et de les enduire de pommade camphrée. Après un quart d'heure, on les essuie pour les enduire de glycérine.

Ce procédé qui permet, en effet, d'avoir immédiatement les lèvres rouges comme du carmin, ne peut qu'exciter la muqueuse de la gencive, et il serait nuisible de le répéter trop souvent.

Le citron, également recommandé, est moins dangereux.

Enfin, la pommade de concombre, additionnée de tannin, — 1 gramme de tannin pour 30 grammes de pommade de concombre — est très efficace sans nuir à la muqueuse des lèvres.

CONTRE LES GERÇURES DES LÈVRES Pour éviter les gerçures des lèvres, ne sortez jamais, pendant l'hiver, sans avoir passé sur vos lèvres un peu de glycérolé d'amidon.

Les pommades rosat préservent également les lèvres des gerçures.

Voici la recette d'une pommade blanche facile à composer soi-même.

Huile d'amandes douces	50 gr.	Cire vierge	50 gr.
Blanc de baleine	50 —	Sucre candi	50 —

Les pommades à l'oxyde de zinc sont très recommandées par les hygiénistes, qui s'occupent en même temps de tout ce qui touche à la beauté féminine.

Voici la composition de l'une de ces pommades :

Pommade rosat	30 gr.
Oxyde de zinc	3 —
Sous-nitrate de bismuth	3 —

L'une des meilleures recettes que j'ai éprouvées est la suivante :

Huile à la rose	125 gr.	Blanc de baleine	25 gr.
Cire vierge	25 —	Racine d'orcanète	25 —

Enduisez soigneusement les lèvres avec cette pommade et vous ne redouterez ni le hâle ni les gerçures.

Comme beaucoup de personnes préfèrent la pommade blanche pour prévenir la gerçure des lèvres, voici une autre recette assez facile à composer :

Huile d'amandes douces . . .	60 gr.	Essence de bergamote	1 gr.
Cire blanche	12 —	Essence de géranium	1 —
Blanc de baleine	12 —		

Pour obtenir de bons produits, assurez-vous toujours de la pureté des matières grasses employées. Purifiez donc ces matières par des lavages à l'eau froide, après les avoir coupées en menus morceaux. Après quatre lavages, séparez de l'eau et faites fondre en ajoutant une pincée d'alun en poudre. Laissez chauffer cinq minutes encore et filtrez.

Sous l'Empire, les élégantes préparaient elles-mêmes la pommade blanche suivante, dont la formule avait été imaginée par un médecin de la cour :

Racine d'iris de Florence . . .	30 gr.	Bois de rose	8 gr.
Calamus aromatique	15 —	Girofle	8 —
Benjoin en larmes	15 —		

Concassez le tout, mettez dans un linge et faites cuire dans un kilogramme 250 grammes d'axonge. Ajoutez 125 grammes d'eau de rose et 60 grammes d'eau de fleurs d'oranger. Après cinq minutes de cuisson, filtrez et laissez refroidir.

Pour obtenir la pommade rosat, il suffirait d'ajouter à cette préparation, plus ou moins d'orcanéte en poudre, selon que l'on désire une teinte plus ou moins foncée.

CONTRE LES BOU-TONS DE FIÈVRE Les boutons de fièvre déparent les plus jolies lèvres. Lorsqu'ils sont localisés à la lèvre, vous pouvez les soigner en les frottant avec le bloc d'alun ou en employant une pommade au calomel dont voici la composition :

Glycérolé d'amidon	25 gr.
Calomel	5 —
Teinture de benjoin	1 —

La pommade au salol est également très efficace.

Enfin, je citerai encore la pommade de Fournier, très souvent recommandée.

Sous-nitrate de bismuth. . . . . 4 gr.
Calomel. . . . . 1 —
Oxyde de zinc. . . . . 1 —

Si les boutons de fièvre persistent ou s'étendent, n'hésitez pas à appeler le médecin.

MÉTHODES ET COMPOSITIONS DÉPILATOIRES Le duvet qui croît au-dessous des lèvres ou autour du menton fait le désespoir des femmes élégantes. Dans leur désir de s'en débarrasser, elles tentent souvent, à l'aventure une quantité de procédés parfois très dangereux.

Il n'est cependant pas très compliqué de rendre à la peau sa netteté. Il existe des produits excellents dont on arrive facilement, avec de la patience, à tirer parti.

La méthode la plus classique est celle des Orientales qui emploient, depuis des siècles, une composition désignée sous le nom de *rusma*, à base de chaux vive et de sulfure d'arsenic. Voici, du reste, la formule :

Chaux vive . . . . 60 gr.
Orpiment au sulfure d'arsenic . . . . 15 —
Lessive alcaline . . . . 500 —

On fait bouillir la chaux et le sulfure d'arsenic dans la lessive alcaline. On essaie le rusma en y plongeant une plume. Lorsque les barbes tombent, le rusma est convenablement préparé.

On en frotte alors les parties dont on veut détruire les poils et on lave à l'eau chaude.

N'oubliez pas que le rusma est corrosif et qu'employé en grande quantité, il déterminerait une dangereuse inflammation de la peau.

Nous possédons des méthodes plus sages et non moins efficaces.

Le procédé de Quinquand consiste à appliquer pendant quatre jours consécutifs, des couches d'une pommade dont voici la formule :

Alcool . . . . 12 gr. | Essence de térébenthine . 1 gr. 5
Collodion. . . . . 35 — | Iode . . . . 75 centigr.
Huile de ricin . . . . 2 —

Comme tous les produits à base d'arsenic sont dangereux, préférez-leur les produits à base de sulfure de chaux. Voici la composition de savons épilatoires à la chaux :

Chaux vive	8 gr.
Carbonate de potasse	1 —
Sulfure de potassium	1 —

Il faut conserver ce savon dans un récipient hermétiquement clos.

Le savon au glycérolé d'amidon (Boudet) n'irrite pas la peau. Composez-le de la manière suivante :

Bisulfite de chaux	2 gr.
Glycérolé d'amidon	1 —
Amidon	1 —

Les Méridionaux emploient beaucoup le savon composé comme il suit :

Glycérine	225 gr.	Amidon	55 gr.
Suif	45 —	Eau	85 —
Huile de coco	45 —	Sulfure de sodium hydraté .	450 —
Huile de ricin	90 —	Essence de mélisse	55 —
Lessive caustique à 35 p. 100.	900 —		

On fait, d'une part, un savon et, d'autre part, une pâte avec l'amidon et l'eau. On mélange ensuite le tout et l'on ajoute le sulfure de soude et l'eau de mélisse.

Ce savon se prépare généralement en grandes quantités.

Dans la pratique journalière, on fait usage d'une petite pince avec laquelle on arrache un par un les poils embarrassants.

Pour rendre l'opération plus facile, on étend, au préalable, une des compositions qui précèdent.

LA FRAICHEUR DE LA BOUCHE ET DE L'HALEINE C'est dans la fraîcheur de la bouche et la pureté de l'haleine que se résume la santé de la femme. C'est là aussi qu'apparaît son degré d'élégance, car s'il est fâcheux d'avoir l'haleine chaude ou forte, il est impardonnable ne ne pas la purifier en prenant les soins élémentaires que chacune de nous doit connaître.

Retenez, à propos de la bouche, que, bien souvent, c'est à la suite de soins contraires ou malavisés que l'on perd la fraîcheur de l'haleine, et cela par le seul fait des pastilles ou des dentifrices que l'on emploie et qui ne sont pas appropriés aux besoins de la muqueuse buccale.

Les dents, lorsqu'elles sont en mauvais état, l'estomac et le tube digestif lorsqu'ils sont surmenés, débiles ou embarrassés dans leur fonctionnement, occasionnent toujours l'haleine impure, l'empâtement de la langue et la sécheresse de la bouche.

Il importe donc, si l'on tient à conserver la bouche fraîche, de modifier le régime général dès que l'on ressent quelque chaleur du côté de la muqueuse buccale et d'employer l'une des compositions dont l'expérience a démontré les effets salutaires.

Une précaution très sage et dont la santé et la beauté se trouvent toujours bien est la suivante :

Prenez en vous levant, et à jeun, un verre d'eau. Prenez-en un autre le soir en vous couchant.

Certaines personnes remplacent le verre d'eau, au lever, par une orange ou une grappe de raisin.

PASTILLES ET GARGARISMES POUR ENTRETENIR LA PURETÉ DE L'HALEINE Les pastilles les plus usitées pour pallier à l'impureté de l'haleine sont les tablettes de cachou.

Le cachou, employé principalement par les Chinois, est très agréable au goût. En principe, la pâte de cachou est formée en triturant du cachou, du calamus, des graines de bongue et du talc, le tout mélangé en parties égales.

En général, on parfume le cachou à l'iris, à la rose, à la vanille, à la violette.

Voici, par exemple, la formule du cachou à la violette :

Cachou en poudre	125 gr.	Gomme adragante	16 gr.
Iris de Florence en poudre .	12 —	Extrait de violette	5 gouttes.
Sucre blanc en poudre . . .	750 —		

Après avoir fait fondre la gomme adragante dans un peu d'eau, faites-en un mucilage avec le cachou, l'iris et le sucre. Parfumez et pilez, puis divisez la pâte en petits morceaux.

Pour préparer le cachou à la fleur d'oranger, il suffit de mettre le cachou et le sucre dans une boîte, en interposant entre deux

lits de poudre, un lit de fleurs d'oranger. On laisse ainsi pendant vingt-quatre heures avant d'ajouter à la poudre passée le mucilage de gomme obtenu en faisant fondre la gomme adragante dans de l'eau de fleurs d'oranger ou bien en ajoutant à l'eau quelques gouttes d'essence de néroli.

Le cachou à la vanille se prépare en ajoutant au sucre en poudre 45 grammes de vanille pilée.

Les pastilles de cachou ne détruisent malheureusement pas la fétidité de l'haleine. Elles ne font que lui prêter un parfum passager.

Il est donc bon, quand l'haleine est impure, d'employer des pastilles d'une composition spéciale :

Café ou chocolat en poudre. 900 gr.	Sucre en poudre. . . . . . . 30 gr.
Charbon végétal porphyrisé. 30 —	Vanille en poudre. . . . . . 30 —

Ajoutez un mucilage de gomme adragante, en quantité suffisante. Faites des pastilles d'environ un gramme chacune.

Il faut prendre six à huit de ces pastilles par jour.

Les pastilles au chlorure de chaux, très souvent recommandées, sont composées comme il suit :

Chlorure de chaux	50 gr.
Sucre vanillé.	20 —
Gomme arabique	35 —

On divise le chlorure dans un mortier. On verse dessus une petite quantité d'eau et on laisse reposer. Après avoir décanté et filtré, on ajoute la gomme et le sucre. On peut additionner cette préparation de quelques gouttes d'huile parfumée.

Les pastilles de Smith, qui sont très connues, sont parfaitement inoffensives pour les muqueuses et corrigent la fétidité de l'haleine. Voici leur composition :

Café torréfié en poudre . . . 75 gr.	Saccharine. . . . . 0 gr. 65
Acide borique pulvérisé . . . 25 —	Teinture de vanille pour parfumer
Charbon pulvérisé . . . . . 25 —	Mucilage de gomme en quantité suffisante.

Les pastilles turques, qui réussissent à dissimuler l'odeur du tabac et dont on se sert aussi pour débarrasser les malades du goût d'un médicament, sont composées comme il suit :

Sucre blanc en poudre. . . 500 gr.	Musc en grains . . . . . . 0 gr. 50
Acide citrique. . . . . . . 2 —	Essence de roses . . . . . 1 goutte.
Essence de girofle. . . . . 0 — 50	

Indépendamment des pastilles, il faut encore mentionner certains gargarismes, et parmi ceux-là, celui du Dr Monin :

Eau distillée de cannelle . . . . 500 gr.
Alcool de menthe . . . . 500 —
Chlorure de chaux récent . . . . 4 —

Coupez cette mixture avec moitié d'eau tiède.

L'ENTRETIEN JOURNALIER DES DENTS — Les dents sont des travailleuses dont la beauté est sans cesse en péril. Tandis que les autres éléments du charme corporel, tels que les yeux et la bouche, peuvent exercer leur fonction presque impunément, et relativement sans contact avec les objets étrangers, les dents, dont l'office est laborieux, ont à souffrir à la fois de la température des aliments, de leur résistance et de leur composition.

C'est pourquoi il est indispensable de n'user, pour la toilette journalière des dents que de produits dont aucun élément ne peut être nocif.

De plus, il faut que les élixirs, poudres et pâtes dentifrices ne soient pas seulement favorables pour les dents, on s'assurera également qu'ils sont inoffensifs pour les muqueuses.

C'est à cet égard que l'examen préalable de la salive doit précéder le choix du produit dentifrice.

Les dents, pour être belles, doivent se développer sur une double courbe régulière, la ligne des gencives formant une succession bien ordonnée d'alvéoles colorées.

La rangée des dents du bas doit venir se placer, sans qu'il reste d'intervalle, exactement sous la rangée des dents du haut. C'est, en effet, le maxillaire inférieur qui, seul est mobile, alors que le maxillaire supérieur est attenant à l'ossature faciale.

Lorsque nos dents sont au complet, leur nombre est de trente-deux, dont seize pour chaque mâchoire : soit quatre incisives, deux canines et dix molaires

Les dents de sagesse sont les quatre dernières molaires que l'on considère comme inutiles et dont l'extraction presque toujours obligatoire de bonne heure, puisqu'elles se carient vite, est généralement compliquée et laborieuse.

La dent dans sa partie dure, est constituée par le cément, l'ivoire et l'émail. C'est l'émail qui forme le tissu superficiel et donne à la dent tout son éclat. Il est plus ou moins fragile, selon les personnes.

Les acides attaquent l'émail : d'où il suit que les dentifrices ne sont pas sans danger et que les fruits ou les boissons acides sont très nuisibles aux dents. Les personnes qui boivent du cidre ont toujours de vilaines dents.

L'entretien journalier des dents se fait au moyen de lavages et de frictions à la brosse.

La brosse à dents est un instrument très précieux, mais que, pour bien faire, il faudrait pouvoir renouveler après chaque usage. Dans la pratique, on peut se contenter de désinfecter minutieusement la brosse à dents, dès que l'on s'en est servi, de façon que le nettoyage soit, chaque jour, aussi complet que possible. Dès qu'une brosse à dents est abîmée, que les soies tombent ou fléchissent, il faut la renouveler. On compte environ une brosse à dents par mois.

Dans le choix de votre brosse à dents, inspirez-vous de cette considération, que l'instrument n'est pas destiné seulement à frotter l'émail et à le polir, mais aussi à stimuler les gencives.

Il ne faut pas trop rechercher l'ingéniosité dans les objets de toilette. Autrefois, on se servait de petites éponges fines avec manches pour nettoyer les dents en respectant la gencive. On avait même recours aux brosses en racines et l'on voit encore parfois, des brosses en caoutchouc.

Rien ne vaut la brosse bien fournie en soies de porc. Les brosses de blaireau sont trop souples.

La brosse courbe est moins pratique que la brosse droite avec laquelle on procède plus complètement à la friction de l'émail.

Il est bon de laver la brosse à dents dans un bain antiseptique chaque fois que l'on vient d'en faire usage. Choisissez, à cet effet, l'alcool ou le thymol étendu d'eau.

Certains hygiénistes, considérant que la bouche ne peut pas être parfaitement nettoyée sans l'usage du savon, recommandent, afin d'éviter la saveur désagréable à cette dernière substance, d'ajouter à l'eau qui sert à humecter la brosse quelques gouttes de teinture de quillaya.

Indépendamment des soins dentaires que l'on doit prendre rigoureusement tous les matins, le brossage des dents doit être fait après chaque repas, afin d'éviter le séjour de parcelles alimentaires entre les dents. On évitera ainsi les fermentations et les dépôts qui occasionnent le plus souvent la carie dentaire.

Habituez donc les enfants à prendre, dès le premier âge, des soins minutieux de leur dentition, les accidents dentaires viennent de loin et c'est de loin qu'il faut les prévenir. C'est avec de l'eau pure et tiède, bouillie par précaution, que les enfants procéderont à ce lavage ; les grandes personnes mettront dans l'eau avec laquelle elles se lavent la bouche, quelques gouttes d'un gargarisme antiseptique tel que le suivant :

Acide thymique . . . . . 25 centigr.		Teinture d'eucalyptus . . . 100 gr.
Acide benzoïque. . . . . 3 gr.		Essence de menthe poivrée. 0 — 50

On recommande souvent, les plus actifs des antiseptiques, les gargarismes à base de sublimé et, en particulier, une mixture de liqueur de Van Swieten, avec du sirop de mûres et de l'essence de menthe. Incontestablement, l'effet de cette composition est parfait au point de vue de la désinfection, mais son emploi présente de trop graves dangers pour qu'on puisse l'approuver.

Il ne suffit pas d'administrer chaque jour à la dentition des soins minutieux. Il faut encore prendre des précautions au cours du travail dentaire. « Ne cassez jamais rien avec vos dents et ne les mettez jamais en contact avec le métal ».

Ne mangez pas d'aliments trop chauds ni trop froids. Les glaces sont aussi nuisibles à la dentition que les breuvages très chauds. Ne vous précipitez pas, par exemple, sur le potage bouillant, ne buvez pas froid immédiatement après avoir bu ou mangé très chaud. Les dents ne sont pas moins fragiles que les autres parties du corps et l'organisme a toujours à souffrir de changements brusques de température.

Les personnes qui habitent les pays marécageux, les appartements humides ont rarement une bonne dentition.

Ayez toujours la précaution de vous couvrir la bouche lorsque par un froid rigoureux, vous sortez d'un endroit très chaud. Les dames qui ont la mauvaise habitude de casser le fil avec leurs dents nuisent à leur dentition, et leurs dents se déchaussent rapidement.

ELIXIRS, PATES ET POUDRES DENTIFRICES Il existe une quantité de produits et compositions destinés à entretenir la beauté des dents. On n'a donc que l'embarras du choix.

Mais ce qui rend le choix embarrassant, c'est qu'aucun de ces produits n'est parfaitement neutre. Il faut donc se préoccuper de la composition des dentifrices avant de les adopter, c'est-à-dire qu'il ne faut adopter qu'un dentifrice approprié à la nature même de la salive.

Vous reconnaîtrez aisément si votre salive est acide, alcaline ou neutre en plaçant sur votre langue un petit morceau de papier de tournesol. Vous savez que les acides rougissent le papier bleu de tournesol, tandis que les sels le ramèneront au bleu quand on l'aura rougi par un acide.

En conséquence, si vous avez rougi le papier tournesol, c'est que votre salive est très acide et qu'il faudra adopter pour la corriger, un dentifrice alcalin.

Si, au contraire, vous ramenez au bleu un papier de tournesol rougi par un acide, c'est que votre salive est trop alcaline et qu'il vous faudra adopter pour la corriger, un dentifrice acide : ce dernier cas est le plus rare, et il impose un régime spécial visant tout le reste de l'organisme.

Il n'existe pas de salive parfaitement neutre. On désigne sous le nom de dentifrices neutres ceux qui n'ont aucune action sur les muqueuses. Ils ne sont qu'agréables et rafraîchissants.

Voici, par exemple, un élixir dentifrice neutre :

Alcool à 90°	100 gr.	Esprit de roses	75 gr.
Teinture d'iris	75 —		

Parmi les *dentifrices alcalins*, je puis vous recommander le suivant :

Eau distillée	un litre.	Bicarbonate de soude	20 gr.
Carbonate de magnésie	20 gr.		

Ajoutez une ou deux gouttes d'essence de menthe.

Les *dentifrices acides* sont, en même temps, antiseptiques. Je vous signale celui à l'acide phénique dont voici la composition :

Eau distillée. . . . . un demi-litre.	Acide phénique . . . . 40 gr.

Ajoutez pour parfumer, de l'essence de menthe.

Les *dentifrices astringents* sont excellents pour le bon entretien de la gencive :

Alcool . . . . un litre.	Teinture de benjoin . . . . . . 2 gr.
Quinquina . . . . 100 gr.	Essence de menthe . . . . . . 2 —
Racines de ratanhia . . . . 100 —	Essence de cannelle . . . . . 2 —
Teinture de Tolu . . . . . 2 —	Essence d'anis . . . . 1 —

Faites macérer pendant huit jours le quinquina et le ratanhia dans l'alcool. Filtrez et ajoutez les teintures et les essences. Laissez reposer pendant quatre jours et filtrez de nouveau.

L'Eau de Botot est fréquemment employée. Voici la composition de l'Eau de Botot française :

Anis . . . . 280 gr.	Clous de girofle . . . . 10 gr.
Ratanhia . . . . 20 —	Alcool. . . . . 3 litres.
Macis . . . . 10 —	Essence de menthe . . . . . 20 gr.
Cannelle. . . . . 80 —	

C'est la racine de ratanhia et l'anis qui donnent à l'Eau de Botot ses caractères et son parfum dominants. Les Anglais composent de l'Eau de Botot d'après la formule suivante :

Anis vert . . . . 30 gr.	Essence de menthe . . . . . 10 gr.
Racine de ratanhia . . . . . 30 —	Essence de lavande . . . . . 5 —
Myrrhe en larmes . . . . . 30 —	Alcool à 85° . . . . 1 litre.
Essence de cédrat . . . . . . 10 —	Teinture de cochenille . . . 5 gr.

On utilise volontiers pour la bouche et pour les dents les propriétés de l'acide salicylique : Voici la formule du dentifrice, dit Eau salicylique :

Acide salicylique . . . . . 25 gr.	Alcool à 80° . . . . 1 litre 1/2
Eau de fleurs d'oranger . . . 1 litre.	Essence de menthe . . . 10 gr.

Le parfum du dentifrice n'est jamais négligeable, aussi s'applique-t-on à le raffiner. C'est ainsi que l'on compose comme il suit un dentifrice à la rose :

Alcool.	750 gr.	Essence de Portugal	4 gr.
Clous de girofle	4 —	Essence de menthe poivrée	30 —
Cannelle de Ceylan	90 —	Essence de rose	0 — 80
Gingembre	90 —		

L'essence de rose sera préalablement dissoute dans trente grammes d'eau.

Mélangez le tout et laissez infuser pendant quinze jours, dans un flacon hermétiquement clos. Filtrez et mettez en bouteilles.

L'huile de bergamote et l'huile de romarin donnent également à l'élixir dentifrice un excellent parfum. Elles sont employées dans les proportions suivantes.

Gaïac râpé	15 gr.	Girofle	15 gr.
Pyrèthre	4 —	Huile de romarin	10 gouttes.
Noix de muscades	4 —	Huile de bergamote	4 —

Faites macérer pendant quinze jours, filtrez et mettez dans un flacon bien bouché.

Les eaux dentifrices antiseptiques peuvent aussi recevoir un parfum agréable, à la menthe ou à la rose, à l'anis, etc.

Voici la formule des dentifrices au salol du Dr Perrier.

Salol	1 gr.	Essence de menthe	II gouttes.
Alcool à 90°	100 —	Teinture de cochenille	5 gr.
Essence de roses	I goutte.		

L'eau dentifrice de Frey, à la base d'acide phénique, est très recommandée. On la compose de la façon suivante :

Acide phénique	10 gr.	Essence de menthe	4 gr.
Salol	5 —	Teinture de badiane	25 —
Acide thymique	1 —		

On ajoute de la teinture de cochenille, en quantité suffisante, pour colorer.

Pour le nettoyage proprement dit des dents, on emploie toujours, indépendamment de l'élixir, une pâte ou une poudre dentifrice.

Les pâtes dentifrices sont nombreuses ; il suffit de les bien choisir.

Voici, tout d'abord, une pâte dont se servent les Orientales :

Crème de tartre	60 gr.	Cochenille	15 gr.
Pierre ponce	60 —	Huile de bergamote	0 — 25
Alun calciné	15 —	Huile de girofle	0 — 15

Réduisez toutes ces substances en poudre très fine, ajoutez les huiles parfumées et du miel en quantité suffisante pour former une pâte un peu épaisse.

Les pâtes à la menthe sont très appréciées, on les compose comme il suit :

Miel blanc.	500 gr.	Sel ammoniac.	60 gr.
Sirop de menthe.	250 —	Crème de tartre.	60 —
Racine d'iris en poudre.	60 —		

Broyez le tout dans un mortier de marbre, tout en ajoutant, peu à peu :

Teinture de cannelle	15 gr.	Teinture de vanille	15 gr.
Teinture de girofle.	15 —	Huile essentielle de girofle.	4 —

Le plus souvent, on colore les pâtes en rose. Voici un exemple de pâte rose.

Corail rouge, en poudre.	250 gr.	Miel.	625 gr.
Cannelle en poudre	60 —	Eau.	30 —
Alun	12 —	Teinture de cochenille	5 —

Triturez, dans un mortier, l'eau et l'alun. Laissez macérer pendant vingt-quatre heures. Ajoutez le miel, la cannelle et le corail. Faites reposer pendant deux jours. Après effervescence, remuez, puis aromatisez avec quelques gouttes d'huile de girofle, de rose ou de menthe, selon le goût, et colorez avec la teinture de cochenille.

Les pâtes au charbon, qui n'ont pas un aspect agréable à l'œil, sont excellentes au point de vue de la propreté. Voici la composition de l'une de ces pâtes :

Charbon de bois en poudre .	30 gr.	Chlorate de potasse.	2 gr.

Mettez le chlorate dans un mortier et ajoutez une cuillerée à bouche d'eau de menthe. Broyez et ajoutez peu à peu la poudre de charbon.

Vous obtiendrez une pâte plus consistante avec du miel, selon la formule suivante :

Charbon en poudre	30 gr.	Poudre de quinquina.	15 gr.
Miel blanc	30 —	Essence de menthe.	V gouttes.
Sucre en poudre	30 —		

Selon le goût, vous pouvez remplacer l'essence de menthe, par une autre essence.

Les poudres dentifrices ont l'inconvénient de se loger trop facilement dans l'intervalle des dents et sous les gencives. D'autre part, ces produits se coagulent à l'air et sont moins agréables à l'usage que les pâtes et opiats.

Cependant, elles polissent mieux les dents et il est bon d'en faire usage chaque fois que l'on tient à avoir les dents particulièrement blanches.

Les poudres au charbon sont les plus anciennement connues. Leur composition est très simple. En voici un exemple bien connu.

Poudre de charbon	20 gr.	Essence de menthe	1 gr.
Poudre de quinquina gris . .	10 —		

Très souvent, le sucre entre dans la composition de cette poudre.

Poudre de charbon	30 gr.	Poudre de quinquina. . .	20 gr.
Sucre en poudre	20 —	Huile volatile de menthe.	IV gouttes.

Si l'on préfère au quinquina le sulfate de quinine, on choisira la formule suivante :

Poudre de charbon	30 gr.	Magnésie	10 gr.
Sulfate de quinine	10 —	Essence de menthe.	Quelques gouttes.

La poudre de Ceylan (Mayer) est composée des substances suivantes :

Tartre calciné, en crème . .	200 gr.	Essence de cannelle	8 gr.
Alun calciné.	60 —	Huile de rose	4 —
Carbonate de magnésie . . .	90 —	Huile de menthe	2 —
Sucre en poudre	90 —		

Mélangez bien toutes ces substances, passez-les en employant un tamis très fin et colorez avec un peu de teinture de cochenille.

Seule la préparation du tartre nécessite certaines précautions. Il faut limiter à une demi-heure environ la durée de la calcination, à l'entrée du four.

La poudre péruvienne (Poisson) est l'une des plus efficaces.

Elle date cependant du commencement du siècle dernier. En voici la composition :

Sucre blanc	2 gr.	Cannelle	0 gr. 32
Crème de tartre	4 —	Macis	0 — 11
Magnésie	4 —	Sulfate de quinine	0 — 16
Amidon	4 —	Carmin . . . . :	0 — 27

Réduisez le tout en poudre très fine, mêlez avec soin et ajoutez peu à peu quelques gouttes d'huile de rose et d'huile de menthe.

Enfin les savons pour les dents dont nous avons déjà parlé plus haut sont souvent très nécessaires lorsqu'on tient à assainir complètement la bouche et les dents. Voici la composition d'un de ces savons à base de carbonate de chaux.

Savon blanc de Marseille.	500 gr.	Poudre d'iris.	200 gr.
Carbonate de chaux. . .	450 —	Essence de menthe :	2 —
Glycérine	1/4 de litre.		

Colorez avec un peu de teinture de cochenille.

CONTRE LA CARIE DENTAIRE La carie des dents occasionne des souffrances intolérables et difficiles à apaiser.

C'est pourquoi il ne faut rien négliger pour éviter le mal terrible.

Le professeur Bouchard s'exprime ainsi, en parlant de la carie dentaire :

« La carie dentaire ne reconnaît pas pour cause un microbe unique ; elle est le résultat d'agents infectieux multiples. Les fermentations multiples incessantes qui s'opèrent dans la bouche, aux dépens des produits alimentaires, donnent naissance à des acides, tels que l'acide acétique, l'acide butyrique, décalcifient les couches superficielles de la dent et mettent à nu la dentine.

Les canalicules de la dentine se trouvent alors ouverts à des agents microbiens spéciaux qui s'y insinuent et achèvent la dislocation de la gangue calcaire, le squelette organique de la dent est seul, la partie minérale ayant été soustraite par la carie clinique. »

Voici une poudre excellente pour prévenir la carie :

Feuilles d'or en lamelles .	4 feuilles.	Poivre	12 gr.
Feuilles d'argent en lamelles	4 —	Opium	12 —
Sulfate d'alumine.	72 gr.	Corail	3 —
Chlorure de sodium . . .	36 —	Quinquina	3 —
Sucre blanc	18 —		

Réduisez les sept premiers éléments en poudre fine avant d'ajouter le corail et le quinquina pulvérisé.

Avec un peu de coton imbibé d'une goutte de laudanum, prenez une petite quantité de cette poudre et introduisez dans la cavité de la dent cariée. La souffrance sera vite apaisée.

Le *baume du Commandeur* est un calmant très énergique. Il est employé dans la formule suivante :

Huile de menthe.	4 gouttes.	Laudanum.	4 gouttes.
Huile de girofle	4 —	Baume du Commandeur .	4 —

Le chlorhydrate de cocaïne est aussi employé comme il suit :

Chlorhydrate de cocaïne .	0 gr. 25	Teinture d'arnica.	5 gr.
Camphre.	10 —	Sulfate de quinine	1 —
Chloral hydraté.	10 —		

Humectez de cette préparation un tampon d'ouate hydrophile que vous introduirez dans la cavité de la dent malade.

Voici un élixir dentifrice qui prévient la carie et détruit les mauvaises odeurs dues à la fermentation organique des débris retenus entre les dents. Il donne aussi à la bouche une fraîcheur agréable :

Alcool.	250 gr.	Essence de néroli.	2 gr. 05
Gomme	50 —	Essence de coriandre. . . .	0 — 50
Baume de tolu.	5 —	Essence d'anis.	1 —
Vanille	2 —	Essence de badiane	1 —
Esprit de rose	50 —	Essence d'amandes amères .	1 —
Soude	1 —	Essence de menthe.	4 —

Laissez infuser pendant une semaine dans l'alcool, et en un lieu chaud, la gomme, le baume de tolu et la vanille. Filtrez et ajoutez les autres substances.

La composition suivante fait ses preuves tous les jours :

Gaïac concassé.	190 gr.	Vanille	15 gr.
Ecorce d'orange	60 —	Cannelle.	15 —
Racines d'angéliques	50 —	Myrrhe en larmes	15 —
Baume de tolu.	60 —	Ecorce de grenade	15 —
Benjoin en larmes	60 —	Alcool.	2 litres.

Faites macérer pendant dix jours dans l'alcool, à une douce température et ajoutez :

Alcool de menthe	500 gr.	Teinture de cochenille	5 gr.
Alcool de cochléaria	250 —		

En cas de douleurs subites causées par la carie dentaire, on emploie des tampons de teinture de benjoin, de teinture de girofle ou même de teinture d'iode.

Beaucoup de personnes se lavent la bouche avec de la décoction de feuilles de tamaris dans du vin ou de la décoction de feuilles de mûrier. La décoction de racines d'asperges jouit aussi d'une certaine estime.

POUR DÉTRUIRE LE TARTRE C'est généralement le dentiste que l'on charge de débarrasser les dents des dépôts de tartre. Il emploie, à cet effet, des instruments spéciaux en acier dont il serait imprudent de se servir soi-même, puisque le contact du métal est toujours nuisible à la dentition.

Cette opération ne doit pas être fréquemment répétée, une fois seulement tous les deux ans, en moyenne.

Du reste, les dépôts de tartre ne se font que lentement et on peut éviter leur extension en se lavant de temps en temps la bouche, tous les huit jours, par exemple, avec de l'eau bouillie contenant une dissolution de bicarbonate de soude.

Le jus de fraises et le jus de citron réussissent aussi à détacher le tartre, mais il faut craindre, pour les dents, l'action des acides contenus dans ces fruits.

Je vous recommande donc plutôt l'emploi de certaines poudres du genre de la suivante :

Miel blanc	250 gr.	Essence de menthe	15 gr.
Poudre de savon	40 —		

Ajoutez un peu de cochenille de carmin, pour colorer.

POUR ENTRETENIR ET RAFFERMIR LES GENCIVES L'état des gencives est intimement lié à celui des dents. La santé des unes influe sur la santé des autres. En même temps que vous surveillez l'éclat et la beauté de vos dents, examinez avec soin le coloris et la fermeté de vos gencives:

Les affections auxquelles les gencives sont le plus souvent sujettes sont les fluxions, les abcès, les érosions, et, en général, toutes les inflammations.

On recommande, avant toute autre médication, de passer une fois seulement un peu de teinture d'iode sur la gencive malade, au moyen d'un pinceau à peine humecté.

Les lavages de la bouche au chlorate de potasse, à la décoction de ronces, ou à l'eau vinaigrée sont très bienfaisants, ainsi que les lavages à l'eau d'alun et au jus de plantain.

Lorsque l'on a les dents et les gencives agacées, on recommande de mâcher du pourpier ou encore du mastic oriental en larmes.

Les racines de fraisier en décoction sont excellentes pour les lavages, ainsi que la cendre de coquilles d'escargots en frictions.

Le vin de raifort fortifie les gencives, et la préparation suivante est excellente pour empêcher le déchaussement des dents.

Raifort.	30 gr.	Graines de fenouil	30 gr.
Menthe poivrée.	30 —	Eau-de-vie.	1 litre.

Mettez une cuillerée à café de cette solution dans un demi-verre d'eau, pour vous laver la bouche.

Les médecins conseillent presque toujours la solution suivante (Jeannel) aux effets de laquelle ne résiste pas la gingivite :

Alcool.	80 gr.	Benjoin.	2 gr.
Cachou pulvérisé	10 —	Essence de menthe.	1 —

Faites macérer pendant vingt-quatre heures et filtrez. Employez à raison de 1 à 4 grammes, dans un demi-verre d'eau pour les rinçages de la bouche.

LES DENTS QUI MANQUENT C'est immédiatement après la chute des dents qu'il faut courir chez le dentiste pour les faire remplacer. Si l'on temporise, on s'habituera au mal, qui, dans l'occurrence, est le pire de tous pour une femme : la laideur.

La chute d'une dent, surtout lorsqu'elle est apparente, est toujours un accident grave dans la vie. C'est notre caducité générale qui s'affirme dans ce fait et nous y voyons, chaque fois, un sévère avertissement de l'âge.

Nous n'avons alors qu'un sauveur : c'est le dentiste, dont l'art est devenu admirable et qui, sans difficulté et sans que nous ayons nous-même à souffrir, nous pose des remplaçantes qu'il est impossible de distinguer de leurs voisines encore vaillantes.

Ne vous dites pas que la dent qui vient de tomber est assez lointaine dans la cavité buccale pour qu'on ne s'aperçoive pas qu'elle fait défaut. La laideur ne s'applique pas qu'aux misères apparentes. Il faut la combattre en tous points et l'importance que nous attachons à la beauté de la bouche nous fait une véritable loi de n'y pas souffrir le séjour des imperfections lorsqu'elles sont réparables.

En quelques heures, le dentiste aura moulé votre mâchoire et créé artificiellement ce qui vous manque au naturel.

La question de beauté et d'hygiène mise à part, considérons et n'oublions pas que les dents ont un rôle capital naturel à remplir, celui de ménager notre estomac par une mastication lente et complète.

Une personne dont la dentition est défectueuse a l'estomac délicat et les digestions difficiles, ces malaises dégénèrent souvent en affections graves trop souvent rebelles à tout traitement.

LA LANGUE ET LES APHTES La langue n'est pas un élément indispensable à la beauté féminine. Tout au plus, lorsqu'elle est laide, c'est-à-dire large, débordante et pâteuse, est-elle considérée comme déplaisante dans l'ensemble du visage. On ne songe jamais, du moins, à louer une personne pour l'attrait de sa langue, si ce n'est au figuré.

Esope prétendait que rien n'est meilleur ni pire que la langue, car elle est indistinctement messagère du bien et du mal. Au point de vue de l'esthétique, le rôle de la langue est très accessoire. On doit veiller surtout à l'entretenir propre et saine.

Le remède le plus efficace pour *nettoyer la langue*, c'est la teinture de pyrèthre, prise à raison de quelques gouttes dans l'eau, sous forme de gargarismes.

L'huile de lentisque est efficace contre les inflammations de la langue, de même que les attouchements des petits boutons et des aphtes avec la teinture d'iode ou le tanin.

Voici la formule d'une préparation avec laquelle vous pouvez badigeonner les aphtes :

Miel rosat	10 gr.
Borate de soude	0 — 25
Chlorhydrate de cocaïne	0 — 05

Je vous recommande également les badigeonnages au tanin préparés comme il suit :

Glycérine	120 gr.
Tanin	4 —
Borax en poudre	10 —

Toutes les compositions qui conviennent à la muqueuse buccale ne peuvent qu'être bienfaisantes pour la langue.

LA GORGE ET LA VOIX

HYGIÈNE DE LA GORGE L'esthétique n'aurait rien à voir avec la gorge, si elle ne s'en tenait qu'à ce qui paraît. Mais il est certaines parties de l'organisme qui intéressent la beauté, non pas tant par leur aspect lui-même que par les effets de ses organes.

La gorge est l'organe de la voix, comme les yeux sont les organes du regard. Ceux-ci ont une beauté propre dont dépend en quelque sorte, la beauté féminine. Mais le regard peut être également beau — sans que les yeux soient beaux — par l'expression des sentiments qui y passent.

De même la voix plus ou moins belle prête à la personne un charme tout à fait appréciable et tel que lorsqu'on n'a pas une jolie voix, et que, par ailleurs, on ne manque pas d'attrait, il est indispensable de procéder à l'éducation méthodique de la voix.

Or, avant toute espèce d'éducation de la voix, avant de s'exercer à assouplir cet instrument merveilleux qui donne des ailes à notre pensée et rend notre âme mélodieuse, il faut prendre soin de l'organe d'où la voix est issue.

La gorge, c'est toujours la cavité buccale, — d'autant plus fragile qu'elle a moins l'occasion de s'aguerrir, — siégeant au delà de la mâchoire et de la langue qui intercepte devant elle, l'arrivée de l'air extérieur. L'air, en pénétrant dans la gorge d'une façon anormale, y cause immédiatement du désordre. Le passage des aliments, le froid extérieur succédant à la chaleur, ou affectant seulement la muqueuse nasale qui correspond avec la gorge, l'emploi d'un dentifrice mal adapté aux besoins des muqueuses, voilà autant de circonstances qui déterminent, chaque jour, d'innombrables affections de la gorge.

C'est assez dire tout le soin qu'il faut prendre de cet organe.
Entretenez-le perpétuellement humide et sain. On recommande les antiseptiques : cette précaution est, en effet, éminemment salutaire, mais du moment qu'une substance est
antiseptique, elle exerce, par là même, une action énergique
sur les tissus.

Or, la gorge, ne subira pas impunément le contact fréquent
des antiseptiques. C'est en ce sens qu'il faut réserver l'antisepsie pour l'usage passager, c'est-à-dire pour les cas où la gorge
a besoin d'être assainie, à l'occasion, ou par prévention d'un
malaise.

Dans les autres cas, n'usez des antiseptiques qu'à dose infime
et en mélange avec des substances hygiéniques et inoffensives.

Le vêtement et la mode de s'emmitoufler sont bien souvent
des causes d'accidents. Proscrivez les cache-nez, les foulards
épais, les cravates de fourrure, qui font monter à la gorge une
chaleur malsaine. Aguerrissez-vous, au contraire, aux températures basses et tenez-vous, le plus possible, la gorge décou-
verte.

Beaucoup de personnes qui se disent fragiles de la gorge et
qui craignent le froid, sont justement fragiles, parce qu'elles
craignent le froid et que le moindre changement de température les affecte.

PRÉCAUTIONS ET PETITES RECETTES CONTRE LES MALADIES Sans aller si loin que Kneipp qui, pour aguerrir la gorge, recom- mande de se promener, tous les jours, les pieds dans l'eau, je suis d'avis que les lotions et les affusions d'eau froide extérieurement sur la gorge, sont très efficaces pour conserver à cet
organe sa santé et sa vitalité.

Lorsqu'on a la gorge fatiguée ou malade, les Allemands
recommandent d'entretenir continuellement la gorge très
humide. C'est à cet effet que les médecins d'Outre-Rhin ordon-
nent aux personnes dont la gorge est atteinte de sucer fréquemment de petits morceaux de glace.

Les bonbons acidulés, dits bonbons anglais, que l'on trouve
à très bon marché chez le premier épicier venu, peuvent

répondre à la même destination, puisqu'ils serviront à stimuler les glandes salivaires.

Comme les maux de gorge comptent parmi les accidents les plus fréquents et aussi les plus désagréables de l'organisme, il est bon de posséder quelques recettes de guérison rapide ou d'atténuation du mal.

Mais que l'on se garde bien de traiter à l'aventure les maux de gorge douloureux, car les mêmes remèdes ne conviennent pas à toutes les affections. Une simple inflammation de la gorge, dont on triomphera au moyen d'un traitement bénin, ne nécessitera pas les mêmes soins qu'un mal de gorge compliqué de traces blanches présentant le caractère de l'angine.

On peut commettre, à ce propos, des erreurs très préjudiciables et aggraver le mal au lieu de le combattre.

L'amygdalite est le mal de gorge le plus fréquent. Il suffit parfois, pour l'apaiser, de procéder à des applications extérieures de compresses d'eau très chaude sur la gorge. Les anciens eux-mêmes prescrivaient, contre l'amygdalite et les inflammations de la gorge, les gargarismes au vinaigre ou au miel.

Le gargarisme que conseillent souvent les médecins de campagne est la décoction d'hysope cuite avec des figues. Ils conseillent aussi les badigeonnages fréquents au jus de concombre mélangé avec du vinaigre et du miel.

Pour les enrouements et les catarrhes, recourez aux solutions d'alun et au loch de têtes de pavots en infusion très légère additionnée d'une assez forte quantité de miel.

Le badigeonnage le plus usité contre les maux de gorge est le suivant :

Huile d'amandes douces	125 gr.
Menthol	5 —

Les gargarismes à l'acide borique sont inoffensifs. On leur préfère les gargarismes phéniqués, tels que le suivant (Mackensie) lorsque le mal de gorge prend un caractère un peu plus offensif :

Eau	250 gr.
Glycérine	12 —
Acide phénique	1 —

L'antisepsie de la gorge s'impose dès qu'apparaît la moindre menace d'accident.

LA VOIX La voix a donc, comme le regard, comme le sourire, une vie spéciale. Elle a le privilège d'exprimer la pensée au moyen des mots, mais, par son timbre seul, par ses intonations, par l'étendue de son registre, elle exprime en outre, notre délicatesse, notre degré de raffinement, d'éducation, nos aspirations, notre distinction. Elle révèle surtout notre tempérament.

L'accent est un signe de race et d'origine, mais c'est aussi le signe de l'ardeur intérieure, de l'élévation, de l'esprit et encore du sang-froid et du bon sens.

Il y a des voix sympathiques, qui sont chaudes et franches. Il en est souvent plus élégantes, plus chantantes et plus souples, qui ne sont pas aussi attachantes parce que la pensée y apparaît moins loyalement.

Mais, sous prétexte d'esthétique pure, nous ne devons pas nous égarer dans le dédale de la psychologie. Contentons-nous de constater que la voix, pour être belle, doit être claire, soutenue, étendue et souple.

Toutes ces qualités se rencontrent assez rarement chez la même personne. Cependant, il est des régions privilégiées dont les naturels sont doués de voix exceptionnelles. Venise est la patrie des voix harmonieuses et poétiques. Son dialecte chantant les rend presque célestes. En Grèce, il y a également de très belles voix.

Du reste, d'une façon générale, les pays méridionaux sont plus riches en jolies voix que les pays du Nord.

On constate, depuis quelques années, une pénurie de voix élevées. Le « ténor » est devenu rare. On ne cite guère de voix exceptionnelles. Au contraire, les voix profondes affluent. On dirait même que la voix féminine tend à baisser de diapason.

Dans la vie normale, dans la vie où la voix ne sert qu'à parler et non point à chanter, on s'appliquera pourtant à lui donner le plus d'étendue possible et cela en s'exerçant à la parole et à l'émission des sons, tout comme on s'exercerait aux vocalises et au chant. A cet effet, prenez l'habitude de vous appli-

quer chaque jour à répéter, lentement d'abord, puis graduellement, de plus en plus vite, des mots longs et compliqués tels
que *Nabuchodonosor, anticonstitutionnellement*, etc..., pro-
noncez-les d'abord la voix très basse, puis en élevant successivement le ton jusqu'aux plus grandes hauteurs de votre registre.

Toutes ces études portant sur la rectification de la voix doivent être faites dans l'isolement, c'est-à-dire hors de toute contrainte.

Il existe un danger très redoutable dont beaucoup de personnes sont victimes. Pour une raison ou pour une autre, on
s'avise un beau jour de changer de voix, comme on changerait
de coiffure ou de nuance de cheveux.

Changer de voix, c'est parler au-dessus ou au-dessous du
timbre naturel que l'on possède. Or, cette coquetterie n'est
généralement qu'une maladresse qui produit un effet lamen-
table sur les gens de l'entourage, lesquels supposent, à tort ou
raison, que cet effort à travestir ce qui n'est qu'une apparence,
correspond à une tendance à la dissimulation ou à la pose.
Dans tous les cas, c'est une affectation déplaisante. Il faut
parler sur le ton qui nous est naturel. On peut éduquer sa voix
et s'apprendre à parler harmonieusement, mais à condition que
l'effort occasionné par l'étude n'apparaisse pas dans la pratique.

Vous savez qu'il vaut toujours mieux paraître ignorante et
fruste que pédante et prétentieuse.

POUR ÉCLAIR- On conseille, généralement, pour éclaircir la
CIR LA VOIX voix, de prendre chaque matin, à jeun, un
jaune d'œuf délayé dans un verre de bière.
Les veilles trop prolongées sont nuisibles à la clarté de la
voix. Ayez donc soin, du moins, lorsque vous veillez, de ne pas
vous exposer au froid, en sortant d'une salle chaude. Couvrez-
vous la bouche de manière à ce que l'air froid n'affecte pas
directement vos cordes vocales.

En cas d'enrouement, absorbez deux ou trois fois par jour une
cuillerée à bouche de sirop suivant :

Erysimum officinale . . . . 60 gr.
Eau bouillante . . . . 750 —

Faites macérer pendant deux heures, passez, filtrez et ajoutez 1 kilogramme 500 de sirop de sucre.

Il ne faut pas croire que l'alimentation n'exerce pas une influence sur la voix. La nourriture forte et épicée, l'usage des alcools, éraillent toujours plus ou moins l'organe vocal. Au contraire, le lait, les eaux minérales et les boissons sucrées, surtout celles à base de miel, sont favorables à la voix. Le citron, très astringent, contribuant à assainir la gorge, permet d'éviter bien des petits enrouements.

Les chanteurs qui ont besoin d'avoir la voix très nette et étendue font usage depuis bien longtemps du vinaigre suivant, à raison de cinq gouttes dans un verre d'eau tiède, pour se gargariser soir et matin :

Squames de scilles sèches.	100 gr.
Vinaigre rouge.	1.000 —
Alcool	50 —

Laissez macérer pendant quinze jours et filtrez.

LA POITRINE ET LES SEINS

LE BUSTE ET LE DÉVELOPPEMENT DE LA POITRINE On a toujours considéré la poitrine comme une des parties les plus magnifiques de la beauté féminine, et il est admirable que, dans la suite des temps, on se soit ingénié à la torturer ou à la modeler si diversement pour rendre sa splendeur plus impressionnante.

Il faut bien dire, en effet, que c'est à propos de la beauté du buste que l'élégance s'est permis les contradictions les plus surprenantes.

Jadis, le costume n'avait pour les trésors du buste aucune indulgence. Catherine de Médicis est volontiers traitée de tortionnaire par les historiens du costume féminin. C'est elle qui importa chez nous cette armature de fer et de baleines qu'adopta l'Europe entière pour comprimer les poitrines au point de faire disparaître toute apparence de saillies dont s'enrichissait le buste.

Mais l'invention du corset peut néanmoins être considérée à juste titre comme géniale.

Grâce à elle, on connaît, depuis le XVIe siècle toutes les formes de poitrines, ce qui ne laisse pas d'être significatif lorsqu'on traite de la beauté féminine. L'histoire nous a légué le souvenir d'une quantité de poitrines glorieuses. On cite ainsi la Belle Paule qui, à quatorze ans, enflamma François Ier, Marie Stuart dont la fraîcheur éclatante et la perfection de formes firent passer un instant François II pour le plus heureux des hommes, Marie Touchet, Renée de Châteauneuf, qui restèrent légendaires pour la merveilleuse harmonie de leur corps, Gabrielle d'Estrées, qui avait la poitrine la plus blanche du siècle, puis la plantureuse Charlotte de Montmorency, Marion de Lorme, « belle à faire mourir, dit Hamilton, et qui, bien qu'ayant de l'esprit comme les anges, était capricieuse comme un diable », Ninon de Lenclos, merveilleuse d'harmonie plastique, la duchesse de la Vallière, héroïque de modestie et sublime de soumission, malgré l'éclat de son intarissable jeunesse, la marquise de Montespan, enchanteresse irrésistible et amoureuse de sa propre beauté. Puis, ce furent les poitrines élégantes et allongées du XVIII⁰ siècle. Sous l'Empire, le corset moins tyrannique laisse au buste plus de liberté, emboîte le ventre et fixe la taille presque immédiatement au-dessous des seins.

A l'époque de la Restauration, les artistes s'emparent du buste et, non contents de l'habiller, le corrigent et l'embellissent.

De nos jours, enfin, le buste de la femme conserve toute son harmonie malgré la prison qu'on lui impose et ce n'est pas une gloire vaine pour nous de pouvoir, dans les grandes circonstances, laisser apparaître une poitrine large, harmonieuse et blanche.

Il est une question qui préoccupe toutes les femmes. C'est celle du volume de la poitrine. On n'est jamais absolument satisfait de ce que l'on a. Celles que la nature a favorisées d'une poitrine opulente redoutent les surprises de l'âge et les défaillances prématurées. Les autres se lamentent de ne posséder qu'une apparence de décolleté. Elles font la fortune des fabricants de pommades, des charlatans de beauté, sans rien gagner à suivre leurs conseils.

Il y a cependant des moyens pour développer la poitrine, comme il en est pour arrêter le débordement des tissus mammaires. Mais, pour profiter d'un traitement, il faut que ce traitement soit rationnel et suivi avec méthode. Il faut aussi qu'il soit hygiénique et, avant de rechercher par quels artifices vous réussirez à modifier le volume et l'aspect de votre buste, commencez par lui administrer, chaque jour, des soins judicieux indispensables à la santé et sans lesquels la jeunesse et la beauté s'évanouissent comme un rêve.

SOINS ET TRAITEMENTS HYGIÉNIQUES La forme même de la poitrine féminine qui lui impose perpétuellement un certain état de moiteur et les compressions prolongées que subit le buste, du seul fait du costume féminin, qui est étroit, nous impose un régime tout particulier de propreté et d'hygiène.

Bien que la poitrine soit rendue très fragile par cette espèce de claustration où la maintient la mode, il ne faut pas avoir peur de multiplier les applications d'eau froide par lotions ou par affusions. Ce sera le meilleur moyen de procurer à la chair la détente complète dont elle a besoin et de l'entretenir fraîche et ferme.

Tels sont les soins journaliers que, l'été, je conseillerai même d'administrer deux fois par jour.

Voici, d'autre part, la méthode qui me semble la meilleure et celle que j'ai vue donner les meilleurs résultats.

Passez sur les seins une éponge largement humectée d'eau alcoolisée puis, avec une brosse à ongles également mouillée, frictionnez les seins en rond. Essuyez fortement et frottez avec le gant de crin.

Douchez ensuite avec de l'eau froide placée dans le bock, à l'aide d'une petite canule fine en ivoire, identique à celle qui termine la douche intestinale en caoutchouc des enfants.

Essuyez, passez les seins à l'alcool à 90° et continuez votre toilette.

Ces soins activeront la circulation du sang et rendront aux tissus relâchés toute leur vie et leur vigueur.

Il en est d'autres qui, sans agir directement sur les seins, ont pour résultat de développer la poitrine. Je veux parler des exercices journaliers de gymnastique et de respiration.

Une femme coquette ne doit pas manquer de faire, chaque matin, au moins dix minutes de gymnastique suédoise, mouvements du torse, des bras et des jambes. Elle fera, de cette manière, largement pénétrer l'air dans les poumons, ce qui sera un gage de santé.

Cette gymnastique matinale n'est pas moins indispensable à la fillette et à la jeune fille auxquelles elle assurera une poitrine large, une taille souple et bien cambrée.

Il faudra aussi vous astreindre à une discipline négative qui consistera à éviter l'usage des parfums trop pénétrants qui occasionneraient le relâchement des tissus, les veilles trop prolongées et l'abus des excitants qui déciment l'organisme, les émotions, les passions qui consument et vieillissent.

PEUT-ON MODIFIER LE VOLUME DE LA POITRINE Il est incontestable que l'on peut modifier l'aspect de la poitrine.

Charles IX disait un jour : « Autrefois, on pouvait trouver à la cour du roi de France des Vénus, des Diane et des Niobé ; maintenant, on n'y voit plus que des guêpes. »

Le corset a donc donné à la poitrine, dans la suite des temps, les aspects les plus différents. Mais le corset n'est qu'une prison. C'est la nature même que l'on prétend aujourd'hui pouvoir développer ou contenir.

Or, on ne saurait nier l'efficacité de certains traitements. Les plus usités consistent soit dans l'absorption de certains extraits bienfaisants qui, influençant l'état général des organes, favorisent également le développement de la poitrine, soit en onctions ou frictions spéciales, qui activent la circulation et la vitalité des glandes cellulaires.

Je préfère les méthodes préconisées par les spécialistes contemporains telles que la galvanisation électrique pratiquée avec de grandes précautions et complétée par l'absorption à raison de quatre cuillerées par jour de la composition suivante :

Extrait aqueux de Galéga . . 50 gr.	Teinture de fenouil. . . . . 25 gr.
Eau distillée . . . . 50 —	Sirop de sucre . . . . 875 —

Ayez soin de porter des vêtements légers et amples, des corsets bas, de manière que le sein soit libre, non comprimé et qu'il reçoive les caresses de l'air.

Frictionnez chaque matin les seins avec de l'eau d'eucalyptus, en évitant de trop frotter. Soulevez légèrement les seins pour que la friction s'étende à sa base.

Les personnes qui ont la peau sèche emploieront, de préférence, pour les frictions, une crème telle que la suivante :

Extrait de Galéga . . . . . . 5 gr.	Cérat de Galien. . . . . . . 10 gr.
Lanoline . . . . 20 —	Eau de roses . . . . 5 —

S'il est tout à fait inoffensif de suivre des traitements pour augmenter le volume des seins, il peut être nuisible à la beauté et à la santé d'essayer de diminuer le volume de la poitrine.

On considère l'iode comme une des substances les plus actives pour combattre le développement excessif de la poitrine. Voici une composition iodée qui a souvent fait ses preuves et dont l'effet ne peut être contesté :

Essence de menthe	30 gr.		Vinaigre aromatique.	2 gr.
Iodure de potassium.	2 —		Essence de cédrat.	10 gouttes.

Les frictions de sel sont très efficaces ainsi que les applications de ciguë broyée au mortier et les compresses de jus de pommes de pin non encores mûres.

POUR REDRESSER ET RAFFERMIR LES SEINS Les lotions froides sont le seul traitement qui puisse permettre de combattre le relâchement des tissus et, par conséquent, de redresser les seins.

La gymnastique est le complément rationnel des lotions. Elle consistera en mouvements des bras élevés jusqu'au niveau des épaules, puis verticalement, pour être rejetés brusquement en arrière.

Les frictions à l'alcool à 90° suivront toujours ces mouvements qu'il faudra répéter une dizaine de fois matin et soir.

Les flagellations à l'eau salée additionnée d'alun resserrent les tissus et, par conséquent, les raffermissent. Voici encore une préparation à l'alun que je vous recommande tout particulièrement :

Eau-de-vie blanche	60 gr.
Eau de camomille.	60 —
Alun	15 —

On conseille fréquemment les lotions avec une macération de fleurs de verveine dans du vinaigre, 300 grammes de fleurs par litre de liquide. Les décoctions de pétales de roses sauvages ou les infusions de thé vert sont également bienfaisantes.

Quels que soient les moyens que vous employiez pour redresser et pour raffermir les seins, vous n'obtiendrez aucun résultat si vous comprimez votre poitrine dans des corsets trop hauts, si vous vous couvrez à l'excès et surtout si vous prenez des bains de vapeur.

CONTRE LES ACCIDENTS DE L'ALLAITEMENT Le souci de l'esthétique est parfois difficilement conciliable avec les obligations de la famille.

La période de l'allaitement laisse toujours des traces sur la poitrine de la femme et, sans prétendre faire disparaître complètement la fatigue qu'il a occasionnée, on peut, du moins, en atténuer les effets.

C'est ainsi que les applications de farine de riz cuite au lait et appliquée sous forme d'emplâtre fait disparaître les rougeurs et les inflammations consécutives à l'allaitement.

Il en est de même des cataplasmes de racines de lis et de racines de guimauve.

Quant aux *crevasses*, dont sont atteintes les extrémités du mamelon, les simples compresses d'huile d'olive, les lavages fréquents à l'eau de céleri chaude, les onctions de glycérine sont autant de moyens éprouvés.

La pommade de saindoux et de graisse de mouton en parties égales additionnée d'un peu de cire jaune est souvent employée en frictions et onctions sur le bout du mamelon.

Voici enfin la formule d'une excellente préparation que vous appliquez deux fois par jour :

Menthol.	o gr. 75	Huile d'olive	o gr. 50
Salol	o — 50	Lanoline	45 —

Evitez surtout les causes qui pourraient occasionner les crevasses en vous lavant le bout du sein, à l'alcool après chaque tétée.

Le meilleur traitement contre les vergetures des seins sont les compresses aluminées ou les frictions au bloc d'alun, suivies d'une application légère de poudre d'iris.

Ce traitement est également efficace pour effacer les vergetures du ventre.

LES ÉPAULES ET LE COU

OBSERVATIONS ESTHÉTIQUES Les épaules de l'homme, larges avec tendance à la « carrure », expriment surtout la force. On dirait presque qu'elles sont prédisposées à supporter les fardeaux, et leur musculature est très apparente. La coquetterie de l'homme ne recherche pas à dissimuler les saillies des épaules.

Au contraire, les épaules féminines sont arrondies. Depuis le déclin du visage jusqu'au bras, et même, si l'on comprend le torse, jusqu'à l'envoutement des cuisses avec le buste, on constate une succession de courbes très douces et jamais heurtées dont la régularité harmonieuse constitue l'une des plus appréciables splendeurs de la beauté féminine.

Le cou fut toujours l'un des points de mire des admirateurs de la femme et les artistes se sont, de tout temps, appliqués à en interpréter, dans leurs œuvres, la blancheur, la rondeur et le modelé. Ce sont les trois privilèges que la nature accorde au cou de la jeune femme.

C'est à nous de ne pas nous insurger, sous prétexte de mode aléatoire, contre les desseins de la nature, en nous affublant de ces cols et de ces colliers étroits mal montés et qui nous emprisonnent comme des carcans, en même temps qu'ils hâtent la naissance des rides, stigmates de la vieillesse.

Combien de jeunes femmes ayant un joli cou ne voyez-vous pas arborer, par caprice de luxe ridicule, ces fameux colliers de chien qui ne furent inventés que pour dissimuler, chez les personnes âgées, la fatigue du cou.

Les épaules n'apparaissent guère dans la vie ordinaire. Cependant, si l'habillement des hommes est confectionné de façon à compléter la carrure de la personne par addition de tampons ou de crin à l'épaulette du vêtement, on a observé que la femme a généralement les épaules franches et libres sous le corsage..., à moins que la mode, dont il faut tout attendre, ne s'avise de donner aussi passagèrement de la carrure à la femme.

C'est dans le décolleté qu'apparaît toute la magnificence des épaules, du cou et de la gorge. Notre décolleté moderne est relativement discret. Il est rare, en effet, que tout le haut du buste apparaisse complètement nu comme c'était l'usage à l'époque de Louis XIII où les belles épaules avaient tout le loisir de se faire admirer.

Aujourd'hui, il existe toujours une sorte de bretelle qui retient la robe au-dessus de l'épaule. C'est là, peut-être une mesure de décence, mais je crois plutôt que la raison de cette modération dans l'étalage de nos charmes tient à ce que nous portons le corset plus bas, de façon à mieux faire ressortir les beautés de la gorge, que nous considérons comme plus suggestives encore que celle des épaules.

LA TONALITÉ DES ÉPAULES ET DU COU Il ne doit pas y avoir de différence de tonalité entre les épaules et le cou. Il faut que le coloris du cou et celui des épaules se marient et se fondent de façon à former une étendue à la fois blanche et rose sans différence dans l'éclat, sans défaillance dans la tonalité.

Cette égalité de nuances n'est pas facile à obtenir car le cou et les épaules n'ont pas une vie identique. Celui-là est exposé plus que celles-ci dans la vie journalière. Son action est plus intense, plus intelligente, plus directement asservie à la volonté et il participe, dans une certaine mesure, à la plupart de nos actes conscients.

Les épaules, au contraire, sont vouées à une relative immobilité. N'ayant pas à fournir d'expression dans la vie active, elles ne sont pas vouées aux rides. Tout au plus redoutent-elles quelques meurtrissures passagères du fait d'un vêtement mal combiné. Et enfin la nature n'a pas la même indulgence pour toutes les épaules. Il en est de saillantes et osseuses qui paraissent incompatibles avec toute idée de décolleté.

En général, cependant, toute femme ingénieuse réussit à découvrir une forme de décolleté convenable pour sa poitrine et adaptée à la forme de ses épaules.

Or, du moment que l'on doit montrer ses épaules, il convient de connaître par quels moyens on peut obtenir le coloris enviable pour elles et qui est également celui qu'il faut rechercher pour le cou.

Bien entendu, on doit faire, chaque jour, la toilette des épaules et du cou, en même temps que celle de la poitrine. Des lotions froides sont bienfaisantes et raffermissent la chair.

Lorsqu'on doit préparer le décolleté, il faut s'installer, le buste nu, devant une glace bien large où se reflètent tous les détails de la personne à la grande lumière.

On ne se préparera pas longtemps avant l'effet à produire, car toutes les influences ambiantes sont à redouter. L'apprêt doit précéder immédiatement l'exhibition.

De même, vous devrez prendre la précaution de faire votre visage avant vos épaules, car c'est le visage qui doit donner la note des coloris. C'est lui qui réclame le plus de raffinement et le plus de vérité d'expression. Il faut moins d'ardeur sur le cou et sur les épaules que dans le visage. Le bon sens nous invite à procéder ici par dégradés.

Par conséquent, c'est à chacune de nous de savoir s'inspirer de sa propre physionomie et donner au cou et aux épaules la tonalité qui leur sied.

D'une façon générale, on doit corriger, par l'application des crèmes et des poudres, les tonalités naturelles de la peau lorsqu'on leur soupçonne une pâleur ou une rougeur excessives. Tout est affaire d'harmonie.

POUR BLANCHIR LE COU ET LES ÉPAULES Ce sont les pommades et les crèmes, appliquées discrètement sur la peau, qui réussisent à donner aux épaules et au cou de la blancheur et de l'éclat.

Après cette première application, on procède au poudrage méticuleux en employant des poudres blanches, naturelles, rosées ou rachel, selon la tonalité même du visage.

Les jolies femmes d'autrefois, avant de se mettre en décolleté, se passaient sur les épaules et sur le cou un liniment fait de racines de cyclamen, ou bien elles se frottaient avec une pâte formée de farine de graine de rave. Ces opérations avaient pour but de donner à la peau toute sa netteté

La farine de fèves et la distillation de jus de citron, le jus de fraises et le jus de concombres, ainsi que l'eau de gentiane ont la propriété de nettoyer parfaitement la peau et de la blanchir.

Dans la hâte où l'on se trouve presque toujours de faire ces apprêts compliqués, on juge beaucoup plus pratique de recourir à des préparations éprouvées que l'on peut, du reste, composer soi-même et qui ne présentent aucun danger au point de vue de l'hygiène.

Voici une pâte excellente qui a pour effet de blanchir la peau :

Pommade de concombres . . . . 50 gr.
Oxyde de zinc . . . . 5 —

Vous aurez soin, d'employer auparavant la lotion suivante qui réussit à souhait à blanchir et assouplir la peau :

Eau de roses	450 gr.	Teinture de benjoin	5 gr.
Teinture de myrrhe	5 —	Teinture de Quillaya	9 —
Teinture d'opoponax	3 —	Essence de citron	4 —

Je vous signale également cette pâte très connue et très efficace :

Miel de Narbonne	25 gr.	Huile d'amandes douces . . .	25 gr.
Axonge	15 —	Teinture de myrrhe	5 —
Eau de roses	15 —	Suc d'oignons de lis	5 —

Pour raffermir la peau du cou, vous ferez des onctions légères avec de l'ouate hydrophile imprégnée de la préparation suivante :

Glycérine	50 gr.	Eau oxygénée	20 gr.
Eau de roses	50 —	Alun en poudre	5 —

Si la peau du cou est un peu terreuse, vous ferez les onctions avec un lait contenant les substances :

Lait d'amandes . . . . 300 gr.
Naphtaline . . . . 10 —
Nitrobenzine . . . . 2 —

Voici une crème qui nettoie et adoucit la peau sans l'irriter jamais :

Miel demi-liquide	400 gr.	Glycérine	100 gr.
Huile d'amandes amères . .	400 —	Eau de roses.	100 —
Farine blanche d'amandes. .	150 —	Silice en gelée.	100 —

C'est l'huile et la farine d'amandes qui rendent cette crème adoucissante. La silice en gelée brosse et polit la peau sans la rayer.

Je vous conseillerai, pour les soins journaliers d'employer un savon qu'il ne faudra préparer que par petites quantités :

Huile d'amandes douces . .	200 gr.	Eau de guimauve.	400 gr.
Beurre	200 —	Alcool.	50 —
Savon ordinaire	300 —		

Mettez le tout dans un pot, au bain-marie, laissez fondre pour bien incorporer le tout. Transvasez et laissez froidir. Aromatisez selon le goût.

Je vous recommande enfin, pour obtenir un joli décolleté, les compresses de jus de poireaux dont vous aurez fait bouillir la verdure et l'extrémité pendant une demi-heure avant de le passer.

LES REPLIS DU COU ET LE COLLIER DE VÉNUS Le cou, sur lequel pivote la tête, est doué d'une grande élasticité. Il s'assouplit à tous les mouvements, de haut en bas, de bas en haut, à droite et à gauche.

Or, ces mouvements, surtout ceux qui sont habituels et à l'occasion desquels le cou affecte une tension plus ou moins prolongée, laissent nécessairement une trace et comme des sillons sur la partie de notre corps qui sépare la tête du buste.

Ces sillons constituent de véritables rides en forme de colliers. L'un de ces colliers, à triple sillon, est commun à toutes les femmes : c'est le collier de Vénus. Il est occasionné par l'affaissement naturel de la tête sur le cou, à l'état de repos. Ce n'est pas, à proprement parler, un collier fait de rides, mais plutôt de bourrelets dessinés par la chair retombant sur elle-même.

Il ne faut pas s'aviser de limiter le développement du collier

de Vénus. Mais on doit, au contraire, s'appliquer à prévenir la naissance des petites rides confluentes, inévitables lorsqu'on prend souvent les mêmes attitudes, ou que l'on s'assujettit à porter des cols trop haut ou trop étroits.

POUR ÉVITER LES Les rides du cou comptant parmi les
RIDES DU COU stigmates de l'âge qu'il importe le plus d'effacer, soignez votre cou, lotionnez-le, massez-le et faites des exercices de gymnastique qui ne seront pas moins efficaces que les crèmes et les eaux de toilette.

Les exercices les plus salutaires sont les suivants :

1º Levez la tête et renversez-la en arrière, pour la ramener ensuite dans sa position normale, en deux temps.

2º Penchez la tête à droite, puis à gauche, en quatre temps.

3º Tournez la tête à droite et à gauche, en quatre temps.

Évitez de baisser la tête en avant.

Parmi les onctions recommandées pour effacer les raies du cou, je vous signale la suivante :

Eau de roses . . . . 40 gr.
Glycérine. . . . . 40 —
Eau oxygénée. . . . . 25 —

Les compresses de toile fine imbibée d'une infusion de roses de Provins sont excellentes, ainsi que les cataplasmes de farine de seigle et de blanc d'œuf.

LES GOITRES Voici la recette de Kneipp pour faire disparaître les goitres :

Faites macérer pendant une demi-heure dans de l'eau bouillante de l'écorce d'un jeune chêne. Trempez dans cette décoction un mouchoir que vous appliquerez sur le mal.

Le tanin et l'alun sont très souvent recommandés comme astringents. On les emploie comme compresses.

Le sel de cuisine en collier dans du taffetas est appliqué sur le goitre sous forme de compresses et donne généralement de bons résultats.

On recommande aussi contre le goitre les compresses de vinaigre.

11

L'HYGIÈNE DES AISSELLES Le dessous des bras est le siège d'abondantes sécrétions. C'est pourquoi toutes les femmes adoptent, afin de préserver le tissu de leurs corsages, une petite pièce de caoutchouc, dite *dessous de bras*, cousue au tissu du vêtement et qui vient s'appliquer sous l'aisselle.

Indépendamment de cette précaution, qui s'impose d'une façon absolue, il faut encore prendre soin chaque jour, de procéder à d'abondantes lotions d'eau fraîche alcoolisée sous les aisselles.

Dans le cas où vous seriez particulièrement sujettes à la transpiration des aisselles, je vous conseillerais les poudrages à l'alun et l'application de cataplasmes de racines de chardon et de lys jaunes bouillis, en proportion égale.

POUR EFFACER LE DOUBLE MENTON Les exercices que j'ai recommandés pour effacer les rides du cou sont excellents aussi pour faire disparaître le double menton si disgracieux, qui empâte et alourdit le plus joli visage.

Faites également des applications de compresses imbibées d'eau de roses après avoir légèrement massé le menton avec la préparation suivante :

Baume d'Opodeldoch . . . . 30 gr.
Iodure de potassium. . . . . I —

Le massage doit être pratiqué à partir du milieu du menton vers les oreilles, sans faire de plis, et du bas des joues vers le haut.

Les compresses seront appliquées de manière à remonter les tissus. La compresse sera bien serrée et attachée sur le dessus de la tête en passant sur les oreilles ou un peu en avant.

Appliquez ces compresses le soir, avant de vous coucher, conservez-les pendant toute la nuit et, le lendemain matin, lavez à l'eau froide et faites des flagellations d'eau froide.

Les douches d'eau froide sous le menton contribuent beaucoup à le raffermir.

Dormez toujours sur le dos, la tête en arrière.

Enfin, surveillez le bon fonctionnement de l'estomac et celui de l'intestin.

LE VISAGE ET LE TEINT

CE QUI REND UNE FEMME JOLIE Nous avons remarqué, au début de ce livre, que si la beauté comprend un ensemble de perfections répandues sur tout le corps, c'est du visage féminin surtout qu'on s'inspire, lorsqu'on dit d'une femme : « Elle est jolie ! »

Le visage comprend différents organes disposés selon une certaine symétrie et constituant par leur juxtaposition plus ou moins heureuse un ensemble affectant certaines expressions et caractérisant une personnalité physique pour chacun de nous.

Sans doute, vous reconnaîtrez de loin, en la voyant de dos, une personne qui vous est familière, mais l'allure, la démarche, l'aspect des membres et du torse n'expriment pas l'intensité de vie qui se trouve dépeinte sur le visage. A peu de choses près, un bras mort et un bras vivant se ressemblent. Le visage, au contraire, reflète toutes les ardeurs de l'âme, et c'est par là qu'il occupe une place si importante dans l'étude de la beauté féminine.

Pour que le visage soit beau, il lui faut de la symétrie, c'est-à-dire que les yeux soient largement étalés à égale distance du nez, lequel doit s'avancer presque en ligne droite pour se recourber ensuite sans brusquerie et sans accident. La bouche petite et bien découpée est limitée toujours symétriquement par le relief des lèvres, et c'est tout autour de ces divers organes que s'étend le tissu auquel nous nous appliquons tant à conserver de la fraîcheur et du coloris.

Cette fraîcheur et ce coloris sont le teint.

Le teint n'est pas seulement une nuance générale du visage, c'est la résultante de tous les éléments qui entrent dans la constitution de sa tonalité, laquelle est toujours composite et indéfinissable.

Il est difficile de dire exactement ce qu'est le teint. On affirmera qu'une femme a joli teint, qu'elle a le teint frais ou qu'elle a mauvais teint. Exceptionnellement, on dira d'une jeune fille qu'elle a le teint rose et d'une malade qu'elle a le teint jaune. Mais, dans tout cela, rien de précis.

Il n'est pas plus facile de définir la beauté du visage que la beauté du teint. Certaines personnes, agréables à voir de face, ont un profil inharmonieux. Cependant, elles sont jolies. De même, on trouvera jolies celles dont le profil est régulier à la façon des beautés classiques et ne se compose que de lignes droites et de courbes gracieuses.

L'absence des rides, la finesse des traits, le velouté de la peau entrent encore en ligne de compte lorsqu'on veut analyser la beauté d'un visage. Et vraiment, à tout prendre, une femme a tellement de façons d'être jolie, rien que par les agréments répandus sur son visage, que l'on est tenté de donner raison à ceux qui estiment ou prétendent que la femme laide n'existe pas.

De plus, s'il n'est pas facile de changer l'aspect d'un membre mal tourné, de dissimuler une poitrine débordante, de développer un buste émacié, on réussit généralement à modifier l'aspect du visage en employant avec à-propos des artifices ingénieux.

C'est vraiment là le triomphe de la coquetterie, et c'est surtout à propos du visage qu'il importe de posséder un grand nombre de recettes inédites.

EMPLOI DES CRÈMES ET DES POUDRES Il ne suffit pas d'acheter une crème ou une poudre à la mode et à propos desquelles on fait grand bruit, pour obtenir le retour sur le visage de la jeunesse ou de la fraîcheur disparues.

Avant de choisir une composition quelconque, crème ou poudre, destinée à la réfection du visage ou à son entretien, il faut s'assurer qu'elles conviennent à la nature de la peau.

D'autre part, il faut savoir employer les crèmes et les poudres avec discernement et habileté.

Par conséquent, si vous avez la *peau sèche,* vous choisirez une crème onctueuse et ne renfermant que des substances adoucissantes, telle que la suivante :

Huile d'olive	250 gr.	Beurre de cacao.	15 gr.
Eau de roses.	250 —	Essence de roses	10 gouttes.
Cire blanche.	15 —		

Faites fondre sur feu doux la cire et le beurre de cacao. Mélangez et ajoutez l'eau de roses en tournant sans cesse. Mettez enfin l'huile d'olive et l'essence de roses.

Au contraire, les personnes qui ont la *peau grasse* préféreront une crème un peu astringente, celle-ci, par exemple :

Huile d'amandes douces	30 gr.	Teinture de benjoin.	20 gr.
Eau de roses.	100 —	Alun pulvérisé	5 —
Cire blanche.	30 —	Essence de bergamote	1 —

Après vous être lotionné le visage, étendez la crème avec un peu d'ouate hydrophile préalablement mouillée et massez légèrement les tissus sur le front en remontant depuis la naissance du nez jusqu'à la racine des cheveux, sur les tempes et autour des yeux, en caresse légère, sur les joues en allant depuis la bouche jusqu'aux oreilles et enfin sous le menton.

Essuyez un peu avec l'ouate hydrophile et poudrez en employant une houpette légère, non en duvet, mais en poils de soie souples et ras, ou encore la patte de lapin.

On préfère souvent les crèmes, au beurre de cacao telles que la suivante :

Eau de roses.	60 gr.	Huile d'olive.	200 gr.
Beurre de cacao	100 —	Teinture de benjoin	10 —
Cire vierge	50 —	Teinture de myrrhe	5 —
Blanc de baleine.	50 —		

Faites fondre la cire, le blanc de baleine et le beurre de cacao dans l'huile d'olive. Puis, versez le tout dans un mortier de marbre pour laisser figer, tout en remuant. Ajoutez l'eau de roses, la teinture de benjoin et la teinture de myrrhe en remuant pour incorporer. Mettez en pots.

La pommade au concombre est d'un emploi très agréable; elle est facile à composer d'après la formule suivante :

Axonge pur	100 gr.	Jus de concombre	150 gr.
Graisse de rognons de veau.	25 —	Amidon en poudre.	8 —

Faites fondre l'axonge et la graisse de veau, puis ajoutez 75 grammes de jus de concombre et mélangez bien. Laissez macérer pendant un jour et ajoutez le reste du jus de concombre. Faites fondre de nouveau au bain-marie et ajoutez la poudre d'amidon. Remuez et mettez en pots.

LES ABLUTIONS DU VISAGE Avant de procéder aux ablutions du visage, au cours desquelles on se passe nécessairement les mains sur la figure, ayez soin de vous laver les mains.

Puis veillez à ne pas mouiller vos cheveux.

Comme le visage est très fragile, vous n'emploierez autant que possible, que de l'eau filtrée ou de l'eau bouillie, mais vous procéderez aux ablutions avec de l'eau froide, qui ne soit pas de l'eau dure. La meilleure eau serait l'eau de pluie ou de rivière. Si vous n'en avez pas à votre disposition, ajoutez à la vôtre une pincée de borax.

Le matin, vous procéderez donc à des lotions du visage à l'eau froide, en hiver comme en été. Employez du coton hydrophile qui vous servira en quelque sorte d'éponge et que vous jetterez après usage. De cette façon, vous éviterez la contamination de la serviette.

Il est bon d'ajouter à l'eau bouillie, un peu de teinture de benjoin, quelques gouttes seulement, ou bien un peu d'eau de Cologne ou de vinaigre de toilette.

Ces substances aromatisées rendent l'eau plus agréable à la peau.

Les ablutions à l'eau chaude sont d'un excellent effet, le soir avant de se coucher, car elles nettoient parfaitement bien la peau, mais elles ont l'inconvénient de détendre les tissus. On recommande plus particulièrement l'eau chaude aux personnes qui ont la peau grasse, ainsi qu'aux timides qui sont sujettes à rougir.

L'eau très chaude est efficace contre les rougeurs et les boutons.

Au cours des ablutions, ne frottez pas la peau, passez l'eau légèrement. Après quoi, essuyez-vous avec un linge fin ou un tampon d'ouate hydrophile.

Ce qu'il faut éviter absolument, pour la toilette du visage, c'est l'emploi du savon, qui rend la peau luisante et dans la composition duquel rentrent toujours des substances plus ou moins nuisibles.

Voici la formule du fameux vinaigre de Bully telle qu'elle fut établie par l'inventeur, au commencement du XIXe siècle.

Eau	7 litres.	Essence de romarin.	25 gr.
Alcool à 85°	4 —	Essence de lavande.	4 —
Essence de bergamote. . .	30 gr.	Essence de néroli	4 —
Essence de citron	30 —	Alcool de mélisse	500 —
Essence de Portugal. . . .	12 —		

Agitez le tout dans une bouteille et laissez reposer pendant vingt-quatre heures. Ajoutez ensuite :

Baume de tolu	60 gr.	Teinture de girofle	60 gr.
Teinture de benjoin	60 —	Teinture de styrax	60 —

Agitez encore et ajoutez deux litres de bon vinaigre. Laissez reposer pendant quatre heures et filtrez.

Quelques gouttes de ce vinaigre rendent l'eau de la toilette laiteuse et parfumée.

C'est après les ablutions que l'on procède aux lotions spéciales puis aux applications de crème et de poudre par où l'on terminera la toilette du visage.

POUR CONSERVER LE TEINT FRAIS La beauté du teint ne résulte pas seulement des soins locaux que l'on prend du visage. C'est à l'état général de la santé, à l'hygiène et surtout à l'alimentation qu'il faut attribuer la fraîcheur ou la fatigue du visage.

Avant tout, surveillez donc votre régime. Ayez une vie régulière et excluez de votre alimentation tout ce qui pourrait troubler la régularité de votre digestion. La constipation a toujours des effets désastreux sur le teint. Elle le rend jaune et terreux, de même que le diabète et les affections du foie.

Les promenades au grand air et à la pluie donnent du teint. Le vent, la chaleur et surtout le froid excessif sont, au contraire, défavorables au visage. L'air salin est tout à fait nuisible.

Comme le teint est fragile, on s'est ingénié à découvrir une quantité de produits pour le conserver frais et l'embellir.

Autrefois, on appliquait sur la figure un liniment fait de chair de melon et de farine. Le jus de citron et la bave d'escargots additionnée de miel avaient également leurs partisans parmi les dames élégantes.

La farine de fèves est encore souvent appliquée avec succès.

Voici une crème excellente pour la fraîcheur du teint :

Amandes amères pilées .	40 gr.	Eau de roses.	2 décilitres.
Crème fraîche	2 décilitres.	Eau-de-vie distillée . . .	1 —

Ajoutez un jaune d'œuf et le jus d'un citron.

Mélangez, passez dans un linge et employez chaque soir pour essuyer le visage.

Le jaune d'œuf, qui entre dans la composition de cette crème, est souverain. On peut même l'employer seul. On l'étendra sur le visage préalablement lotionné à l'eau bouillie, on laissera pendant une heure environ, puis on lavera à l'eau tiède. Ce procédé est excellent aussi contre les rides et le relâchement des tissus.

Je vous recommande enfin ce lait de fraîcheur :

Eau de roses.	250 gr.	Baume de la Mecque . .	15 gr.
Teinture de benjoin	20 —	Essence de roses	une goutte.

Employez ce lait, le matin, après vos ablutions, avant d'étendre la crème destinée à tenir la poudre.

Le lait d'amandes suivant a également la propriété de tonifier la peau et de tenir la poudre :

Eau de roses	200 gr.	Sucre	25 gr.
Amandes douces.	25 —	Alcool.	125 —
Amandes amères.	25 —		

Ce lait sera employé après les ablutions, lorsqu'on n'a pas l'habitude d'étendre des crèmes sur le visage.

CONTRE LES ROUGEURS DU TEINT ET LES CONGESTIONS DU VISAGE C'est encore par le régime que l'on peut le plus victorieusement lutter contre les congestions du visage.

Les viandes en ragoût, les mets épicés, la charcuterie,

l'usage des boissons alcooliques sont autant d'ennemis du teint qui font monter des rougeurs au visage et qui incommodent vraiment la femme.

Surveillez donc votre alimentation et prenez l'habitude de boire après chaque repas une infusion chaude de camomille ou de menthe.

L'anis est excellent, ainsi que l'orge bu le matin, au réveil, ainsi que les eaux minérales de Vals ou de Vichy prises à jeun, en petites quantités.

Il faut, en effet, lutter sans cesse contre la paresse de l'intestin et absorber, au besoin, chaque matin à jeun, si les eaux minérales sont insuffisantes, une cuillerée à bouche d'huile d'olive.

Je vous recommande, contre les rougeurs du visage, les applications de cataplasmes de farine d'avoine cuite dans le vinaigre, de gruau ou de son ainsi que les lotions à l'eau de gentiane, au jus de fraises et au jus de houblon.

Tamponnez souvent le visage avec de l'eau de roses et de l'eau oxygénée à douze volumes.

Voici une excellente lotion :

Eau filtrée.	1/2 litre.	Teinture de camphre	10 gr.
Teinture de benjoin	5 gr.	Extrait de violette	2 gouttes.
Glycérine	20 —		

Je vous recommande aussi la crème suivante :

Lanoline.	200 gr.	Fèves fraîches en pâte.	50 gr.
Fraises des bois	50 —	Jus de citron.	1 cuillerée à café.
Jus de melon	30 —	Miel de Narbonne.	1 — à bouche.

Cette crème a l'inconvénient de ne pas se conserver longtemps. Préparez-la donc en quantité moindre, tout en gardant les proportions.

Le régime végétarien est très recommandé pour combattre les rougeurs du visage.

CONTRE L'ACNÉ ET LES BOUTONS DE CHALEUR Le plus joli visage est exposé à beaucoup de petites misères qui ont l'inconvénient, non seulement de déparer un ensemble harmonieux, mais de faire soupçonner un état général défectueux.

L'acné, qui est une maladie des glandes sébacées, caractérisée par des boutons qui croissent sur le visage, est précisément l'une de ces affections disgracieuses.

On triomphe assez facilement de l'acné en employant certaines compositions qui sont devenues, pour ainsi dire, classiques, telles que la pâte d'Isaac, dont la formule figure dans tous les bons manuels d'esthétique féminine :

Résorcine pulvérisée . . . . . 5 gr.	Amidon. . . . . 5 gr.
Oxyde de zinc. . . . . 5 —	Vaseline jaune . . . . 15 —

La crème à l'oxyde de zinc donne également de bons résultats. Elle est composée de la manière suivante :

Glycérine . . . . 20 gr.	Poudre de talc. . . . . 4 gr.
Vaseline . . . . 15 —	Salicylate de bismuth . . . . 1 —
Oxyde de zinc . . . . 4 —	

Lotionnez-vous chaque soir avec la préparation suivante :

Soufre sublimé. . . . . 50 gr.
Alcool camphré. . . . . 50 —

ou bien :

Soufre . . . . 25 gr.
Teinture de benjoin. . . . . 15 —
Eau de roses . . . . 75 —

Appliquez, laissez sécher et gardez toute la nuit.

Ajoutez à l'eau de toilette du soir un peu de sel de cuisine et lotionnez-vous fréquemment avec de l'eau de cerfeuil.

Bannissez de votre alimentation tous les mets échauffants et, en particulier, les poissons, les crustacés et la charcuterie.

Ne buvez aucune boisson excitante, pas de liqueurs, ni de thé, ni de café, ni de chocolat.

POUR AVOIR LE TEINT CLAIR ET BLANC Les vapeurs de myrrhe et de benjoin étaient employées par les dames romaines pour éclaircir leur teint, dont elles étaient très jalouses.

Elles procédaient de la manière suivante :

Après avoir mis dans une petite casserole un verre à liqueur d'alcool, un verre à liqueur d'eau de fleurs d'oranger, quelques gouttes de teinture de myrrhe et quelques gouttes de teinture de benjoin, elles chauffaient de manière à recevoir les vapeurs sur la figure couverte d'un linge blanc et préalablement enduite de glycérine.

Le bain de vapeur produit une transpiration abondante après laquelle il est bon de se lotionner à l'eau bouillie froide.

Les lotions alternatives de lait chaud et de lait froid éclaircissent le teint et lui donnent beaucoup d'éclat.

On recommande encore de se laver de temps en temps le visage avec de la mie de pain imbibée d'eau. Frictionnez légèrement et laissez sécher.

L'eau de riz et le blanc d'œuf donnent aussi d'excellents résultats.

Voici enfin une crème qui donne au teint une belle blancheur :

Huile d'amandes douces . .	100 gr.	Cire blanche	15 gr.
Eau de roses.	25 —	Teinture de benjoin . . .	8 —
Blanc de baleine	25 —	Essence de roses	une goutte.

Appliquez cette crème avant de vous poudrer le visage.

POUR RANI-MER LE TEINT J'ai constaté chez certaines personnes les excellents résultats obtenus au point de vue du teint qu'elles avaient pâle et même jaune par la cure de figues sèches. Elles en mangeaient quatre fois par jour, à raison de six ou huit chaque fois.

Voici une lotion souvent recommandée :

Eau de roses.	100 gr.	Teinture de myrrhe	5 gr.
Lait d'amandes amères . . .	50 —	Teinture de benjoin	5 —
Infusion de romarin	100 —		

Une poignée de sel dans l'eau des ablutions réussit généralement à ranimer le teint.

Je vous conseille les flagellations et les tapotements du visage ainsi que les douches d'eau froide, le matin, avant de sortir.

CONTRE LE HALE Le hâle est la destruction du teint par le soleil, par l'air vif et, en particulier, par l'air salin. Non seulement il enlaidit, mais il abîme le teint, si bien que, pour éviter la durée de ses effets, il ne faut pas se contenter de connaître les remèdes propres à rendre à la peau son éclat naturel, on doit encore s'armer de précautions pour se protéger, dans la mesure du possible, contre les ambiances funestes.

La première précaution, et celle qui les résume toutes, consiste à ne jamais exposer les traits directement à la lumière vive du soleil, au vent ou à l'air marin.

C'est pourquoi vous ne sortirez que le visage voilé.

Lorsqu'il vous est impossible de conserver un voile qui protège complètement votre figure, vous aurez soin d'isoler vos traits au moyen d'une crème ou d'un corps gras appliqué sur toute l'étendue de la peau qui doit être en contact avec l'air.

Pour que le corps gras ne donne pas à la peau un aspect huileux, ce qui serait inévitable au grand soleil, vous vous poudrerez avec soin, soit avec de l'amidon, soit avec une poudre de riz bien pure.

Quand vous n'avez pas pu prendre cette précaution préventive et que vous avez dû subir les atteintes du soleil, soignez votre visage de manière à éviter que les effets disgracieux du hâle ne se prolongent.

Comme c'est généralement en été que l'on contracte le hâle, on pourra y remédier assez facilement en se lavant fréquemment le visage avec du jus de raisin bien mûr, que l'on maintiendra sur la peau, sans essuyer.

La chair de melon ou le mucilage de graines de mauve pilées avec du beurre frais et appliquées sur les parties hâlées ont la propriété de blanchir assez rapidement la peau.

Vous savez toutes que le blanc d'œuf battu en neige et appliqué sur la figure où on le laisse séjourner pendant une heure environ, rend au teint sa blancheur et son éclat.

Je vous conseillerai même, pendant un séjour à la mer, de ne pas manquer, tous les quatre ou cinq jours, de faire ces applications de blanc d'œuf; après quoi vous vous lotionnerez le visage avec de l'eau tiède.

Dans la montagne, où vous êtes exposée à l'air vif et aux rayons brûlants du soleil, lavez-vous fréquemment avec du jus de cyclamen.

Voici une crème excellente contre le hâle.

```
Cérat . . . . . . . . . . . . . . . . . . . . . . .   100 gr.
Sulfate de quinine . . . . . . . . . . . . . . . . .    2 —
Chlorure de baryum . . . . . . . . . . . . . . . . .    1 —
```

Enduisez la peau avec cette préparation lorsque vous avez terminé les ablutions. Poudrez.

On utilise encore les propriétés du blanc d'œuf en préparant un cataplasme composé d'un blanc d'œuf battu en neige et additionné d'une pincée d'alun en poudre, d'une cuillerée à café d'acide borique et d'un peu de crème de lait fraîche. On bat le tout, on applique sur le visage où on le conserve le plus longtemps possible, puis on lave à l'eau tiède.

Je vous recommande encore de vous lotionner, chaque soir, avec la préparation suivante :

```
Eau de fleurs d'oranger . . .  150 gr.    Teinture de benjoin . . . . .  5 gr.
Eau de roses . . . . . . .      25 —      Essence de jasmin . . . . . .  1 —
Borax . . . . . . . . . . .      15 —
```

Faites dissoudre le borax dans de l'eau distillée avant de l'ajouter au mélange.

Quand, par un soleil très ardent, vous aurez reçu, comme on dit, *un coup de soleil*, appliquez, sur la partie lésée, des compresses d'eau fraîche et, au besoin, une carafe d'eau très froide. Promenez le goulot sur le coup de soleil, en ayant soin que l'eau ne s'échappe pas. L'eau fraîche fera bientôt sentir ses effets bienfaisants.

CONTRE LA SÉBORRHÉE DU VISAGE Certaines personnes ont la peau très grasse et comme huileuse, ce qui enlève à leur teint la fraîcheur et à leurs traits la distinction.

Il est donc indispensable de combattre cet inconvénient en ne se servant que de crèmes appropriées, c'est-à-dire où l'huile ne domine pas, et de poudrer ensuite avec de la poudre d'amidon.

Cependant, ces précautions ne sont pas toujours suffisantes. Il faut alors avoir soin d'ajouter à l'eau des ablutions une ou deux pincées de bicarbonate de soude.

On peut même appliquer de temps en temps, sur tout le

visage, un peu de bicarbonate de soude, à peine humecté; on le laisse sécher, puis on lave à l'eau tiède additionnée de quelques gouttes de teinture de benjoin.

Le soir, avant de vous coucher, passez, sur tout le visage, une préparation à la glycérine et au jus de citron, en parties égales.

Vous pourrez même, pour tenir la poudre, employer, au lieu d'une crème, la préparation suivante :

Eau de roses	100 gr.
Glycérine	50 —
Jus de citron.	30 —

Poudrez, autant que possible, avec de la poudre d'amidon. Elle rafraîchira et asséchera la peau.

CONTRE LES POINTS NOIRS OU TANNES
Ce sont précisément les peaux grasses qui sont le plus exposées à l'invasion des points noirs.

Ne pressez pas les points noirs sous prétexte d'en extraire la matière grasse sous la forme d'un petit ver blanc. Vous risquez ainsi de produire de l'inflammation.

Passez fréquemment sur le visage du savon à la glycérine, puis lotionnez avec la préparation suivante :

Liqueur d'Hoffman	50 gr.	Eau de roses	10 gr.
Eau-de-vie de lavande	25 —	Essence de bergamote	1 —

N'employez pas trop souvent les crèmes, et remplacez la poudre de riz par la poudre d'amidon.

Je vous recommande aussi de lotionner fréquemment le visage avec de l'eau de riz additionnée de quelques gouttes de jus de citron et d'une pincée de borax.

L'eau de Cologne et l'alcool camphré, appliqués de temps en temps, donnent encore d'excellents résultats, ainsi que les frictions au moyen de :

Alcool à 90°	100 gr.
Alcoolat de lavande	15 —
Savon noir	50 —

Lotionnez ensuite avec :

Eau de roses	20 gr.	Glycérine.	20 gr.
Alcoolat de romarin.	20 —	Borax	10 —

Les fréquents lavages à l'eau de son, suivis de frictions à l'huile d'amandes douces permettent d'extraire assez facilement les points noirs. Lavez ensuite avec un peu d'alcool ou d'éther.

CONTRE LES ÉPHÉLIDES OU TACHES DE ROUSSEUR On a souvent recommandé, contre les taches de rousseur, l'emploi de la liqueur de Van Swieten ou sublimé au millième. Cette liqueur peut, en effet, effacer les taches de rousseur, mais il est toujours dangereux de l'employer pure. Mélangez-la avec de l'eau, dans la proportion de trois parties de liqueur pour une partie d'eau.

Les lotions à la térébenthine sont généralement efficaces. Employez alors la préparation suivante :

Huile de térébenthine	un quart de litre
Alcool camphré	15 gr.
Huile d'amandes douces	5 —

Le borax est employé en solution comme il suit :

Eau de roses	50 gr.
Eau de fleurs d'oranger	50 —
Borax	10 —

Je vous conseille encore des onctions avec la pommade suivante :

Savon blanc	50 gr.	Jus de citron	20 gr.
Huile d'amandes amères	20 —	Huile de roses	2 —

Lavez ensuite avec de l'eau de fleurs de sureau ou de l'eau de roses.

Autrefois, on avait grande confiance dans un singulier mélange composé de verjus et de lait de femme, en parties égales.

Voici une autre composition, qui était encore très appréciée :

Farine de froment	2 parties.
Miel	1 —
Vinaigre	1 —

La farine de graine de lin, la cendre d'escargot enduite avec du miel, la poudre de graines de choux sont autant de spécifiques contre les taches de rousseur que l'on recommandait jadis aux dames, lesquelles, souvent, s'en trouvèrent très bien.

Il est surtout bon d'ajouter à l'eau de toilette quelques gouttes d'ammoniaque, à raison de 2 grammes environ pour un quart de litre d'eau.

CONTRE LA COUPEROSE La liqueur de Van Swieten est encore recommandée contre la couperose, ainsi que les lavages à l'eau de son et à l'eau additionnée de quelques gouttes de jus de citron et d'une pincée de bicarbonate de soude.

On recommande encore les lavages au lait, à l'eau sulfureuse ou avec la préparation suivante :

Soufre précipité.	10 gr.		Eau de laurier-cerise	10 gr.
Craie précipité	10 —		Alcool	10 —
Glycérine	10 —			

Après avoir lavé le visage à l'eau tiède, frictionnez avec cette préparation et recouvrez le visage d'un masque de gutta-percha.

Pour éviter les inconvénients du soufre, dont l'odeur est désagréable, vous pouvez employer la lotion suivante :

Lait d'amandes épais.	100 gr.		Benzoate de lithine.	5 gr.
Teinture de benjoin	50 —		Sublimé.	0 — 50
Glycérine	10 —			

Lotionnez le visage trois fois par jour et laissez sécher.

Les applications de pommade au chlorure de baryum sont efficaces :

Lanoline.	30 gr.
Huile d'amandes douces.	10 —
Chlorure de baryum	1 —

Ajoutez un peu d'eau distillée en quantité suffisante.

Évitez de frotter le visage, n'employez pour les lotions que du linge très fin ou du coton hydrophile pour tamponner seulement l'épiderme avec de l'eau chaude. Proscrivez l'emploi des crèmes et des poudres, pendant tout le temps, du moins, que vous appliquerez des pommades appropriées.

Les médecins allemands conseillent un traitement qui consiste en badigeonnages, sur les parties couperosées, avec du perchlorure de fer liquide. Après quatre ou cinq jours, il se

duvets légers et fragiles ne sont pas de la même nature que les cheveux. On a vu des cils coupés et des sourcils brûlés qui n'ont jamais repoussé, tandis que des cheveux auraient certainement résisté à de tels accidents dont ils eussent peut-être même profité.

Du reste, il existe un certain nombre de compositions éprouvées qui ont la propriété de favoriser la croissance des sourcils et des cils.

D'une façon générale, astreignez-vous, chaque matin, après les ablutions, à passer, sur vos sourcils une brosse mi-dure imprégnée de glycérine étendue d'eau ou d'un mélange d'eau et d'eau de Cologne.

Sur les cils, je préfère les onctions de vaseline boriquée.

Sur les sourcils aussi bien que sur les cils, vous pouvez encore étendre la composition suivante :

Glycérine.	7 gr.	Eau de roses	10 gr.
Alcool de roses.	10 —	Pilocarpine.	2 —

Les épinards en décoction fournissent un liquide très favorable à la croissance des cils. D'autre part, on a longtemps pratiqué avec succès l'application sur les sourcils de la bave d'escargots. Toutefois, cette recette, peu élégante en soi, a été délaissée pour d'autres plus pratiques et, vraisemblablement, non moins efficaces.

Voici encore une formule de pommade favorable à la pousse des sourcils et des cils :

Lanoline	25 gr.	Sulfate de spartéine	0 gr. 10
Glycérine	12 —	Naphtol.	0 — 50
Soufre lavé.	1 —	Essence de jasmin	1 —

Le sulfate de quinine a la propriété de faire pousser les cils et les sourcils. On l'emploie en solution très légère composée comme suit :

Eau de noyer	125 gr.
Sulfate de quinine	0 — 50

Brossez les sourcils avec une brosse fine et passez sur les cils au moyen d'un petit bâton d'ivoire.

13

POUR NOIRCIR LES SOURCILS ET LES CILS Les cils et les sourcils ne sont pas sujets, comme les cheveux, à la calvitie. Ils sont généralement plus résistants que les cheveux et, en ce qui concerne surtout les cils, leur croissance n'est pas interrompue du fait que l'on avance en âge.

Les sourcils foncés, comme les cils longs et bien colorés sont favorables à l'ensemble de la beauté. C'est pourquoi presque toutes les femmes ont l'habitude, par coquetterie, d'accentuer la coloration de leurs cils et de leurs sourcils.

Il est bon de retenir que la femme brune ou châtain foncé devra se faire, de préférence, des sourcils et surtout des cils noirs. Il en sera de même de la femme blonde et de la femme rousse, mais, pour celle-ci, il suffira d'employer la nuance brune plutôt que le noir franc qui ne serait pas harmonieux avec leur teint et appellerait immédiatement l'attention sur leur maquillage. Les sourcils blonds sont toujours laids.

L'usage des crayons a ceci d'agréable qu'il ne nécessite aucun apprêt. Un coup de crayon est très vite donné, mais il laisse toujours une sorte de dépôt disgracieux sur les poils, tandis que la brosse, qui sert à imprégner les cils d'une composition liquide ou d'une pâte, les colore plus régulièrement et les lustre en même temps.

On se sert souvent, pour colorer les sourcils et les cils, d'encre de Chine additionnée d'eau de roses. On fait tiédir et l'on emploie, pour les applications, de petits pinceaux à aquarelle.

Le bois de laurier calciné et écrasé, puis associé à un corps gras, suffit pour noircir les sourcils, ainsi, du reste, que la composition suivante :

Cire vierge.	15 gr.
Axonge.	80 —
Noir de fumée.	50 —

Beaucoup de personnes utilisent la sépia ordinaire des marchands de couleurs que l'on humecte légèrement pour brosser les sourcils dans les deux sens, avec une petite brosse à brillantine. La sauce Conté appliquée avec une brosse fine fait les cils très jolis, et ces produits ont l'agrément de disparaître **au premier lavage**.

LES OREILLES

L'ÉLÉGANCE DE L'OREILLE Pour être belle, il faut que l'oreille soit fine, bien découpée, joliment ourlée avec une conque étroite. Il faut encore qu'elle soit rose, comme bien vivante, mais ni rouge, ni pâle.

Une jolie femme doit soigner ses oreilles, comme sa bouche, comme ses dents. Si la nature l'a favorisée en lui donnant des oreilles gracieuses, elle veillera à ne les exposer ni aux heurts, ni aux pressions susceptibles de contrarier leur tournure ou leur dessin.

Il suffit qu'on se couche dans une mauvaise position ou que la tête porte mal sur l'oreiller pour que l'oreille soit, pour ainsi dire, faussée.

Rappelez-vous qu'il ne faut jamais tirer l'oreille des enfants, car on risque de la déplacer et de briser quelque peu le cartilage qui, surtout pendant la jeunesse, est extrêmement fragile.

La beauté de l'oreille, lorsqu'elle est fine et petite, dépend surtout de l'ourlet, qui doit être bien régulièrement dessiné, surtout le bord du lobe.

Les oreilles qui n'ont pas d'ourlet sont très laides et méritent d'être cachées. C'est, dans ce cas, que l'on ne peut qu'approuver les femmes qui, pour dissimuler leurs oreilles, adoptent la coiffure à bandeaux.

Lorsqu'on a l'oreille fine, déliée et rose, il ne faut pas craindre de la montrer, et je recommande alors les coiffures dégagées.

LA TOILETTE QUOTIDIENNE DE L'OREILLE C'est en faisant la toilette du cou et des épaules que l'on nettoie quotidiennement les oreilles. On emploie à cet effet de l'eau savonneuse, puis on rince à l'eau fraiche pour qu'il ne reste aucune trace de savon dans l'oreille.

Prenez bien garde, en faisant vos ablutions, de ne pas laisser couler l'eau froide dans l'oreille. Vous seriez sûre d'y gagner des névralgies, et peut-être, à la longue, de la surdité.

La toilette de l'oreille est d'autant plus compliquée que cet organe sécrète, sans cesse, une matière qui se solidifie immédiatement. C'est le cérumen qui séjourne devant le tympan.

On se trouve donc ici en présence d'une grave difficulté : ou bien laisser s'accroître le cérumen ou bien, pour le détruire, introduire des liquides et mouiller intérieurement l'oreille qu'il n'est pas facile d'assécher.

Le problème sera facilement résolu si l'on se résout à employer les petites éponges spéciales emmanchées sur un bâton d'ivoire et que l'on glisse dans le conduit auriculaire après avoir imprégné l'éponge d'un corps gras.

L'important est de ne jamais employer aucun objet dur pour la toilette de l'oreille.

Quant à la partie extérieure de l'oreille, il faut en prendre grand soin. Au risque de paraître sacrilège, je tiens à vous mettre en garde contre, sinon la malpropreté, du moins l'imparfaite propreté des oreilles. Nos soins corporels de chaque jour sont tellement compliqués, qu'il arrive, à chaque instant, que le souci d'un détail nous en fasse omettre beaucoup d'autres. Nous nous poudrons cinq ou six fois par jour, nous passons de la crème sur notre visage et, si nous songeons à atténuer l'effet des poudres et des crèmes avant de paraître en public, nous oublions souvent les pauvres oreilles qui, faites d'anfractuosités et de replis, emmagasinent la poussière, la poudre, les crèmes elles-mêmes.

Passez, le soir, vos oreilles à l'eau tiède, comme le reste du visage et asséchez soigneusement sans trop frotter.

BOURDON- Ce sont le froid, la fièvre et tous les malaises qui
NEMENTS occasionnent des bourdonnements d'oreille.
D'OREILLE   C'est assez dire que cette incommodité est fréquente et qu'il faut toujours avoir à sa disposition quelques moyens efficaces pour y remédier.

Autrefois, on se contentait d'introduire dans l'oreille un tampon imbibé de la composition suivante :

Jus de grains de laurier.	une partie.
Vieux vin de Bordeaux	une —
Huile rosat	deux —

Le jus d'oignon distillé et les fumigations de vinaigre pratiquées au moyen d'un tuyau qui aboutit dans l'oreille, procurent des soulagements.

Ce qui est employé le plus souvent, c'est le baume tranquille ou l'huile de coloquinte.

A mon avis, l'huile d'olive ou l'huile d'amandes douces ont sensiblement les mêmes vertus.

On conseille encore l'eau de laurier-cerise employée comme il suit :

Eau de laurier-cerise.	20 gr.
Sulfate d'atropine . . , . . , ... : . . .	0 — 20
Nitrate de pilocarpine. . . . . . . , ...	0 — 20

Instillez, chaque matin, une goutte de cette préparation dans chaque oreille.

Parfois, les bruissements sont dus à la mauvaise circulation du sang, et c'est un traitement général qu'il faut suivre alors, et, par conséquent, le docteur qu'il faut consulter.

Du reste, toutes les infirmités de l'oreille sont graves et il faut toujours, avant d'adopter aucun remède, consulter le médecin.

LA SURDITÉ La surdité est une infirmité grave contre laquelle s'épuise souvent la science des médecins. Il n'est pas rare qu'elle soit accompagnée de mutisme.

Kneipp jugeait que si l'eau était appliquée avec succès à toutes les infirmités, il était impossible que l'infirmité de l'ouïe ne cédât pas au même traitement.

Voici le traitement qu'il avait prescrit à un homme de quarante ans qui sentait son ouïe baisser de plus en plus. Il avait contracté cette infirmité pendant l'hiver, à la suite d'une fièvre occasionnée par un refroidissement.

1° *Marcher une fois par jour dans l'eau, à la hauteur des mollets. C'est une pratique qui fortifie, endurcit et qui a fréquemment un effet très favorable sur l'ouïe.*

2° *Deux fois par jour, affusion énergique sur le haut du*

corps ; un arrosoir d'eau est épanché sur les parties voisines de l'oreille.

3° Instiller, une fois par jour, de l'huile d'amandes douces dans les deux oreilles. Cette huile rafraîchit, résout et fortifie, tandis que les affusions exercent une action résolutive sur les indurations et les engorgements.

Au bout de quinze jours, Kneipp avait guéri son malade. La même autorité cite plusieurs cas du même genre, combattus et vaincus de la même façon.

Lorsque vous êtes atteinte d'une affection grave de l'oreille ou, tout au moins, lorsque vous constatez la dureté de votre ouïe, n'hésitez pas à recourir au spécialiste.

Toutefois, ne vous effrayez pas à la légère. Beaucoup de surdités relatives et même ayant l'apparence de la gravité ne sont dues qu'à l'encombrement de l'entrée de l'oreille interne par des amas de cérumen. Le docteur vous indiquerait alors le traitement à suivre. Autrefois, on se contentait d'instiller dans l'oreille la composition suivante :

```
Essence de térébenthine . . . . . . . . . . . . . . . .   20 gr.
Miel. . . . . . . . . . . . . . . . . . . . . . . . . .   50 —
Huile d'olive. . . . . . . . . . . . . . . . . . . . .  100 —
```

Je ne vous donne cette recette qu'à titre documentaire.

On conseille encore les lavages aux solutions boriquées tièdes et les tampons d'ouate imbibés de :

```
Bicarbonate de soude. . . . . . . . . . . . . . . . . .   2 gr.
Glycérine . . . . . . . . . . . . . . . . . . . . . . .  10 —
```

Si vous souffrez seulement de *douleurs d'oreilles*, cherchez-en bien la cause avant d'adopter toute espèce de traitement.

Toutefois, pour atténuer des douleurs intolérables, en attendant le médecin, introduisez dans l'oreille un petit morceau d'ouate imbibée de :

```
Huile de jusquiame . . .  10 gr.    |  Teinture thébaïque . . .  20 gouttes.
Chloroforme . . . . . .  15 gouttes. |  Extrait de belladone . .  0 gr. 50
```

Le baume tranquille réussit également à calmer les douleurs.

LES BOUCLES D'OREILLES Les esprits délicats considèrent l'usage des boucles d'oreilles comme un reste de barbarie. Ce n'est pas tant le fait de les porter qui est impressionnant que la mutilation nécessitée par cet usage même.

C'est généralement dans le bas âge que l'on fait percer les oreilles féminines. Pour que l'opération soit accomplie sans danger, le chirurgien d'occasion n'emploiera qu'une aiguille parfaitement aseptisée et passée dans la flamme immédiatement avant l'opération.

On se munira également d'un bouchon de liège neuf qui aura baigné dans l'alcool à 90 degrés. C'est sur ce bouchon que l'on appuie le lobe de l'oreille dans lequel on enfonce l'aiguille enfilée. Le fil restera dans le trou pour y séjourner jusqu'à cicatrisation.

Cette cicatrisation sera complète au bout de quelques jours, pendant lesquels on aura soin, deux ou trois fois dans la journée, de laver l'oreille avec de l'eau boriquée.

Il ne faut pas porter de boucles d'oreilles avant cicatrisation complète et l'on doit toujours s'assurer, avant de prendre des boucles d'oreilles, qu'elles n'ont pas été portées par d'autres personnes ou que, depuis l'usage précédent, elles ont été soigneusement nettoyées et antiseptisées. On sait, en effet, que des maladies ont souvent été transmises par des boucles d'oreilles. La tuberculose est une des plus fréquemment communiquées par ce moyen.

Le poids des boucles d'oreilles n'est pas indifférent. On tend aujourd'hui à alléger de plus en plus ces bijoux qui ne comportent même, la plupart du temps, qu'une seule pierre, sans monture apparente.

LE NEZ

LE NEZ ET L'ODORAT On a dit du nez qu'il occupe, sur le corps, un poste d'avant-garde et qu'il est comme une sentinelle vigilante et sévère qui surveille à la fois l'air que nous respirons et l'odeur des objets qui nous entourent ou qui doivent servir à notre alimentation.

Le nez mérite donc de grands égards. Cependant, il est généralement la partie comique de nous-même. Cet appendice qui s'allonge plus ou moins régulièrement prend souvent un développement ou affecte une tournure bizarres. Lorsque l'on veut dire d'une personne qu'elle a perdu contenance, on emploie cette locution : *Elle a fait un nez !...*

Le nez étant, en quelque sorte, le danger du visage, l'esthétique féminine se préoccupe de plus en plus des moyens de lui donner plus d'agrément ou d'atténuer ses difformités.

C'est ainsi que l'on a imaginé de réparer, pour ainsi dire, le nez en lui administrant des injections de paraffine. L'opération se pratique avec un instrument très fin et on injecte la substance sous la peau aux endroits où le nez présente des dépressions.

Certains praticiens se montrent très habiles à corriger ainsi les irrégularités du nez, mais je me garderai de vous recommander l'adoption de procédés aussi radicaux.

Quand on a le nez irrégulier, il est louable de s'ingénier à l'améliorer, mais il faut se résigner à certaines imperfections. Le nez de Cyrano est glorieux et Cicéron, dont le nez était surmonté d'un pois chiche, eut à cœur de rendre célèbre cette singularité. Il faut dire cependant que si le nez contribua, dans beaucoup de circonstances, à accroître la popularité de l'homme, il n'a pas la même chance chez la femme.

Comme le nez est très fragile, comme les indispositions, les influences climatériques modifient sans cesse sa nuance, comme il se ressent également du régime alimentaire, il faut l'entourer de précautions hygiéniques.

Pour que le nez soit beau, il faut que, naissant au niveau de la ligne des yeux, en une légère dépression de l'os, il s'allonge sensiblement en ligne droite et se recourbe doucement en formant, de chaque côté, un renflement discret qui n'épaissira pas sensiblement la base de l'organe et laissera apparaître une portion très limitée de la muqueuse qui tapisse l'orifice.

Le nez n'est jamais parfaitement régulier. Du reste, s'il était ainsi, il serait disgracieux. Généralement, il est busqué un tant soit peu et cette sorte de bosse, qui se dessine en son milieu, se reproduit presque toujours chez les individus d'une même race.

Le nez est plus ou moins pointu ou anguleux. C'est un signe de malice lorsque cette acuité est très sensible. Le nez retroussé manque de distinction et le nez épaté, c'est-à-dire dont les ailes s'affaissent sur le visage, est souvent l'indice de la vulgarité.

La couleur du nez doit être celle du visage. Cet appendice qui, par sa forme, apparaît déjà singulier, ne doit pas nous déparer davantage par une tonalité trop accentuée.

PRÉCAUTIONS POUR LA TOILETTE DU NEZ Il faut faire, chaque jour, la toilette du nez, en même temps qu'on procède aux ablutions.

Toutefois, vous aurez soin, matin et soir, de baigner intérieurement l'orifice nasal, en vous servant d'eau bouillie tiède. Cette région est, en effet, exposée continuellement à la poussière du dehors et la fonction même du nez, l'abondance des sécrétions qui s'y produisent, rendent indispensables des soins méticuleux.

Toutefois, ne vous avisez pas de vouloir assainir à l'excès l'intérieur du nez. N'employez pas les lotions irritantes et ne prétendez pas diminuer les sécrétions.

Il est surtout une précaution que je vous recommande, c'est de respecter les poils follets qui tapissent le nez. Ils ne sont pas là par hasard et leur office est très important puisqu'ils retiennent les poussières et les impuretés qui voltigent dans l'air qu'on respire. Du reste, il arrive souvent qu'en voulant épiler le nez, on provoque des accidents très graves affectant le caractère d'érysipèle. Coupez seulement les poils lorsqu'ils sont trop longs.

Même à l'extérieur, le nez se trouve toujours bien des lotions tièdes.

Il n'est pas rare de rencontrer des personnes dont le nez dégage une odeur insupportable. Elles sont affligées d'une maladie toute spéciale, *l'ozène* ou ulcère du nez. Il se forme alors dans la cavité du nez une matière qui dégage une odeur putride. C'est une variété de scrofule pour laquelle les soins du médecin sont indispensables.

Des lavages antiseptiques matin et soir s'imposent. Faites ces lavages en douchant le nez intérieurement avec une petite canule et en employant, pour chaque lavage, un demi-litre d'eau additionnée de lysoforme à 2 p. 100.

On conseille également les lavages à l'eau de fleurs d'oranger et la poudre de Miot composée comme suit :

> Acide borique. . . . . 10 gr.
> Camphre en poudre. . . . . 3 —

Cette poudre se prise par petites quantités, quatre ou cinq fois par jour.

POUR ATTÉ- NUER LES ROU- GEURS DU NEZ Il est très laid d'avoir le nez rouge. C'est l'indice, chez beaucoup de personnes, d'un régime d'excès et beaucoup d'autres, qui sont cependant très sobres, se voient attribuer ainsi, parce qu'elles ont le nez rouge, une réputation fâcheuse.

Le nez rouge n'est souvent le résultat que de digestions laborieuses et l'on conseille alors, pour remédier à cette disgrâce physique, de prendre certaines substances destinées à favoriser le travail de l'estomac.

Vous pourrez, par exemple, supprimer provisoirement le vin pendant les repas et le remplacer par des boissons chaudes telles que les infusions de camomille ou de menthe.

Le bicarbonate de soude est également de circonstance, ainsi que certaines eaux minérales telles que l'eau de Vals et l'eau de Chatel-Guyon.

La nourriture rafraîchissante s'impose également et vous vous trouverez bien des bains de pieds chauds et des fréquents lavages avec la lotion suivante :

Eau de rose	50 gr.
Eau de fleurs d'oranger	50 —
Borax	5 —

Vous mettrez, dans chaque narine, gros comme un pois de la pommade dont voici la composition :

Chlorhydrate de cocaïne	25 gr.	Vaseline	5 gr.
Lanoline	5 —	Acide phénique	1 —

Les lavages internes du nez peuvent entraîner des conséquences dangereuses, et les hygiénistes recommandent surtout l'emploi de la pommade suivante, qui réussit à merveille à atténuer les rougeurs du nez.

Lanoline	8 gr.	Ichtyol	0 gr. 50
Vaseline	8 —	Ergotine	0 — 50
Borate de soude	0 — 20	Teinture de capsicum	20 gouttes.

Vous appliquerez cette pommade le soir avant de vous coucher, après vous être lavé le nez à l'eau très chaude.

Si la rougeur du nez est accompagnée de démangeaisons, enduisez-le de la préparation suivante :

Vaseline boriquée	50 gr.	Terpinol	1 gr.
Soufre lavé	5 —	Menthol	0 — 50

Si les rougeurs du nez sont dues au *coryza*, faites des fumigations de menthol et de teinture de benjoin.

L'emploi des poudres qui dessèchent les narines doit être recommandé avec modération. Voici la formule de la poudre la plus employée (Yvon) :

Sous-nitrate de bismuth	20 gr.	Benjoin pulvérisé	10 gr.
Tanin	5 —	Chlorhydrate de morphine	0 — 15

La susceptibilité du nez est telle que le moindre contact peut y déterminer de la rougeur. Evitez donc l'emploi des mouchoirs dont le tissu n'est pas parfaitement blanc et je vous recommande tout spécialement l'usage des mouchoirs de fil.

Une des raisons les plus fréquentes de la rougeur du nez tient à ce que l'on porte des cols et des corsets trop serrés. Facilitez, en toute occasion, la circulation du sang.

LES NEZ GRAS ET BRILLANTS Quand le nez est naturellement brillant, évitez l'emploi des corps gras ainsi que des lotions alcoolisées. Faites de fréquents lavages à l'eau d'alun, sans frictionner, et lavez-le alternativement à l'eau très chaude, puis très froide, très chaude, etc.

Les badigeonnages à l'eau soufrée, au jus de citron, au savon noir sont efficaces ainsi que les ablutions à l'eau de goudron. Après les lavages, employez la poudre :

Amidon	20 gr.
Salicylate de bismuth	5 —
Soufre sublimé	5 —

Saupoudrez le nez avec cette composition après avoir terminé votre toilette.

POUR AMINCIR LE NEZ Lorsque le nez est épaté, on peut, à force de soins, parvenir à lui donner un peu d'élégance en procédant à des massages rationnels.

Il est bon d'administrer ce soin dès l'enfance, c'est-à-dire à l'époque où le cartilage et les tissus sont très malléables.

Employez, pour les massages, du savon iodé et faites ensuite des lavages à l'eau chaude additionnée de borate de soude ou d'acide borique.

Je termine ces recommandations en vous invitant à ne pas vous moucher au hasard, car le hasard ici devient vite une habitude.

On a tendance à se moucher toujours de la même façon, dans le même sens. Ne cherchez pas ailleurs l'origine de la mauvaise tournure qu'ont beaucoup de nez. Il est de toute évidence que, pour éviter l'inclinaison du nez dans un sens plutôt que dans l'autre, il suffira de se moucher dans le sens contraire au sens habituel jusqu'à ce que le nez ait repris sa position normale. Après quoi, on se mouchera alternativement dans un sens et dans l'autre.

LA CHEVELURE

Il n'y a rien de plus touchant dans l'histoire que le sacrifice qu'Héloïse fit à
Dieu de ses cheveux en même temps
qu'elle lui sacrifia son amour. La chevelure procure, en effet,
au corps de la femme un tel élément de beauté qu'il n'est pas
étonnant que chacune de nous y attache tant de prix.

Bien disposée et en harmonie avec le dessin du visage, la
chevelure lui donne du relief, de la couleur et de l'agrément, et
c'est un art très délicat où apparaît immédiatement le goût
d'une femme, que de savoir à la fois organiser et nuancer la
chevelure selon les tonalités du visage et le teint. La mode
peut, en cette matière, vous suggérer d'heureuses idées, mais
c'est ici surtout qu'il faut s'inspirer de soi-même, de ce que l'on
est, du type, du style de la personne.

La chevelure forme un ornement si riche et si ample qu'en
aucun temps les femmes ne lui ont laissé son aspect naturel. Il
semble même qu'elles aient mis une sorte de décence raffinée
à dissimuler l'étendue véritable de leur chevelure.

A vrai dire, c'est un art très habile que celui de la coiffure,
puisqu'il permet à la fois à celles qui ont de longs cheveux de
former au-dessus de leur tête un majestueux édifice et à celles
dont les cheveux sont écourtés ou plus rares de disposer leur
chevelure de façon à donner l'illusion de l'abondance.

Les cheveux de la femme sont longs et fins. Ils sont toujours
plus longs que ceux de l'homme, lesquels, généralement, sont
plus drus et moins ténus.

A proprement parler, on ne coupe pas les cheveux féminins,
sauf, peut-être, pendant le jeune âge, pour leur donner plus de

force, et encore ne fait-on que les épointer. C'est pourquoi il est plus difficile à la femme qu'à l'homme de protéger sa chevelure. Plus le cheveu est long, plus il est fragile.

La couleur des cheveux n'est pas indifférente à la beauté. Le teint s'harmonise généralement avec elle et l'on y attache tellement d'importance que l'on caractérise à première vue le type d'une femme en tenant compte exclusivement de la nuance de ses cheveux. On dit une brune, une blonde, en s'en rapportant ainsi tout simplement à la chevelure.

Et il se trouve, même dans la légende, des beautés dont on ne connaît que la nuance des cheveux, et cela suffit néanmoins pour que ces beautés constituent des types éternels représentant un idéal.

Vénus avait les cheveux couleur d'or pâle, tandis qu'on ne se représente Minerve que brune, Junon couleur de jais, Cérès blonde comme les blés.

Du reste, certaines nuances de cheveux correspondent plus habituellement à des races déterminées. Les Anglaises ont les cheveux marron clair ; les Russes se rapprochent plutôt, pour la couleur des cheveux, de la nuance noisette ; les Allemandes sont blond pâle ; les Méridionales sont brunes et parfois rousses, de cette nuance un peu fauve qu'immortalisa l'école vénitienne.

En France, nous avons toutes les nuances de cheveux, de même que nous avons toutes les richesses.

Notre histoire rappelle de superbes chevelures telles que celles de la blonde La Vallière et de la reine Marie-Antoinette, qui avait les cheveux blonds à reflets d'argent.

LA NATURE DES CHEVEUX Pour soumettre les cheveux à des soins rationnels, il faut, avant tout, se bien représenter ce qu'est la chevelure.

Quand une femme veut être belle, elle écoute trop volontiers les conseils de tous les fantaisistes et même plus les conseils seront imprévus, plus elle s'empressera de les suivre.

C'est une chose si importante de conserver sa chevelure qu'il ne faut pas se reposer sur des données de hasard.

Les cheveux sont plantés dans le tissu superficiel de la tête qui a reçu le nom de cuir chevelu. Leur longueur est assez variable, chez l'homme comme chez la femme. Chez cette dernière, on évalue d'ordinaire leur longueur de quarante à quatre-vingts centimètres. Quant à leur grosseur, un docteur éminent, qui s'est fait une spécialité de l'étude des cheveux, l'évalue en moyenne à huit ou neuf centièmes de millimètre de diamètre. Cette épaisseur est inégale et il faut admettre que le cheveu est plus fin à ses extrémités qu'en son milieu, que les cheveux d'enfants sont également plus fins que ceux de l'adulte.

Quant à la quantité des cheveux, elle est infiniment variable et on se contente de remarquer, ce qui est tout naturel, que les chevelures les plus fines sont aussi les plus importantes pour le nombre. Les cheveux blonds étant, en général, plus fins que les cheveux noirs ou foncés, ce sont donc les femmes blondes qui auraient le plus de cheveux.

Un médecin irlandais, le Dʳ Boselown, a constaté que la croissance des cheveux pouvait atteindre, en moyenne, un centimètre par mois. Cette remarque est très importante, surtout au point de vue de l'application des teintures, car, lorsque le cheveu a poussé, il est indispensable d'égaliser sa nuance sur toute la longueur.

Les cheveux, comme le système pileux qui couvre tout le corps, sont sujets à la mue, c'est-à-dire qu'à mesure que les cheveux disparaissent et tombent, d'autres cheveux viennent les remplacer.

On admet généralement qu'il faut environ huit ans pour que les cheveux soient complètement renouvelés.

Sous le cheveu qui tombe, repousse un autre cheveu, tant que la matière sébacée est suffisante, mais il est certain qu'à mesure qu'on avance en âge, le sebum diminue et les cheveux ne sont plus tous remplacés. Telle est la cause originelle de la calvitie à laquelle on est plus ou moins prédisposé par tempérament ou par hérédité.

Les maladies et l'anémie en particulier sont des causes fréquentes de la chute des cheveux. Elles expliquent l'insuffisante sécrétion des glandes sébacées qui, en raison de la forme même de la tête et du peu d'épaisseur des tissus qui recouvrent le crâne, sont particulièrement exposées à la poussière et à toutes les influences extérieures.

La nature des cheveux change souvent leur aspect. Selon que le cheveu est plus ou moins bien nourri, il est terne ou il est brillant. De même le cheveu est sec ou gras, frisé ou lisse.

Ce sont ces différences qui nécessitent des soins très différents selon les personnes. Le même traitement ne convient pas à toutes les chevelures, s'il est bon pour l'une, il peut être nuisible à l'autre.

Veillez donc, avant d'adopter une recette, à définir la nature de vos cheveux et à savoir si cette recette leur est vraiment appropriée.

L'HYGIÈNE DE LA CHEVELURE Le soin de la chevelure nécessite, chaque jour, une série d'opérations assez minutieuses qui doivent être soumises à des règles très strictes d'hygiène, de propreté et de goût.

On a fait observer que la femme est moins exposée que l'homme à devenir chauve, parce qu'ayant les cheveux plus longs, elle se trouve avoir le cuir chevelu mieux protégé contre les influences microbiennes. Cette théorie ne manque pas d'ingéniosité, mais il ne faut pas oublier, cependant, que l'un des premiers besoins du cheveu, c'est l'air.

Aussi, chaque matin, vous devrez, pendant un temps assez long, donner de l'air à votre chevelure, non seulement en la dénouant pour la laisser retomber sur vos épaules, mais en l'agitant et en la démêlant avec les mains pour la laisser flotter ensuite durant dix minutes au moins.

Quant à la propreté des cheveux, vous l'assurerez au moyen de lavages. Mais ces lavages devenant trop fréquents seraient pernicieux tant à la couleur des cheveux qu'à leur vitalité et à leur croissance. Si les cheveux ne sont pas très gras, contentez-vous d'un lavage par mois.

Vos cheveux sains et propres subiront chaque jour un apprêt plus ou moins compliqué selon la mode et selon votre type physique.

Le mode de coiffure n'est pas indifférent à l'hygiène des cheveux. Par bonheur, la mode actuelle n'est pas aux cheveux plats et lissés. On leur laisse, au contraire, le plus de liberté possible et l'ancienne armature compliquée des peignes et des innombrables épingles a fait place à un régime de liberté.

De cette façon, l'aération des cheveux est assurée et, au point de vue esthétique, l'aspect du visage y gagne. Il y a plus d'harmonie entre la personne et la toilette. On trouve dans la coiffure une note de coquetterie personnelle.

* *

L'hygiène de la chevelure ou, si vous voulez, la toilette hygiénique des cheveux nécessite un certain nombre d'instruments à propos desquels j'ai déjà dit quelques mots, mais qui méritent, de nouveau, votre attention, en raison de l'emploi très distinct que l'on doit faire de chacun d'eux.

Je ne vous apprendrai rien en vous disant que beaucoup de personnes ne savent pas se peigner.

La première précaution à prendre en vous levant, c'est, je vous l'ai dit, de déployer votre chevelure en la secouant légèrement pour l'aérer. Lorsque le moment est venu de vous coiffer, prenez d'abord la brosse large et dure que vous passerez longtemps et patiemment sur toute la longueur des cheveux, de façon à les rendre souples et brillants.

Pour faciliter le brossage de la chevelure, divisez-la en deux parties séparées par une raie que vous tracerez sur le milieu de la tête. De cette façon, vous brosserez successivement et longtemps à droite et à gauche.

Il faut avoir soin, durant cette opération, de ne pas malmener le cheveu, de ne pas le tirailler.

Après la brosse, prenez le râteau, qui est le peigne aux dents larges et espacées et passez-le avec la même attention que précédemment sur la chevelure.

Avec le démêloir, vous pénétrerez plus profondément dans la masse des cheveux. Mais comme le démêloir a les dents plus fines, vous ne pourrez pas peigner du même coup toute une moitié de la chevelure. C'est par mèches successives que vous procéderez.

Reprenez enfin la masse des cheveux pour leur imprimer la direction que vous jugez opportune, celle qui correspond le mieux à votre type et se rapproche le plus de la mode. Toutefois ne tirez et ne serrez jamais les cheveux, laissez-les assez flous et n'abusez pas des épingles et des peignes.

14

La toilette du soir est, pour les cheveux, aussi importante que celle du matin. Comme pour nos membres, la nuit doit être un repos pour la chevelure.

Pour bien faire, il faudrait que les cheveux fussent laissés libres complètement. Mais, étant donnée la position que nous prenons en dormant et celle de notre tête sur l'oreiller, notre chevelure perdrait vite à ce régime. Les cheveux se casseraient, s'embrouilleraient et deviendraient indémêlables.

L'habitude la plus simple consiste à débarrasser les cheveux, au moment du coucher, de toutes les épingles et des peignes qui les retenaient pendant le jour, dans une position plus ou moins coquette.

On les brosse ensuite, pendant cinq minutes au moins, pour enlever la poussière sommairement. On emploie une lotion pour assainir, on brosse de nouveau, puis on passe le peigne.

Comme il faut adopter une coiffure de nuit qui ne soit pas fatigante et qui laisse aux cheveux le plus de liberté possible, on adopte généralement le système des nattes à peine serrées retenues par des rubans coquets.

Si la chevelure est un tant soit peu abondante, ne vous contentez pas de faire une seule natte qui tiraillerait les cheveux et risquerait de dégarnir les tempes. Il est, du reste, plus coquet de faire deux nattes après avoir divisé les cheveux sur le sommet de la tête.

Quand les cheveux sont courts, il est préférable de ne pas les natter, mais de les retenir tout simplement en catogan autour de la tête, à l'aide de rubans.

Du reste, je vous conseille de varier les coiffures de nuit : ce sera le meilleur moyen de ne pas imprimer à la chevelure des plis qu'il serait difficile de faire disparaître au moment d'organiser la coiffure de jour. De plus, ces plis eux-mêmes nuiraient au repos des cheveux.

NETTOYAGE A SEC DES CHEVEUX C'est au moyen de poudres que l'on nettoie les cheveux à sec. On emploie généralement à cet effet la poudre d'amidon et le talc, en parties égales. Cependant rien ne vaut la poudre de lycopode.

Très souvent aussi on se contente d'employer la farine.

Quel que soit le produit employé, poudrez la tête, le soir avant de vous coucher, et brossez légèrement avec une brosse dure. La poudre pénètre alors jusqu'au cuir chevelu qu'elle dégraisse. Elle dégraisse en même temps les cheveux sur toute leur longueur.

Le lendemain matin, brossez de nouveau, secouez puis brossez encore avec une brosse très propre.

Le nettoyage à sec des cheveux n'est pas suffisant pour l'entretien de la chevelure. Mais il permet, en hiver du moins, de dégraisser la tête en évitant les trop fréquents lavages qui pourraient occasionner des névralgies.

Voici une méthode excellente pour le nettoyage de la tête, sans mouiller les cheveux : Battez deux jaunes d'œufs dans un verre de rhum et frottez le cuir chevelu avec une éponge fine bien imprégnée.

Les cheveux blancs seront nettoyés avec de la farine de gruau ou de l'esprit de vin. Pour les rendre blanc-bleutés on les passe à l'eau bleuie de lessive.

LAVAGE DE LA TÊTE   Le lavage de la tête s'impose une fois par mois. C'est le seul moyen de bien nettoyer le cuir chevelu et d'entretenir les cheveux dans un parfait état de propreté.

On emploie à cet effet des *shampooing* dont la propriété est de dégraisser les cheveux sans altérer leur couleur.

Le shampooing le plus connu et le plus simple se compose de deux jaunes d'œufs délayés dans un demi-litre d'eau tiède. On saupoudre la tête avec de la poudre de savon, puis on lave avec le shampooing.

On frictionne en tous sens pour faire mousser, on rince avec le reste du shampooing puis enfin avec de l'eau tiède, jusqu'à ce qu'il ne reste plus de traces de savon.

On emploie très souvent aussi l'eau de bois de Panama que l'on obtient en faisant bouillir du bois de Panama dans de l'eau. On ajoute du savon noir que l'on fait dissoudre totalement avant d'utiliser le shampooing.

Le savon de goudron dissous dans l'eau chaude est très recommandé.

Je vous conseille également les lavages à l'eau de son additionnée d'un ou deux jaunes d'œufs et suivis de rinçage à l'eau alcoolisée, une cuillerée de rhum dans un demi-litre d'eau chaude.

L'eau ammoniacale qui fournit une mousse abondante permet de bien dégraisser les cheveux. Elle offre cependant l'inconvénient, à la longue, de les décolorer.

Enfin, voici un shampooing qui n'est autre que de l'eau de savon légèrement alcoolisée dans les proportions suivantes :

Eau chaude.	1 litre.	Alcool	20 gr.
Savon blanc râpé	10 gr.	Carbonate de soude	10 —

Quel que soit le shampooing adopté, après avoir soigneusement frictionné la tête en tous sens, sans tirailler les cheveux, rincez-la à plusieurs eaux jusqu'à ce que l'eau reste parfaitement claire. Après quoi, vous ferez un nouveau rinçage à l'eau de noyer et, si vous êtes blonde, à l'eau de camomille.

Faites bouillir pendant vingt minutes au moins la camomille ou les feuilles de noyer dans de l'eau. Passez et filtrez à travers un linge.

Rincez les cheveux avec cette eau et asséchez avec des serviettes chaudes.

Frictionnez ensuite à l'alcool, de manière à réchauffer le cuir chevelu et les cheveux eux-mêmes.

Démêlez pendant que les cheveux sont encore humides, puis laissez les cheveux sur les épaules jusqu'à ce qu'ils soient complètement secs.

Si les cheveux sont naturellement secs, il faut les graisser légèrement en massant le cuir chevelu, avec un corps gras, de la vaseline par exemple. Des cheveux gras, au contraire, se trouveront bien des seules frictions à l'alcool.

Je vous signalerai enfin le nettoyage des cheveux à l'éther de pétrole. Ce procédé est excellent, pour les cheveux gras en particulier. Il a l'inconvénient d'être dangereux à employer et de provoquer parfois l'anesthésie.

Ne vous nettoyez donc jamais vous-même la tête avec l'éther de pétrole. Employez le concours de votre femme de chambre ou du coiffeur, en ayant soin de ne jamais vous tenir la tête en avant. Vous aspireriez ainsi l'éther et vous vous endormiriez inévitablement. Asseyez-vous donc, de manière à tenir la tête renversée en arrière. Ayez soin surtout de ne jamais employer l'éther de pétrole auprès du feu ni dans le voisinage d'une lampe. L'éther est très inflammable et, malgré toutes les précautions que vous pourriez prendre, vous ne seriez pas à l'abri d'un accident.

CONTRE LES PELLICULES Les pellicules qui croissent en abondance sur le cuir chevelu et sont de nature parasitaire constituent l'une des causes principales de la chute des cheveux.

Dès que vous voyez apparaître des pellicules sur votre tête, commencez à les combattre. Passez, chaque soir, sur la racine de vos cheveux un petit tampon d'ouate hydrophile imbibé de :

Alcool à 90°	150 gr.	Sublimé	1 gr.
Eau distillée	100 —	Chlorhydrate d'ammoniaque.	10 —

Si vous craignez l'emploi du sublimé, adoptez la lotion suivante :

Eau	un litre.
Ammoniaque	deux cuillerées à bouche.
Borax	une — —

L'ammoniaque et l'alcool sont deux éléments excellents pour la destruction des pellicules. Ils entrent l'un et l'autre dans la lotion suivante que je vous conseille d'employer, tous les deux jours, à l'aide d'une brosse douce que vous imbiberez avant de la passer sur tout le cuir chevelu :

Alcool à 90°	300 gr.	Ether sulfurique	50 gr.
Eau distillée	50 —	Alcoolat de roses	20 —
Ammoniaque	2 —	Nitrate de pilocarpine	0 — 50

Je vous recommande également les frictions du cuir chevelu, avec la préparation suivante que vous aurez soin de faire tiédir au bain-marie avant de l'employer :

Eau de roses	500 gr.
Liqueur de Van Swieten	100 —
Hydrate de chloral	25 —

Au bout de quinze jours, et plus tôt même, si les pellicules ont disparu, employez la lotion suivante :

Eau distillée.	500 gr.	Carbonate de potasse. . .	2 gr.
Quinquina jaune.	30 —	Essence de violettes . . .	2 gouttes.
Alcool à 90°.	80 —		

Faites une décoction avec le quinquina et l'eau. Laissez refroidir, puis ajoutez le carbonate de potasse. Filtrez et ajoutez l'alcool et l'essence.

Contentez-vous de frotter deux ou trois fois par semaine le cuir chevelu avec cette composition qui le fortifiera tout en détruisant les pellicules.

Les frictions à l'eau de borax — gros comme une noix dans un demi-verre d'eau de romarin — sont excellentes contre les pellicules.

Voici encore une lotion qui a toujours donné d'excellents résultats :

Esprit de romarin.	50 gr.	Bichlorure de mercure. .	0 gr. 05
Esprit de lavande.	50 —	Teinture de cantharide .	40 gouttes.
Baume de Fioraventi.	50 —	Teinture de noix vomique.	40 —

N'employez cette lotion qu'une fois par semaine. Imprégnez-en le cuir chevelu avec une éponge fine. Si vous avez les cheveux secs, ajoutez un peu d'huile d'amandes douces ou de glycérine.

Les massages du cuir chevelu à l'aide de la pommade suivante sont très recommandés aux personnes ayant les cheveux secs :

Moelle de bœuf.	60 gr.	Soufre précipité .	2 gr.
Huile de bouleau	5 —	Essence de violette.	1 —

Vous pouvez faire ces massages deux fois par jour, soir et matin. Au bout de huit jours, lavez la tête avec une décoction de bois de Panama.

Contre les pellicules sèches, on fait également les frictions quotidiennes avec :

Huile de ricin.	20 gr.
Jaborandi.	60 —
Essence de verveine	3 gouttes.

Le savon vert et le naphtol, qui contribuent l'un et l'autre à la destruction des pellicules, entrent dans la composition suivante :

Savon vert.	100 gr.	Glycérine.	15 gr.
Alcool.	50 —	Naphtol.	3 —

Ajoutez un peu d'eau tiède au moment de l'employer.

J'ai constaté aussi les excellents résultats obtenus par la formule suivante :

Solution de sublimé à 2 p. 100.	100 gr.	Teinture de cantharides.	2 gr.
Alcoolat de roses.	100 —	Teinture de citron	4 —
Huile d'amandes douces . .	5 —		

La racine de saponaire en décoction, — cinquante grammes dans trois quarts de litre d'eau — employée en lavages, deux fois par semaine est aussi considérée à juste titre comme un spécifique contre les pellicules.

Chez les enfants, vous combattrez les pellicules en employant :

Savon vert.	100 gr.
Alcool rectifié	50 —
Glycérine	15 —

Faites liquéfier le savon à chaleur douce, avant d'ajouter l'alcool et la glycérine ; puis filtrez et faites dissoudre :

Naphtol	3 gr.

Employez cette préparation comme vous feriez avec du savon ordinaire.

CONTRE LA SÉBORRHÉE La séborrhée est due à la sécrétion exagérée du sebum. C'est une affection des glandes sébacées qui entraîne l'anémie et la chute des cheveux.

Un beau jour, en vous peignant, vous constatez la présence, dans votre chevelure, de petites lamelles plus ou moins larges, plus ou moins grasses : ce sont les pellicules, avant-coureurs de la calvitie et de l'alopécie.

J'ai indiqué plus haut les moyens les plus efficaces pour faire disparaître les pellicules. Nous allons maintenant nous occuper de combattre la cause même des pellicules qui est la séborrhée.

Certains hygiénistes considèrent la séborrhée comme une manifestation de l'arthritisme et parfois ils indiquent un traitement général.

D'autres, estimant que les bestiaux qui consomment beaucoup de sel ont le pelage bien fourni, préconisent l'usage du sel dans l'alimentation, pour favoriser la vie des cheveux !

La séborrhée est, selon le cas, sèche ou grasse.

Dans les cas de séborrhée sèche, il faut, pour faire disparaître les pellicules, brosser fréquemment les cheveux après les avoir légèrement graissés et avoir massé le cuir chevelu. Il ne faudra pas laver trop souvent les cheveux. On enduira plutôt fréquemment le cuir chevelu de vaseline le soir avant de se coucher. Le lendemain, on brossera sans gratter puis on brossera. Il ne faudra jamais employer le peigne fin.

Voici un excellent traitement : Lavez d'abord les cheveux au bois de Panama, puis appliquez chaque soir la pommade suivante :

Vaseline	20 gr.	Borate de soude	2 gr.
Lanoline	10 —	Essence de verveine . . .	5 gouttes.
Huile de bouleau	2 —		

La séborrhée grasse nécessite, au contraire, de fréquents lavages du cuir chevelu, tous les huit, dix ou douze jours, dès que les cheveux sont trop graisseux et que l'abondance des matières huileuses nuit à la vitalité du cheveu. Les lavages au bois de Panama suivis de rinçages à l'eau additionnée de borax donnent les meilleurs résultats.

Les lotions alcooliques sont alors recommandées, et je vous conseillerai tout particulièrement les massages suivis, dans les deux jours, de l'application de la lotion suivante :

Alcoolé de guaco	150 gr.	Teinture de capsicum . .	15 gr.
Esprit d'éther nitreux . . .	20 —	Essence de néroli	10 gouttes.

Voici également un traitement très efficace. Appliquez chaque soir, sur le cuir chevelu, en massant, un peu de la pommade suivante :

Vaseline	45 gr.	Acide salicylique.	0 gr. 30
Soufre lavé	3 —	Baume du Pérou.	0 — 50
Résorcine.	0 — 30		

Le lendemain, frictionnez le cuir chevelu avec la lotion suivante dont vous imbiberez un tampon d'ouate hydrophile :

Eau de Cologne.	50 gr.
Alcool	50 —
Résorcine.	0 — 50

On conseille encore la lotion suivante, employée avec un stilli-goutte :

Alcool.	300 gr.
Acide salicylique.	1 —
Naphtol.	1 —

Les frictions au quinquina et à l'acide tannique sont également recommandées. Elles donnent de la vitalité au bulbe pileux et rendent la chevelure brillante et souple.

Les lotions au pétrole employées après des lavages avec une solution de bicarbonate de soude dont on imprègne soigneusement le cuir chevelu à l'aide d'une petite éponge, ont aussi leurs partisans convaincus.

Enfin les lavages à l'ammoniaque étendu d'eau sont très hygiéniques.

Je vous recommande surtout de ne jamais vous servir pour les cheveux que de votre matériel personnel de toilette.

Les maladies capillaires se communiquent par les moindres contacts. Ne craignez donc pas de désinfecter vos propres ustensiles en les lavant fréquemment dans une solution antiseptique.

PEUT-ON FAIRE REPOUSSER LES CHEVEUX ? La chevelure est un trop bel ornement pour que l'on ne se soit pas ingénié de tous temps, à en favoriser le développement. Nous sommes entourées de gens qui prétendent posséder de bons moyens pour faire repousser les cheveux. Cette prétention n'aurait rien d'extraordinaire, s'il ne s'agissait que de favoriser la croissance des cheveux. Mais, pour ce qui est d'en augmenter le nombre et surtout d'en créer où il n'y en a plus, notre confiance doit rester limitée devant les plus belles affirmations.

Autrefois, à l'époque des sorciers, on avait la conviction que sous les onctions de poix liquide, mélangée avec les cendres de la peau du hérisson, les cheveux renaissaient comme par miracle.

- Tout récemment, on parlait de ventouses appliquées avec succès sur le cuir chevelu et qui, ayant pour effet d'y faire affluer le sang, devaient provoquer une végétation nouvelle.

Lorsque l'on découvrit les propriétés inattendues du chlorhydrate de pylocarpine qui, employé sous forme d'injections sous-cutanées pour la cataracte, occasionna la repousse de duvets sur les têtes chauves, ce fut une révolution. Peu importe, s'écriat-on, si la racine des cheveux meurt; du moment que le follicule producteur subsiste et que l'on favorise son fonctionnement, la renaissance du cheveu est possible.

Rien ne prouve que cette hypothèse soit déraisonnable. Je n'ai, dans tous les cas, ni à la soutenir, ni à la discuter. Je me contenterai d'examiner par quels moyens on peut hâter la croissance des cheveux et de vous signaler quelles sont les compositions les plus favorables à cet effet.

Tant qu'il existe du duvet sur une région du cuir chevelu, tant que les petits cheveux apparaissent à côté de ceux qui tombent, il faut fournir à l'organisme les agents fortifiants dont il a besoin. Mais lorsqu'il n'y a plus d'espoir, lorsque la calvitie est caractérisée, il ne reste plus que la ressource des postiches qui présentent, somme toute, de grandes commodités, des commodités telles que l'on est tenté de sourire des entreprises chimériques auxquelles beaucoup de femmes s'adonnent passionnément dans l'espoir de forcer la nature.

POUR RETARDER LA CHUTE DES CHEVEUX Pour retarder la chute des cheveux, il suffit évidemment de fournir au cuir chevelu les agents vivifiants qui lui manquent. On peut obtenir assez généralement ce résultat en recourant au jaborandi.

Le jaborandi n'est pas seulement précieux pour la pousse des cheveux, mais grâce à lui on obtient des nuances plus riches. On emploie le jaborandi en lotions, c'est-à-dire qu'on fait macérer des feuilles de cette plante pour frictionner le cuir chevelu.

Voici la formule la plus simple et la plus usitée :

```
Jaborandi. . . . . . . . . . . . . . . . . . . . . . . . . . . 40 gr.
Extrait fluide de quinquina. . . . . . . . . . . . . . . . . 15 —
Teinture d'arnica . . . . . . . . . . . . . . . . . . . . . .  5 —
```

Sous forme de pilocarpine, on emploie encore le jaborandi en composition avec différentes substances :

Eau de Cologne . . . . . . 200 gr.	Teinture de cantharides . . 10 gr.
Glycérine . . . . 35 —	Nitrate de pilocarpine . . . 0 — 50

Voici encore une formule où l'on recourt au jaborandi :

Ether officinal . . . . 900 gr.	Coaltar saponiné . . . . . . 25 gr.
Alcool à 90° . . . . 50 —	Ammoniaque . . . . 5 —
Teinture de jaborandi . . . 25 —	

La pilocarpine et l'huile de ricin sont souvent employées dans les proportions suivantes :

Huile de ricin . . . . 50 gr.
Pilocarpine . . . . 1 —
Alcool . . . . 100 —

La lotion suivante est l'une des plus recommandées par les spécialistes du cuir chevelu :

Alcool . . . . 500 gr.	Teinture de cantharides . . 10 gr.
Teinture de quinquina . . . 50 —	Nitrate de pilocarpine . . . 0 — 30

On peut encore employer :

Teinture de Jaborandi . . . . 20 gr.
Cannelle . . . . 20 —
Rhum . . . . 60 —

Pour les frictions quotidiennes, voici une recette excellente mais un peu coûteuse :

Alcool . . . . 250 gr.	Teinture de cantharides . . . . 4 gr.
Résorcine . . . . 12 —	Huile de coca . . . . 1 —
Hydrate de chloral . . . . . 4 —	Acide acétique cristallisé . . . 1 —
Teinture de Jaborandi . . . 5 —	

La pommade de Dupuytren est toujours employée avec succès :

Moelle de bœuf . . . . . . 75 gr.	Teinture de cantharides . 5 gr.
Extrait de quinquina préparé	Jus de citron . . . . . . 5 —
à froid . . . . 10 —	Huile de bergamote . . . 10 gouttes.

Frictionnez le cuir chevelu avec cette pommade et brossez.

Autre recette éprouvée :

Alcool.	150 gr.	Teinture de cantharides . . .	3 gr.
Teinture de cantharides. . .	15 —	Glycérine.	20 —
Teinture de quinquina . . .	15 —	Huile d'amandes douces. . .	40 —
Teinture d'arnica.	15 —	Chloral hydraté.	5 —

La recette suivante est très employée par les Anglaises, mais il faut en user avec circonspection, c'est-à-dire à très petites doses.

Alcoolat de romarin.	30 gr.	Bichlorure de mercure . . .	0 gr. 03
Alcoolat de lavande.	30 —	Teinture de noix vomique. .	0 — 03
Alcoolat de Fioravanti. . . .	30 —		

Vous pouvez aussi recourir à cette lotion, qu'il faut renouveler deux fois par jour avec une éponge fine :

Eau de romarin.	1 litre.	Teinture de cantharides . . .	10 gr.
Carbonate d'ammoniaque . .	5 gr.	Glycérine.	20 —

Lorsque la chute des cheveux est occasionnée par la transpiration abondante, je vous conseille les massages du cuir chevelu, pendant cinq minutes, soir et matin.

Frictionnez, une fois par semaine seulement, avec :

Alcool à 90°	100 gr.
Glycérine	25 —

Le matin, au lever, laissez vos cheveux flotter sur vos épaules, aérez-les en les secouant. Secouez-les aussi le soir et attachez-les, aussi bas que possible, pour qu'ils ne soient pas serrés et que l'air y pénètre bien.

Pour les enfants qui ont les cheveux anémiés, faites aussi les massages quotidiens et employez, une fois par semaine, la lotion suivante :

Alcool.	50 gr.
Huile camphrée.	50 —

Voici encore une excellente composition destinée au cuir chevelu anémié :

Alcoolé de citron.	100 gr.	Résorcine	3 gr.
Baume de Fioravanti. . . .	100 —	Quinine.	1 —
Teinture de capsicum. . . .	10 —		

Procédez au massage avant d'appliquer en onctions sur le cuir chevelu.

Je vous signale enfin cette vieille recette qui a fait ses preuves :

Faites infuser, pendant trois quarts d'heure, une poignée d'orties noires dans trois quarts de litre d'eau bouillante. Laissez refroidir et ajoutez un quart de litre de bon vinaigre.

Cette lotion, qui brunit légèrement les cheveux et que je recommande plutôt aux brunes, s'emploie en frictions quotidiennes du cuir chevelu.

Enfin, je vous engage à épointer les cheveux à chaque saison, à la nouvelle lune ou, mieux encore, au premier quartier de la lune.

CONTRE LES DÉMANGEAI-SONS DU CUIR CHEVELU Pour arrêter les démangeaisons du cuir chevelu, frictionnez-vous pendant huit jours consécutifs avec la lotion suivante employée tiède :

Eau de roses.	250 gr.
Liqueur de Van Swieten	50 —
Hydrate de chloral	12 — 50

On conseille également la préparation :

Eau de Mélilot.	100 gr.	Baume de Fioravanti	50 gr.
Liqueur de Van Swieten . .	100 —	Hydrate de chloral	10 —

Employez en frictions, pendant cinq jours de suite, puis tous les deux jours seulement.

Les démangeaisons du cuir chevelu sont dues généralement à l'abondance des pellicules ; ce sont donc les pellicules qu'il faut combattre.

Voici la lotion employée, à cet effet, par les Américaines :

Ammoniaque	3 gr.	Essence de romarin	30 gr.
Essence d'amandes amères . .	3 —	Eau de roses	80 —
Essence de macis	1 —		

Mélangez l'essence d'amandes amères avec l'ammoniaque, puis, après avoir ajouté l'essence de macis et l'essence de romarin, versez peu à peu l'eau de roses.

Servez-vous de cette lotion une fois par jour, le matin.

LA NUANCE   Les cheveux de la femme, comme ceux de
DES CHEVEUX l'homme, sont bruns ou blonds.

Le brun est plus ou moins foncé, il peut aller depuis les dernières nuances du châtain jusqu'au noir de jais à reflets bleutés. Quant au blond, il comprend une infinité de tons, depuis le chatain foncé jusqu'au blond albinos, voisin du blanc, en passant par le roux fauve ou blond vénitien.

Les cheveux blancs ne sont que des cheveux décolorés. On a vu des enfants naître avec des cheveux blancs, mais cela tient à un état maladif ou à un accident.

La coloration du cheveu tient au pigment qu'il contient et l'on voit beaucoup de cheveux qui n'ont pas la même nuance sur toute leur étendue.

Les spécialistes ont entrepris d'analyser le cheveu afin de se rendre compte des conditions qui correspondent à chaque coloration. Ils ont ainsi constaté que dans les cheveux blancs, on trouvait une grande quantité de silice et très peu de manganèse; dans les cheveux noirs, très peu de manganèse et beaucoup de potasse, dans les cheveux roux, au contraire, beaucoup de manganèse, à peine quelques traces de silice et beaucoup moins d'acide sulfurique que dans les cheveux noirs et les cheveux blonds. La quantité d'acide phosphorique est sensiblement la même dans tous. La soude prédomine dans les cheveux blonds, alors que dans les cheveux noirs, on constate la présence d'une quantité importante de chaux.

Ces considérations ont leur valeur, car elles peuvent diriger les élégantes dans le choix de leurs lotions de beauté.

C'est vers l'âge de trente-cinq ans que les premiers cheveux blancs font, le plus souvent, leur apparition. Leur nombre est plus ou moins grand, selon les influences subies, les soins habituels que l'on donne aux cheveux et à l'état de la santé.

La nuance des cheveux est encore une indication de la coiffure à adopter. Une rousse ne se coiffera pas comme une brune. D'autre part, il y a des nuances enviables, c'est-à-dire que l'on peut accentuer, par un procédé quelconque, sans faillir au bon goût, tandis qu'il en est d'autres, moins flatteuses pour le visage et, d'une façon générale, moins appréciées, qu'il serait ridicule de vouloir emprunter. On se teindra en blond, parfois en roux sombre ou en blond ardent, mais-jamais une femme au teint clair ne devra choisir une nuance foncée.

On voit souvent des femmes atteintes de bonne heure par la canitie, s'ingénier à décolorer complètement leurs cheveux. Cela se conçoit un peu, surtout chez celles dont les traits sont encore très jeunes, car les cheveux poivre et sel sont disgracieux, tandis que les cheveux blancs ont leur attrait lorsqu'ils sont bien portés.

Lorsque vous choisissez une toilette, inspirez-vous toujours de la nuance de vos cheveux, chaque nuance a ses couleurs de prédilection : la blonde aime les bleus ; la rousse aime les mordorés ; la brune aime les jaunes.

CONTRE LA CANI-TIE PRÉMATURÉE La canitie est bien caractérisée comme maladie des cheveux, puisqu'elle résulte de leur anémie et n'est autre que leur décoloration.

Dans bien des cas, il a suffi d'une émotion violente pour que les cheveux blanchissent prématurément. On cite souvent le cas de ce moine, candidat à l'épiscopat, qui blanchit en une nuit parce que le pape n'avait pas voulu lui accorder la dispense nécessaire. L'histoire ajoute que le lendemain, le Souverain Pontife ayant constaté sa canitie, vit dans ce phénomène l'approbation de Dieu qui l'avait ainsi vieilli, pour lui donner l'apparence de l'âge qu'il n'avait pas encore.

Lorsque les cheveux s'anémient et que l'on constate une tendance à la décoloration, employez la lotion suivante :

Baume de Fiorovanti	150 gr.	Teinture de capsicum	12 gr.
Teinture de quinquina . . .	12 —	Résorcine.	5 —

On conseille encore de faire bouillir 50 grammes de thé noir dans un demi-litre d'eau. Ajoutez des clous rouillés et laissez infuser le tout pendant quinze jours. Filtrez et ajoutez 50 grammes d'extrait de quinquina.

Mettez en bouteille et employez en lotions deux ou trois fois par semaine.

J'ai dit déjà qu'il fallait nettoyer les cheveux blancs avec de la farine de gruau pour les brosser ensuite afin d'entraîner, avec la farine, toutes les poussières et les impuretés.

Une fois par mois, lavez-les dans de l'eau bleuie et vous obtiendrez des cheveux d'un très beau blanc qu'auréoleront joliment le visage et qui vous donnant un charme nouveau, vous empêcheront de regretter cette canitie prématurée.

Nous verrons plus loin à l'occasion des teintures quelles sont les méthodes les plus favorables et les plus inoffensives pour dissimuler la canitie lorsque vous tenez à conserver l'apparence de la jeunesse.

POUR ACCENTUER LE BLOND DES CHEVEUX A l'époque d'Henri IV, les dames blondissaient leurs cheveux, au moyen d'applications de cataplasmes composés de feuilles de troène broyées et infusées dans le jus de l'herbe au foulon.

A cette recette on en a substitué, depuis longtemps, beaucoup d'autres.

La plus usitée consiste dans l'emploi de la camomille en forte infusion.

Après un lavage complet des cheveux, laissez-les sécher complètement et lavez-les dans une très forte infusion de camomille allemande passée et filtrée dans une mousseline. Laissez sécher les cheveux après les avoir tordus sans les essuyer.

L'effet de la camomille disparaît généralement après une dizaine de jours. C'est alors qu'il faut recommencer.

Les Américaines ont l'habitude, pour blondir leurs cheveux d'employer la camomille allemande après l'avoir fait macérer pendant cinq jours dans l'alcool. Elles en imbibent journellement les cheveux avec un tampon d'ouate hydrophile.

On conseille encore l'infusion de rhubarbe, 300 grammes dans un litre de vin blanc. On fait réduire de moitié et l'on imbibe les cheveux avec l'eau de rhubarbe après lavage à l'eau de carbonate au dixième.

L'eau de carbonate a, du reste, la propriété de donner aux cheveux des reflets blonds cuivrés. On frotte le cuir chevelu et l'on sèche avec des serviettes chaudes, sans rincer.

L'eau de saponaire donne aux cheveux des reflets blonds dorés.

POUR DONNER DE LA SOUPLESSE AUX CHEVEUX Pour donner de la souplesse aux cheveux, il faut surtout les brosser souvent, et, lorsqu'ils sont naturellement secs, leur fournir un agent assouplissant qui ne sera généralement qu'un corps gras employé en composition avec d'autres substances appropriées.

Les brillantines et certaines pommades parfumées entretiennent la chevelure à la fois souple et brillante.

Voici une brillantine tout à fait efficace à base d'huile de ricin :

Alcool à 90°	100 gr.	Essence de lavande. . .	20 gouttes.
Huile de ricin	10 —	Essence de romarin . . .	20 —
Nitrate de pilocarpine . .	0 — 50		

La glycérine entre souvent en composition avec l'alcool dans les proportions suivantes :

Alcool à 40°	50 gr.
Glycérine	15 —
Essence d'œillet	10 gouttes.

L'huile de tubéreuse est souvent préférée à l'huile de ricin. On l'emploie sous la forme :

Alcool.	100 gr.	Glycérine	50 gr.
Huile de tubéreuse.	50 —	Essence de violettes. . .	10 gouttes.

L'huile d'amandes douces est particulièrement recommandée pour la chevelure des enfants. Employez-la en mélange avec l'alcool :

Alcool	50 gr.
Huile d'amandes douces.	50 —
Glycérine	30 —

Voici la recette d'une brillantine très en usage sous le Second Empire et qui donnait de merveilleux résultats :

Huile de fèves de Touka .	125 gr.	dans l'huile	250 gr.
Huile d'olive.	1.250 —	Huile essentielle de cannelle,	3 —
Feuilles de buis à faire infuser dans l'huile d'olive.	375 —	Huile essentielle de bergamotte	1 —
Pétales de roses infusées			

Toutes les brillantines qui sont actuellement dans le commerce sont composées de vaseline ou de glycérine et généralement de l'une et de l'autre aromatisées et colorées. Les plus usitées, au point de vue du parfum, sont les brillantines à l'œillet, à la rose, à la violette et au jasmin.

LES ONDULATIONS ET LA FRISURE Il y a des nuances de cheveux qui ne s'accommodent guère d'une coiffure plate, à bandeaux, par exemple. Lorsque ces cheveux ne frisent pas ou n'ondulent pas naturellement, il faut y remédier par l'art. Or il est plus facile d'onduler les cheveux que de les teindre. La difficulté consiste seulement à procéder aux ondulations sans fatiguer la chevelure.

Le meilleur moyen d'onduler les cheveux est d'employer les bigoudis car le fer brûle et casse le cheveu. Mais les bigoudis sont laids et disgracieux surtout lorsqu'on les conserve la nuit.

Je vous conseille plutôt d'assouplir vos cheveux avec une bandoline et de leur imprimer des plis que vous fixerez, de distance en distance, avec de petits peignes.

Voici, par exemple, une bandoline qui conviendra aux blondes :

Infusion forte de camomille.	1/2 litre.	Borax	30 gr.
Gomme adragante.	1 gr.	Alcool camphré	30 —

Les brunes remplaceront l'infusion de camomille par une forte décoction de feuilles de noyer.

La gomme adragante est employée dans la préparation de toutes les bandolines destinées à faciliter l'ondulation des cheveux.

Voici, par exemple, une excellente formule :

Eau de roses.	250 gr.
Alcool.	90 —
Gomme adragante	6 —

A défaut des peignes, roulez vos cheveux sur des rubans plutôt que d'employer les épingles à friser.

LES POSTICHES Ne craignez pas l'emploi des postiches qui sont indispensables aux coiffures d'aujourd'hui. L'important, c'est de ne porter que des postiches de bonne qualité et parfaitement nuancés.

L'emploi des postiches n'est pas nouveau, mais tandis qu'autrefois on s'appliquait à plaisir à monter la coiffure jusqu'à en faire un édifice singulièrement pesant, on se contente aujourd'hui d'ajuster sur la tête des *remplaçants*, qui ne sont autres le plus souvent que les cheveux tombés et que l'on a eu soin de recueillir pendant la toilette. Ces postiches ont le double avantage d'être parfaitement associés à la nuance des cheveux et de n'être pas suspects au point de vue de la provenance.

Les différentes espèces de postiches sont les crêpés, les nattes, les bandeaux, les frisures, mèches, transformations, etc.

Posez vos postiches de manière à ce qu'ils soient bien invisibles et solidement retenus.

Lorsque vous portez des bouclettes, ayez soin de les repeigner le soir en les quittant, puis de les rouler sur le doigt pour les remettre en forme. Brossez-les souvent avec une brosse douce imprégnée de brillantine.

Tous les postiches doivent être entretenus, comme les cheveux, dans un parfait état de propreté. Lorsque cet état laisse à désirer, nettoyez-les en les plongeant dans l'éther ou même dans la neufaline. Essuyez-les et étalez-les soigneusement pour le séchage. Enfin brossez-les et enlevez l'odeur en employant une brillantine parfumée.

LES BRAS

LA FORME DU BRAS On prétend d'ordinaire que les gens de notre époque ont les bras plus frêles qu'on ne les avait autrefois. Et l'on attribue cette infériorité à l'excès de précautions que nous prenons pour éviter aux bras le contact direct de l'air.

Dans certains pays, on va même jusqu'à emprisonner dans le maillot les bras des enfants. Plus tard, les brassières sont étroitement fermées aux poignets. Tout en voulant préserver les membres contre le froid, on les empêche ainsi de s'aguerrir.

Mais si le bras moderne paraît plus fragile, il est aussi plus délicat, plus harmonieux. S'il exprime plus discrètement la force, les amateurs de beauté lui trouvent plus de distinction.

Du reste, l'habitude de porter les bras nus dans la vie ordinaire ne fut jamais que le fait des gens de la campagne. Lorsque, dans la haute société, les dames se risquaient à montrer leurs bras, ce n'était que dans les grandes circonstances. D'où il suit que le bras fut, de tout temps considéré avec estime et que sa beauté constitue une parure à laquelle chacune de nous tient énormément.

Le bras est constitué exactement comme la jambe. Sa rondeur est interrompue par deux nodosités qui forment le coude et le poignet. Depuis l'épaule où il se rattache au tronc, jusqu'à la main qui en forme l'intelligente extrémité, son volume va en s'affinant. C'est à l'avant-bras qu'il se dessine, dans sa plus harmonieuse perfection.

La finesse de l'avant-bras et sa décroissance graduelle vers le poignet sont des brevets de distinction pour une femme, de même que la finesse de la jambe à la cheville lui donne un charme de plus.

Il ne faut pas que le bras de la femme soit aussi vigoureusement musclé que celui de l'homme. Il n'est ni dans la nature, ni dans la destinée féminine de se livrer aux exercices fatigants qui, sans doute, développent la vigueur mais occasionnent de la fatigue et hâtent l'usure corporelle.

Le sport ne doit être pratiqué qu'avec une extrême modération, si l'on ne veut pas qu'il ruine la beauté. Or, les bras sont, avec les jambes, les plus précieux instruments du sport et il faut les traiter avec plus de précaution encore que ces dernières, car leur rôle est plus important dans la plastique féminine.

Pour être belle, vous devez entretenir vos bras blancs, éclatants, fermes et lisses. Il vous est difficile de modifier leur forme, mais vous avez beaucoup de moyens pour les embellir.

LA TOILETTE DU BRAS On fait la toilette des bras en même temps que celle de l'épaule et de la main. Ce sont les mêmes tonalités et le même coloris qui doivent éclairer toutes ces parties du corps.

Je vous ai indiqué plus haut les soins hygiéniques qu'il faut réserver à l'aisselle, laquelle est particulièrement exposée à la transpiration.

La toilette du bras implique tout d'abord le savonnage et les lotions, absolument comme les mains.

Au lieu d'employer le savon en pains, employez les pâtes de savon, les crèmes d'amandes qui sont plus extensibles et que l'on peut distribuer plus également sur toutes les parties du membre.

Lorsque vous vous montrez les bras nus, servez-vous de crèmes identiques à celles employées pour les épaules et poudrez très légèrement.

Voici une pâte d'amandes que je vous recommande tout particulièrement :

Farine de riz.	250 gr.	Alcoolat d'œillet.	100 gr.
Farine de fèves	100 —	Huile essentielle de	
Amandes amères pulvérisées.	400 —	Rhodes	2 gouttes.
Poudre d'iris de Florence.	30 —	Huile essentielle de né-	
Carbonate de potasse en		roli	1 —
poudre	18 —		

Après avoir blanchi et mondé les amandes, pilez-les dans un mortier tout en ajoutant quelques gouttes d'eau. Ajoutez à la pâte d'amandes la farine de fèves et la farine de riz, puis la poudre d'iris. Mélangez bien. Dissolvez ensuite le carbonate de potasse dans un peu d'eau, ajoutez à la masse et incorporez peu à peu l'alcoolat d'œillet additionné des huiles essentielles de Rhodes et de néroli. Pilez le tout pour former une pâte compacte que vous mettez en pots et couvrez d'un parchemin.

Pour obtenir une pâte un peu moins compacte, on peut ajouter, en même temps que l'eau de carbonate, une petite quantité d'eau de roses.

La pâte d'amandes au miel est excellente pour faire la toilette des bras. En voici la composition :

Pâtes d'amandes	250 gr.	Huile à la tubéreuse	100 gr.
Miel	250 —	Jaunes d'œufs	deux.
Huile d'amandes douces	400 —		

Faites cuire le miel sur feu doux et passez-le. Préparez la pâte d'amandes en blanchissant, mondant et pétrissant les amandes dans un mortier avec un peu d'eau. Mélangez le miel avec la pâte, pétrissez en incorporant l'huile d'amandes douces et l'huile à la tubéreuse. Ajoutez enfin les jaunes d'œufs, battez, mettez en pots.

Il est indispensable que le bras soit bien asséché avant de recevoir l'application des crèmes que vous utilisez pour préparer un joli décolleté.

Voici une pâte qui donne toujours des résultats satisfaisants :

Oxyde de zinc	10 gr.	Lanoline	30 gr.
Amidon	30 —	Alun	3 —
Vaseline	30 —	Borax	3 —

Après avoir étendu cette crème, poudrez légèrement avec une houppette.

Si vous désirez obtenir un maquillage rosé, employez la préparation suivante :

Eau de roses	250 gr.	Glycérine	2 gr.
Sous-nitrate de bismuth	20 —	Carmin	3 gouttes.

Agitez et étendez légèrement avec un peu d'ouate. Egalisez puis brossez avec une brosse à poudre très douce.

POUR BLAN- CHIR LES BRAS Vous emploierez généralement, pour blanchir les bras, les mêmes préparations que celles adoptées pour blanchir les mains.

Je vous conseille en particulier la formule suivante :

```
Eau oxygénée. . . . . . . . . . . . . . . . . . . . . . .  50 gr.
Glycérine . . . . . . . . . . . . . . . . . . . . . . . .  80 —
Eau de roses . . . . . . . . . . . . . . . . . . . . . .  80 —
```

Les procédés les plus simples pour blanchir les bras consistent en frictions avec du citron et en lotions avec de l'eau très légèrement additionnée d'ammoniaque.

Je vous recommande encore de ne pas exposer, pendant l'été, vos avant-bras au soleil. Ils seraient vite brunis et hâlés.

Voici une préparation très efficace pour effacer le hâle et rendre aux bras leur blancheur primitive :

```
Eau de roses . . . . . . . .  30 gr.  |  Teinture de benjoin . . . . .  2 gr.
Huile d'amandes douces. . .  2 —      |  Jaunes d'œufs . . . . . . . .  deux.
```

Battez les jaunes d'œufs dans l'huile d'amandes douces, puis ajoutez l'eau de roses et la teinture de benjoin.

Étendez sur les bras, le soir, avant de vous coucher, et entourez les bras de fines bandelettes que vous conserverez pendant la nuit.

POUR ÉPILER LES BRAS Les duvets abondants sur le bras nuisent à sa beauté et en détruisent le charme.

On a essayé de beaucoup de procédés pour détruire ces poils fâcheux qui réapparaissent sans cesse, plus longs et plus disgracieux. Cet inconvénient est d'autant plus grand pour les brunes que les poils sombres sont plus apparents. Dans ce cas, si l'on ne peut supprimer complètement les poils, on peut du moins les décolorer en employant la préparation suivante :

```
Lanoline . . . . . . . . . . . . . . . . . . . . . . . .  40 gr.
Vaseline . . . . . . . . . . . . . . . . . . . . . . . .  20 —
Eau oxygénée. . . . . . . . . . . . . . . . . . . . . . .  80 —
```

Malgré la difficulté qu'il y a à obtenir de très bons résultats par l'épilation, je vous citerai les dépilatoires les plus usités.

Vous n'en userez qu'avec précaution car ils peuvent, à la longue, produire des inflammations de la peau.

Les savons à base d'arsenic sont tous très dangereux : préférez-leur les savons à base de sulfate de chaux. Voici l'une des préparations les plus connues :

Huile de ricin	18 gr.	Sulfure de baryum	8 gr.
Glycérine	4 —	Lessive de soude à 25 p. 100	15 —
Suif	8 —	Eau	20 —
Beurre de cacao	8 —	Essence de violettes	1 —
Amidon	1 —		

Je vous recommande tout particulièrement le savon suivant, qui n'est pas irritant :

Bisulfite de chaux . . . . 20 gr.
Glycérolé d'amidon . . . . 10 —
Amidon . . . . 10 —

Voici une préparation liquide, qui donne d'assez bons résultats, mais dont l'odeur est désagréable. Elle a, du moins, l'avantage d'être parfaitement inoffensive.

Teinture d'iode	75 gr.	Essence de térébenthine	5 gr.
Collodion	30 —	Huile de ricin	2 —
Alcool	10 —		

Appliquez sur la peau avec un petit pinceau pendant quatre jours consécutifs.

Je terminerai en vous indiquant une préparation à base d'arsenic. Mais vous aurez soin de remarquer que cette substance est caustique et, par conséquent, dangereuse à employer. En voici la formule :

Chaux vive en poudre . . . . 40 gr.
Arsenic en poudre . . . . 5 —

Ajoutez une pincée de poudre de savon et mélangez le tout avec un blanc d'œuf.

Frictionnez la partie à épiler avec de l'huile d'olive, une heure après étendez la préparation et laissez sécher. Après un lavage abondant, les poils se détachent.

Le régime de l'électricité appliqué par un médecin donne pour l'épilation quelle qu'elle soit un résultat complet et durable. Aussi est-il entre tous recommandable.

LES MAINS

LA FINESSE DE LA MAIN Les mains partagent avec le visage le privilège d'être exposées à la vue de tous. Elles ont pour nous une double valeur que rien ne saurait remplacer. Ce sont les instruments les plus laborieux de notre travail quotidien et, même au point de vue esthétique, nous ne trouvons rien qui soit plus gracieux et plus flatteur que notre main, lorsqu'elle est fine et jolie.

Il y a toute une science qui est fondée sur la forme de la main et dont l'objet est de découvrir, d'après les traces déposées par le passé sur cette infime partie de notre corps, toute l'histoire de notre avenir.

C'est que la main, si courageuse, si robuste, si surmenée qu'elle soit, n'en est pas moins très fragile. Elle reçoit volontiers toutes les empreintes et, comme son mécanisme est relativement restreint, malgré l'importance de son travail, elle contracte vite des habitudes de préhension qui déterminent chez elle une façon d'être, un dessin, un système de lignes, de courbes et des signes tels que les esprits avisés peuvent y découvrir tous les secrets de notre vie mentale et jusqu'à nos aspirations.

On peut ainsi dire que les mains sont révélatrices. Ce sont les ouvrières du corps. Elles annoncent notre volonté dès que celle-ci se transforme en action. C'est d'elles encore que nous attendons une défense en cas de péril. Elles méritent donc des égards et des soins minutieux, et les doigts, si déliés et si habiles, sont dignes de l'hommage qu'on leur accorde en y passant des anneaux précieux.

Pour que la main soit jolie, il faut qu'elle soit relativement allongée, c'est-à-dire plutôt étroite par rapport à la longueur. Les veines ne devront pas apparaître sous la peau, ce qui veut dire que les mains seront assez charnues et qu'elles seront blanches et roses. Les phalanges seront bien dessinées et ce sera un attrait de plus lorsqu'elles se détacheront par un éclat un peu plus accentué sur le reste de la main.

Quant aux doigts, l'esthétique les veut effilés, c'est-à-dire de forme plus ou moins conique et longs. On a, du reste, précisé des règles esthétiques de la main en limitant la longueur du pouce à la première articulation de l'index ; la longueur de l'index à la naissance de l'ongle du médius, lequel est le plus long des cinq doigts ; celle du petit doigt à la dernière phalange de l'annulaire et la longueur de ce dernier à la moitié de l'ongle du médius.

Les ongles sont roses et bien arrondis. Ils sont encadrés, à leur origine, d'une petite bordure charnue que la coquetterie fait disparaître pour découvrir l'arc blanchâtre qui forme la base même de l'ongle. Le reste de l'ongle est très rose et brillant.

Le poète Carlo-Read a défini joliment la main :

> *J'aime la blancheur de la main*
> *Le doigt bien fin, l'ongle bien rose*
> *La pâleur auprès du carmin*
> *Repose...*

LA TOILETTE DES MAINS Le travail constant auquel sont condamnées les mains nécessite, pour leur entretien, des soins à la fois vigoureux et raffinés.

On ne se contentera pas de faire la toilette des mains une fois par jour, comme celle de la plupart des autres parties du corps. On recommencera à plusieurs reprises, chaque fois que les mains auront été en contact avec des objets d'une propreté douteuse, chaque fois qu'un travail matériel aura occasionné des efforts compliqués et chaque fois aussi que l'on devra procéder à des manipulations exigeant une propreté parfaite.

Les soins les plus élémentaires à administrer aux mains sont les lavages à l'eau savonneuse.

Etant donnée la fréquence des lavages, il est bon de surveiller tout particulièrement l'eau qu'on emploie. Mais cela n'est pas toujours facile. Toutefois, si vous êtes complètement maîtresse de vos mouvements, et chaque fois que vous pourrez vous offrir ce petit luxe, lavez-vous les mains à l'eau de pluie ou encore à l'eau bouillie. Les substances calcaires ou autres qui embarrassent une eau quelconque peuvent contribuer à rendre l'épiderme rugueux.

Dans tous les cas, évitez le contact de l'eau froide après celui de l'eau chaude, car vous vous exposeriez aux gerçures et, par les temps rigoureux, aux engelures.

Je vous recommande les savons en pâte, qu'il est plus facile d'étendre sur toute la surface à nettoyer, de préférence aux savons en pains. Faites mousser longtemps le savon et n'essuyez jamais les mains avant que le savon ne soit complètement dissous et les mains bien rincées dans une eau relativement claire, c'est-à-dire que vous aurez eu soin de bien remplir votre cuvette avant de commencer la toilette de vos mains. Certaines personnes ont, en effet, l'habitude de se contenter d'un tout petit peu d'eau, dans le creux de la cuvette. Elles prennent ainsi, en quelque sorte, un bain de savon et l'essuie-mains ne saurait les débarrasser de la matière savonneuse. C'est ainsi qu'elles s'exposent aux desquamations et au durcissement de la peau.

Composez vous-même des pâtes savonneuses, vous serez bien sûre ainsi qu'elles ne contiendront aucun élément nuisible à la beauté de la peau.

Voici une pâte d'amandes facile à préparer :

Amandes douces et amères .	250 gr.		Huile d'amandes douces . .	90 gr.
Jus de citron.	60 —		Eau-de-vie.	180 —
Lait.	30 —			

Cette pâte ne se conservant pas longtemps, je vous recommanderai plutôt :

Huile d'amandes douces. .	1.500 gr.		Glycérine	170 gr.
Savon blanc mou	115 —		Essence de romarin. . . .	5 —

Mélangez le savon à la glycérine et ajoutez peu à peu l'huile d'amandes douces.

La pâte d'amandes et le jus de citron sont excellents combinés comme il suit :

Amandes douces pilées	250 gr.
Jus de citron.	60 —

Le miel donne également d'excellents résultats, il entre en composition dans la pâte suivante :

Farine d'amandes.	125 gr.	Huile d'amandes douces. . .	50 gr.
Miel.	125 —	Jaunes d'œufs	trois.
Lanoline.	50 —		

Faites fondre le miel, pétrissez-le avec la farine et les œufs ; ajoutez ensuite, en mélangeant bien, l'huile d'amandes et la lanoline. Parfumez avec une essence de votre choix.

La pâte d'amandes dite d'Italie est excellente et facile à préparer. En voici la formule :

Pâte d'amandes douces . . .	250 gr.	Pâte de glands	250 gr.
Pâte de noisettes.	250 —	Eau de miel	15 —

Les lavages à l'eau de son ont toujours de l'efficacité, et je vous recommande surtout de passer fréquemment vos mains au citron pour les débarrasser de toutes les souillures ou taches un peu rebelles.

Le borax et aussi l'eau légèrement ammoniacale réussissent très bien à enlever toutes les taches.

POUR AVOIR DE JOLIES MAINS Si active que soit la main, le travail la fatigue toujours et la durcit. Il en est de même des contacts de l'air vif, de l'exposition au soleil, à la poussière et au vent.

On a imaginé, pour protéger les mains, les gants, les mitaines et le manchon, mais ces divers moyens de protection ne sont efficaces que dans les cas où la main est inoccupée.

Or, les mains sont bien plus souvent occupées qu'oisives et, lorsque nous les exposons en public, à l'intérieur des appartements, par exemple, elles doivent apparaître blanches, intactes et nettes.

C'est à cette occasion que les raffinements de toilette sont précieux. Les nettoyages rudimentaires ne suffisent plus. Il faut savoir se faire de belles mains et non pas seulement des mains propres.

Parmi les innombrables recettes enseignées par l'expérience de générations d'élégantes, retenez celle-ci :

Lanoline mentholée	60 gr.	Salol . . . . 2 gr.
Glycérine camphrée	40 —	Essence de mirbane. . . . . . 1 —
Baume du Pérou	5 —	

Etendez sur les mains et poudrez avec un mélange de farine de fèves ou de maïs avec du talc.

Voici encore une autre formule, à base d'amandes :

Amandes amères pilées. . ,	200 gr.	Poudre d'iris . . . . 20 gr.
Farine de riz.	60 —	Carbonate de soude. . . . . 6 —

Pilez les amandes avec un peu d'eau pour éviter qu'elles ne fassent huile. Ajoutez la farine et la poudre d'iris, puis le carbonate de soude dissous dans un peu d'eau de roses. Mettez en pots. Servez-vous-en chaque jour, en guise de savon, vous obtiendrez des mains blanches et nettes.

La glycérine est excellente pour entretenir la beauté de la main, et je vous recommande la préparation suivante avec laquelle vous vous frictionnez les mains après le lavage à l'eau chaude :

Glycérine. , ...	25 gr.
Acide tartrique	5 —
Essence de petit grain.	0 — 50

Pour rendre vos doigts effilés, massez-les légèrement avec une pommade iodée :

Beurre frais	125 gr.
Iode	5 —

Ou bien encore :

Glycérine	125 gr.
Iode.	5 —

La seconde formule a sur la première l'avantage de fournir une préparation durable, tandis que le beurre rancit vite.

GANTS DE NUIT Toutes les pâtes et crèmes que l'on emploie pour donner de la blancheur aux mains perdent de leur efficacité si elles ne séjournent pas longtemps sur la peau. C'est pourquoi il est indispensable de porter des gants de nuit ou gants cosmétiques qui ne sont très souvent que de vieux gants servant à protéger la main recouverte préalablement d'une pâte appropriée.

Parmi les préparations employées pour la nuit, je vous signale celle-ci :

Poudre de marrons d'Inde . .	50 gr.	Poudre de savon	125 gr.
Farine de fèves	50 —	Sucre pulvérisé	12 —
Carbonate de soude	50 —		

Ou bien encore :

Eau de roses	30 gr.	Teinture de benjoin	10 gr.
Huile d'amandes douces . . .	20 —	Jaunes d'œufs	deux.

On ajoute parfois :

Benzine . . . .   3 gr.

Cette dernière préparation additionnée de benzine est très efficace, mais l'odeur en est un peu désagréable.

On conseille encore :

Huile d'amandes douces . . .	50 gr.	Jus de citron	10 gr.
Eau de fleurs d'oranger . . .	50 —	Jaune d'œuf	un
Alcool	5 —		

J'ai vu expérimenter avec succès une composition facile à préparer soi-même et dont voici le détail :

Blanc de baleine	15 gr.	Pommade rosat	45 gr.
Cire vierge	15 —	Benjoin	5 —
Savon blanc râpé	15 —	Baume du Pérou	5 —
Saindoux	4 —	Eau de miel	15 —
Huile d'olive	45 —	Eau de roses	10 —

Lorsque vous aurez fait fondre au bain-marie le blanc de baleine, la cire, le savon et le saindoux, vous ajouterez les autres substances en agitant pour que le mélange soit entier.

Enduisez avec cette pommade chaude des gants préalablement retournés. Remettez-les à l'endroit et faites-les sécher. Il vous suffira de revêtir ces gants, le soir avant de vous coucher, et de les garder toute la nuit pour avoir des mains parfaitement blanches. Ces gants peuvent servir pendant quinze jours au moins, avant de recommencer le badigeonnage intérieur.

Beaucoup de personnes ne peuvent supporter les gants pendant la nuit. Elles se contenteront alors d'onctions à la glycérine étendue, après un lavage des mains à l'eau bien chaude.

CONTRE LE HALE DES MAINS Ne sortez jamais sans être gantée. Le conseil n'a pas moins de valeur au point de vue de la bienséance qu'au point de vue de l'esthétique.

Les mitaines ne répondent nullement à leur destination puisque, au lieu de réchauffer la main, elles rendent plus douloureuses aux doigts les différences de température, sans protéger la main contre les influences extérieures susceptibles de la durcir ou de l'enlaidir.

Les meilleurs gants, ceux qui sont les plus favorables à la beauté de la main, sont les gants de soie ou les gants de tissu léger. Les gants de peau nuisent au bon fonctionnement des glandes sébacées. Cependant, comme les modes actuelles en prescrivent l'usage, en presque toutes circonstances, il faut avoir soin de ne pas prendre des gants trop étroits.

Sous prétexte de se faire une main fine, on se congestionnera le poignet et, le gant enlevé, il se produira une réaction dont les effets seront également fâcheux pour la forme de la main et pour la couleur de la peau.

Lorsque votre main commence à se hâler, faites des frictions avec du blanc d'œuf ou de la chair de melon. Le jus de raisin est lui-même très indiqué, mais je vous recommande plus spécialement une composition bien connue et toujours efficace.

```
Vaseline . . . . . . . . . . . . . . . . . . . . . . . . . . .  30 gr.
Lanoline . . . . . . . . . . . . . . . . . . . . . . . . . . .  10 —
Oxyde de zinc . . . . . . . . . . . . . . . . . . . . . . .   8 —
```

Enduisez les mains avec cette pommade, le soir, avant de vous coucher et quand vous sortez, poudrez la main, avant de vous ganter, avec un peu de poudre de lycopode ou même de poudre de riz.

LES MAINS ROUGES Les personnes sanguines, les arthritiques, et celles qui sont astreintes à certaines besognes fatigantes sont exposées à voir leurs mains rougir.

Or, la rougeur rend les mains laides et cette laideur est difficile à vaincre. Il faut veiller à soustraire les mains rouges à toute influence fâcheuse et, en particulier, aux actes, aux besognes ou aux positions qui peuvent faire affluer le sang vers les extrémités.

Avant tout, évitez le contact de l'eau froide. Lavez-vous fréquemment les mains avec de l'eau d'alun ou, de préférence, de l'eau de noyer additionnée d'une pincée d'alun. Frictionnez ensuite avec de l'alcool camphré ou du glycérolé d'amidon, sans essuyer.

Si vous êtes obligée de mettre les mains à l'eau froide, enduisez-les préalablement d'un corps gras.

Je vous conseille également d'employer, pour la nuit, la préparation suivante :

Lanoline	40 gr.	Liqueur de Labarraque . .	5 gr.
Paraffine	10 —	Essence de jasmin	2 gouttes.
Eau de roses	25 —		

L'eau de gruau bouillie, fréquemment employée, contribue encore à atténuer la rougeur des mains, mais n'oubliez pas qu'il faut, pour assurer à ces précautions leur efficacité, ne jamais faire usage de gants serrés. Portez des gants de soie pendant l'été et des gants de laine pendant l'hiver.

LE FROID AUX MAINS ET LES ENGELURES — Beaucoup d'hygiénistes recommandent d'aguerrir les mains au froid. Je n'y verrais aucun inconvénient si nous n'étions pas obligées d'entretenir continuellement nos mains blanches et élégantes. Or, le froid est tout à fait préjudiciable à la beauté des mains.

Faites donc en sorte d'avoir toujours les mains chaudes, mais ne recourez jamais, pour obtenir ce résultat, au voisinage du feu qui occasionne presque toujours des accidents plus graves et disgracieux que ceux du froid lui-même.

Le grand danger, que je vous ai signalé déjà, à plusieurs reprises, réside dans la sensation du froid suivie immédiatement de la sensation du chaud. La peau redoute toujours ces contrastes précipités. Sortez donc, dès qu'il fait froid, avec des gants fourrés et, à l'intérieur des habitations, si vous n'avez pas la température suffisante, donnez à vos mains un exercice qui développe de la chaleur.

Les engelures, auxquelles beaucoup de peaux sont particulièrement sujettes, occasionnent des douleurs très cuisantes. On peut les conjurer, en ayant le soin de passer les mains, soir et matin, à la glycérine ou, mieux encore, à l'alcool camphré.

Les applications de compresses de térébenthine, les lavages à l'eau de noyer et à l'eau de céleri sont aussi de bons préservatifs.

L'engelure s'annonce par une inflammation et une tension de la peau. Dès que ce phénomène se produit, appliquez des compresses de suie mélangée avec du vinaigre et maintenez la composition sur la main, pendant la nuit.

Si les engelures s'étendent, recourez à la composition suivante, à condition, toutefois, qu'il n'y ait pas d'ulcération :

    Extrait de Saturne . . . . 20 gr.
    Alcool camphré . . . . 20 —

ou bien encore :

    Vaseline . . . . 45 gr.
    Précipité blanc . . . .   3 —

Les lotions avec la préparation suivante sont aussi très efficaces :

    Ammoniaque . . . . 60 gr. | Alcool camphré . . . . 10 gr.
    Sel gris . . . . 30 — | Eau . . . .   1 —

Mettez un verre de cette eau sédative dans l'eau de vos ablutions pour les mains.

Les compresses phéniquées sont souvent recommandées. On compose alors le mélange suivant et l'on applique en compresses pendant la nuit :

    Vaseline . . . . 40 gr. | Menthe . . . . 4 gr.
    Lanoline . . . . 20 — | Acide phénique . . . . 1 —

Les badigeonnages à l'eau d'eucalyptus, au formol, dans la proportion de dix grammes pour cent grammes d'eau distillée, suivis d'applications de la poudre suivante, donnent encore d'excellents résultats, à la condition qu'il n'y ai pas d'ulcérations :

    Poudre d'amidon . . . . 100 gr.
    Oxyde de zinc . . . .   10 —

16

Voici encore une pommade au camphre :

Vaseline	40 gr.	Sulfate de zinc	10 gr.
Camphre	5 —	Carbonate d'ammoniaque	0 — 5
Baume de tolu	5 —	Teinture d'opium	5 —

Si la peau commence seulement à rougir, vous arriverez à faire avorter l'engelure en vous lotionnant les mains avec la mixture suivante :

Décoction de cachou	50 gr.
Eau de roses	100 —
Tanin	2 —

Lotionnez les mains, le soir, avant de vous coucher, puis laissez sécher et enduisez de glycérine.

Lorsque les engelures sont ulcérées, massez avec :

Lanoline	50 gr.	Ichtyol	3 gr.
Eau distillée	50 —	Résorcine	2 —
Huile d'olive	10 —		

L'eau de chlore à 5 p. 100 est également très recommandée contre les engelures, et autrefois on employait beaucoup l'eau de roses.

Le savon à la glycérine employé dans les soins de toilette est un excellent préservatif contre les engelures.

LES CREVASSES Lorsque vous avez les mains crevassées, enduisez chaque soir les crevasses d'un peu de saindoux mélangé en parties égales avec de la graisse de mouton, le tout additionné d'un peu de cire jaune, ou appliquez deux fois par jour la préparation suivante :

Lanoline	50 gr.	Huile d'olive	5 gr.
Menthol	0 — 75	Salol	0 — 50

Les décoctions d'eucalyptus, suivies d'applications d'une pommade à l'oxyde de zinc sont très recommandées :

Glycérolé d'amidon	50 gr.
Oxyde de zinc	5 —
Acide borique	3 —

Je vous recommande également les frictions prolongées,

quinze minutes environ, dans de l'eau additionnée d'une cuillerée d'huile d'olive et d'une cuillerée de farine de lin.

Enfin, voici une pommade bienfaisante que vous pourrez composer vous-même et que vous parfumerez à votre essence préférée.

Faites fondre au bain-marie les substances suivantes :

Huile d'amandes douces. . .	60 gr.	Cire blanche	10 gr.
Blanc de baleine	5 —	Racine d'orcanette.	10 —

Triturez, pour bien mélanger, et ajoutez :

Sulfate de zinc	1 gr.
Eau de roses	10 —

Il faut continuer à battre jusqu'à ce que l'eau soit tout à fait incorporée et que le mélange soit parfait.

LES VERRUES Les verrues sont des excroissances qui se développent sur le corps et, en particulier, sur les mains, où elles sont tout à fait disgracieuses.

Pour les faire disparaître, on se servait autrefois du suc de certaines herbes, mais on recourt aujourd'hui à des compositions plus énergiques, telles que la suivante :

Nitrate acide de mercure.	10 gr.
Vinaigre	10 —

Il faut appliquer les préparations avec un pinceau, après avoir étendu un peu de vaseline autour de la verrue.

Les applications de collodion et les badigeonnages avec une macération d'écorces de citron dans du vinaigre — trois écorces pour 125 grammes de vinaigre fort — sont aussi très efficaces.

On recommande également l'acide salicylique en composition, comme dans la formule suivante :

Teinture d'iode	30 gr.
Acide salicylique	15 —
Essence de citron	1 —

Les compresses d'eau sédative appliquées pendant huit jours consécutifs sont efficaces et peu dangereuses. On peut les utiliser pour les enfants.

POUR ÊTRE BELLE

On attribue aux bains de mer la propriété de faire disparaître les verrues et certains spécialistes se contentent, du reste, de prescrire les ablutions d'eau salée.

Le citron, le perchlorure de fer, l'acide acétique sont également souvent employés avec succès.

LA MOITEUR DES MAINS Beaucoup de personnes ne peuvent se débarrasser de cette inélégante incommodité qu'est la moiteur des mains. L'usage, constant chez nous, de la poignée de main, la rend toujours apparente et on la considère généralement comme l'indice d'une hygiène défectueuse.

Autrefois, on combattait la moiteur des mains au moyen des frictions de soufre. Les onctions fréquentes d'huile de myrthe avaient aussi leurs partisans, mais elles nous laissent aujourd'hui très incrédules et l'on recourt à des procédés plus énergiques et, d'ordinaire, plus rationnels.

Chez les personnes jeunes, la moiteur des mains est souvent le signe de l'anémie. Ce sont alors les fortifiants qui s'imposent. Adressez-vous au médecin.

Je vous signalerai cependant divers moyens qui peuvent, dans certains cas, être efficaces.

Lotionnez-vous, soir et matin, avec de l'eau de Cologne additionnée de teinture de belladone à 10 p. 100, ou bien encore avec de l'acide chromique à 10 p. 100. Ce dernier procédé colore les mains en jaune, mais quelques lavages suffisent à faire disparaître cette coloration.

LA TAILLE ET LA TOILETTE DES ONGLES La jolie nuance des ongles et leur taille soignée comptent parmi les principales coquetteries de la femme.

Il faut que les ongles soient durs pour bien subir les divers apprêts que comporte l'entretien de leur beauté. De nos jours, et avec notre civilisation, on veut que les ongles soient polis, courts, roses et brillants. A force de soins, on réussit à leur procurer des reflets légèrement nacrés, et leur tonalité bien rose, à l'extrémité des doigts, donne du relief à la main tout entière.

La taille consacrée pour les ongles est la taille arrondie.

De même que pour les ongles du pied, ce sont les ciseaux recourbés que l'on emploiera pour tailler les ongles de la main.

La taille des ongles devrait être faite en moyenne tous les huit jours, mais une personne élégante passera quotidiennement la revue de ses mains, coupera et limera les ongles dont la longueur dépasserait le niveau de la chair.

Il faut s'habituer à se tailler soi-même les ongles. On y arrive assez facilement par l'exercice, quoique certaines personnes éprouvent de la gêne, tout d'abord, à se couper les ongles de la main droite.

L'examen des ongles avec la lime et leur régularisation quotidienne vous dispenseront vite de recourir aux ciseaux.

Ne vous imaginez pas que les manucures vous feront les ongles plus jolis qu'ils seraient si vous les soigniez vous-même. C'est en les polissant sans cesse que vous réussirez à leur donner le poli et l'éclat.

Les ustensiles indispensables, pour la toilette des ongles, sont les suivants :

1° Les ciseaux.
2° La curette ou petit instrument pointu et recourbé.
3° La lime.
4° La brosse.
5° La pince.
6° La pierre ponce.
7° La peau ou le polissoir.
8° Les crèmes, pâtes et poudres.

C'est après les ablutions des mains, un bon savonnage et le brossage des ongles à l'eau chaude que l'on procède à la toilette proprement dite des ongles. Il faut, en effet, que ces derniers soient rendus flexibles et mous par l'eau.

On commencera par employer la curette (ou bâtonnet d'ivoire) pour repousser les peaux qui, à la base de l'ongle, s'avancent sur l'arc blanchâtre qu'il faut découvrir le plus possible.

Ensuite on prendra les ciseaux pour tailler les ongles et la lime pour les égaliser et les arrondir sur tout leur pourtour.

La pince servira à détacher les peaux mortes si disgracieuses autour de l'ongle, et c'est avec la pierre ponce que l'on frictionnera la peau pour l'assouplir et en effacer toutes les irrégularités.

Pour nettoyer la partie interne des ongles, on fera usage d'un petit bâton en bois d'oranger muni à son extrémité d'un tampon d'ouate antiseptique.

Enfin, on étendra sur toute la surface de l'ongle la crème ou la poudre adoptée, puis l'on frottera énergiquement et long-temps avec le polissoir ou la peau de daim ou de chamois afin de rendre les ongles aussi brillants que possible.

PRÉPARATIONS COSMÉTIQUES POUR LES ONGLES — Lorsque les ongles sont *fragiles, cassants*, enduisez chaque soir avec une pommade préparée de la manière suivante :

| Huile d'amandes douces. . . 30 gr. | Colophane. . . . . 5 gr. |
| Cire blanche . . . . 50 — | Alun . . . . 1 — |

Faites dissoudre sur feu doux la cire blanche et la colophane dans l'huile, puis ajoutez l'alun en poudre.

On conseille encore la crème de tartre ainsi composée :

Huile de tartre . . . . 20 gr.	Alun en poudre. . . . . 2 gr.
Huile d'olive . . . . 20 —	Essence de citron. . . . . . . 2 —
Cire blanche . . . . 10 —	

La vaseline et l'acide salicylique donnent d'excellents résultats. Composez une crème comme il suit :

Lanoline . . . . 10 gr.
Vaseline . . . . 10 —
Acide salicylique . . . . 1 — 50

Enfin la pommade à l'huile de lentisque, employée avec la colophane et l'alun, est très souvent recommandée :

Huile de lentisque. . . . . . 15 gr.	Alun . . . . 2 gr.
Cire blanche . . . . 5 —	Sel blanc. . . . . 2 —
Colophane . . . . 2 —	

Enduisez les ongles de cette pommade, le soir avant de vous coucher.

Pour obtenir le *brillant* des ongles, composez une pâte avec les substances :

Lanoline . . . . 5 gr.	Teinture de styrax . . . . . 5 gr.
Huile de bouleau. . . . . . . 5 —	Carmin. . . . . 25 —
Magnésie . . . . 20 —	

Les badigeonnages de l'ongle avec la préparation suivante sont encore très efficaces :

Eau distillée	125 gr.
Teinture de benjoin	5 —
Acide chlorhydrique	1 —

Ajoutez du carmin pour colorer et quelques gouttes d'essence de bergamote pour parfumer.

Voici une autre pâte facile à employer :

Emeri	10 gr.
Cinabre	30 —
Huile d'amandes douces	en quantité suffisante.

On ajoute aux deux poudres assez d'huile d'amandes douces pour former une pâte épaisse.

Les poudres sont parfois préférées. On peut en composer d'excellentes d'après la formule :

Cachou	15 gr.
Quinquina rouge	15 —
Teinture de styrax	q. q. gouttes.

Concassez et broyez en poudre fine le cachou et le quinquina avant d'ajouter la teinture de styrax.

Je termine en vous indiquant un excellent vernis pour les ongles (Monin) que l'on emploie sous forme de badigeonnages :

Teinture de myrrhe	15 gr.	Carmin de cochenille	5 gr.
Ammoniaque	1 —	Eosine	10 centigr.

Ce vernis a l'avantage de masquer les taches de l'ongle.

CE QUI FAIT DURER
LA BEAUTÉ

LA BEAUTÉ **ET LA SANTÉ** C'est un sage qui a dit que chaque personne doit travailler sans cesse à devenir son propre médecin.

Voilà, me direz-vous, une occupation assez peu réjouissante ! Mais si la beauté compte pour quelque chose et si l'on se résigne à tant de sacrifices pour l'entretenir, que ne doit-on pas faire pour acquérir ou rendre durable ce privilège inappréciable qui en est la première condition et comme la plus sûre garantie : la santé ?

Du reste, si l'on trouve trop malaisé de devenir effectivement, comme nous y invite le sage, le médecin de soi-même, il est relativement facile de s'initier aux secrets élémentaires de l'hygiène, qui ne sont guère que l'application directe du bon sens aux actes quotidiens de la vie matérielle.

Observez votre tempérament, dit l'hygiéniste, de façon à l'améliorer en l'entourant de toutes les conditions favorables à son développement normal et en écartant tous les risques de troubles intérieurs ou extérieurs d'où il pourrait résulter une crise quelconque.

Notre corps, disait Shakespeare, est notre jardin et son jardinier, c'est notre volonté. La santé et la beauté résultent l'une et l'autre d'une harmonie. La seconde ne se conçoit pas sans la première. Mais, de même qu'elles sont *harmonie* l'une et l'autre, elles sont également *équilibre*. C'est-à-dire qu'elles doivent résulter d'un fonctionnement normal et limité de tous les organes, en vue d'un certain état de prospérité physique qui se manifeste par l'aptitude de l'action et l'épanouissement de tout l'être.

C'est chez l'homme que la beauté mérite le mieux d'être con-

sidérée comme la splendeur de la santé. L'homme, en effet, est
plus robuste ; sa charpente est plus impressionnante de solidité;
elle est plus géométrique. Mais la femme renferme en soi plus
de délicatesse ; son corps contient de plus jolies surprises.
Si la santé, chez elle aussi, est une condition de la beauté, on
se doute, en la voyant, qu'elle doit traiter avec plus de ména-
gements son corps plus fragile.

Voilà pourquoi la femme, plus encore que l'homme, doit être
tant soit peu hygiéniste.

Organisez-vous donc une défense. Les ennemis qui vous
entourent s'appellent la Mode, qui, par instants, s'ingénie à
comprimer vos organes, à rendre laborieuses vos digestions, à
vous charger l'estomac, à vous faire accepter, les yeux fermés,
les breuvages les plus nuisibles, les climats les plus contradictoires et les régimes les plus absurdes ; la Coquetterie qui détruit
l'harmonie de votre existence, qui vous occasionne des surmenages constants, des journées trop longues, des nuits trop
courtes, qui vous asservit à des disciplines qui vous paraîtraient
odieuses si vous ne comptiez, en retour, sur des admirations passagères que vous savourez comme des caresses ; les
Emotions et les Chagrins, qui sont le propre de chacune de
nous, mais que nos nerfs ne supportent pas avec une égale
résistance selon l'éducation et les épreuves que nous leur imposons.

C'est dans tout cela qu'il faut introduire de l'ordre et un peu
de sagesse.

Le bon sens dont s'inspire l'hygiéniste a toujours à batailler
avec le caprice et la fantaisie qui dominent beaucoup d'actes de
la vie féminine.

Notre grande ressource, lorsque nous entreprenons d'organiser sainement et rationnellement notre vie, c'est de nous dire
que nous ne serons belles et ne le resterons qu'à condition
d'être mesurées et pondérées en tout et, sans y mettre de prétention, ni de pédanterie, en nous cantonant dans les limites
strictes de la sagesse qui est toute de sobriété et de bon sens.

A cela nous gagnerons avec la santé, non seulement la beauté,
mais encore cette paix générale que tous les anciens voyaient
l'idéal du bonheur : la sérénité.

COMMENT IL FAUT « Air pur, eau froide, nourriture sobre :
ORGANISER SA VIE voilà les trois protecteurs de la santé ».
C'est ainsi que s'exprimait un Italien qui avait la spécialité de donner aux dames d'excellents conseils d'hygiène.

Aujourd'hui, lorsque les conseils que l'on donne ne sortent pas un tant soit peu de l'ordinaire et du naturel, on les accueille avec scepticisme ou irrévérence.

Cependant c'est toujours à la nature qu'il faut demander de la sagesse.

Dans les campagnes, on vous dira : « Levez-vous et couchez-vous en même temps que le soleil. » La vie des villes ne nous permet pas de profiter de ce conseil, car la civilisation moderne veut que le sommeil empiète sur le jour tandis que la vie active empiète sur la nuit.

Admettons que nous ayons raison contre le soleil ou, si vous voulez, qu'il se lève et se couche trop tôt pour nous. Inspirons-nous alors de nos besoins physiques, ces besoins que l'expérience des autres et de nous-même doit nous représenter comme impérieux.

En d'autres termes, astreignons-nous à dormir, au minimum, sept ou huit heures par jour. Tâchons que ce sommeil s'accomplisse pendant la nuit. Levons-nous de bonne heure, car c'est le matin que l'air est le plus frais et le plus profitable. Si nous commençons notre journée trop tard, c'est trop tard aussi que nous éprouverons le besoin de repos.

Nous couchant tard nous ne profiterons plus de la lumière naturelle du soleil ; le travail nous sera plus difficile ; nous nous rendrons moins compte de ce que nous faisons, nos yeux se fatigueront, etc.

Aussi bien, en nous levant tard, nous risquerons de n'avoir pas grand appétit lorsque, vers midi, nous prendrons le repas le plus important de la journée, surtout si nous avons pris soin d'absorber, au saut du lit, un premier déjeuner, comme cela se fait toujours et comme cela n'est logique que lorsqu'il s'écoule un délai suffisant entre le lever et le déjeuner proprement dit.

Ce déjeuner, que vous prendrez entre midi et une heure, est un acte essentiel de l'existence quotidienne. Si sobre que vous

soyez, c'est là que vous pourrez absorber une nourriture subs-
tantielle et réconfortante, tandis que le soir, vers sept ou huit
heures, à la fin de vos occupations, vous ne prendrez que des
aliments légers, si vous tenez à bien dormir.

Comme vous n'aurez pas à dépenser de forces pendant la
nuit, il serait inutile d'en emmagasiner.

En sortant de table, vous devez toujours avoir encore faim.
Et cependant c'est à table qu'il faut manger et boire.

Celles qui comptent sur les collations, les thés, les friandises
de hasard sont condamnées aux dyspepsies, c'est-à-dire à toutes
les misères de l'estomac et de la digestion, lesquelles se com-
pliquent toujours d'un amoindrissement de la beauté et de
défaillances de caractère.

Quant aux occupations, ayez-en toujours, mais ne vous en
créez pas d'inutiles.

Une femme, pour s'occuper, n'a pas besoin d'exercer une
profession. Elle trouve toujours, dans sa maison, de quoi passer son temps avec profit. Surtout si vous avez des enfants,
vous verrez que les journées passent vite. L'important, c'est
de ne jamais s'ennuyer, ni de rester à ne rien faire.

Imaginez, au besoin, des distractions, allez chez vos amies,
invitez-les à venir vous voir, mais fuyez les complications de
l'existence et ne dérangez jamais votre programme ordinaire.

Quand je parle des occupations à la maison, je ne veux pas
dire qu'il faille s'en contenter. Vous devez prendre, tous les
jours de l'exercice au dehors. Les hygiénistes recommandent
au moins deux heures de marche journellement. Marchez le
matin et marchez l'après-midi. Reposez-vous toujours une demi-
heure au moins après les repas, surtout pendant la saison des
chaleurs.

Lorsque le hasard des relations vous oblige à prendre le
repas ou à passer la soirée en ville, ne vous écartez pas trop
de votre régime, ne faites pas d'excès de nourriture et, si la
soirée s'est prolongée, levez-vous le lendemain, un peu plus
tard.

Prenez des distractions, variez vos occupations, ne vous
ennuyez jamais.

LES ÉMOTIONS Si la beauté et la santé résident dans l'équilibre et l'harmonie de l'organisme, il faut aussi s'efforcer de réaliser, dans toutes les circonstances de la vie, l'équilibre moral, qui est également nécessaire à la durée de l'un et de l'autre.

Dans une existence de tension perpétuelle, comme est souvent celle de la femme, il apparaît bien que cet équilibre moral soit difficile à obtenir. Nous vivons généralement trop avec les nerfs. Nous cherchons continuellement dans la vie des surprises et des amorces, et, condamnant par là nos nerfs à un surmenage désordonné, nous nous usons prématurément.

Nous avons fait, au début de cet ouvrage, l'éloge de la coquetterie. Cela se conçoit, puisque la coquetterie cause à la femme de grandes satisfactions, tandis qu'à nous négliger, nous nous réserverions des déceptions immenses.

Il ne faut cependant pas que la coquetterie engendre de la fatigue, de la nervosité et cette espèce de folie qui n'est qu'une forme hyperbolique de l'émulation et à laquelle beaucoup de femmes doivent leur malheur.

Tant que la coquetterie reste en accord avec le bon goût, surtout avec nos moyens, pratiquez-la, mais éloignez de vous, autant que possible, les intentions de rivalité qui sont très fréquentes et occasionnent de perpétuels soucis.

Vous me direz que ce souci est lui-même un plaisir. C'est une occupation de l'esprit; la recherchant, à tout instant, les moyens de triompher et de se faire valoir, on n'a pas le temps de s'ennuyer. Du reste, pensez-vous, il faut toujours des émotions dans la vie.

Comme vous le dites, les émotions sont nécessaires. La femme est faite pour en avoir. Son système nerveux ne s'accommoderait pas de la vie plate et parfaitement sereine. Mais les émotions viennent toujours assez tôt d'elles-mêmes sans qu'on s'épuise à les faire naître.

La course aux émotions, qui suppose la recherche de l'imprévu, présente toujours de grands dangers, car il est rare que l'on éprouve exactement les émotions souhaitées.

La recherche des émotions dévore la beauté. Sans doute, les yeux s'éclairent, la bouche prend des éloquences inattendues, l'épiderme se colore, le geste s'anime à l'excitation des nerfs. Il est de ces ardeurs, de ces sursauts de l'âme qui, soudain, divinisent la beauté, mais la beauté a surtout besoin de repos.

Les émotions gâtent le sommeil, enlèvent l'appétit, causent une sorte d'oppression dont souffre tout l'organisme. Je ne parle pas des crises morales et de ces blessures profondes que nous arrivons à peine à noyer dans les larmes.

Combien ne voyez-vous pas de jeunes filles qu'un chagrin de cœur transforme en peu de temps? Il suffit d'un chagrin pour détruire à tout jamais la jeunesse d'une femme.

Il en est dont les cheveux blanchissent en quelques jours. N'avez-vous jamais entendu cette explication donnée en réponse à votre surprise de voir une femme amaigrie, ridée, vieillie : *elle a eu tant de chagrins!*

Nous avons tous notre programme de chagrins. Nous aurons nos deuils, nos déceptions, nos misères à l'occasion desquels il nous faudra beaucoup de courage.

Réservons-nous donc pour ces moments-là et, tant que nous pouvons réaliser à peu près l'équilibre moral, mettons-y de l'application. Ne nous multiplions pas dans la douleur des autres. Sans être égoïste et sans nous étudier à l'impassibilité, ne recherchons pas le spectacle des malheurs. Ne malmenons pas trop nos nerfs.

Au contraire, aspirons toujours à la gaieté. Si le rire est le propre de l'homme, il est surtout bienfaisant pour la beauté de la femme. Allez à la comédie plutôt qu'au drame. Lisez les auteurs joyeux. Fuyez les poètes moroses.

La musique elle-même exerce une grande influence sur la beauté. Elle est, par nature, un enveloppement total de l'âme et intéresse, plus encore que les autres arts, toutes les parties de nous-mêmes auxquelles elle s'impose et qu'elle domine. Ne vous perdez pas dans les cultes de la musique abstruse. Aimez ce que vous comprenez, surtout lorsque vous y trouvez des satisfactions vivifiantes et non point morbides, qui vous invitent à la tristesse.

Le soin de la beauté porte nécessairement à devenir égoïste. Quand bien même vous ne le voudriez pas, il en serait ainsi. Il n'est pas, du reste, de circonstance où l'on ait plus le droit de travailler pour soi-même. Une femme, pour être belle, a toutes les excuses.

LES RELATIONS Nous en arrivons ainsi, tout naturellement, à parler des relations. On conçoit aisément qu'à propos de la beauté on ait à s'occuper des gens pour qui l'on s'efforce le plus d'être belle.

Le grand nombre des relations rendent les dames ambitieuses, toujours par suite de cette rivalité qui sévit parmi elles. Et de cette façon, les relations peuvent devenir une tyrannie fertile en émotions très diverses, souvent inutiles et, plus souvent encore, nuisibles.

Par nécessité sociale, vous êtes obligée d'avoir beaucoup de relations, dans des mondes différents et dans des mondes indifférents.

Toutefois, il y a relations et relations. Les relations de façade, celles que l'on dit banales, celles dont on se passerait fort bien pour être heureux, ne doivent pas nous causer de tourments.

Il est des femmes qui se préoccupent beaucoup trop de ce que l'on pense d'elles. On ne peut pas plaire à tout le monde. Il suffit d'être courtoise et décente pour n'avoir rien à se reprocher, vis-à-vis des étrangers que l'on ne voit qu'occasionnellement.

Les autres, ceux à l'estime de qui l'on tient et dont on recherche la société, peuvent exercer sur notre esprit un prestige et une influence plus décisifs.

C'est pourquoi vous devez choisir avec précaution vos relations intimes.

Les relations sont, en quelque sorte, la dépendance sociale que l'on s'impose. On s'attache à certaines personnes, on tient compte de leur jugement, on partage leurs émotions, leurs opinions. De là, une complication singulière de l'existence. Vous serez toujours un peu ce que sont vos relations. Pour peu que vous ayez la volonté fléchissante, l'esprit docile, vos relations vous mettront vite, comme on dit, la tête à l'envers.

La vraie mondaine, celle qui veut profiter du monde, sans avoir à en souffrir, ne doit pas l'aborder avec étourderie.

Ne vous laissez pas diriger, dans le choix de vos relations, par ce petit orgueil qui incline souvent à rechercher le contact des personnes de condition plus élevée ou d'un luxe plus éblouissant, d'une fortune mieux assise, d'un renom plus glorieux.

Inspirez-vous de ce que sont exactement les gens envisagés hors de leur décor, profitez de l'agrément que procure leur société, du bénéfice de leur contact, mais fuyez les gens tristes, les évaporés, les déséquilibrés de l'imagination ou du sentiment. Ici encore, recherchez l'équilibre, car, dans la société, les femmes ne trouvent pas que des amis et des compagnons, elles rencontrent aussi des modèles.

Nous nous laissons séduire bien souvent par l'erreur des autres. Évitons donc le voisinage de ceux qui nous semblent portés à l'erreur. C'est là question de plaire.

Nous n'avons rien à perdre à fréquenter les gens simples. Ils représentent pour nous la société toute nue. Avec eux, nous contracterons des habitudes saines de jugement et nous nous laisserons moins facilement émouvoir par l'excentricité, le paradoxe qui, pour une femme, sont toujours la source d'erreurs et de contrariétés.

Il ne manque pas de rapports entre les relations et la beauté. Puisqu'on apprend à être belle, il faut choisir avec soin les personnes auprès de qui on peut s'instruire. Le monde est peuplé de modèles et d'inspirateurs. Les relations les plus profitables sont celles des gens de goût, des gens affables, des gens sincères et des gens gais. Avec ceux-là, on ne s'expose ni aux déceptions, ni aux erreurs, ni aux émotions, ni aux regrets.

LE BIENFAIT DE
CERTAINS RÉGIMES

L'ALIMENTATION RATIONNELLE C'est par la *faim* et la *soif* que nous sommes averties du besoin de nous alimenter. Mais comme la faim et la soif sont volontiers capricieuses et irrégulières, on s'est avisé d'y mettre de l'ordre et nous nous inspirons ainsi bien plutôt de ce que nous pensons être nos besoins réels que de nos besoins apparents.

En d'autres termes, nous nous imposons un régime rationnel.

Par malheur, ce régime n'est pas toujours approprié aux exigences de notre organisme et, c'est par là que, tout en étant rationnel, il arrive souvent qu'il ne soit pas raisonnable. Au lieu de nous profiter, il nuit alors à notre santé ; nous perdons notre vigueur, notre fraîcheur. Nous consultons le médecin à qui nous confions nos petites souffrances, nos inquiétudes : mais nous oublions de lui dire comment et ce que nous mangeons.

Cependant, c'est vraisemblablement de l'alimentation que vient tout le mal. Ou bien on mange trop, ou bien on mange trop peu, ou bien on mange mal, ou bien on mange des substances qui sont contraires à la santé, soit qu'elles pèchent par la qualité, soit qu'elles offensent notre organisme.

Pour s'habituer à bien manger, il faut d'abord se créer une petite théorie concernant l'alimentation. Cette théorie n'est pas très compliquée. Elle vous servira d'avertissement perpétuel et vous permettra d'éviter un grand nombre de ces malaises qui empoisonnent l'existence et ternissent la beauté.

1° Il faut manger pour réparer ses forces, et plus ou moins, selon que les dépenses sont plus ou moins grandes.

forme une croûte qui se détache et tombe. En cas d'irritation de la peau, on suspend les badigeonnages et l'on enduit les parties malades d'une pommade à l'oxyde de zinc. Reprenez ensuite le traitement et continuez-le pendant trois mois.

N'oubliez pas cependant que la couperose est très difficile à guérir et qu'il ne faut pas employer de moyens énergiques sans avoir, au préalable, consulté le médecin.

En général, il convient surtout de surveiller le régime et de soigner l'estomac et l'intestin.

Aussi vous conseillerai-je de ne boire que de l'eau, d'éviter les mets épicés, la charcuterie, le poisson, le gibier, toutes les boissons alcooliques, ainsi que le thé et le café.

Marchez au moins deux heures par jour, prenez, chaque matin, des douches tièdes à jet cinglant, suivies de frictions au gant de crin.

L'eau bue le matin à jeun ou, mieux encore, un petit verre de quassia amara, régularisent les fonctions intestinales et constituent un excellent moyen de guérir la couperose.

Les eaux de Vittel, de Contrexeville et de Vals, ainsi que les citronnades, sont très bonnes. Il en est de même des dépuratifs.

Voici un excellent dépuratif au suc de plantes :

Pensée sauvage	30 gr.	Anis étoilé	15 gr.
Salsepareille	15 —	Chicorée	15 —
Bois de réglisse	25 —	Aloès.	10 —
Feuilles de noyer	15 —	Sené	10 —

Faites bouillir le tout dans un litre d'eau et laissez réduire de moitié. Prenez-en trois fois par jour, après les repas, à raison d'une cuillerée à café dans un demi-verre d'eau.

Je vous conseille enfin, dès que vous avez le teint un peu couperosé, de ne jamais sortir à l'air vif sans voilette et de ne porter ni corset trop serré, ni col montant.

CONTRE LES DARTRES C'est au médecin qu'il appartient surtout de préciser la façon dont il faut traiter les dartres.

Dans tous les cas, vous pouvez, sans inconvénient, employer la crème suivante :

Vaseline	20 gr.
Lanoline	10 —
Oxyde de zinc	0 — 50

On étendra légèrement sur les plaques dartreuses une pommade composée de :

Axonge	15 gr.	Turbith nitreux	1 gr. 50
Teinture de benjoin	5 —	Essence de romarin	2 gouttes.

Veillez à n'employer jamais que des linges très propres et, de préférence, de l'ouate hydrophile pour tous les soins du visage. C'est le contact des objets malpropres qui occasionne généralement la naissance des dartres.

Surveillez attentivement votre régime, dont vous proscrirez les boissons et les mets excitants.

Ne mettez jamais votre visage en contact direct avec l'air extérieur.

Une recette très rafraîchissante, lorsque l'on souffre des dartres, consiste à faire des applications, sur les parties malades, de compresses de jus de cresson. Les applications d'eau de mer sont très bonnes également, ainsi que la composition suivante :

Farine de lentilles	50 gr.
Farine d'orge	50 —
Miel blanc	30 —

Vous pouvez encore faire un liniment composé de miel cuit avec une petite quantité d'alun.

POUR EFFACER LES RIDES Les rides résultent de la fatigue de l'épiderme. Elles consistent en replis plus ou moins accusés formés aux endroits d'où s'est retiré le tissu adipeux sous-cutané.

C'est ainsi qu'à la suite d'une maladie grave, telle que la fièvre typhoïde, la peau reste ridée pendant un certain temps, jusqu'à ce que l'on ait repris l'état de santé normal.

L'âge et les chagrins font aussi naître les rides. Ce ne sont eux-mêmes, du reste, qu'une succession d'autres accidents qui, déterminant, d'une façon plus ou moins apparente, une révolution dans l'organisme, attaquent l'épiderme, comme le reste et souvent plus que le reste, puisqu'il est matériellement impossible d'éviter complètement les rides.

D'une façon générale, la présence des rides sur le visage est la trace de l'âge : c'est un signe de vieillesse relative. Aussi les femmes de toutes les époques ont-elles combattu de toute leur ardeur, de toute leur ingéniosité, ces ennemies de leur beauté.

Il y a deux façons de combattre les rides : la première, qui est la plus sage, consiste à les prévenir. Il sera toujours temps, le plus tard possible, de songer à atténuer les rides qui seront nées : l'important est donc de retarder leur naissance.

La seconde manière de lutter contre les rides consiste à recourir aux nombreux artifices que l'on a imaginés pour les atténuer ou les dissimuler.

La première méthode nécessite, pendant qu'on est très jeune encore, une assiduité particulière à éviter les expressions de physionomie, nécessitant une contraction musculaire excessive.

D'après ce principe que, sur notre visage, tous les mouvements expressifs tendent à laisser leur trace, nous devons nous dire que le bâillement, par exemple, le froncement répété des sourcils, le plissement habituel du front, le rire sans retenue, le pincement des narines, le clignement de l'œil, les grimaces occasionnées par les pressions de la main sur le visage, et, en particulier, sur le menton, sont autant de causes initiales des rides.

Prenez donc soin de discipliner votre mimique faciale de telle sorte que, conservant perpétuellement la sérénité du visage, celui-ci sera plus résistant et restera plus longtemps indemne.

L'habitude de sourire, qui devient si banale chez certaines femmes, imprime presque toujours au coin des lèvres deux plis profonds en même temps qu'il hâte la naissance de cette multitude de petites rides formant éventail au coin des yeux et que l'on appelle vulgairement la « patte d'oie ». Le sourire, en effet, n'est pas seulement le fait des lèvres. On sourit également avec les yeux.

Toutes les précautions que vous prendrez pour entretenir l'élasticité de la peau et la fraîcheur du teint, vous aideront à prévenir également la naissance des rides. A cet égard, les lotions froides seront très efficaces ainsi que les applications de crèmes, à condition qu'il n'entre dans celles-ci aucune substance nuisible.

Montrez surtout dans votre lutte contre les rides une persévérance à toute épreuve. Ne laissez pas passer un jour sans appliquer votre traitement préventif. Il est des périodes où ce traitement sera particulièrement efficace, c'est pendant l'été, parce que la peau se dilate alors plus facilement, qu'elle est plus souple et reçoit plus profondément les empreintes. De même qu'elle est plus accessible aux rides, de même aussi elle est plus facile à soigner.

En général, toutes les crèmes astringentes sont excellentes contre les rides. En voici une que je recommande plus particulièrement aux personnes à *peau sèche* :

Huile d'amandes douces . .	100 gr.	Teinture de benjoin	10 gr.
Eau de roses	30 —	Alun	5 —
Blanc de baleine	25 —		

Les personnes à *peau grasse* supprimeront l'huile d'amandes douces et augmenteront la quantité d'eau de roses, de manière à bien délayer pour former une crème.

Du reste, on recommande plutôt aux personnes à peau grasse la préparation suivante :

Poudre de graines de citrouille.	150 gr.	Crème épaisse	125 gr.
Poudre de graines de melon.	150 —	Teinture de benjoin	10 —
Poudre de graines de con-			
combre.	150 —		

Ajoutez un peu de lait pour que la crème ne soit pas trop dure.

Cette crème ne se conserve pas, elle rancit très vite, aussi je lui préfère :

Eau de roses	60 gr.
Miel rosat	20 —
Alun en poudre.	4 —

Les lotions anti-rides sont excellentes pour la toilette du soir, après les ablutions destinées à enlever la poussière et la poudre. Je vous signale la suivante :

Eau de roses.	250 gr.	Baume du Pérou	15 gr.
Teinture de myrrhe	15 —	Borax	15 —
Baume de la Mecque. . . .	15 —		

L'eau de fleurs de sainfoin, le suc d'oignons de lis blancs, le miel, le suc de joubarde, l'eau de Brocchieri et, pour les peaux grasses en particulier, le jus de citron, sont autant de préparations excellentes pour combattre la naissance des rides.

Voici, encore, la formule d'un excellent produit antirides :

Suc d'oignons de lis	50 gr.	Miel blanc	60 gr.
Eau de Brocchieri	10 —	Cire blanche	30 —

Décortiquez et broyez des bulbes de lis blanc, broyez au mortier et recueillez-en le suc au tamis. Faites fondre sur feu doux la cire blanche, ajoutez le suc d'oignons de lis, l'eau de Bocchieri et le miel. Travaillez sur feu doux pour obtenir une pâte crémeuse.

Etendez cette pâte sur le visage, le soir avant de vous coucher, et lavez-vous le lendemain matin avec de l'eau tiède additionnée de quelques gouttes de teinture de benjoin.

La crème au camphre donne aussi de bons résultats. En voici la formule :

Huile d'amandes douces	250 gr.	Blanc de baleine	30 gr.
Saindoux pur	125 —	Camphre	30 —
Cire blanche	30 —		

Mélangez le tout sur feu doux pour obtenir une pâte bien homogène.

Le sulfate d'alumine est employé fréquemment dans les lotions antirides. Voici une préparation très simple :

Lait d'amandes épais	100 gr.
Eau de roses	100 —
Sulfate d'alumine	5 —

On fait entrer également le sulfate d'alumine dans la préparation des crèmes antirides.

Lanoline	20 gr.	Glycérine	15 gr.
Axonge	20 —	Sulfate d'alumine	3 —
Borate de soude	5 —	Essence de géranium	1 —

Employez cette crème pour les massages du visage et lavez-vous ensuite avec la lotion antiride précédemment indiquée.

Le blanc d'œuf, si souvent recommandé pour tous les soins du visage, est encore excellent contre les rides.

Battez trois blancs d'œuf en neige, additionnez de deux cuillerées à bouche d'huile d'olive et d'une cuillerée à bouche d'eau de laurier-cerise. Ajoutez, quand le mélange est fait, 10 grammes d'alun.

Appliquez cette pâte sur le visage à l'aide d'une mousseline. Laissez sécher.

Voici enfin un excellent vinaigre anti-rides dont vous mettez chaque jour quelques gouttes dans votre eau de toilette :

Vinaigre	un litre.	Vinaigre rosat	un demi-litre.
Feuilles de myrte	une poignée.	Essence d'œillet	4 gr.
Feuilles de chêne	une —		

Faites bouillir les feuilles dans le vinaigre, ajoutez ensuite le vinaigre rosat.

Vous pouvez vous servir également de ce vinaigre comme lotion, le soir en vous couchant. En compresses sur les parties ridées, il donne d'excellents résultats.

MASQUES DE BEAUTÉ Les masques de beauté sont des compositions destinées à séjourner sur le visage et soutenues par des bandelettes de mousseline ou de gutta-percha. Voici le célèbre *masque des Romaines :*

Farine de fèves	100 gr.	Eau de roses.	100 gr.
Farine de riz.	100 —	Blanc d'œuf.	un
Miel.	50 —		

Le *masque dit des Sultanes* qui conserve à la peau sa blancheur et sa finesse se compose de :

Amandes amères	250 gr.	Miel blanc	40 gr.
Pistaches	125 —	Alccol	60 —
Sucre en poudre	15 —	Huile d'amandes douces.	40 —
Farine de fèves	40 —	Essence de bergamote	2 —

Le *masque de Diane* est composé de beurre très frais que l'on expose pendant toute une journée au soleil pour le faire fondre. On ajoute ensuite un peu d'eau de plantain et l'on mélange pour que le beurre absorbe cette eau. On mêle ainsi par décilitre assez d'eau de plantain au beurre pour qu'il devienne blanc comme neige. On ajoute ensuite un peu d'eau de fleurs d'orangers et d'eau de roses.

QUELQUES LO-TIONS CÉLÈBRES Les lotions les plus efficaces sont généralement les *laits*. Le plus célèbre et le plus simple de tous est celui que l'on désigne sous le nom de *lait virginal*, et dont voici la composition :

Eau de fleurs d'oranger.	250 gr.
Teinture de benjoin	10 —

Souvent, on remplace, dans la même proportion, l'eau de fleurs d'oranger par l'eau de roses.

Le *lait d'amandes* est le plus adoucissant que l'on puisse employer. Il est composé de la façon suivante :

Lait d'amandes douces. . .	1/2 litre.	Baume de Judée	4 gouttes.
Lait d'orge	1/2 —	Essence de vanille	2 —

Dans l'*eau d'Hébé*, vous ferez entrer :

Eau de roses	250 gr.	Essence de bergamote	20 gr.
Glycérine	25 —	Essence de citron	5 —
Benjoin	20 —		

Voici une lotion qu'employait journellement l'impératrice Elisabeth d'Autriche.

Eau de pluie.	1 litre.	Eau oxygénée.	25 gr.
Eau de roses	125 gr.	Suc de Joubarde.	10 —
Eau de laurier-cerises. . . .	30 —		

Il ne faut pas se méprendre sur la valeur des compositions pour entretenir la beauté du visage.

Elles sont toutes plus ou moins bienfaisantes. Mais c'est par la façon dont on les emploie et par l'assiduité que l'on met à en faire usage qu'elles acquièrent toute leur efficacité.

N'essayez pas de toutes les lotions, de toutes les crèmes. Lorsque vous avez découvert celles qui conviennent à votre peau, restez-y fidèle. Ce sera sage.

LES YEUX

LA BEAUTÉ Des auteurs bien renseignés ont prétendu que
DES YEUX Vénus louchait. Il est bien probable que personne ne démontrera jamais s'ils ont eu tort ou
raison. Mais il suffit qu'ils aient accrédité cette légende pour
qu'on admette qu'une femme puisse être belle sans posséder
cependant un organe visuel d'une régularité esthétique parfaite.

On peut même avoir de jolis yeux sans avoir les yeux très
beaux car les yeux sont plus qu'un organe, ils sont les inter-
prètes, les messagers et, comme disaient les anciens, le *miroir*
de l'âme. C'est pourquoi, dès que l'on approche une femme, ce
sont ses yeux que l'on consulte, l'intensité de son regard que
l'on observe. Le médecin, en approchant son malade, regarde
d'abord s'il a l'œil vif ou terne. La tonalité et la clarté des
yeux sont toujours symptomatiques.

La comtesse Merlin, pour faire l'éloge des femmes créoles,
disait : Si on leur plaît, leurs yeux vous disent à l'instant « Tu
me plais ! »

« A l'Italienne, disait Gozlan, la Fée Bleue donna des yeux
vifs et ardents comme une éruption du Vésuve au milieu de
la nuit. »

De tout temps, les yeux de la femme ont produit une très
grande impression sur les hommes, et ceux-ci ne se sont pas
fait défaut d'en faire l'aveu.

Voiture s'exprimait ainsi, avec son habituelle emphase :

> *Ses beaux yeux causent cent trépas ;*
> *Ils éclairent tous ces climats*
> *Et portent en chaque prunelle*
> *Le soleil.*

Pour être beau, il faut que l'œil soit allongé et profond avec l'orbite large, les sourcils longs et les cils soyeux : c'est, du moins, ce qu'exigent les esthètes classiques. Ils attribuent à l'œil noir et sombre plus d'énergie, plus d'ardeur, à l'œil bleu, plus de douceur, plus de rêve. L'œil gris a lui-même son charme, sa malice et l'on trouve de l'infini et comme des promesses de bonheur au fond de l'œil vert, qui, du reste, était celui de Junon.

L'ÉCLAT DES YEUX L'éclat des yeux entre donc pour beaucoup dans leur beauté. A tel point qu'il y a certains yeux Japonais, quoique fuyants et mal dessinés, qui, par leur éclat, ont infiniment de charme expressif.

Les femmes espagnoles, de même que les Circassiennes, dont les yeux sont également fuyants, mais vers le nez, et non vers les tempes, sont considérées comme ayant de très beaux yeux, à cause de leur vivacité et de leur éclat.

Et, comme la femme s'entend toujours à merveille à accentuer son moindre charme, elle s'applique à donner plus de force, plus de pouvoir et, pour ainsi dire, plus de couleur à son regard.

Or, le regard n'est que l'éclat des yeux dirigé sur un point déterminé. Les Egyptiennes et, d'une façon générale, toutes les Orientales, ont usé de tout temps, d'artifices pour donner de l'intensité à leur regard. Il est vrai qu'en Egypte, les hommes eux-mêmes se fardaient le tour des yeux, pour éviter les ophtalmies.

Rappelez-vous les vers de Théophile Gautier :

Carmen est maigre, — un trait de bistre
Cercle son œil de gitana,
Ses cheveux sont d'un noir sinistre,
Sa peau, le diable la tanna.

C'est le sulfure d'antimoine qui avait la grande faveur des anciens pour le maquillage des yeux destiné à augmenter leur éclat.

Job appelait une de ses filles « vase d'antimoine » en témoignage de son admiration. Jérémie, moins favorable à la coquetterie féminine disait aux Juives : « En vain vous vous peindrez le tour des yeux avec de l'antimoine, vos amants vous mépriseront. »

Mais Jérémie était un prophète de malheur et il n'a pas empêché les femmes des siècles à venir de continuer à rechercher l'accentuation du regard et de l'éclat des yeux, par des artifices plus ou moins ingénieux.

La pupille, qui est la petite partie circulaire par où passent les rayons lumineux, contribue le plus à donner à l'œil de la vivacité et de l'éclat.

L'iris, qui est la partie colorée de l'œil, et dont la nuance diffère avec chaque personne, atténue l'effet produit par la pupille et se trouve lui-même comme baigné dans la clarté relative de la cornée.

D'où il suit que l'éclat de l'œil résulte de la juxtaposition de trois tonalités distinctes et qu'il suffit que l'une de ces tonalités soit modifiée en quoi que ce soit pour que l'éclat de l'œil prenne lui-même plus ou moins d'intensité.

Le procédé le plus vulgaire pour accentuer les tonalités de l'œil consiste à ombrer les paupières au moyen d'un coup de crayon plus ou moins épais. Je vous mets en garde contre ce procédé qui n'est licite qu'autant qu'il ne détruit pas l'harmonie de l'œil et qu'il n'est pas trop apparent. C'est toujours le sulfure d'antimoine que l'on emploie aujourd'hui, mais avec une discrétion que semblaient ignorer les anciens.

Un autre procédé plus habile, mais aussi plus dangereux consiste, à augmenter l'éclat de la pupille. Il suffit, pour cela, d'instiller, dans l'œil, quelques gouttes de cocaïne. Cette substance a précisément la propriété de dilater la pupille. L'effet est immédiat et le petit cercle noir s'élargissant, il est tout naturel que l'œil prenne plus de profondeur.

CONTRE LA ROUGEUR ET LA CONGESTION DES YEUX La toilette des yeux est tout à fait distincte de celle du visage. On ne doit pas les toucher avec le linge. Il faut surtout les préserver du contact de l'eau de toilette, du savon et des produits ordinaires employés pour l'entretien de la beauté.

On doit ici se préoccuper surtout de l'hygiène. Aussi, vous conseillerai-je de prendre, pour lotionner les yeux, un petit tampon spécial d'ouate hydrophile aseptisée que vous imbiberez d'eau bouillie ou d'eau distillée de roses. Vous passerez légèrement le tampon sur les paupières et aux coins de l'orbite.

L'eau de roses est, en quelque sorte, un spécifique de la fatigue des yeux. On recommande également l'eau de bluet, l'eau de plantain, l'eau de camomille, l'eau de mélilot. Mais il faut avoir bien soin que ces eaux soient parfaitement pures, c'est-à-dire débarrassées de tous les résidus de la plante et filtrées.

Lorsque les yeux sont rouges et comme irrités, lavez-les fréquemment à l'eau boriquée (une cuillerée à café d'acide borique dans un verre d'eau). Employez cette eau tiède et laissez au besoin, sur l'œil, un petit pansement d'eau boriquée fait avec de la gaze aseptisée. Vous pouvez même vous contenter d'un tampon d'ouate hydrophile bien imbibée. Retenez le pansement à l'aide d'un bandeau.

Pour éviter la congestion des yeux, ne travaillez pas dans une pièce mi-obscure, mais à la grande clarté du jour. La lumière artificielle et, en particulier, la lumière électrique fatiguent vite la vue et congestionnent les yeux.

Il ne faut pas abuser de la vue, et ne pas craindre de porter, en plein soleil, des verres teintés qui empêcheront les yeux de souffrir de la blancheur des routes et de la réfraction de la lumière sur l'eau, etc. Je conseille aussi, à la promenade, l'emploi des voiles jaune-marron qui protègent la vue et abritent l'œil. Cette nuance a, de plus, la propriété de ne pas changer les couleurs qu'elle atténue seulement.

Dès que votre vue est fatiguée, consultez un oculiste et prenez les verres nécessaires à l'accommodation de votre œil.

Je vous recommande l'eau de mouron contre l'inflammation des paupières et, si cette inflammation se complique *d'orgelets* lavez, deux ou trois fois par jour, les yeux à l'aide de tampons d'ouate hydrophile imbibés de la solution suivante, employée tiède :

Eau distillée bouillie . . . . un litre.
Cyanure d'hydrargyre . . . . o gr. 10

Les anciens recommandaient des cataplasmes composés

de jus de pavot mélangé avec un jaune d'œuf et une petite quantité de safran.

Les feuilles de marjolaine pilées avec de l'orge et additionnées de beurre frais faisaient aussi des emplâtres efficaces contre l'inflammation des yeux.

On emploie souvent encore l'œuf cru mélangé avec de l'huile rosat et aussi les lotions à l'eau de bourrache.

CONTRE LE GONFLE-MENT DES PAUPIÈRES Lorsque les yeux sont gonflés, on recommande tout particulièrement les massages légers avec :

Huile de ricin.	5 gr.	Tannin	o gr. 50
Vaseline.	5 —	Acide gallique.	o — 50
Huile d'olive.	5 —		

ou bien encore :

Vaseline	30 gr.	Tannin	o gr. 25
Baume de la Mecque. . . .	5 —	Eau de Brocchieri.	10 —
Alun.	o — 50		

Massez légèrement les contours de l'œil après des lavages à l'eau de bluet.

Le lait de figuier, l'eau de laitue, l'eau de fenouil sont excellents pour les lavages des yeux. Ils évitent le gonflement des paupières.

Les yeux sont souvent boursouflés le matin, au réveil, lorsqu'on n'a pas dormi suffisamment ou que la digestion a été mal faite.

Ne prenez que des dîners légers et une nourriture saine, non épicée.

Les poches qui se forment sous l'œil sont souvent des manifestations de l'arthritisme. Surveillez l'intestin et évitez toutes les boissons alcooliques. Le régime végétarien sera, dans ce cas, très salutaire.

POUR EFFACER LES RIDES DES YEUX ET LA « PATTE D'OIE » Les yeux étant particulièrement délicats, c'est avec beaucoup de circonspection qu'on entreprend le massage des contours de l'œil.

Le massage n'en est pas moins la seule méthode pratique pour combattre le développement des petites rides qui naissent autour de l'œil, du fait même de l'action incessante des muscles de cet organe.

Pour masser, ne vous servez que de l'extrémité des doigts. Vous les promènerez très légèrement autour de l'œil, après les avoir imprégnés d'un corps gras tel que le suivant :

Lanoline	35 gr.
Eau de Brocchieri	15 —
Baume de la Mecque	5 —

Faites ces massages deux fois par jour pendant cinq minutes.

Il ne faut cependant pas vous en rapporter exclusivement à l'infaillibilité du traitement. Si vous tenez à éviter l'invasion rapide des rides des yeux, il faudra ne pas surmener votre vue, et la préserver du travail trop actif ou anormal.

Le séjour prolongé au soleil qui nécessite un clignement des yeux perpétuel, l'attention soutenue pour apercevoir des objets lointains, la lecture de livres mal imprimés ou en caractères trop petits, l'écriture à la lumière, les soirées passées au spectacle dans des salles insuffisamment éclairées, les séances cinématographiques sont autant de circonstances redoutables pour la netteté des yeux.

C'est dans toutes ces occasions que vous devez vous appliquer à conserver la sérénité du regard, à le diriger sans efforts vers les objets, en vous abstenant toujours de ce détestable clignement qui vieillit et enlaidit très vite.

Je n'ai pas besoin de vous dire quels sont également les mauvais effets occasionnés par l'usage du lorgnon. Employez plutôt le face à main ou, lorsque vous êtes seules, des lunettes.

POUR DÉCER-NER LES YEUX C'est la fatigue et les veilles prolongées qui occasionnent la cernure des yeux. Par conséquent, commencez par modifier votre régime en en écartant les occasions de surmenage.

Comme complément aux mesures générales, je vous recommande les applications de cataplasmes au plantain, et les onctions d'huile de myrthe.

La camomille en lotions produit de bons effets, ainsi, du reste, que les applications de mauve, et les lavages à l'eau de laitue.

On conseille encore de passer, chaque soir, après les ablutions, un peu de vaseline ou de lanoline sous la paupière inférieure.

L'une des recettes les plus éprouvées pour décerner les yeux est la suivante :

Eau distillée.	500 gr.
Sommités de romarin.	30 —

Laissez macérer pendant quinze jours et ajoutez :

Eau de roses	15 gr.
Eau-de-vie.	15 —

Lavez-vous matin et soir avec cette préparation, en employant des tampons d'ouate hydrophile.

POUR FORTIFIER LA VUE Autrefois, on prescrivait certains remèdes à ceux qui ne pouvaient rien voir pendant la nuit. C'est à croire que l'on avait alors la vue moins courte qu'aujourd'hui.

Mais il est vrai que les remèdes prescrits à cette occasion ne nous inspirent qu'une confiance médiocre.

Je me contenterai, pour vous donner une idée de l'étrange médication de nos pères, de vous énumérer les remèdes indiqués par Dioscoride « pour ceux qui ne voyaient pas la nuit ».
C'étaient :

1° *Le jus qui sort du foie de la chèvre ou du bouc, quand on rôtit ces animaux.*

2° *Le foie de la chèvre rôti et mangé.*

3° *Le fiel de la chèvre sauvage en cataplasmes.*

4° *Le sang du ramier, de la tourterelle et de la perdrix, en cataplasmes.*

Il n'est pas défendu d'essayer de ces recettes, mais, à ceux qui ne voient pas beaucoup la nuit, je conseillerai surtout de ne pas se servir de leurs yeux la nuit.

Contentons-nous d'employer, avec discernement, les quelques bonnes recettes que l'expérience a éprouvées pour fortifier la vue.

Il est certain que les fumigations de plantain sont efficaces.

Composez votre fumigation de la façon suivante :

Eau de roses.	250 gr.	Roses de Provins	50 gr.
Plantain.	50 —	Fleurs de bluet.	50 —

Laissez macérer pendant quinze jours et ajoutez :

Eau-de-vie . . . . 20 gr.

Les spécialistes recommandent tout particulièrement de lotionner les yeux avec la préparation :

Hydrolat de bluet. 100 gr.
Sulfate de zinc . . . . 0 — 20

Evitez surtout de fatiguer votre vue en écrivant pendant des heures successives sur du papier blanc. Employez plutôt du papier teinté, verdâtre ou bleuté.

LA BEAUTÉ DES SOURCILS ET DES CILS Les cils et les sourcils abritent l'œil et contribuent aussi à faire mieux ressortir son éclat. L'ombre qu'ils projettent sur la cavité oculaire donnent à l'œil du relief. C'est pourquoi il ne faut pas être indifférent à la beauté des sourcils et des cils.

Toutefois, si les cils doivent être très fournis, longs et soyeux, les sourcils formeront un petit tapis léger et régulier se développant tout le long de l'arcade qui domine la cavité oculaire en longeant l'os frontal.

On aime généralement les sourcils réguliers et luisants dont la direction est uniforme et inclinée vers les tempes, tandis que les sourcils qui croissent dans toutes les directions et ceux surtout qui prennent une extension insolite ou se rejoignent au-dessus du nez, sont considérés comme disgracieux par les esthètes et comme révélateurs de tendances fâcheuses par les physionomistes.

Il est certain que l'abondance des sourcils est le signe de la force physique, de même que leur croissance déréglée et hâtive est l'indice de l'autoritarisme, de l'égoïsme, de la jalousie.

Les cils n'ont pas la même importance aux yeux des physionomistes, mais leur rareté et surtout leur absence prive le visage d'un attrait appréciable.

Prenez donc soin des sourcils et des cils, et appliquez-vous à entretenir ceux que vous possédez plutôt que de vous aviser de vous en créer d'artificiels en usant de l'un des procédés extravagants que la mode... ou la crédulité ont aujourd'hui glissés dans la circulation.

L'implantation des cils qui impose un véritable martyre devrait être sévèrement interdite. Elle consiste dans une mutilation des paupières permettant d'y introduire des cheveux dont la vitalité est plus que problématique et qui tiendront lieu des cils disparus.

Quant aux sourcils, on peut assez facilement, à distance, leur donner plus d'aspect en employant la mine de plomb ou le kohol. Il ne s'agit alors que d'un coup de crayon artistement donné. Mais ne recourez jamais aux tatouages, quels qu'ils soient.

Entretenez les sourcils onctueux et doux. Lorsque vous êtes exposées au soleil, à la poussière, aux intempéries, recourez à la pommade suivante que vous passerez au moyen d'une brosse fine et souple sur les sourcils :

Lanoline.	5 gr.	Chlorhydrate de cocaïne .	0 gr. 20
Eau distillée.	5 —	Vaseline .	10 —
Thymol biiodé.	0 — 25		

Pour entretenir la beauté des cils, préférez la composition plus simple :

Vaseline	5 gr.	Eau distillée.	5 gr.
Lanoline	15 —	Iodol	0 — 05

Plus simplement encore, je vous conseille, pour l'entretien des cils et des sourcils, les lotions chaudes d'eau de bluet additionnée d'une pincée d'acide borique, administrées, chaque matin, après la toilette.

Quant aux personnes dont les paupières sont enflammées et comme bordées d'une ligne rouge, elles se trouveront bien d'onctions journalières à la vaseline boriquée.

POUR FAIRE POUSSER LES SOURCILS ET LES CILS J'ai dit, dans le paragraphe précédent, mon opinion sur les petites méthodes chirurgicales... préconisées par certains spécialistes pour hâter ou provoquer la croissance des sourcils et des cils.

Surtout, ne vous avisez jamais de prendre les ciseaux. Ces

2° Mangez à des heures régulières et mangez lentement, en mâchant bien tous les aliments.

3° Vous dépensez, en moyenne, par jour, 20 grammes d'azote et 300 grammes de carbone, plus deux à trois litres d'eau environ, sans compter les sels, chlorure de sodium, phosphate de chaux, soufre, etc. Ce sont ces éléments et ces quantités que vous devez retrouver dans l'alimentation.

4° Si vous emmagasinez trop par rapport à vos dépenses, vous serez malade. Vous le serez également en n'absorbant que des éléments insuffisants ou mal adaptés à votre organisme.

5° Ne mangez pas par caprice mais avec conscience de vos besoins, sans méconnaître les bienfaits de l'alimentation mixte qui, seule, vous permettra de recouvrer, sous un volume relativement faible, la totalité des éléments divers consommés dans l'économie journalière.

6° Appropriez votre régime au climat sous lequel vous vivez, à votre âge, à vos occupations, et même à la saison.

7° Répétez-vous sans cesse que si vous n'êtes pas malade du fait de ce que vous mangez, vous réussirez toujours, lorsque vous tomberez malade, à vous mieux porter en perfectionnant votre régime.

8° N'habituez pas votre estomac aux stimulants, pas plus qu'aux soi-disant *digestifs*. Ce serait l'inviter à la paresse et, lorsque l'estomac est paresseux, c'est que l'on est déjà malade.

9° Craignez plutôt de manger trop que de ne pas manger assez.

10° Ne mangez jamais tellement que vous ne puissiez, immédiatement après le repas, vous livrer à un travail de l'esprit ou du corps sans y éprouver de gêne.

LE RÉGIME DES OBÈSES On peut dire que la graisse, chez une personne normale, est comme une épargne que nous réserve la nature en prévision des maladies.

Dès que la graisse prend des proportions trop grandes dans l'organisme, elle occasionne des troubles très graves. Elle peut, par exemple, s'infiltrer dans les viscères et gêner leur fonctionnement.

Or, si l'obésité est parfois héréditaire, elle est surtout la con-

17

séquence d'une alimentation exagérée, trop riche en farineux, du manque d'exercice musculaire, de l'excès de breuvages, bière, vin ou eau.

C'est vers la trentaine et surtout après des couches, que la femme a tendance à grossir. Il importe alors de surveiller l'équilibre du corps, de s'assurer que la nourriture que l'on absorbe est consumée par les actes de la vie. Dès que le corps ne consume plus complètement les substances grasses qui dérivent de l'alimentation, elles se trouvent en excès dans notre corps et se déposent sous la peau, ou dans les parois abdominales, autour des intestins, du cœur.

Les personnes qui sont trop grasses par suralimentation ou par suite d'un régime mal entendu, comprenant, par exemple, trop de farineux et trop de liquides, sont évidemment faciles à guérir. Il leur suffira de manger plus de viande et moins de pain, de pâtes et de farines. Elles supprimeront les corps gras tels que le lait, l'huile et le beurre, mangeront beaucoup de légumes verts et de fruits. Elles boiront peu. Le sucre sera également supprimé de l'alimentation.

Les personnes qui sont trop grasses, non parce qu'elles mangent trop mais parce qu'elles ne consument qu'imparfaitement les aliments ingérés, sont plus difficiles à guérir. Il est nécessaire alors de stimuler le travail des organes par la gymnastique, la marche et tout travail physique qui, obligeant le corps à une dépense d'énergie plus grande, utilise la graisse produite en excès dans l'organisme.

LA SURALIMENTATION La suralimentation est conseillée à toutes les personnes qui souffrent de maladies consomptives. Elle consiste à fournir à l'organisme des éléments susceptibles d'augmenter la production des matières azotées.

Les œufs, la pulpe de viande crue, la poudre de viande sont conseillés à toutes celles qui ont besoin, par nécessité physique ou pour cause de maladie, de se suralimenter.

Pour engraisser, on conseillera de manger beaucoup de farineux, de la soupe, du pain en grande quantité et aussi beaucoup de sucre.

Le lait, la crème, le beurre et tous les corps gras feront partie du régime.

Le bière sera la boisson préférée tandis que le thé sera supprimé.

Le repos sera recommandé. Pas d'excès de fatigues, pas de veilles.

LE RÉGIME DES ARTHRITIQUES ET DES GOUTTEUX Les personnes arthritiques sont généralement celles qui. sans manger trop, d'une façon normale, mangent cependant plus qu'il est nécessaire à leur organisme, lequel ne parvient pas à consumer en totalité les aliments qu'elles absorbent.

A ces malades, on conseille généralement de manger peu, peu de viande en particulier et, de préférence, seulement de la viande bouillie. Elles excluront complètement les viandes fermentées telles que le gibier et ne prendront pas de bouillon, d'extraits de viande, ni d'aliments sucrés.

Comme elles souffrent de l'accumulation dans leur organisme de sels uriques ou oxaliques, elles ne mangeront ni épinards, ni oseille, et ne boiront que très peu de vin et jamais de liqueurs.

Les fromages fermentés seront supprimés. Pas d'aliments féculents, peu de pain.

Au contraire, les fruits et les légumes verts autres que ceux indiqués plus haut, seront très favorables aux arthritiques qui surveilleront attentivement le fonctionnement régulier de l'intestin.

LE RÉGIME DES DIABÉTIQUES Le régime des diabétiques consiste à proscrire de leur alimentation tout ce qui peut exciter la production du sucre et son dépôt dans le sang.

Il faudra donc supprimer, dans la plus grande mesure possible, non seulement le sucre mais toutes les substances farineuses, c'est-à-dire tous les aliments qui contiennent de l'amidon, lequel, dans l'organisme, se transforme en sucre.

Les diabétiques mangeront beaucoup de viande et pas de

pain ou seulement du pain de gluten. Il sera même préférable de remplacer le pain par la pomme de terre cuite à l'eau.

Le beurre, le lard et tous les corps gras seront pris en abondance. Le vin sec sera préféré au vin plus doux, le thé sera permis, comme le café, à condition qu'on ne le sucre pas. Tous les fruits seront défendus ainsi que les betteraves, les carottes et les navets, tandis que les légumes verts seront autorisés.

Le lait peut être permis, à la condition de n'être pas écrémé.

Certains docteurs vont jusqu'à prescrire la diète lactée, à raison de quatre à six litres de lait par jour.

LE RÉGIME DES MALADES DE L'ESTOMAC Parmi les maladies de l'estomac, on peut citer d'abord la *gastralgie* qui exige un régime sévère. Tant que durent les souffrances aiguës, c'est la diète absolue qu'il faut prescrire. Un peu de bouillon, un peu d'eau de Vichy : voilà toute l'alimentation.

Quand les douleurs cessent, il faut revenir peu à peu à l'alimentation ordinaire en commençant par des potages légers. Ce sont ensuite les viandes bouillies qu'il faut recommander. On prescrit aussi très souvent les bouillies au lait et les pieds de veau.

Lorsque l'état de la malade s'améliore, on passe aux beefsteaks grillés, aux poulets rôtis, au jambon et, en général, à toutes les viandes grillées et rôties. L'eau pure, les eaux de Vichy, de Vals et d'Évian sont recommandées aux gastralgiques.

Pour la *dilatation de l'estomac*, le professeur Bouchard règle ainsi le régime des malades :

Deux repas par jour, à neuf heures d'intervalle l'un de l'autre.

Au déjeuner, un œuf à la coque et des fruits cuits en marmelade.

Au dîner, viandes froides cuites, viandes chaudes braisées, purées de viandes, poissons bouillis, pâtes alimentaires, des crèmes, riz au lait, purées de légumes, fromages, compotes de fruits. Parmi les fruits, sont seuls permis les figues, les pêches, les raisins, les fraises.

C'est surtout sur la quantité de liquide à absorber que porte le régime. Un verre et demi d'eau à chaque repas, ou de vin blanc coupé d'eau. Ni vin rouge, ni eau minérale.

Dans la *dyspepsie*, il y a plusieurs cas à considérer. Quand il se forme, dans l'estomac, excès d'acide chlorhydrique et que la malade ressent des douleurs, des brûlures, des aigreurs, c'est le régime lacté que l'on prescrit dans la première période du traitement. Il faut alors absorber trois litres de lait par jour, en coupant le lait avec des eaux alcalines.

Dans la seconde période, c'est-à-dire après quelques semaines, on ne prend plus que deux litres de lait avec un peu de tapioca, de semoule et des œufs à la coque très peu cuits.

Dans la troisième période, on ajoute deux cents grammes de jus de viande de bœuf ou de mouton, ou du poisson bouilli.

Dans la quatrième période, on peut absorber des purées de légumes, des pommes de terre au lait, de la cervelle bouillie et des biscottes.

Dans la cinquième période, on permet les viandes rôties avec toutes les purées de légumes, les fruits en compote, le raisin cru, le vin coupé d'eau, la bière légère, les biscottes.

Quand la dyspepsie est due au défaut de sécrétion du suc gastrique, on limite le régime au bouillon, au lait, pain grillé, jus de viande, poudre de viande, peptones, etc.

LE RÉGIME DES ENTÉRIQUES Parmi les maladies de l'intestin, l'une des plus généralement répandues est l'*entérite*.

Il faut distinguer l'*entérite aiguë* et l'*entérite chronique*.

Dans les cas d'*entérite aiguë*, il faut d'abord la diète absolue, puis un peu de bouillon de légumes et des eaux minérales alcalines.

Dès que les douleurs et les diarrhées ont cessé, on passe au régime lacté exclusif, allégé d'œufs à la coque, de soupe au lait, puis, peu à peu, de viandes rôties ou grillées. Les féculents et les pâtes s'ajoutent ensuite.

Les *entérites chroniques* ont des causes très diverses. Elles sont dues le plus souvent à l'abus du vin et des boissons alcooliques et à une alimentation trop forte. D'où l'inflammation lente des parois de l'intestin. Il faudra, dans ce cas, modifier complètement le genre de vie et tout le régime.

On commencera d'abord par le régime lacté que l'on rendra peu à peu moins exclusif en ajoutant les œufs et les pâtes, puis les viandes grillées et rôties, les soupes au riz, les purées de fruits et de farineux. Comme boisson on ne prendra que des infusions légères.

CONTRE LA CONSTIPATION Combattez rigoureusement la constipation, car, d'accidentelle, elle deviendrait habituelle. Or, ses effets sont toujours funestes à la beauté et au caractère des personnes qui en souffrent.

Si vous attribuez à la constipation une origine nerveuse, hépatique ou diabétique, consultez le docteur qui vous indiquera le traitement approprié et modifiera votre régime, selon le cas.

Si vous êtes, au contraire, sujette à la constipation ordinaire, qui consiste dans une rétention intestinale, recourez, avant tout, aux lavements.

Vous obtiendrez toujours de bons effets, en absorbant, le matin, à jeun, une ou deux cuillerées d'huile d'olive. Vous aurez tout avantage à employer ce moyen peu compliqué dès le premier jour de paresse intestinale.

Les infusions froides de pensée sauvage, de houblon, de frêne, de menthe, ainsi que la macération de feuilles de séné donnent aussi d'excellents résultats.

Les exercices suédois, les massages et les affusions d'eau froide, sont, aujourd'hui, très préconisés et réussissent généralement à enrayer le mal.

Voici, entre tous, des exercices que je vous recommande :

1º *Placez-vous sur le dos, relevez lentement les jambes perpendiculairement au corps, abaissez-les lentement pour reprendre votre position normale.*

2º *Debout, les mains sur les hanches, envoyez le ventre en avant, en le gonflant le plus possible pour le ramener brusquement à son état naturel.*

Le massage du ventre, qui est un excellent stimulant mécanique, est assez difficile à exécuter soi-même. Voici comment il faut procéder :

Placez-vous sur le dos, les genoux relevés, les pieds d'aplomb par terre, de manière à écarter les jambes.

1° Enduisez la main d'un corps gras, vaseline, huile ou cold cream et faites pour commencer un effleurage du nombril, avec le bout des trois grands doigts la pointe du ventre servant de point d'appui.

Peu à peu appuyez autour du nombril en cercle, et sans précipiter le mouvement.

2° Faites ensuite un massage du côté gauche vers le côté droit, en passant sous l'estomac, de manière à suivre le cours du côlon.

Pour exécuter cette opération, on place la main droite sur le côté gauche et la main gauche sur les premières phalanges des doigts de la main droite. On frictionne ainsi en dirigeant le mouvement d'en haut vers la gauche, le bas, pour remonter vers le nombril. Plus on approche du bas plus on enfonce les doigts, tandis qu'en revenant au point de départ, on décrit une ligne passant près du nombril, en remontant sans pression.

3° Posez la main droite à plat sur le ventre, la main gauche dessus. Frictionnez vigoureusement de l'intérieur et d'en bas vers le haut, en suivant le cours du cæcum. Puis descendez presque sans pression, à droite, près du nombril.

4° Terminez enfin par le pétrissage du ventre, à deux mains, en prenant assez profondément la peau.

Le régime ordinairement prescrit dans le cas de constipation est le suivant :

Pain de son, pain de seigle, pain complet, de préférence au pain ordinaire.

Vins mousseux, boissons sucrées ou acides, de préférence au vin ordinaire.

Lait, képhir, limonade gazeuse.

Viandes grasses et poissons gras.

Pâtes alimentaires, farineux et légumes verts parmi lesquels, de préférence les carottes, les haricots verts, les asperges, les navets.

Tous les fruits et particulièrement les figues, le raisin et les prunes.

LE RÉGIME DES ALBUMINURIQUES C'est le régime lacté qui convient à l'albuminurie. Ce régime doit être absolu dans tous les cas de néphrite aiguë, qui suivent généralement les maladies infectieuses, telles que la fièvre typhoïde, la fièvre scarlatine, la variole, etc.

Très souvent les femmes enceintes sont atteintes d'albuminurie et c'est encore au régime lacté absolu qu'elles doivent avoir recours, jusqu'à disparition de l'albumine.

Cette alimentation lactée consiste dans trois litres de lait par jour, en moyenne.

Dans les cas de maladie chronique, voici le régime qu'il est bon de suivre :

Régime lacté atténué par des œufs bien cuits, des fromages frais, des légumes cuits, des pommes de terre, des pâtes, du jambon, des viandes blanches. Mais défense absolue d'extraits de viande, de gibier, de fruits ou de légumes acides, de fromages fermentés, de vinaigre, de café et de boissons alcooliques quelles qu'elles soient.

On prescrit généralement de porter de la flanelle sur la peau, de faire des exercices modérés, des frictions, et de soigner la constipation par des moyens pharmaceutiques.

LE RÉGIME DES NEURASTHÉNIQUES La neurasthénie est une maladie très à la mode, mais qui n'en est pas moins très douloureuse et qui contribue à rendre la vie détestable.

Elle résulte généralement du surmenage, des chagrins, et se traduit par la défaillance de la volonté et certains troubles généraux.

Il faut alors du repos, un traitement rationnel et approprié à l'état du malade, des soins hydrothérapiques et, parfois de la suralimentation.

En général, on recommande aux neurasthéniques le régime suivant :

Au petit déjeuner du matin : thé léger ou thé au lait avec des œufs.

Au déjeuner et au dîner, menu varié : poisson, viandes grillées ou rôties, cervelles, purées de légumes, laitage et fromages frais. Pas de fromages fermentés. Fruits en compote. Pas de vin rouge, ni de liqueurs, ni de café. Bière légère ou vin blanc coupé d'eau.

LE RÉGIME DES ANÉMIQUES Les anémiques ont besoin d'une alimentation reconstituante composée de viandes saignantes, de légumes en purée, d'œufs frais, de bière de bonne qualité, de vins généreux, de soupes, de pâtes.

Le vin rouge et les légumes verts qui fournissent une assez grande quantité de fer sont bienfaisants.

On recommande spécialement, pour le fer assimilable qu'ils contiennent : les épinards, les asperges, les jaunes d'œuf, la viande de bœuf, les pommes.

Les volailles et toutes les viandes rôties sans sauce ainsi que la pâtisserie sont favorables au rétablissement du malade.

LES ARTIFICES DE
LA COQUETTERIE

L'USAGE DES COSMÉTIQUES A la fin du règne de Louis XVI, on estimait à 20 millions de francs environ la valeur des farines de haute qualité employées chaque année à poudrer les perruques.

Longtemps avant cette époque, sous le régime de l'empereur Hadrien, la mode des cosmétiques et des fards battait son plein et l'on croyait généralement se donner, grâce à eux, un réel prestige. « Un solliciteur, raconte un historien du temps, s'étant « vu refuser une faveur par l'empereur, revint à la charge. « Mais, cette fois, il tint à paraître les cheveux teints, comp- « tant ainsi mériter plus d'égards. Hadrien le congédia de nou- « veau et se contenta de lui dire : « Allez, j'ai déjà refusé à « votre père ! »

Il suffit bien que les cosmétiques, les fards et les teintures nous rendent un peu de notre jeunesse pour qu'on leur accorde de l'estime. Et, en vérité, il n'existe guère de femmes qui ne recourent aux crèmes, poudres et autres produits de beauté pour atténuer l'outrage des années ou même pour produire sur l'es- prit et aux yeux de leur entourage des effets flatteurs ou inat- tendus.

On ne songe donc plus à blamer celles qui se poudrent ou se fardent, à condition que leur apprêt soit confectionné avec art et que l'effet produit s'harmonise élégamment avec leur per- sonne sans blesser le goût ni la vraisemblance.

Par conséquent l'usage des cosmétiques est licite comme tout ce qui peut rendre la beauté plus attrayante. La morale ne le condamne pas.

Reste l'hygiène, dont il faut toujours se préoccuper en matière de toilette.

Eh! bien, l'hygiène ne condamne ni les cosmétiques, ni les fards à condition qu'ils ne contiennent aucun élément offensif pour la peau. Malheureusement les bons produits sont rares. Et c'est pour cette raison qu'ici encore, je vous engage de toutes mes forces à composer vous-même vos produits de beauté, ou, tout au moins, à les faire composer selon des formules connues de vous et grâce auxquelles votre santé ne saurait courir aucun risque.

Autrefois, il existait toute une science, *la cosmétique*, qui avait pour objet d'embellir le corps humain. Le mot s'est matérialisé ; après la science, c'est aux produits qu'on l'a appliqué.

On désigne généralement sous le nom de cosmétiques des compositions destinées à donner de l'éclat aux parties du corps, sans, du moins, en modifier l'aspect, comme c'est le propre des fards et des teintures.

Les cosmétiques les plus usités sont les savons, les crèmes, les laits, les poudres, les pommades et les huiles. Il existe, de chacune de ces espèces, des variétés sans nombre. Chaque jour, le commerce en lance de nouvelles qui sont peut-être excellentes, mais dont la plupart ont le tort initial de représenter pour nous l'inconnu.

Or, il faut toujours connaître la composition et le degré de nocivité des matières avec lesquelles nous mettons notre corps en contact. Ce ne sont, du reste, ni les pots ni les flacons qui font la qualité des produits. La pommade de concombre bien fraîche et faite à la maison vaut mieux que les plus savantes combinaisons des alchimistes de la beauté !

De plus, ne croyez pas trop volontiers à l'universalité des produits. Celui qui est bon pour votre voisine le sera probablement moins pour vous. Les beautés sont comme les nez : il en est peu qui se ressemblent !

LES SAVONS DE TOILETTE Le savon est indispensable pour le nettoyage de la peau. Il est à base de lessive, c'est-à-dire qu'il entre toujours dans sa composition une substance plus ou moins détersive, mais dont la causticité ne doit jamais être telle qu'elle irrite ou abîme la peau.

Pour que le savon soit bon, il faut qu'il nettoie la peau, sans lui enlever sa douceur. Les parfumeurs actuels recherchent, au contraire, à réunir les deux effets, c'est-à-dire nettoyage et adoucissement. Ils ajoutent même au savon un troisième agrément : le parfum.

Comme, en matière de toilette, toutes les fantaisies existent et que, somme toute, chacune d'elles a sa raison d'être par le seul fait qu'on s'en trouve bien, on fabrique des savons en pains, en pâtes et en poudres.

Ne criez pas à l'invraisemblance lorsque je vous conseille de fabriquer vous-même votre savon. Il n'y a rien là de plus simple. Mais il faut s'en tenir alors aux savons en pâte et, à la rigueur, en poudre.

Les savons en pâte ont ce grand avantage sur les savons en pain que l'on en perd moins. On prend, avec la main, dans le pot qui le contient, la quantité de savon nécessaire à chaque usage. Tandis que, presque toujours, lorsqu'on se sert du savon en pain, on le laisse séjourner dans l'eau où il perd, non seulement de son volume, mais aussi de sa qualité.

Voici la recette employée par beaucoup de personnes élégantes, pour fabriquer du savon en pâte :

Lessive caustique de potasse à 30°	1 kgr.	Blanc de baleine	0 kgr.250
Saindoux	1 —	Alcool	0 — 300
Huile d'amandes amères. .	0 — 750	Essence d'amandes amères .	0 — 030

Faites fondre le blanc de baleine, ajoutez le saindoux et l'huile d'amandes amères puis la potasse.

Mettez le tout dans un vase, exposez à la chaleur et laissez évaporer.

Le lendemain, pilez le tout dans un mortier de marbre et ajoutez l'alcool. Parfumez enfin avec 30 grammes d'amandes amères.

Voici une crème de savon agréable à employer :

Saindoux	1 kgr.	Huile de coco	250 gr.
Lessive caustique de potasse à 30°	1 —	Essence de girofle	50 —

Lorsque vous aurez une masse bien compacte et une pâte bien épaisse, ajoutez 50 grammes d'essence de girofle et mettez en pots.

Pour obtenir de la poudre de savon réduisez en copeaux d'excellent savon blanc. Faites sécher et pulvérisez dans un mortier. Il ne vous restera plus qu'à parfumer.

Voici dans quelles proportions vous ajouterez les essences aromatiques :

Poudre de savon . . , ...	1.000 gr.
Essence d'amandes amères	3 —

Vous pouvez ajouter à la poudre de savon un peu de talc, dans la proportion de trois parties de poudre de savon pour une partie de talc et vous auriez alors :

Poudre de savon	750 gr.
Poudre de talc.	250 —
Essence d'amandes amères	3 —

Si vous tenez à obtenir une poudre de savon au parfum délicat, employez :

Poudre de savon	1.000 gr.
Essence de Portugal	5 —

Les essences de savon ne sont autre chose que du savon blanc dissous dans de l'alcool bouillant, puis additionné de carbonate de potasse.

Voici un exemple d'essence de savon :

Alcool à 85°	1 litre.	Potasse	60 gr.
Savon blanc	300 gr.	Huile de roses. . .	quelques gouttes.

L'huile essentielle de bergamote donne un délicieux parfum. Vous pourriez la substituer à l'huile de roses dans les mêmes proportions.

Voici la formule de l'essence de savon à la lavande :

Alcool à 90° . . . . ,	1 litre.	Sel de tartre.	8 gr.
Savon blanc très pur. . . .	180 gr.	Eau de lavande	370 —

L'essence de savon au romarin sera composée selon la formule précédente. Substituez l'eau de romarin à l'eau de lavande. Faites de même avec l'eau de fleurs d'oranger.

CREMES DE TOILETTE Les crèmes de toilette, dont nous avons donné déjà beaucoup d'exemples au cours de cet ouvrage, sont généralement désignées sous le nom de cold-creams. Les compositions comprises dans le commerce sous cette appellation n'ont pas d'affectation précise à une partie du corps plutôt qu'à l'autre. Elles sont destinées à adoucir et assouplir la peau.

C'est à propos des crèmes qu'il faut se montrer très prudent, car leur usage étant étendu au visage, aux bras, aux épaules et à la poitrine, leur dommage aussi sera très étendu, pour peu qu'il entre de mauvaises substances dans leur composition.

D'autre part, les crèmes sont plus faciles à composer que les savons. Il vous suffira d'un peu d'attention pour fabriquer une crème dans laquelle vous pourrez avoir absolument confiance, appropriée à votre peau, et dont vous connaîtrez avec précision toutes les propriétés.

Voici, tout d'abord, la manière de composer la crème de concombres :

Faites fondre 250 grammes de blanc de baleine avec 800 grammes d'axonge. Remuez sans arrêt tant que le mélange froidit, puis mettez-le dans un mortier.

Malaxez et pétrissez en ajoutant, goutte à goutte, 125 grammes d'essence de concombre.

Cette pommade n'a pas, bien entendu, les propriétés de la crème composée avec du concombre frais, mais elle se conserve très longtemps.

La formule du cold-cream au jus de concombre est la suivante :

Huile d'amandes douces . .	250 gr.	Cire vierge	15 gr.
Huile de roses	250 —	Blanc de baleine	15 —
Jus de concombre	250 —	Esprit de concombre	30 —

Vous aurez tout intérêt à composer cette crème par petites quantités. Le jus de concombre doit être extrait de fruits très frais. Employez à cet effet une presse ordinaire et passez dans un linge fin.

On composera très facilement aussi les cold-creams parfumés en procédant comme il suit :

Prenez d'abord une certaine quantité de cire et de blanc de baleine, 15 grammes de chacun, par exemple.

Faites fondre au bain-marie, puis ajoutez une huile parfumée à votre goût (250 grammes).

Agitez avec soin et versez, peu à peu, de la glycérine en quantité égale à l'huile.

Parfumez avec l'essence voulue et laissez reposer dans un pot bien clos où la crème deviendra vite compacte.

Vous pourrez ainsi obtenir du cold-cream à l'œillet avec les quantités suivantes :

Blanc de baleine	15 gr.	Glycérine . . . . 250 gr.
Cire vierge	15 —	Essence d'œillet . . . . 5 gouttes.
Huile d'œillet	250 —	

Pour empêcher les crèmes de rancir, on ajoute généralement un antiseptique à la composition.

Voici enfin un cold-cream de parfum exquis, très salutaire à la peau et peu fragile :

Huile d'amandes douces . .	125 gr.	Essence de bouleau . . . 5 gouttes.
Axonge purifiée	100 —	Essence de jasmin . . . . 10 —
Suc de bulbes de lys	50 —	

Je vous recommande de n'employer que des crèmes discrètement parfumées car les parfums pénétrants ont non seulement le défaut de causer des migraines, mais ils occasionnent également le relâchement de la peau et sont nuisibles à sa fermeté.

ÉMULSIONS ET LAITS DE BEAUTÉ Les émulsions, désignées plus communément sous la désignation de laits de beauté, sont destinées à adoucir la peau. La façon la plus simple de les employer consiste à lotionner la peau au moyen d'un tampon d'ouate imbibé de la composition choisie.

Certaines personnes se contentent, pour obtenir un lait de beauté, d'additionner l'eau de la toilette d'une petite quantité de teinture de benjoin.

Les vinaigres de toilette ont également la propriété de rendre l'eau laiteuse, mais on redoute pour certaines peaux l'élément acide qui entre dans la fabrication des vinaigres.

Le plus ancien des laits de beauté et aussi le plus connu est le *lait virginal* que l'on peut composer de la façon suivante :

Teinture de benjoin	10 gr.
Eau de fleurs d'oranger	225 —

Piesse donne la formule suivante pour la composition du lait virginal :

Eau de roses	1 litre 13 cent.
Teinture de tolu.	14 gr.

Cet auteur recommande d'ajouter doucement l'eau à la teinture au lieu de verser la teinture dans l'eau. On évitera ainsi de former un précipité.

Voici la formule du *lait de roses.*

Eau distillée de roses. . . .	250 gr.	Baume de la Mecque . .	15 gr.
Teinture de benjoin	15 —	Essence de roses	3 gouttes.

Dans la composition du *lait d'amandes*, faites entrer les substances suivantes :

Blanc de baleine.	15 gr.	Amandes douces décorti-	
Cire	15 —	quées.	30 gr.
Huile d'amandes douces . .	15 —	Savon blanc râpé	5 —
Amandes amères décorti-		Eau de roses	1.000 —
quées	250 —	Essence de mirbane . . .	15 gouttes.

Pilez dans un mortier les amandes, faites fondre le blanc de baleine, la cire et le savon. Ajoutez l'huile, l'eau de roses puis l'essence parfumée.

POMMADES ET HUILES PARFUMÉES On a employé de tout temps, pour lustrer la chevelure et lui donner de la souplesse, des corps gras parfumés. Vous trouverez dans la *Cosmétique* de Criton plus de trente recettes de pommades et la muse d'Ovide ne dédaignait pas les conseils de beauté. Pline, lui-même, fait l'éloge de la graisse d'ours pour l'entretien de la chevelure.

La pommade à la graisse d'ours a encore ses partisans, mais il n'y entre pas de graisse d'ours, ce qui ne rend pas la composition moins efficace. Voici la formule la plus simple :

Beurre de cacao	500 gr.	Essence de lavande	50 gr.
Huile d'amandes douces . .	250 —	Essence de girofle.	5 —
Axonge	50 —	Essence de thym	5 —

Les pommades ont le défaut de rendre les cheveux trop gras et surtout, n'étant pas bien épurées, d'y accumuler des parti-

cules solides qui donnent à la chevelure l'aspect malpropre et négligé. Aussi beaucoup de personnes préfèrent-elles tout simplement l'usage des huiles parfumées.

L'*huile antique* est l'un des plus anciens cosmétiques que l'on utilise encore de nos jours. Il existe une quantité de produits portant le même nom. Voici une bonne recette :

Huile vierge	125 gr.	Essence de jasmin	5 gouttes.
Huile à la vanille	125 —	Essence de thym	3 —

Voici la composition de l'*huile de Macassar* :

Huile de noisette	80 gr.	Esprit de Portugal	4 gr.
Huile de cannelle	40 —	Essence de jasmin	10 gouttes.
Alcool à 80°	10 —	Essence de bergamote	3 gr. 5
Esprit de musc	3 —		

On peut encore composer de l'*huile de Tonka* au moyen des substances suivantes :

Fèves de Tonka	50 gr.
Huile d'olives	400 —
Essence de tubéreuse	20 gouttes.

J'insiste sur la nécessité d'employer avec de grandes précautions l'huile pour la chevelure. Dès qu'on abuse de ce produit, l'aspect des cheveux devient très laid, repoussant et sale. C'est pour cette raison que l'on préfère de beaucoup aujourd'hui les brillantines cristallisées aux pommades, aux huiles et aussi aux brillantines liquides.

BRILLANTINES CRISTALLISÉES ET COSMÉTIQUES EN BATON Somme toute, les brillantines cristallisées ne diffèrent des pommades que par le caractère des substances dont elles sont composées. Leur apparence est sensiblement la même, mais elles ont la transparence qui n'existe pas dans les pommades, et moins fluides que les huiles, il est plus facile de les distribuer sur la chevelure, sans qu'elles graissent le cuir chevelu.

Voici la formule d'une *brillantine à l'œillet* :

Vaseline	125 gr.
Cire blanche	100 —
Essence d'œillet	10 —

Vous préparerez la *brillantine à la violette* avec les substances suivantes :

Huile à la violette	125 gr.	Essence d'iris	2 gr.
Blanc de baleine	50 —	Extrait de violette	3 —

Il suffira, pour colorer les brillantines d'ajouter à la composition soit une solution ammoniacale de carmin (rose et rouge), soit du safran (jaune) soit de l'indigo (bleu) soit de l'aniline (violet).

Composez comme suit la *brillantine au jasmin :*

Lanoline	250 gr.	Essence de jasmin	2 gr.
Beurre de cacao	50 —	Aniline	2 gouttes.

Certains parfumeurs composent la brillantine par *infusion sur graisse ;* c'est-à-dire qu'ils se contentent d'ajouter la matière odorante au corps gras en fusion. Mais ce produit a plutôt l'aspect de la pommade proprement dite. C'est par son manque de consistance qu'il se rapproche de la brillantine.

On obtient ainsi une simili-*brillantine à l'héliotrope* :

Héliotropine	5 gr.
Panne	100 —

Voici, en dernier lieu, la formule de la *brillantine à la rose :*

Vaseline	125 gr.	Essence de girofle	1 gr.
Cire blanche	100 —	Musc	0 — 05
Essence de rose	5 —	Carmin	pour colorer.

Retenez, pour mémoire, la composition du *cosmétique hongrois*, ou pommade en bâton, qui est employée surtout pour la toilette masculine :

Crème de savon	100 gr.	Essence de portugal	30 gouttes.
Cire blanche	100 —	Essence de bergamote	15 —
Gomme arabique	50 —	Musc	0 gr. 02
Essence de géranium	30 gouttes.		

La *bandoline*, destinée à donner aux cheveux de l'éclat et du maintien, comprend les substances suivantes :

Gomme adragante	200 gr.	Eau de géranium	1/2 litre.
Alcoolat de géranium	1/2 litre.	Musc	0 gr. 02

L'*onduline*, qui, comme son nom l'indique, permet d'imprimer aux cheveux une ondulation élégante se compose avec :

Borax	40 gr.	Alcool	10 centil.
Gomme arabique	4 —	Essence de jasmin	5 gouttes.

Il est très difficile de cataloguer exactement toutes ces compositions sous des dénominations précises. Du reste, on recourt généralement au parfumeur pour les onguents cosmétiques destinés à la chevelure.

POUDRES DE BEAUTÉ Les poudres sont destinées à atténuer l'effet des crèmes et à donner à la peau une matité fraîche qui corrige l'éclat trop luisant occasionné par le contact des corps gras.

Les poudres de beauté, par excellence, sont les poudres de riz, c'est-à-dire composées à base d'amidon de riz.

Cette substance est préférable à l'amidon ordinaire en raison de sa plus parfaite blancheur.

Il n'est pas difficile de composer une poudre. Il suffit, pour cela, d'avoir un moulin approprié et d'y moudre l'amidon, pour parfumer ensuite avec l'odeur que l'on préfère.

Autrefois, on se contentait, pour parfumer, d'intercaler, dans la poudre, des couches de fleurs. Mais ce moyen était long et exigeait de la minutie. Aujourd'hui, on mélange le corps de poudre avec des matières odorantes également pulvérisées, ou plutôt avec des essences.

Le plus souvent, on mélange à la poudre d'amidon du carbonate de magnésie ou du talc.

Voici la formule d'une poudre de riz simple :

Amidon de riz	800 gr.	Albâtre	1.500 gr.
Talc	400 —	Essence de bergamote	12 —
Carbonate de magnésie	200 —		

Vous obtiendrez une poudre de riz fine, à la rose, avec :

Amidon de riz	1.000 gr.	Essence de rose	2 gr.
Fécule	1.000 —	Essence d'œillet	1 —
Carbonate de magnésie	500 —	Essence de géranium	2 —

Pour rendre cette poudre rosée, ajoutez du carmin en poudre, en très petite quantité.

La poudre *à la Maréchale* est composée comme il suit :

Amidon de riz	1.000 gr.		Essence de bergamote	5 gr.
Fécule	1.000 —		Essence d'iris	1 —
Carbonate de magnésie	500 —		Essence d'œillet	1 —
Infusion de vanille	1		Essence de cannelle	1 —
Infusion de fèves de Tonka	1 —		Essence de néroli	1 —
Infusion de musc	1 —			

Une poudre de riz aux *mille fleurs* sera parfumée de la façon suivante :

Amidon de riz	1.000 gr.		Essence de géranium	10 gr.
Fécule	1.000 —		Essence de bergamote	8 —
Carbonate de magnésie	500 —		Essence de thym	1 —
Infusion de benjoin	15 —		Essence d'œillet	4 —
Infusion de musc	5 —		Essence d'amandes amères	0 — 50

Pour obtenir une poudre à la *violette*, employez :

Amidon de riz	1.000 gr.		Infusion de musc	5 gr.
Fécule	1.000 —		Essence de bergamote	30 —
Carbonate de magnésie	500 —		Essence de néroli	2 —
Infusion de cassie	25 —			

Je vous signale encore la formule suivante, pour composer une excellente poudre à la violette :

Amidon	1.000 gr.		Fleurs de cassie pulvérisées	15 gr.
Racine d'iris pulvérisée	170 —		Clous de girofle pulvérisés	5 —

Voici encore une poudre très agréablement parfumée :

Amidon de riz	1.000 gr.		Essence de bergamote	1 gr.
Fécule	1.000 —		Essence de petit grain	1 —
Carbonate de magnésie	500 —		Essence de girofle	1 —
Essence de géranium	6 —		Infusion de musc	1 —
Essence de thym	1 —			

La poudre de riz dite à la *fleur des Indes* est parfumée au musc, comme il suit :

Amidon de riz	1.000 gr.
Talc de Venise	125 —
Musc	12 —

Pour les cheveux, on emploie parfois de la poudre de neige que l'on obtient en pulvérisant du verre.

La poudre d'or dont se servent souvent les blondes n'est autre chose que de l'or pulvérisé. Le cuivre ne donne qu'une poudre grossière qu'il est préférable de ne pas employer (Piesse).

EAUX ET VINAIGRES
DE TOILETTE

POUR PARFU-MER L'EAU DE LA TOILETTE Pour rendre suave l'eau de la toilette, corriger sa dureté et lui donner du parfum, on a coutume d'employer certaines compositions aromatiques dites *eaux de toilette* et dans lesquelles il ne rentre généralement aucune substance nuisible à la peau.

Il ne faut pas qu'une eau de toilette soit trop parfumée car ainsi que je l'ai indiqué plus haut, les parfums pénétrants et employés sans discontinuer occasionnent le relâchement des tissus de la peau.

Certains parfums doivent être, en raison même de leur puissance, délaissés dans la préparation des eaux de toilette.

Le citron, la lavande, le romarin, le thym, le petit grain et la bergamote sont très employés dans ces compositions, tandis que le patchouli, le cèdre, le foin coupé, le girofle et la rose ne sauraient y apparaître qu'en doses infimes, à cause de leur puissance odorante.

Du reste, il faut toujours employer ces eaux de toilette avec modération. On corrige ainsi, en diminuant la quantité utilisée, la violence du parfum.

Ne vous servez pas des eaux de toilette comme si c'étaient des extraits ou essences proprement dites. Elles manquent généralement de finesse, souvent même on leur trouve de la fadeur et de la banalité.

Par conséquent, les eaux de toilette n'ont leur emploi qu'avec l'eau elle-même qu'elles servent à raffiner et à adoucir.

L'EAU DE COLOGNE

L'eau de Cologne est la plus ancienne des eaux de toilette. C'en est aussi la plus célèbre. Elle est à la fois rafraîchissante, saine et suave.

Voici, à titre documentaire, la recette de Jean-Marie Farina, qui fut le créateur de l'eau de Cologne et dont les compositions sont restées, à juste titre, les plus estimées dans ce genre :

Alcool à 96°.	5 litres.	Romarin	1 kgr. 200
Eau.	1 —	Iris de Florence.	0 — 300
Mélisse fraîche	2 kgr.		

Après avoir broyé les plantes, on place le tout dans l'alambic pour faire reposer pendant douze heures, puis distiller.

Après la distillation on ajoute les essences, dans les proportions suivantes :

Essence de bergamote	60 gr.	Essence de lavande	25 gr.
Essence de citron	50 —	Essence de néroli	15 —
Essence de Portugal.	40 —	Essence de petit grain.	15 —

Ajoutez à ces essences cinq litres d'alcool à 96°.

Faites macérer le tout pendant un mois, filtrez et mettez en flacons.

Pour l'usage journalier, on peut fabriquer soi-même, sans le secours de l'alambic, des eaux de Cologne de très bonne qualité, d'après les formules suivantes :

Alcool.	3 litres.	Essence de bergamote.	7 gr.
Essence de néroli.	20 gr.	Essence de romarin	7 —
Essence de citron.	17 —		

Pour avoir une eau de Cologne d'un prix de revient un peu moins élevé, composez-la comme il suit :

Alcool.	3 litres.	Essence de bergamote.	13 gr.
Essence d'écorces d'oranges.	13 gr.	— de romarin	7 —
— de citron.	13 —	— de néroli	2 —

L'eau de Cologne ordinaire serait composée de :

Alcool.	3 litres.	Essence de lavande	10 gr.
Essence de bergamote	20 gr.	Essence de citron	10 —

Voici, à titre de curiosité, la formule de l'eau de Cologne

telle que la composaient, au commencement du siècle dernier, vers 1820, les meilleurs parfumeurs français :

Alcool absolu	3 litres.	Chardon bénit	3 gr.	
Eau.	1 litre 1/2	Citronnelle	3 —	
Essence de bergamote .	37 gr.	Herbes de menthe poivrée .	6 —	
— de cédrat . . .	6 —	Herbes de mélisse	6 —	
— de citron . . .	6 —	Herbes de romarin	3 —	
— de Portugal . .	6 —	Herbes d'angélique.	6 —	
— de néroli . . .	6 —	Cannelle	0 — 8	
— de romarin. . .	1 — 50	Macis	0 — 8	
— de girofle . . .	1 —	Anis étoilé	25 —	
Teinture de benjoin . . .	12 —			

On concassait le macis, la cannelle et l'anis avant de faire infuser avec le reste, pendant deux jours. On distillait ensuite et l'on obtenait environ trois litres et demi d'eau de Cologne.

L'eau de Cologne russe peut être composée de la manière suivante :

Alcool.	1 litre.	Essence de bouleau . . .	1 gr.
Eau de fleurs d'oranger. . .	60 gr.	— de néroli	40 gouttes.
Essence de bergamote. . . .	15 —	— d'origan	10 —
Essence de citron.	8 —	— de romarin . . .	40 —

Vous remarquerez que c'est l'essence de bouleau qui intervient ici pour donner à l'eau de Cologne le parfum agréable et cependant discret du cuir de Russie.

Voici la formule anglaise de l'eau de Cologne antiseptique :

Eau de Cologne supérieure.	1 litre.	Essence de lavande	4 gr.
Acide phénique	5 gr.	Sulfate de quinine	2 —
Hydrate de chloral	30 —		

Lorsque l'on désire donner à l'eau de la toilette l'aspect laiteux, on ajoute à l'eau de Cologne employée un peu de teinture de benjoin. Piesse fait même remarquer que le benjoin a la propriété de donner à l'eau de Cologne plus de fixité.

EAUX PARFUMÉES Si l'eau de Cologne est la plus connue de toutes les eaux de toilette, il n'en existe pas moins une quantité d'autres compositions qui ont toutes leurs partisans fidèles.

En matière de parfums, on recherche souvent l'exceptionnel

et l'original. Ce sont donc les saveurs nouvelles qui obtiennent souvent le succès le plus retentissant. On s'explique ainsi la multiplicité des eaux de toilette.

Cependant il ne manque pas de produits qui, comme l'eau de Cologne, ont survécu à la mode éphémère. Telle est l'*eau de la reine de Hongrie*, dont voici la formule :

Alcool.	2 litres.		Essence de mélisse.	12 gr.
Essence de fleurs d'oranger .	25 gr.		— d'écorces d'oranges .	12 —
— de rose	25 —		— de menthe	3 —
— de romarin.	25 —			

L'*eau de lavande* est l'une des eaux de toilette les plus agréables, à cause de son parfum naturel. Elle est ainsi composée :

Alcool à 85°	2 litres.		Essence de thym.	4 gr.
Essence de lavande fraîche .	50 gr.		Essence de bergamote.	2 —

Voici la formule de l'*eau de lavande* à la rose :

Alcool	2 litres.
Essence de lavande	50 gr.
Essence de roses.	5 —

L'*eau d'héliotrope*, au parfum si discret, s'obtient en associant les substances suivantes :

Alcool	2 litres.
Eau de fleurs d'oranger	35 gr.
Vanille.	25 —

Laissez macérer pendant trois jours et filtrez.

Voici la composition d'une excellente *eau aromatique anglaise* :

Eau	2 litres.		Sous-carbonate de potasse .	140 gr.
Alcool	1 —		Ecorce de citrons.	125 —
Hydrochlorate d'ammo-			Cannelle	6 —
niaque	125 gr.		Girofle	6 —

Il est quelques eaux de toilette d'origine assez ancienne et qui ont eu, ces temps derniers, un regain de célébrité. Parmi elles, je dois signaler l'*eau persane* dont voici la composition :

Alcool	1 litre.		Essence de menthe	4 gr.
Essence d'oranges de Portu-			Essence de girofle.	10 —
gal.	140 gr.		Essence de néroli	7 —
Essence de romarin	15 —			

L'*eau des Templiers* se rapproche, comme parfum, de l'eau de Cologne, mais sa composition est beaucoup plus compliquée. En voici la formule :

Alcool.	1 litre.	Résine de gaïac.	100 gr.
Éther acétique.	50 gr.	Badiane.	100 —
Baume de Judée.	100 —	Fèves de Tonka.	800 —

Concassez et faites macérer pendant quarante-huit heures, pour distiller ensuite, et ajoutez :

Essence de fleurs d'oranger.	30 gr.	Essence de lavande	3 gr.
— de bergamote.	8 —	— de thym	3 —
— de cédrat.	8 —	Eau de mélisse	10 —
— de citron.	72 —	Eau de rose	4 —
— de romarin.		Eau de jasmin	4 —

Voici la composition de l'*eau de Hambourg*, qu'il est facile de fabriquer soi-même :

Alcool.	1 litre.	Essence de cèdre	10 gr.
Essence de néroli.	12 gr.	Essence d'anis	1 —

Les *alcoolats* sont, d'une façon générale, très pratiques, car leur composition est à la portée de tout le monde. Il suffit d'ajouter certaines essences à de l'alcool dans des proportions bien déterminées.

On formera, par exemple, de l'*alcoolat de lavande* en ajoutant à un litre d'alcool, 25 grammes d'essence de lavande, 25 grammes d'essence de bergamote et trois grammes de teinture d'ambre.

Voici la formule de l'*alcoolat de citron :*

Alcool à 85°	1 litre.
Essence de zeste de citron	15 gr.
Essence de zeste de Portugal	5 —

Je termine la série des eaux de toilette par la recette de l'*eau des mille fleurs :*

Alcool	1 litre.	Essence de rose.	1 gr.
Teinture d'œillet	25 gr.	Essence de bois de cèdre	1 —
Teinture d'iris	75 —	Essence d'orange.	1 —

On obtiendra une eau d'un parfum délicieux en ajoutant à l'eau des mille fleurs, de l'essence de lavande en plus ou moins grande quantité suivant le goût.

VINAIGRES DE TOILETTE Les vinaigres sont en usage dans la toilette pour donner à l'eau des ablutions un certain parfum et, généralement aussi, l'aspect laiteux.

Il ne faut jamais employer les vinaigres parfumés sans qu'ils soient étendus d'eau. J'ajoute que leur usage présente toujours quelques dangers, soit en raison de la causticité des produits qu'ils contiennent, soit à cause de la difficulté où l'on est de les doser au moment de s'en servir.

Je vous recommanderai tout d'abord de ne faire emploi que de vinaigres éprouvés, ou dont la composition vous soit connue.

Il existe un certain nombre de vinaigres célèbres. Le plus célèbre de tous est celui de *Bully* (1818). En voici la formule classique :

Eau	7	Essence de Portugal	12 gr.
Alcool à 85°	3.500 gr.	— de romarin	23 —
Alcoolat de mélisse	500 —	— de lavande	4 —
Essence de bergamote	30 —	— de néroli	4 —
Essence de citron	30 —		

Agitez, puis laissez reposer pendant vingt-quatre heures. Ajoutez alors :

Teinture de benjoin	60 gr.	Teinture de styrax	60 gr.
— de tolu	60 —	— de girofle	60 —

Remuez, puis ajoutez deux litres de bon vinaigre distillé.

Filtrez et ajoutez encore quatre-vingt-dix grammes de vinaigre radical.

Il n'est pas difficile de fabriquer soi-même des vinaigres de toilette, et c'est bien là l'un des moyens les plus pratiques pour éviter les inconvénients que ce genre de produits peut présenter.

Vous composerez, par exemple, un *vinaigre à la lavande* de la façon suivante :

Vinaigre	1 litre.	Essence de romarin	1 gr.
Essence de lavande	2 gr.	Glycérine	30 —
Essence d'aspic	1 —		

La présence de la glycérine n'est même pas indispensable. Voici la formule du *vinaigre de benjoin :*

Alcool	1/2 litre.
Vinaigre	1/2 —
Benjoin	25 gr.

Faites macérer pendant une semaine, puis filtrez.

Voici la formule du *vinaigre de Gênes :*

Alcool.	3 litres.	Essence de Portugal.	20 gr.
Teinture de benjoin.	170 gr.	— de citron	8 —
— de storax	40 —	— de bergamote. . . .	20 —
— de tolu	60 —	— de petit grain	4 —
— de bois de santal. .	40 —	— dé citronnelle	2 —
— de vanille	30 —	— de lavande	1 —
Acide acétique	50 —	— de romarin	2 —
Ether acétique	30 —		

Le *vinaigre des mille fleurs* est composé d'après la recette suivante :

Alcool	1/2 litre.	Essence de rose. .	2 gr.
Acide acétique	7 gr.	— de myrthe.	quelques gouttes.
Essence de mélisse	2 —	— de bigarade.	— —
Essence de vanille.	2 —		

Le vinaigre des *quatre voleurs* employé pour assainir les appartements, est composé d'herbes très diverses que l'on fait macérer dans l'acide acétique pendant quinze jours :

Vinaigre fort.	500 gr.	Menthe	8 gr.
Acide acétique.	7 —	Calamus.	1 —
Lavande.	8 —	Ail	1 —
Romarin.	8 —	Noix de muscade.	1 —
Rue.	8 —	Cannelle.	1 —
Sauge	8 —	Girofle	1 —
Absinthe.	8 —	Camphre	2 —

Faites dissoudre le camphre dans l'acide acétique et faites macérer.

Après macération, remuez et mélangez. Filtrez.

Voici la recette d'un excellent *vinaigre à la violette :*

Alcool	5 litres.	Essence de palmarosa. . . .	1 gr.
Ether acétique	50 gr.	Essence de bergamote	60 —
Infusion de cassie	250 —	Infusion de poche de musc. .	10 —
Infusion de vanille. . . .	100 —	Infusion de civette	10 —
Infusion de benjoin . . .	100 —		

Il faut filtrer plusieurs fois tous les vinaigres que l'on compose soi-même. On se sert d'un feutre pour procéder à cette opération.

Vous emploierez les vinaigres non seulement pour la toilette mais aussi pour l'assainissement des locaux d'habitation, en faisant brûler un peu de la composition dans un petit récipient.

ESSENCES ET EXTRAITS AROMATIQUES

COMMENT ON CHOI-SIT LES PARFUMS L'usage du parfum, universellement répandu, offre à ses fidèles le double avantage de les faire vivre dans une atmosphère raffinée et diversement évocatrice, en même temps que de procurer à leur voisinage des impressions suaves, à la fois flatteuses pour le goût avec lequel on a choisi l'essence et pour cette espèce de « beauté odorante » que le parfum ajoute à la personne.

On a souvent cité ce mot délicieux d'Alphonse Karr : « Une couleur à la mode, un parfum à la mode me mettent en colère. Une femme qui change de parfums selon la mode est une femme parfumée. Une femme qui porte toujours le même parfum se l'assimile et est une femme odoriférante. »

D'où il suit que le choix des parfums n'est pas chose facile et c'est surtout chose dangereuse, car on juge aussi une femme d'après son parfum puisque le parfum, qui est quelque chose de plus intime encore que le vêtement, quelque chose de plus personnel, de plus pénétrant, représente nécessairement un petit peu de l'idéal de chacune.

On n'a pas le droit de choisir un parfum au hasard. Je ne veux pas dire par là qu'il faille absolument trouver un arome inédit pour être élégamment parfumée. Ce qui est indispensable, c'est d'éviter la vulgarité et le mauvais goût.

En matière de parfums, la vulgarité c'est le parfum de mauvaise qualité, qui n'évoque rien de précieux ni de raffiné. On ne découvre pas en lui la recherche subtile d'une saveur délicate destinée à rapprocher par l'esprit ceux qui l'éprouvent des objets les plus suaves et les plus odoriférants de la nature.

Il faut, en effet, que le parfum soit *vraisemblable*. Il peut se faire qu'aucun objet dans la nature ne dégage une odeur aussi savoureuse que votre essence de prédilection, mais il faut que l'on conçoive cette essence par le fait des éléments qui la composent.

Si le parfum n'exprime pas réellement le voisinage des fruits, des fleurs et de tout ce qui, dans la nature, flatte l'odorat, il faut du moins, qu'il soit comme une réminiscence plus ou moins exacte, plus ou moins combinée, de ces parfums réels.

Le parfumeur peut être un artiste, comme le distillateur qui crée des liqueurs.

La composition d'un parfum nouveau n'est pas que l'œuvre du chimiste, elle nécessite une imagination affinée.

Vous serez vous-même, jusqu'à un certain point, une artiste, en sachant découvrir l'arome qui correspond le mieux à votre type physique, à votre aspect, à l'éclat de vos yeux, à votre expression générale. On va même jusqu'à dire que, selon la saison, selon le climat, selon la mode et les régions que l'on habite, il est opportun de changer de parfum. Ces nuances sont peut-être excessives, surtout s'il est vrai que le parfum, lorsqu'on l'a adopté, mérite qu'on s'y attache, et que le fait d'en changer souvent est l'indice d'inconstance et de mobilité; que c'est aussi la preuve d'une certaine légèreté d'esprit et d'irréflexion.

Il ne faudrait pas pousser la coquetterie du parfum jusqu'à la rendre trop intentionnelle. Certaines personnes, se basant sur ce que les parfums impressionnent toujours vivement l'organisme, n'hésitent pas à rechercher des effets déterminés en employant tel ou tel parfum. Elles peuvent ainsi accentuer l'émotion qu'elles prétendent produire autour d'elles.

Vous savez que l'odeur du musc est énervante, de même celles de la vanille, du santal, de la menthe et du patchouli sont stimulantes; on va même jusqu'à considérer souvent ces dernières comme de véritables aphrodisiaques.

N'oubliez pas, d'autre part, que les parfums, surtout lorsqu'ils sont violents, que vous jugez si agréables pour vous et pour les autres, sont également très dangereux pour la santé et pour l'organisme. On a constaté que la fève de Tonka et le foin coupé étaient souvent cause de coryza, de même que le musc arrive à donner des écœurements et des nausées.

Il n'est même pas rare que les parfums occasionnent des étourdissements que l'on attribue alors à toute autre cause.

Les parfums les plus agréables et les moins discutés sont ceux de l'iris, de la violette, de la rose, de l'œillet.

La lavande est banale; on ne la conçoit guère que pour les ablutions. Il en est de même de la fleur d'oranger. La menthe est trop forte et les odeurs où l'on peut percevoir le camphre sont généralement mal goûtées.

On n'emploie pas les essences pures qui sont toujours trop coûteuses. Ce sont les essences combinées et infusées qui sont la base de toute la parfumerie courante.

Nous avons ainsi les alcoolés, les alcoolats, les extraits et les esprits parfumés. On les utilise par très faibles quantités, comme au compte-goutte, sur le mouchoir, sur la toilette et même sur la peau. Pour que le parfum soit bon, il faut qu'il soit pénétrant, fixe et tenace.

Le parfum pénétrant est celui dont l'arome se prolonge sans que l'on y découvre la saveur mouillée et banale de l'alcool.

Le parfum fixe est celui qui, à l'évaporation, ne se modifie pas et dont les éléments combinés forment un arome précis qui soit toujours le même.

Le parfum tenace est celui qui dure et dont la volatilité est la moindre. Le patchouli et le cèdre sont les types du parfum tenace.

Au contraire, le portugal, la lavande sont très volatils.

ESSENCES ET EXTRAITS On donne parfois le nom d'essences aux parfums plus ou moins concentrés dont on se sert pour le mouchoir, à très petite dose. Cette désignation est impropre car les essences obtenues par distillation, ne sont jamais employées pures. Elles entrent, en quantité plus ou moins grande, dans la composition des parfums.

Le procédé le plus simple et le plus économique pour obtenir de bons parfums, consiste à faire macérer ou infuser les feuilles, les racines ou toutes autres substances dans l'alcool. De cette opération résultent les *alcoolés*.

Les *alcoolats* résultent d'une infusion ou d'une macération semblable à celles par lesquelles on obtient les alcoolés, mais complétée par une addition d'eau suivie de distillation.

Voici, comme type d'*alcoolés*, la formule de l'infusion d'ambre :

```
Alcool à 96°. . . . . . . . . . . . . . . . . . . . . .   2 litres.
Ambre gris. . . . . . . . . . . . . . . . . . . . . . .   5 gr.
```

Mettez l'ambre concassé dans l'alcool et maintenez le tout à une température voisine de l'ébullition. Puis laissez reposer longtemps dans un récipient bien clos.

L'*infusion de girofle* sera obtenue de la même façon avec des quantités suivantes :

```
Alcool à 96° . . . . . . . . . . . . . . . . , . . . . .   6 litres.
Cannelle de Ceylan concassé . . . . . . . . . . . . . .   700 gr.
```

Laissez macérer pendant un mois.

On procède, pour les *alcoolats* de la même façon que pour les alcoolés, mais les opérations de distillation étant beaucoup plus compliquées, il n'est pas pratique de vouloir les préparer soi-même.

Le moyen le plus simple et aussi le plus économique d'obtenir des alcoolats, c'est d'ajouter tout simplement de l'alcool à une essence.

On obtiendra ainsi l'*alcoolat de bergamote* d'après la formule suivante :

```
Alcool à 86° . . . . . . . . . . . . . . . . . . . . . .   1/2 litre.
Essence de bergamote . . . . . . . . . . . . . . . . .   25 gr.
```

L'*alcoolat de santal* est obtenu, en observant les mêmes proportions.

L'*alcoolat de lavande* est combiné à la fois avec de la lavande et de la bergamote :

```
Alcool à 86° . . . . . . . . . . . . . . . . . . . . . .   1/2 litre.
Essence de lavande . . . . . . . . . . . . . . . . . . .   12 gr.
Essence de bergamote . . . . . . . . . . . . . . . . .   12 —
```

Les *esprits doubles* sont des alcoolats dans lesquels on a doublé la dose de la substance odoriférante pour la même quantité de liquide.

Par exemple, nous aurons, pour l'*alcoolat ou esprit de zeste de Portugal* :

Alcool à 90°. . . . . 3 litres.
Zestes d'oranges de Portugal . . . . 25 gr.

Pour obtenir l'*esprit double de zeste de Portugal*, on modifiera ainsi la formule :

Alcool à 90°. . . . . 3 litres.
Zestes d'oranges de Portugal . . . . 50 gr.

On ajoutera à cette préparation une certaine quantité d'eau, de façon à obtenir un mélange à 80 degrés.

Pratiquement, la composition des extraits ne nécessite que certaines essences que l'on additionne d'alcool. L'art consiste à trouver les associations opportunes et caractéristiques.

Parmi les parfums les plus célèbres, nous avons tout d'abord le parfum à la *violette* que vous pourrez composer ainsi :

Alcool à 90°. . . . . 1 litre.   Essence d'ambre . . . . 3 gr.
Essence de violette. . . . . 25 gr.   — de rose . . . . 1 —
Essence d'iris . . . . 4 —   — de cassis. . . . . . . 1 —

Le parfum *à l'œillet* serait composé de :

Alcool à 90°. . . . . 1 litre.   Essence d'ambre . . . . 3 gr.
Essence d'œillet . . . . . . 15 gr.   Essence de jasmin . . . . . . 2 —

Le parfum *à l'iris* est facile à obtenir :

Alcool à 90°. . . . . 1 litre.
Poudre d'iris de Florence . . . . 300 gr.
Essence de violette. . . . . 5 —

Le parfum *à la lavande* sera composé de :

Alcool à 90°. . . . . 1 litre.   Essence de benjoin . . . . . 20 gr.
Essence de lavande . . . . . 30 gr.   Essence de bergamote . . . . 8 —
— de citronnelle . . . 10 —

Le parfum *à l'ambre* s'obtiendra avec :

Alcool à 90°. . . . . 1 litre.
Teinture d'ambre gris . . . . 30 gr.
Teinture de musc. 10 —

Parmi les parfums plus complexes, nous citerons le *parfum de la Reine*.

Alcool à 90°	125 gr.	Extrait de musc	10 gr.
Essence de santal	6 —	Teinture d'ambre	15 —
Extrait de tubéreuse	12 —	Extrait de Touka	10 —
Teinture de benjoin	6 —		

Le *parfum de l'ambassadrice* est un mélange de :

Alcool à 90°	125 gr.	Essence de citronnelle	5 gr.
Extrait d'iris	20 —	— de patchouli	1 —
Essence de verveine	3 —	Extrait de cèdre	1 —

Brise printanière :

Esprit de jasmin	200 gr.	Esprit d'orange	100 gr.
Extrait de violette	200 —	Extrait d'œillet	100 —
Esprit de cassie	100 —	Essence d'ambre	50 —
— de rose	100 —		

Bouquet de Chypre :

Alcool de roses	250 gr.	Extrait de vanille	60 gr.
Extrait de musc	115 —	— de fèves de Tonka	60 —
— d'ambre gris	60 —		

Extrait à la Maréchale :

Alcool de roses	125 gr.	Alcool de néroli	60 gr.
Extrait de fleurs d'oranger	125 —	Extrait d'ambre gris	30 —
Alcool de vétiver	60 —	— de musc	30 —
— d'iris	60 —	Essence de cèdre	0 — 50
— de vanille	60 —	Essence de santal	0 — 50
Infusion de fèves de Tonka	60 —		

Peau d'Espagne :

Alcool à 90°	1/2 litre.	Essence de verveine	2 gr.
Essence de petit grain	20 gr.	— de lavande	2 —
— artificielle de roses	50 —	— de bergamote	2 —
— de santal	10 —	Teinture de benjoin	5 —

Bouquet Lœtitia :

Teinture de néroli	30 gr.	Teinture d'ambre	1 gr.
— de vanille	1 —	Essence de rose	3 —
— d'acacia	2 —	— de lavande	1 —
— de vétiver	1 —		

Bouquet Javanais :

Esprit de roses	100 gr.	Essence de jasmin	5 gr.
Essence de violettes	20 —	Extrait de patchouli	5 —

Fidelity :

Alcool de fleurs d'oranger	100 gr.	Extrait d'ambre	20 gr.
Alcoolat d'iris	100 —	Essence de marjolaine	4 —
— de lavande	100 —	— de roses	2 gouttes.

Flore du Japon :

Extrait d'ananas	100 gr.	Essence de palissandre	2 gr.
— de patchouli	10 —	— de civette	2 —
Essence de menthe	2 —		

Bouquet de Ceylan :

Extrait de Palma Rosa	50 gr.	Essence de santal	2 gr.
— de patchouli	5 —	— de cannelle	2 —

Parfum à l'Ylan-Ylan :

Teinture d'iris	50 gr.	Extrait d'orange	10 gr.
— de musc	10 —	— de cassie	5 —
— de Tonka	10 —	Essence d'Ylang	4 —
Extrait de tubéreuse	80 —	Alcool à 96°	1 litre.

Jockey-club :

Teinture d'œillet	450 gr.	Teinture d'ambrette	4 gr.
— de jonquille	225 —	— de civette	4 —
— d'orange	225 —	— de musc	4 —
— d'acacia	60 —	Essence de bergamote	4 —
— de bois de Rhode	30 —	— de santal	0 — 50
— de fève de Tonka	60 —		

Mon caprice :

Alcool de jasmin	1 litre.	Teinture de badiane	60 gr.
Teinture de styrax	225 gr.	— de baume de tolu	60 —
Alcool de jacinthe	225 —	— de vanille	30 —

Petit mystère :

Extrait de romarin	100 gr.	Essence de mousse de chêne	10 gr.
— de muguet	100 —	Teinture de benjoin	20 —

Jolly-girl :

Extrait de roses blanches	150 gr.	Essence de lavande de Micham	2 gr.
— double d'œillet	100 —	— de jasmin	1 —

Peau de Saxe :

Extrait d'œillet	100 gr.	Essence de Carvi	4 gr.
— de jasmin	50 —	— de musc	1 —
Essence d'Aneth	10 —		

Foin coupé :

Extrait de fleurs d'oranger .	100 gr.	Essence de Tonka	5 gr.
— de jasmin	60 —	— de musc	10 gouttes.
Alcoolat de rose	50 —	— de girofle	5 —
— de géranium . . .	30 —	— de néroli	5 —

Cuir de Russie :

Extrait de roses triple. . . .	100 gr.	Essence de bouleau	4 gr.
Teinture de Touka	20 —	Essence de girofle	1 —

SACHETS Beaucoup de personnes se bornent à parfumer leur linge avec de la racine d'iris, du vétiver, de la lavande, etc.

Mais la mode du jour ne se contente jamais des idées de la veille. C'est pourquoi l'élégance veut toujours que les sachets, qui ne servent pas seulement à parfumer les armoires, mais à communiquer à tous les objets, papier à lettres, frivolités, fanfreluches, un parfum personnel, contiennent eux-mêmes un arome composite et original, un arome qui ne soit pas celui de tout le monde.

Les sachets sont plus faciles à composer que les bouquets parfumés. Ils contiennent une substance concassée ou une poudre additionnée de parfum et on les recouvre de peau de chamois ou de satin, parfois même de l'un et de l'autre.

Le sachet le plus simple est fait de poudre d'iris.

Voici la recette d'un sachet au parfum discret et tout à fait agréable :

Pétales de roses	100 gr.	Fleurs de lavande	50 gr.
Œillet musqué.	100 —	Poudre de girofle	1 —
Fleurs de jacinthe	50 —	Poudre de muscade	1 —

Voici un parfum à *la fève de Tonka* :

Iris en poudre.	500 gr.
Feuilles de roses sèches.	250 —
Fèves de Tonka en poudre	100 —

Sachet au patchouli :

Fèves de Tonka concassées	150 gr.
Feuilles de patchouli.	100 —
Lavande.	90 —

Sachet oriental :

Poudre d'iris.	750 gr.	Santal.	125 gr.
Bois de rose.	150 —	Clous de girofle	15 —
Calamus.	260 —	Cannelle.	30 —
Benjoin	150 —		

Sachet à la violette :

Poudre d'iris	250 gr.	Ambrette	4 gr.
Fleurs de cassie	125 —	Clous de girofle	4 —
Ecorce de bergamote.	30 —		

Sachet à la vanille :

Vanille en poudre	125 gr.	Benjoin en larme.	125 gr.
Storax en poudre.	125 —	Musc	2 —
Bois de Rhodes	125 —	Girofle	8 —

Sachet à l'héliotrope :

Iris en poudre	500 gr.	Essence de musc	2 gr.
Pétales de roses	250 —	— d'amandes amères.	2 —
Vanille	125 —	— de Tonka.	1 —
Essence d'héliotrope.	30 —		

Sachet printanier :

Feuilles de thym.	100 gr.	Basilic.	50 gr.
Fleurs de lavande	200 —	Clous de girofle.	10 —
Verveine	100 —	Ecorce de cannelle.	40 —
Romarin.	50 —		

Sachet à la peau d'Espagne :

Poudre d'iris.	500 gr.	Essence de baume de tolu.	2 gr.
Poudre de fèves de Tonka.	200 —	— de vanille.	2 —
Essence d'ambre.	3 —	— de fleurs d'oranger.	4 —
— de musc.	1 —	— artificielle de roses.	2 —

PASTILLES FUMANTES ET CASSOLETTES Il faut toujours avoir des parfums faciles à brûler. On se sert généralement du papier d'Arménie pour assainir sommairement les locaux habités.

Il est inutile de préparer soi-même le papier d'Arménie que l'on trouve très facilement dans le commerce. Mais c'est précisément parce que l'odeur de ce papier est universellement connue et reconnaissable que l'on préfère, d'ordinaire, recourir à un autre mode de parfum.

Voici la formule d'un parfum liquide à brûler :

Alcool à 96°	100 gr.	Essence de thym.	4 gr.
Essence de vanille	2 —	Essence de cédrat.	1 —

On peut se contenter, pour parfumer, de faire brûler tout simplement de l'eau de Cologne.

La meilleure formule pour composer les pastilles du sérail est la suivante :

Poudre de charbon de hêtre.	200 gr.	Baume de tolu	10 gr.
Benjoin en poudre	60 —	Nitre.	8 —
Santal pulvérisé	15 —	Laudanum	4 —
Vaniline.	10 —		

On ajoute assez de gomme adragante pour former une pâte que l'on façonne en pastilles et qu'on laisse sécher.

Les Chinois emploient, pour parfumer les temples, des *josticks* qu'ils brûlent comme de l'encens. En voici la formule :

Benjoin en poudre.	750 gr.	Essence de cannelle	5 gr.
Bois de santal.	500 —	— de girofle	5 —
Nitrate de potasse	40 —	— de santal.	5 —
Vaniline.	5 —		

Voici la formule d'une *cassolette d'encens :*

Musc en grain.	5 gr.	Essence de rose	1 gr.
Ambre gris.	10 —	Poudre d'iris.	100 —
Vanille.	10 —		

Mélangez et enfermez dans des petites boîtes percées de trous par où s'échappera le parfum.

Nous arrêtons ici la nomenclature des recettes d'essences et d'extraits, que nous croyons suffisante pour donner satisfaction à nos aimables lectrices.

L'ART DE SE MAQUIL-
LER. LES FARDS

**L'OPPORTUNITÉ
DU MAQUILLAGE** Il est difficile de partager l'opinion des ennemis acharnés du maquillage qui prétendent que ce dernier est une monstrueuse erreur de la coquetterie aussi bien que de la beauté.

Le maquillage et l'usage des fards valent, comme tous les artifices de beauté, par l'usage que l'on en fait. S'il y a beaucoup de maladroites, il existe aussi d'admirables artistes qui créent la jeunesse et la fraîcheur sur les visages les plus las et les plus ravagés. Ici encore, il faut respecter la mesure, et s'inspirer du bon sens et du goût avant tout.

Vous pouvez donc vous maquiller, mais à la condition de vous y prendre adroitement et de ne pas tomber dans l'invraisemblance. Vous êtes en droit d'espérer des effets moyens d'un coloris nouveau destiné à rafraîchir votre coloris naturel, mais ne comptez pas vous transformer le visage. Si vous vous transformiez, ce serait en mal et en ridicule

Cependant, me direz-vous, les artistes se transforment, et c'est bien à leurs procédés qu'il faut recourir puisque tout leur talent consiste à modifier leur aspect selon le personnage qu'ils incarnent. N'avons-nous pas vu des sexagénaires occuper à merveille, et sans invraisemblance, des emplois d'ingénues ?

L'artiste est au théâtre. C'est à distance que vous la voyez. Si vous étiez tout près d'elle, vous seriez peut-être épouvantée.

Le maquillage ordinaire doit être décent et réservé. Dans la vie, il ne faut pas se composer comme pour la comédie. Sinon, on perdrait à ce jeu toute réputation.

De plus, si l'on a le droit, dans certaines circonstances, de recourir à des artifices exceptionnels comme sont les fards, cette tolérance ne s'applique pas à l'existence courante. Efforcez-vous de vous rajeunir, accentuez « les roses et les lys de votre visage » lorsque vous devez apparaître dans tout l'éclat de votre beauté, et surtout aux lumières, mais ne vous écartez pas de votre naturel, lorsqu'il ne s'agit que de vous montrer dans le cours ordinaire de vos occupations ou de vos évolutions.

Défiez-vous de la lumière du jour, qui accuse sévèrement tous les maquillages et trahit les plus habiles maquilleuses. Ne malmenez pas trop votre jeunesse ; les fards ne sont utiles que pour atténuer les misères de l'âge. Rappelez-vous enfin les vers du brutal Boileau à propos de la femme qui se farde et qui

...dans quatre mouchoirs de sa beauté salis
Envoie au blanchisseur ses roses et ses lys.

LA PALETTE DE LA BEAUTÉ   L'expression « jeter de la poudre aux yeux » est assez caractéristique de l'effet précis que l'on espère tirer des fards. Elle est même empruntée à l'art de se farder et vraiment c'est de la poudre que l'on se sert généralement aujourd'hui pour donner de la blancheur au visage.

Au contraire, pour donner du coloris à la figure, on emploie le fard rouge liquide, en pâte ou en crème.

On arrive à accentuer la trace des veines en employant le fard bleu. Le fard noir est réservé aux yeux.

Il faut que la femme qui se farde soit vraiment une coloriste et qu'elle ait le sentiment exact des tons qui, par juxtaposition et en se fondant avec les tons voisins, produiront un effet attrayant, harmonieux, vivant, sans jurer contre la vérité.

Procédez, lorsque vous vous maquillez, comme si vous faisiez de l'aquarelle, c'est-à-dire que vous étendrez très discrètement la couleur empruntée de façon à la fondre et à l'éteindre dans les tonalités voisines, sans avoir besoin de n'employer que de très petites quantités de fards pour opérer la fusion des tons opposés.

En un mot, il ne faut pas que le maquillage soit brutal, que l'on distingue les couches, leur étendue et leur arrêt.

La patte de lapin vulgaire est, à cet égard, un instrument très précieux, plus agréable que le mouchoir et, du reste, moins fragile.

FARDS BLANCS L'emploi des fards étant, par lui-même, nuisible à la santé, il est indispensable de n'employer que des produits inoffensifs, c'est-à-dire ne contenant aucune substance toxique.

Voici la formule d'un fard blanc sec, c'est-à-dire en poudre :

Pierre ponce en poudre . . .	50 gr.	Essence de bergamote	15 gr.
Blanc de Troie.	500 —	Gomme adragante en poudre.	25 —

Les compositions qui contiennent de l'oxyde de bismuth, sont souvent préférées en raison de leur éclatante blancheur.

Voici donc la composition d'un fard blanc sec, à l'oxyde de bismuth :

Pierre ponce pulvérisée. . .	500 gr.	Essence de bergamote. . . .	10 gr.
Oxyde de bismuth	25 —	Gomme adragante en poudre.	25 —

Le fard blanc gras est parfois préféré au fard sec. Voici une excellente formule de fard blanc en pâte :

Vaseline.	150 gr.	Sous-nitrate de bismuth . .	400 gr.
Glycérine	50 —	Essence de géranium. . . .	20 —

Comme fard blanc liquide :

Eau de rose	250 gr.	Sous-nitrate de bismuth . .	125 gr.
Eau de fleurs d'oranger. . .	250 —	Glycérine	50 —

FARDS ROUGES Les *fards rouges* sont obtenus à l'aide de **ET ROSES** l'éosine ou du carmin :

Voici la formule d'un fard rouge sec, en poudre, à l'éosine :

Pierre ponce pulvérisée. . .	400 gr.	Eosine	8 gr.
Oxyde de bismuth.	20 —	Essence de bergamote. . . .	10 —
Gomme adragante	10 —		

Pour obtenir un fard rouge sec au carmin, recourez à la formule suivante :

Pierre ponce pulvérisée. . .	200 gr.	Gomme adragante.	60 gr.
Blanc de Troyes	100 —	Carmin.	10 —

Les fards rouges gras en pâte sont obtenus de la manière
suivante :

Suif. . . . . 500 gr.
Cire d'abeilles purifiée . . . . 100 —
Carmin . . . . 75 —

On obtiendrait un fard rose en diminuant la dose de carmin
dans les proportions suivantes :

Suif.	500 gr.	Carmin.	12 gr.
Cire d'abeilles purifiée . . .	100 —	Essence d'œillet.	5 —

Les fards rouges liquides sont composés comme les fards
blancs, puis additionnés de carmin ou d'éosine. Voici une excellente formule :

Glycérine	500 gr.	Gomme arabique	16 gr.
Eau de fleurs d'oranger . . .	130 —	Eosine en dissolution	30 —
Eau de roses.	300 —	Musc.	1 —

Remplacez, si vous voulez, l'éosine par le carmin :

Alcool à 36°	250 gr.	Sulfate d'alumine	0 gr.
Eau de roses.	125 —	Baume de la Mecque. . . .	1 —
Carmin	2 —	Ammoniaque	1 —
Acide oxalique.	0 — 50		

Voici encore un excellent procédé pour obtenir un fard rose :

1° Faites fondre, sur feu doux, 100 grammes de cire blanche
dans 200 grammes d'huile d'amandes douces.

2° Laissez refroidir à moitié et ajoutez un gramme environ de
carmin que vous aurez eu soin de délayer dans un peu d'huile.

3° Ajoutez quelques gouttes d'essence de roses et mettez en pots.

Vous pourrez augmenter la dose de carmin pour obtenir un
ton plus rouge.

FARDS BLEUS   Les fards bleus sont obtenus à l'aide du bleu
d'azur ou bleu d'outremer. Voici une excel-
lente formule de fard bleu gras :

Suif. . . . . 500 gr.
Cire d'abeilles purifiée . . . . 100 —
Bleu d'azur . . . . 1 —

Comme fard bleu liquide, nous avons :

Gomme arabique.	50 gr.	Eau de roses	1/2 litre.
Solution alcoolique de bleu		Eau de fleurs d'oranger . .	1/2 —
d'aniline.	200 —		

Le fard bleu en poudre est obtenu en pilant du bleu d'azur avec du talc en poudre, en parties égales. On mélange bien, puis, après avoir tamisé on ajoute un peu de gomme adragante et l'on parfume.

FARDS NOIRS C'est, en général, le noir d'ivoire qui sert à obtenir les fards noirs.

Voici une formule très recommandée :

Vaseline	500 gr.	Essence de lavande	10 gr.
Noir d'ivoire	500 —	— de géranium	2 —
Cire d'abeilles purifiée	50 —		

Le noir de fumée est parfois employé, comme dans la composition suivante :

Cire vierge	200 gr.
Axonge	250 —
Noir de fumée	250 —

Faites fondre sur feu doux la cire vierge et l'axonge. Incorporez le noir de fumée et mettez en pots.

COMMENT ON SE DÉMAQUILLE Tous les fards ont plus ou moins l'inconvénient, qui devient vite un danger, d'obstruer les pores de la peau et, par conséquent, de supprimer la fonction respiratoire cutanée, aussi bien, du reste, que de nuire à la transpiration.

Il est donc indispensable de se défaire complètement des fards dès que l'on rentre chez soi, dans l'intimité du cabinet de toilette.

Pour faire disparaître les fards, ne vous contentez pas de lavages à l'eau tiède plus ou moins antiseptisée. C'est déjà là une bonne précaution, mais il faut enlever toute espèce d'empreinte, c'est-à-dire dégraisser soigneusement la peau et supprimer complètement toute trace de matière colorante ou autre.

On emploiera, à cet effet, la vaseline ou l'huile d'amandes douces. Après nettoyage à l'aide d'un tampon d'ouate hydrophile, on lavera le visage à l'eau de roses additionnée de teinture de benjoin.

Les bains de vapeur du visage qui provoquent la transpiration sont excellents après le maquillage, mais il ne faut pas les répéter souvent.

L'USAGE DES TEINTURES

L'UTILITÉ DES TEINTURES Les teintures destinées à donner aux cheveux une nuance de fantaisie et généralement rajeunissante ont les mêmes ennemis que les fards.

Parmi ces ennemis, les plus redoutables sont les hygiénistes. Et cela se conçoit, car la plupart des teintures répandues dans le commerce contiennent des sels de plomb, d'arsenic ou d'argent dont l'influence est toujours funeste à la santé.

Les névralgies, les vomissements, les étourdissements, l'eczéma sont les résultats les plus fréquents de l'application des teintures.

Et cependant on conçoit fort bien le désir d'une femme encore jeune, mais blanchie prématurément, de pallier cette disgrâce de la nature !

On conçoit à la rigueur le caprice d'une femme dont les cheveux sont châtains et qui, cherchant à blondir, use de certains procédés inoffensifs pour obtenir des reflets plus clairs. Mais alors ce n'est pas de la teinture à proprement parler qu'il s'agit.

Malheureusement la teinture n'est pas seulement, de nos jours, le palliatif de la vieillesse prématurée. Elle est encore un artifice de coquetterie très en vogue, comme au temps de l'empire romain où la trop fameuse Messaline portait à Rome des cheveux bruns tandis qu'on la voyait avec des cheveux fauves sur les bords du Rhin.

Vous pouvez en vous teignant, commettre de grossiers barbarismes.

Certaines personnes qui, avec leur nuance naturelle, seraient fort convenables deviennent ridicules avec une teinte usurpée dont on découvre immédiatement le factice.

Aujourd'hui, les plus habiles font comme aux XVIIe et XVIIIe siècles. Au lieu de se teindre tout bonnement, ce qui cause bien des déceptions, bien des soucis et bien des méprises, elles se contentent de porter la perruque. Perruque légère s'entend et dont les dimensions n'ont rien à voir avec les architectures saugrenues et les pièces montées de la grande époque. On se trouve alors, vraiment, dans les cheveux d'une autre et lorsque la perruque est bien faite, bien harmonisée avec l'aspect général de la personne, la mystification est assez heureuse.

Mais la perruque ne peut être adoptée que par des personnes d'un certain âge.

Il reste donc, en réalité, les teintures inoffensives pour les capricieuses et celles que leur sort naturel mécontente. Elles sont nombreuses et il serait coupable, dans un ouvrage traitant de la beauté, de passer sous silence cet article de la coquetterie féminine.

LES TEINTURES QU'IL FAUT CHOISIR Les teintures inoffensives ont malheureusement un grave inconvénient : elles ne tiennent pas. Toutes les autres, qui sont les bonnes teintures, sont plus ou moins nuisibles. Je veux parler surtout des teintures noires. Les exemples d'accidents dus à l'application des divers produits, à base de sels métalliques sont innombrables.

Les teintures progressives sont les plus dangereuses, car, en même temps que la décoloration des cheveux s'opère, l'empoisonnement s'effectue. Le Dr Monin fait observer que les préparations à base de plomb exposent à tous les accidents du saturnisme et que c'est à la teinture qu'il faut attribuer beaucoup d'accidents incompréhensibles. On a de même remarqué que les préparations à base de cuivre pouvaient occasionner le délire.

Il est des produits qui sont relativement inoffensifs. Les anciens employaient des couleurs empruntées à certaines terres. Les Gaulois employaient la lessive de chaux et de potasse.

Pline estime même que l'invention du savon, dont il faut leur laisser le mérite, n'est dû qu'à leur préoccupation de se décolorer les cheveux.

Du reste, à propos de la potasse, je tiens à vous signaler un fait qui se trouve mentionné dans le *Journal des Goncourt* et que les hygiénistes rappellent souvent aux amateurs de teintures.

Un docteur célèbre étant allé visiter un jour une fabrique de produits chimiques et, en particulier, de potasse, constata que les ouvriers occupés à la fabrication de cette dernière substance, avaient cette nuance de cheveux que l'on désigne d'ordinaire sous le nom de blond vénitien. On lui apprit que ces ouvriers n'avaient pas été choisis à dessein de cette nuance de cheveux uniforme et qu'ils l'avaient acquise au bout d'un certain temps, un an et demi environ.

On vous dira que pour donner aux cheveux un blond éclatant, il suffit de les laver chaque jour à la lessive de potasse. Vous remarquerez, du reste, que certaines personnes qui ont la mauvaise habitude de se savonner le visage et de mouiller leurs cheveux avec l'eau savonneuse, en se débarbouillant, ont toujours d'une nuance plus claire et plus ou moins dorée la partie de la chevelure qui avoisine les tempes.

De toutes les teintures actives, la seule qui soit absolument inoffensive et plutôt bienfaisante : c'est le henné. Dans sa haute sagesse, Mahomet prescrivait la teinture au henné pour colorer les mains et les pieds. Les Orientales s'en servent encore pour décorer leurs ongles. Nous en avons fait notre teinture de prédilection. Il s'agit seulement de bien l'appliquer.

COMMENT ON EMPLOIE LE HENNÉ — On peut obtenir, grâce au henné, toutes les nuances du blond. Cette teinture est extraite du *lawsonia alba* qui est un arbuste de la famille des lythrariées, originaire de Syrie et d'Egypte.

On employait jadis le henné pour l'embaumement des momies et on lui attribuait la vertu de conserver les cheveux sur la tête des défunts.

C'est sous forme de poudre que l'on présente aujourd'hui le

henné. Cette poudre est faite des feuilles de l'arbuste que l'on a desséchées et broyées. Avec de l'eau on forme une pâte épaisse que l'on applique plus ou moins longtemps sur les parties à teindre.

Voici comment on procède à cette application :

Lavez tout d'abord les cheveux avec un bon shampooing. Répétez, au besoin, l'opération deux ou trois fois pour que les cheveux soient très propres et bien rincés.

Préparez ensuite de la pâte de henné en délayant du henné en poudre dans de l'eau tiède. Faites chauffer et laissez bouillir pendant quelques instants pour obtenir une pâte bien homogène. La quantité de henné dépend de l'importance de votre chevelure. Pour une chevelure moyenne, on compte généralement 50 grammes de poudre de henné pour un demi-litre d'eau.

Partagez les cheveux en deux, par une raie, au milieu. Séparez-les ensuite en une série de petites mèches. C'est la personne qui opère qui partage ainsi les cheveux pour appliquer rapidement, sur chaque mèche, la pâte de henné aussi chaude que possible, à l'aide d'un pinceau qu'elle passe sur toute la longueur de la mèche, depuis la racine des cheveux jusqu'à l'extrémité.

Il serait préférable, pour aller plus vite, d'opérer à deux, une personne de chaque côté de la tête, à droite et à gauche.

Quand le henné est appliqué sur toute la chevelure, enveloppez la tête d'une feuille de papier blanc, pour éviter le refroidissement trop brusque. Laissez ainsi le henné agir pendant un temps plus ou moins long, selon la teinte que vous désirez obtenir.

Si vous conservez le henné un quart d'heure seulement, vos cheveux prendront un léger reflet blond ou roux, selon votre nuance naturelle. Pendant une heure, le blond sera plus accentué, pendant deux heures, il sera bien net.

Evidemment, le henné ne peut être appliqué directement que sur une chevelure châtain. Les brunes subiront, au préalable, une décoloration à l'eau oxygénée.

Quand le henné a suffisamment agi, lavez la tête à l'aide d'un shampooing, savonnez à grande eau et rincez plusieurs fois. Séchez devant un bon feu.

Les coiffeurs sèchent les cheveux à l'aide du séchoir à air chaud. La ventilation rapide dans la chevelure assèche rapidement : elle est très hygiénique.

TEINTURES EN BLOND L'eau oxygénée a pour effet, nous l'avons dit, de décolorer les cheveux, mais elle ne leur donne aucune nuance propre.

Parmi les colorants en blond, il faut citer, après le henné, la solution de potasse au dixième ou bien la potasse concentrée additionnée de bière, d'après la formule suivante :

Solution de potasse concentrée. . . . . 100 gr.
Bière. . . . . 1 litre.

L'eau de camomille a pour effet de blondir les cheveux. Le bois de Panama leur donne un reflet roux et, avec l'eau de chaux, on obtient une jolie coloration blonde. L'eau de chaux est alors employée avec l'eau oxygénée dans la proportion de 100 grammes d'eau oxygénée pour 200 grammes d'eau de chaux. On ajoutera à ce mélange le jus de quatre citrons passés.

TEINTURES EN NOIR Les teintures en noir inoffensives sont celles où il n'entre aucun sel métallique. Elles sont peu nombreuses et peu tenaces. On ne compte guère dans cette catégorie que certaines compositions au noir de fumée et à l'aniline.

Voici la composition des teintures les plus répandues dans le commerce :

L'*eau de Figaro*, solution ammoniacale de nitrate d'argent.

L'*eau de Castille*, mélange d'hyposulfite de soude et d'acétate de plomb.

L'*eau des Fées*, qui est composée d'oxyde de plomb, d'hyposulfite de soude, de glycérine, d'ammoniaque et d'eau.

L'*eau Charbonnier*, qui comprend deux applications, l'une à l'acide gallique, l'autre au nitrate d'argent, sulfate de cuivre et ammoniaque.

L'*eau Allex*, qui est composée de glycérine et d'oxyde de plomb.

L'*eau de Ninon*, qui est de l'eau de calomel additionnée de sulfure de sodium.

La plus heureuse de toutes les teintures noires est la suivante :

Nitrate d'argent ammoniacal.	100 gr.
Eau de roses.	2 litres.

Pour que l'application réussisse, il faut avoir soin de laver, au préalable, la tête avec :

Savon noir.	2 cuillerées à bouche.
Alcool.	1 — —
Eau	1 litre.

Voici une teinture en noir que l'on peut considérer comme inoffensive :

Eau de roses	3 litres.	Alcool à la violette	250 gr.
Gomme adragante.	200 gr.	Essence d'iris	10 —
Encre de Chine.	100 —		

Enfin la formule suivante fournit une teinture très employée qui permet d'obtenir une nuance très brune :

Eau distillée de roses	80 gr.	Acide pyrogallique	2 —
Alcool	4 —	Essence de verveine.	1 —

Toutes les teintures quelles qu'elles soient enlèvent aux cheveux leur brillant et leur souplesse. Il est donc indispensable de masser le cuir chevelu et de brosser ensuite longuement les cheveux.

Les frictions à l'eau de Cologne additionnée d'un quart de glycérine contribuent également à rendre aux cheveux leur souplesse.

Retenez, à propos de l'application des teintures que l'on peut évaluer la croissance normale des cheveux à un centimètre par mois.

Il est bien évident que pour les applications de henné, par exemple, il ne faudra faire, après la première et complète application, que des applications partielles et limitées à la racine des cheveux. En opérant différemment, vous obtiendrez des différences de tons prêtant au ridicule.

LES DÉCORS DE LA BEAUTÉ

**IL FAUT QUE LE COS-
TUME SOIT ÉGALE-
MENT UNE PARURE**

Savoir s'habiller est un grand talent. Il excuse toutes les coquetteries et même certaines originalités téméraires ou tapageuses.

En toilette, comme dans les autres arts, toutes les tentatives sont permises à condition qu'elles réalisent une note de beauté décente et rationnelle.

La décence veut que l'on s'habille conformément aux usages d'une façon générale, à la manière de tout le monde. Pour rester dans les limites du rationnel, il faut que la recherche dans le costume contribue à nous embellir, tandis que beaucoup de femmes usent leur luxe à s'enlaidir. « Passe encore, disait Brantôme, une laide qui soit pauvre et mal mise, mais fi donc d'une belle qui soit mal mise en de riches parures ! »

Admettons donc comme principe suprême la nécessité de ne porter que des costumes assez seyants pour nous embellir. Avant de faire votre choix d'un tissu, d'une façon, d'une nuance, posez-vous ces questions :

1° Existe-t-il assez d'harmonie naturelle entre ce costume et ma personne pour qu'ils se fassent valoir mutuellement ?

2° A conditions égales de prix, ou même en tenant compte des différences de prix, de qualité ou de distinction, n'existe-t-il pas un modèle qui s'adapterait mieux à ma personne ?

(Vous pouvez vous en rapporter, pour répondre à cette question, à certains costumes portés autrefois et qui vous valurent de petits succès).

Ces mêmes questions, vous vous les poserez non seulement pour les costumes eux-mêmes, dans leur ensemble, mais encore à propos des détails de garniture, d'ornementation. Vous consulterez la vendeuse, vous examinerez sans précipitation l'effet produit lorsque le costume sera sur le modèle, mais vous vous direz que la vendeuse a surtout souci de vous glisser sa marchandise et que le modèle, ou, si vous voulez, le mannequin, possède l'art de présenter toutes les toilettes, que vous ne sauriez l'égaler, dans les évolutions de la vie ordinaire, pour l'aisance et l'élégance des mouvements et de la démarche.

Somme toute, avant de choisir, faites un retour sur vous-même. Etudiez-vous mentalement et n'hésitez pas à affronter une dépense un peu plus élevée lorsque vous avez acquis l'assurance de produire un effet de beauté plus précis, plus harmonieux, plus impressionnant.

On ne doit pas s'habiller seulement pour se vêtir, ni pour étaler du luxe. Habillez-vous pour être belle. C'est par là que vous vous révélerez artiste. C'est par là que la Parisienne s'est acquis une gloire sans égale, et c'est par là également qu'une femme réussit, pour ainsi dire, à être jolie sans être belle.

CE QUE LE COSTUME PEUT CORRIGER Il s'établit entre certaines femmes et leur habilleur ou leur couturière une admirable collaboration, d'où naissent de véritables chefs-d'œuvre, en ce sens que les toilettes choisies de connivence, et exécutées avec un souci minutieux d'harmonie, viennent réparer, comme par miracle, tous les oublis de la nature.

J'ai connu une dame qui disait : « Si vous voulez être bien habillée, soyez la meilleure amie de votre couturière. » Rien ne saurait, en effet, remplacer ici la confiance. Une bonne faiseuse doit tout voir, mais combien ne lui faciliterez-vous pas la besogne si, profitant de l'expérience que vous avez de votre personne, vous l'initiez à vos petits défauts physiques, à vos attitudes favorites, à votre genre d'occupations.

S'il suffit que la démarche soit défectueuse pour lui enlever toute distinction, ne pensez-vous pas que certaines coupes, certaines façons soient, plus que d'autres, capables d'atténuer la lourdeur apparente ? Le corset corrige la taille, mais, sur ce corset magique, une jaquette joliment faite ne crée-t-elle pas un chef-d'œuvre d'harmonie insoupçonnée par la douceur des ondulations dessinées et la symétrie des formes accusées ?

Une femme habile trouve, grâce au costume, diverses façons d'améliorer son aspect.

Tout le monde sait, par exemple, que les *rayés* donnent de la taille aux petites femmes, tandis que les *écossais* sembleront rapprocher les géantes de la bonne moyenne.

Une garniture à mi-jupe vous rapetissera, alors qu'au bas de la jupe, la même garniture grandira.

Les jabots et les flots de dentelles dont s'honore parfois le corsage féminin seront toujours, pour les femmes minces, une précieuse ressource, tandis que les tailleurs de coupe anglaise, symétrique et presque sèche, atténueront les embonpoints.

Il y a des cous trop longs — pauvres cous de cygne ! — décharnés, mal faits ou simplement ridés que le haut col sauve du ridicule ou du dédain, tandis que certains décolletés discrets permettront aux coquettes de laisser pressentir tout l'éclat et la rondeur d'une jolie gorge.

Et quel miracle n'opère-t-on pas chaque jour, grâce au choix judicieux des nuances !

Après cela, comment s'étonner que la femme consacre tant d'application à la composition de sa garde-robe ?

POUR QUE LA TOILETTE S'HARMONISE AVEC LA PERSONNE Les quelques observations qui précèdent vous permettront déjà de voir par où la toilette peut le plus naturellement vous seconder dans vos efforts journaliers vers la réalisation de votre idéal de beauté.

Vous devez tenir compte, avant tout, de trois éléments : 1° la taille ; 2° l'embonpoint ; 3° la nuance.

Les éléments se rapportent strictement à la personne même. C'est-à-dire qu'avec un peu de réflexion vous parviendrez vite à reconnaître, d'un seul coup d'œil, celles qui s'habillent bien ou celles qui manquent de goût.

Un chapeau rose ou vert sur la tête de certaines brunes, un rayé horizontal sur une femme courte, un ruché de dentelles sur une poitrine opulente vous indiqueront sur-le-champ à qui vous avez affaire.

Quand vous choisirez une toilette, commencez donc par vous informer s'il y a harmonie sur ces trois points entre votre personne et le modèle.

De plus, vous aurez soin de choisir des toilettes qui soient, pour ainsi dire, en harmonie avec l'usage auquel vous les destinez, d'une façon plus générale, avec votre condition.

On ne s'habille pas pour les courses matinales comme pour les visites mondaines. Vous ne porterez pas un costume de sport à la ville, pas plus qu'à la campagne, un chapeau à plumes.

Si vous avez une occupation professionnelle qui vous contraigne à observer de la sévérité dans vos relations avec l'entourage, ne vous affublez pas de toilettes fantaisistes à l'excès, voyantes ou tapageuses qui mette votre aspect en contradiction avec le caractère de votre fonction.

Ne riez pas des gens qui prennent un soin méticuleux à surveiller leur toilette. On ne s'habille pas seulement pour soi, mais surtout pour les autres et, du moment que vous faites effort pour plaire, rendez-vous compte avant tout de ce que le monde attend de vous. Evitez les effets contradictoires. Sachez exactement ce que vous êtes. Pour s'améliorer, il faut, d'abord, se bien connaître.

LA TOILETTE ET LES NUANCES QUI AVANTAGENT Lorsque vous avez la notion bien exacte de ce que vous êtes par la taille, par l'embonpoint ou la sveltesse, par la nuance, il vous est assez facile de vous habiller de façon seyante. Ce n'est plus qu'une question de coup d'œil.

Votre première préoccupation sera, autant que possible, de rester *simple*. La simplicité veut que l'on évite l'ornement inutile, le dessin tourmenté, la forme excentrique et même la couleur criarde.

C'est à propos de la couleur que je vous invite surtout à vous tenir sur vos gardes. Ne vous avisez pas de produire des effets imprévus et nouveaux grâce à des associations de couleurs extraordinaires. Là-dessus, vous devrez vous conformer aux éternels principes que connaissent si bien les bonnes modistes et qui édictent pour chaque nuance de cheveux des nuances de toilettes déterminées.

Les blondes porteront leur choix sur le rouge et le bleu, avec toutes les nuances du rose, de l'azur, des verts et des mauves discrets. Les tons indécis ou gais, entre le noir et le blanc, le mordoré, le marron, leur seront également seyants.

Aux brunes s'imposeront les nuances franches et vigoureuses, sur lesquelles se détachera mieux la franchise même de leur tonalité naturelle. Elles porteront le rouge, le vert, le jaune, et ses nuances les plus éclatantes, l'oranger, le bouton d'or, etc.

Les femmes rousses porteront du noir, du blanc, du marron ou du bleu.

Les personnes aux cheveux blancs sont tenues à une certaine simplicité en rapport avec leur âge. Parmi les nuances les plus favorables, on peut citer les bleus, et entre autres, le bleu pervenche, le mauve violet, le parme et toutes les nuances un peu indécises.

Il ne faut pas faire attention seulement à la nuance des cheveux. Vous tiendrez compte encore de votre teint.

Les personnes au teint frais s'accommoderont, de préférence, des beiges et des gris, qui ne conviendront pas aux femmes pâles ou de teint mat. Le vert, qui pâlit, favorisera, de même les teints colorés, tandis que le rouge donnera du ton.

Retenez encore la propriété des nuances claires qui est de grossir, tandis que le noir et tous les foncés amincissent et donnent de la sveltesse.

Une question importante en matière de toilette est celle de l'harmonie des couleurs. Elle a été traitée admirablement par Chevreul, qui a dressé le tableau des couleurs complémentaires. Mais les auteurs de traités d'esthétique féminine ont le grand tort de s'en tenir à une nomenclature plutôt scientifique avec laquelle se trouvent en contradiction beaucoup de modes actuelles, cependant très heureuses et favorables à la beauté.

Je préfère vous recommander certaines juxtapositions de nuances dont les effets seront toujours excellents.

Pour une blonde : vert clair et rouge ou bien mauve, rose et argent, ou encore rose, mauve et vert d'eau.

Pour une brune : noir et orangé, bleu pâle et or, jaune et rose.

Pour une châtain : gris et bleu, beige et bleu ciel, vert sombre et rouge.

Pour une rousse : marron et bleu azur, marron et blanc.

Pour les blanches : bleu pervenche et parme, blanc et noir.

UNE GARDE-ROBE ÉLÉGANTE ET PRATIQUE Tout le monde a le droit de faire des folies de toilettes. Il suffit, pour cela, que le budget ait une certaine élasticité. Mais ce que je trouve tout à fait fâcheux, ce sont les folies inutiles.

Il ne manque pas de personnes qui, disposant d'un budget respectable, n'arrivent jamais à avoir de toilettes convenables. Elles ne savent pas organiser leur garde-robe.

Dites-vous, une bonne fois, que vous ne devez pas vous encombrer ni prendre la mauvaise habitude de multiplier les *rafistolages*. Une toilette a une carrière déterminée. On peut la faire restaurer, c'est-à-dire l'adapter à une mode nouvelle, mais cette opération ne saurait être renouvelée deux fois de suite. Du reste, lorsqu'une robe, même restaurée, a fait deux saisons, il faut l'abandonner.

Ayez donc toujours une ou deux toilettes neuves par saison : ce qui veut dire une moyenne de quatre robes par an. Vos robes restaurées vous suffiront pour l'intérieur.

Vos deux robes par saison consisteront en un costume tailleur et une robe habillée qui sera, l'hiver, une robe de visite et l'été une robe légère.

Le costume tailleur sera, l'hiver, une robe de velours ou de drap, l'été, une robe de tissu léger, de tussor ou même de toile.

Si vos ressources vous le permettent, vous ajouterez à ces robes, en quelque sorte classiques :

1° Une robe pratique et légère pour le printemps et pour l'automne que vous destinerez aux courses, aux visites sans façon et à la promenade.

2° Une robe de dîner ou de soirée, l'une et l'autre, si vous le pouvez.

Ces toilettes doivent sortir, autant que possible, des mains du bon faiseur. Puisque vos robes de la saison passée joliment restaurées pourront vous suffire comme robes d'intérieur, vous n'aurez plus, pour compléter votre garde-robe, qu'à vous procurer le peignoir ou saut de lit. Il faut, du reste, posséder deux espèces de peignoirs : le peignoir chaud, pour l'hiver et les peignoirs légers pour l'été.

Comme manteau, vous aurez, pour l'hiver, un manteau chaud ou un manteau de fourrure.

Vous ajouterez encore à cette collection le manteau de voyage, dont la torme varie selon la mode, mais dont l'usage sera d'au moins deux années.

Je n'ai pas à parler ici des blouses et des corsages de tissu léger ou de lingerie dont vous vous servirez sous la jaquette du costume tailleur et qui vous permettront, à la belle saison ou en excursion, de vous mettre en taille lorsque la température sera clémente.

Les chapeaux sont plus souvent renouvelés que les robes car ils sont plus fragiles et la mode, qui en règle la forme, est aussi plus éphémère.

Vous n'aurez pas moins de deux chapeaux par saison et, parmi eux, au moins un grand chapeau qui sera le chapeau habillé.

Pour le voyage, ayez une coiffure pratique, légère et peu encombrante.

Pour le sport, comme pour l'automobile, il faut se constituer une petite garde-robe spéciale. C'est la jupe courte, le corsage léger et le soulier souple qui sont l'uniforme des amateurs de sports. Comme coiffure, adoptez en hiver le feutre mou ou le bonnet de laine et, en été, le panama ou le simple paillasson, les uns les autres façonnés et garnis selon la mode.

La vie à la montagne impose des précautions spéciales. Vous vous munirez du chaud manteau de laine tricotée ou de drap épais.

Les automobilistes préféreront pour l'hiver le manteau de grosse fourrure peu fragile et, pour l'été, le cache-poussière, sous lesquels la robe pourra être élégante ou simple selon les endroits et les milieux fréquentés.

Le chapeau d'automobile varie sans cesse. Il n'est jamais très encombrant et plutôt destiné à protéger qu'à parer.

La femme élégante met une sorte de point d'honneur à être finement chaussée. Il faut, en effet, que la chaussure paraisse toujours neuve, sans écorchure et sans talons abîmés.

Selon la forme de votre pied, vous choisirez la chaussure longue, à la française, ou la chaussure courte et large, à l'anglaise ou à l'américaine.

Les bouts rapportés atténueront la longueur de votre pied, tandis qu'ils en accentueront la largeur.

Au contraire, les bouts unis allongeront le pied tout en le rétrécissant.

La chaussure élégante pour la ville est généralement la bottine haute, boutonnée. De temps en temps, le soulier fait son apparition, mais il n'est seyant que pour les personnes au pied petit et à la cheville fine. Autrement, on ne le porte qu'en soirée ou à la maison. C'est alors le soulier dégarni ou décolleté et l'escarpin.

Je n'ai pas besoin de vous rappeler que le soulier vernis n'est pas une chaussure du matin, pas plus que la chaussure mate ou la chaussure de couleur ne conviennent pour les visites.

Ayez toujours au moins deux paires de chaussures fraîches, l'une sérieuse, comme la bottine à boutons, l'autre, de fantaisie, comme le soulier Richelieu.

Le nombre des chaussures varie, du reste, avec le genre de vie de chacune de nous. Tout dépend de l'usage qu'on en fait.

LA LINGERIE DE DESSOUS Il ne faut pas être coquette que pour les autres ; soyez-le également pour vous-même.

La coquetterie du linge de corps est l'une des plus louables chez la femme ; c'est même une caractéristique de sa distinction.

Une femme sérieuse et élégante a toujours un trousseau en bon état et composé d'articles joliment travaillés.

On revient de plus en plus aux travaux manuels dits *travaux ou ouvrages de dames*, qui ne consistent pas seulement dans la confection de petites bagatelles destinées à orner une table, une vitrine ou un abat-jour, mais aussi à créer de jolis effets de lingerie et à associer, en vue de les rendre plus riches et plus élégants, les tissus les plus fins avec la dentelle et la broderie.

Le premier souci de la femme doit être d'avoir une jolie collection de chemises. Il lui en faut au moins vingt-quatre, dont douze, destinées à être portées sous les robes habillées, seront particulièrement élégantes.

J'entends par chemise élégante, la chemise de linon de fil plus ou moins ornée, selon le caprice. Retenez que le bon ton vous invite à porter des chemises sobres, c'est-à-dire sans fanfreluches excentriques, ni amas de rubans.

Le pantalon est généralement assorti à la chemise. Ayez-en également deux douzaines, sans compter les combinaisons de lingerie et aussi les maillots, pratiques pour l'hiver et pour le sport.

Les cache-corset qui sont indispensables pour protéger le corset et pour le dissimuler sous un corsage clair sont assortis, parfois, à la chemise et au pantalon. Cependant on adopte volontiers le cache-corset soutien-gorge, en tissu solide, baleiné ou non.

Les chemises de nuit doivent être très élégantes, de formes variées et toujours de tissu très fin. Comptez au moins dix-huit chemises de nuit.

Quoique les bas ne fassent pas partie de la lingerie à proprement parler, ils sont cependant compris dans le trousseau.

C'est le bas de soie qui est le plus élégant. Le bas de soie noire sera toujours décent et sérieux, malgré certaines tendances passagères de la mode à favoriser les bas de couleur.

Les bas de fil peuvent seuls remplacer élégamment les bas de soie. Il faut compter de dix-huit à vingt-quatre paires de bas.

LES BIJOUX Je vous ai parlé précédemment de la mauvaise habitude qu'ont certaines femmes d'étaler avec affectation leur collection de bijoux. Cette habitude est surtout déplorable lorsque les bijoux sont faux ou d'imitation.

On s'est ingénié, ces temps derniers, à multiplier les pierres fausses et, en particulier, le faux diamant.

Privez-vous plutôt de porter des diamants que de vous affubler de toute la verroterie des chimistes plus ou moins américains.

Si vous pouvez vous offrir le luxe des jolis bijoux, portez de préférence votre choix sur les *solitaires* ou pierres uniques d'un certain volume, mais généralement d'une eau très limpide et d'une tonalité très franche.

Toutefois, les bagues dites *marquises* en forme de losange, d'ovale ou de carré, et garnies de pierres multiples et, généralement, de brillants, ont, depuis des siècles, le privilège de voisiner avec les belles pierres.

Du reste, lorsqu'une pierre est volumineuse, on l'encadre parfois de pierres plus petites et dont la tonalité fait ressortir l'éclat de la principale. Enfin, la juxtaposition de deux jolies pierres de même nature ou de nature différente est toujours bien portée. Deux brillants très purs et de même eau surmonteront une bague ainsi qu'un saphir et un brillant, une émeraude et un brillant, un rubis et un brillant. La turquoise se porte généralement seule ou encadrée de brillants. Il en est de même de l'opale et de toutes les pierres de fantaisie.

La perle convient à toutes les femmes et même aux jeunes filles. On l'associe, dans les parures, avec les brillants et non pas avec les pierres de couleur dont le voisinage ne pourrait que nuire à sa pureté délicate.

Si l'on peut, en toutes circonstances, porter des bagues et des boucles ou boutons d'oreilles, il n'en est pas de même des bracelets, colliers, disques et pendentifs, qui font partie de l'appareil de cérémonie. Nos joailliers en renom qui sont de grands artistes font des modèles admirables de goût et de beauté.

A la rigueur, on laissera paraître sur une robe élégante, pour aller en visite, un pendentif généralement de fantaisie et de dimension restreinte. De même le collier de perles sera de haute élégance.

En soirée, au contraire, et avec la toilette décolletée, vous pouvez sortir tous vos trésors. Les brillants et diadèmes dans les cheveux, les rangs de perles et rivières sur la poitrine, les broches étincelantes, les bracelets incrustés de pierreries : tout cela rehaussera l'éclat de votre teint et l'élégance de votre aspect.

Evitez les bijoux chargés en métal que l'on considère toujours comme bijoux lourds. Pas de gros anneaux d'or ni de breloques d'argent. Si vous portez des bijoux anciens, assurez-vous qu'ils sont d'un art très délicat tels que certains camées, certains médaillons, certaines chaînes fragiles et admirablement ouvragées.

Le sautoir, qui est considéré comme indispensable est lui-même un bijou. Ne le portez pas trop massif. La chaînette d'anneaux fins est toujours élégante. On la coupe souvent de perles.

Quant à la montre, il est de très mauvais goût de la porter ostensiblement. On se contente de l'agrafer au sautoir pour la glisser dans la ceinture. La montre adaptée au bracelet (dont on fait de jolis modèles) est des plus pratiques.

La bourse est devenue elle-même un bijou. On la porte en argent ou en or. Dans ce dernier cas, la monture est souvent incrustée de pierreries ; on va même jusqu'à parsemer de brillants le corps même du sac. La bourse d'or est de très bon ton, mais il ne faut pas exagérer la richesse de sa garniture.

La mode des breloques est une fantaisie qui jure avec la toilette sérieuse. On les permet aux jeunes filles, mais une femme ne portera guère que des breloques en or, qui ne sont autres généralement que le porte-mine, le petit porte-monnaie, la glace, le canif, le tire-bouton, le flacon à sels. Tous ces menus objets sont attachés au sautoir avec la montre.

LES DENTELLES ET LES FOURRURES Les dentelles, les broderies et les fourrures sont devenues aussi précieuses que les bijoux. Elles sont même plus utiles et beaucoup d'élégantes, qui se passent volontiers de ces derniers, sont prises, au contraire, d'un engouement incorrigible pour les premières.

De toutes les dentelles, celles qui s'harmonisent le mieux avec le costume moderne, sont le point de Venise, le point à l'aiguille ou point de Bruxelles, la dentelle de Milan, la dentelle de Chantilly, l'Irlande et le Cluny. Le point d'Angleterre et les dentelles d'Alençon et d'Argentan sont des points de très grande valeur que l'on n'emploie que dans les grandes circonstances.

Pour la lingerie fine, on utilise les dentelles de Valenciennes et de Malines, tandis que la dentelle de Bruges souvent employée aussi dans la confection du linge de corps, donne un aspect moins délicat et peut-être moins riche.

Le linge festonné et brodé est assurément le linge le plus pratique. Il est souvent lui-même très riche car il peut comporter un grand luxe de broderie.

Les dentelles de Venise à relief, le gros Cluny, le filet sont les plus riches dentelles d'ameublement.

Le prix des fourrures croît sans cesse, peut-être un peu parce que le nombre des animaux à pelage précieux diminue, mais surtout parce que la clientèle des amateurs de fourrure s'étend sans cesse.

Les plus riches fourrures sont l'hermine, le chinchilla, la zibeline, le renard argenté, la loutre, l'astrakan et le skungs.

A part le skungs et l'astrakan, qui sont les fourrures pratiques par excellence, tout en fournissant une parure élégante, toutes ces fourrures, et en particulier le chinchilla et la zibeline, sont extrêmement fragiles.

Parmi les fourrures moins coûteuses et considérées comme pratiques pour l'usage journalier, il faut citer le renard bleu, le renard d'Alaska, la martre, la loutre, le castor, le vison et la loutre d'Hudson, le karakul. L'opossum qui était autrefois une fourrure peu recherchée fait, de temps en temps, son apparition ainsi que le petit-gris, la taupe, la marmote, etc.

La fourrure quelle qu'elle soit, mais bien entendu rare et belle, sera toujours une des parures rehaussant le plus le charme, la grâce et la beauté de la femme qu'elle enveloppe de son opulence.

LE ROLE DES FLEURS DANS LA VIE FÉMININE *Jeune fille, jeune fleur !* s'écriait Chateaubriand. La fleur est toujours jeune ; elle est jeune ou n'est pas, et c'est par là, peut-être, qu'elle a pour la femme, une attirance secrète.

C'est pour la femme surtout que les fleurs sont les merveilles de la nature : leur coloris, leur fraîcheur procurent sans cesse à l'œil féminin des leçons et des conseils de beauté. Lorsque la femme veut se parer, c'est aux fleurs qu'elle recourt et, s'inquiétant de leur fragilité, elle s'est ingéniée à réclamer des fleurs artificielles aussi ressemblantes et aussi vraisemblables que possible aux industriels qui font profession de décorer et de parer la beauté. Les fleurs servent donc non seulement à orner notre ambiance, mais nous les admettons aujourd'hui plus que jamais dans notre toilette. Elles font ainsi partie de cet ensemble harmonieux que nous devons imaginer de toutes pièces pour rehausser notre éclat personnel. A la saison, nous savons bien recourir aux fleurs naturelles, mais nous hésitons toujours à les porter sur notre personne, de crainte d'abréger leur existence ou même de tacher les tissus avoisinants.

Vraiment n'est-ce pas un petit crime que de restreindre à quelques instants, pour un caprice équivoque, la carrière d'une rose en bouton ou d'un camélia à peine ouvert? Il semble que le sacrifice ne soit pas en rapport avec l'effet à produire.

C'est pour cette raison que l'on fait aujourd'hui un usage si fréquent et si répandu des fleurs artificielles. On est même parvenu à leur communiquer chimiquement un parfum singulièrement voisin de celui des fleurs naturelles. Ce sont surtout les œillets et les violettes artificielles qui donnent ainsi, grâce à cet artifice, l'illusion totale de la réalité.

Du reste, les fabricants de fleurs artificielles réussissent à exprimer à la perfection toutes les délicatesses et tout l'attrait des fleurs vivantes en se rapportant à des modèles exceptionnels. Les *boutonnières* de dames sont généralement des chefs-d'œuvre et vous savez quelles admirables harmonies de nuances les modistes parisiennes découvrent pour garnir les chapeaux de printemps sans blesser en rien la vraisemblance.

L'ESPRIT ET LA BEAUTÉ
QUI EMBELLISSENT

IL NE SUFFIT PAS D'ÊTRE BELLE : LA BEAUTÉ DU CORPS S'EFFACE ET DISPARAIT La femme ne compte pas que des amis, même parmi les hommes. L'un d'eux, et qui avait beaucoup d'esprit, a dit : « On a remarqué que, de tous les animaux, les chats, les mouches et les femmes sont ceux qui perdent le plus de temps à leur toilette. » Comme beaucoup de boutades, celle-ci a surtout le mérite du pittoresque. Il est entendu que nous passons bien du temps à notre toilette et que, si nous y prenons du plaisir, c'est bien aussi pour en procurer aux autres.

Ce qui nous habitue surtout à être coquettes, c'est de voir l'importance que l'on attache à notre beauté et l'espèce de gloire que l'on accorde à celles d'entre nous qui sont jolies.

La rencontre perpétuelle de l'homme et de la femme dans la société y apporte un charme attrayant et aussi un élément d'émulation pour les deux sexes qui, par le simple miracle de leur contact, s'ingénient à apparaître, aux yeux l'un de l'autre, avec tous leurs avantages, avec tout leur éclat.

Mais si le monde actuel professe, pour la femme, une aussi facile admiration, c'est à nous de ne pas nous laisser égarer ni endormir parmi ces vapeurs d'enthousiasme galant qui flottent dans notre ambiance.

Fatalement, l'homme qui aborde une femme recherche sur-le-champ si elle est belle ou laide, si elle est jeune ou vieille. Si bien élevé qu'il soit, il lui exprime alors son respect avec certaines nuances. Ce n'est qu'ensuite qu'il s'inquiète de ses autres qualités. Il se montre plus attentif à l'esprit d'une jolie femme qu'aux boutades d'une femme d'un certain âge. D'autant plus que la vieillesse doit être indulgente, alors qu'on pardonnera volontiers la malice des jeunes femmes.

Les dons physiques auxquels on attache le plus d'importance chez la femme sont évidemment la régularité des traits et, en même temps, l'expression de la physionomie, celle-là favorisant celle-ci.

L'effort constant des femmes tendra donc à perpétuer la jeunesse de leur corps. Tant que la jeunesse existe, c'est une chance considérable que nous avons de réussir dans la vie, car un visage sans rides, éclairé par un sourire content et étranger aux déceptions, exerce, sur tout son voisinage, une action bienfaisante et réconfortante.

Mais la beauté est éphémère. Chez la femme, le monde recherche aussi les qualités qui rendent l'accueil bienfaisant : ce sont la douceur, la simplicité et la franchise.

A tel point qu'il est bien dangereux pour une femme de n'être que jolie. La femme jolie et méchante est aussitôt antipathique, car on admet difficilement qu'elle paraisse mécontente de la vie pour laquelle la nature lui a concédé des faveurs insignes. Vous gagnerez donc toujours à être bonne et, au besoin, la bonté fera oublier la laideur.

Si vous avez de l'esprit, n'en usez jamais à propos des imperfections physiques de ceux qui vous entourent. La critique féminine est, malheureusement, toujours sous les armes, à cause de cette rivalité pour plaire qui fait partie de notre destinée. En ne critiquant pas, vous vous soustrairez souvent à la critique des autres, car on n'aura pas le droit de vous traiter plus mal que vous ne traitez vos voisins. Votre silence sera toujours mieux interprété que leur malignité. Et il faut que si l'on dit de vous : *Elle n'est pas jolie*, on soit dans l'obligation d'ajouter : *mais elle est très bonne*.

L'ESPRIT ET L'AFFABILITÉ SONT LES SUPRÊMES ÉLÉGANCES Une femme d'un grand esprit, la marquise Majocchi-Plattis, représente, dans l'un de ses plus beaux ouvrages, trois jeunes gens en train de discuter à propos du *charme le plus fort*. Le sujet est éternel, en ce sens qu'il a été traité et sera traité de tout temps.

Le premier des jeunes gens, admirateur de la femme belle, voit l'idéal dans la *Beauté*. Le second voit l'idéal dans l'*Intelligence* et s'exprime ainsi :

« Crois-tu que nous devions la *Divine Comédie* à la beauté de Béatrice plutôt qu'au génie de Dante ? Crois-tu que ce génie ne se serait pas développé sans Béatrice ?... Shakespeare, Victor Hugo, Wagner n'eurent que le secours de leur propre esprit et pourtant ils créèrent des œuvres immortelles. Les grandes passions ne furent pas suscitées par des femmes belles : Éléonore d'Este n'était pas belle, George Sand était plutôt laide et presque toutes les femmes qui encouragèrent les artistes et les inspirèrent, qui les aidèrent à développer leur propre personnalité, à se révéler, ne furent généralement pas belles, mais elles eurent l'intuition, c'est-à-dire une intelligence supérieure..... La femme intelligente, si elle n'est pas belle, saura se créer un type, une beauté originale. Elle découvrira des élégances suprêmes qui lui permettront de faire bonne figure auprès de la beauté. A elle seule, elle sera plusieurs femmes. »

Si vous avez la chance d'être belle, si vous réalisez, dans votre aspect physique, un type voisin de la perfection, réjouissez-vous-en, mais sans qu'il y paraisse. Autrement, soyez sûre que vous susciteriez plus de jalousies que d'admirations.

Soyez modeste, ce sera montrer de l'esprit. A quoi bon faire parade de votre beauté ? Votre entourage aura vite fait de constater qu'elle existe. On vous saura même gré de ne pas souligner votre supériorité physique.

Si vous êtes laide, sachez corriger votre laideur par la délicatesse des sentiments ou le charme de l'humeur. Attachez-vous avec acharnement à cultiver en vous ce que vous constaterez être votre qualité dominante. Le jour où vous aurez réussi à vous signaler par autre chose de plus impressionnant que votre disgrâce physique, on ne songera plus à votre laideur : vous serez sauvée.

Et ce qui vous sauvera surtout : ce sera la *Bonté*, qui se transforme dans les rapports superficiels de la vie sociale, en affabilité. Soyez conciliante, accommodez-vous de la conduite des autres sans vous insurger contre leur façon de faire ou d'être, sans contrarier l'exercice normal de leur liberté.

La bonté implique l'indulgence à tous, l'oubli de la méchanceté et l'absence de jalousie. La plupart des défauts de la sociabilité, le mensonge, la médisance, l'envie, ne sont que des résultats de l'absence de bonté.

Soyons bonnes. Ayons bon caractère. Soyons indulgentes.

Joubert, qui est un de nos maîtres les plus purs, pour tout ce qui touche à la droiture de la conscience, disait très sagement que l'indulgence est une partie de la justice. Avant lui, Sénèque avait proclamé : *Pour être absous, sois indulgent.*

C'est, en effet, notre bonté qui nous fera admettre dans les milieux les plus fermés. Au besoin, elle tiendra lieu de qualités plus éclatantes. Même aux gens de la plus haute intellectualité, la nécessité s'impose de voisiner avec des âmes égales, bienveillantes et conciliantes.

La bonté suppose la modestie, grâce à laquelle on ne prétend pas se mettre en concurrence avec autrui, le surpasser, lui imposer une volonté ou un caprice. Elle est un grand bienfait puisqu'elle permet de ne pas trop souffrir des petites injustices continuelles, à l'abri desquelles personne ne peut se flatter de vivre. Elle est une vertu qui en impose à la malice puisque, sans qu'on puisse la confondre avec le manque de dignité, elle permet de pratiquer, sans ostentation, l'oubli des mauvais traitements et une sorte de charité sociale qui maintient perpétuellement le sourire aux lèvres et la paix dans le cœur.

MIEUX VAUT FAIRE OUBLIER SON AGE QUE TROMPER SUR SON AGE

Il est entendu qu'on ne demande jamais à une femme quel âge elle a. De même, une femme est toujours autorisée à se rajeunir, ce qui prouve à quel point la société professe l'indulgence pour la coquetterie féminine !

Seulement, ici encore, il faut montrer de l'adresse et un souci de la vraisemblance qui peuvent être tenus, dans une certaine mesure, pour une nuance de respect que l'on doit aux autres.

On a l'âge que l'on porte : telle est la règle. On est autorisé à atténuer, dans toute la mesure de la décence et du goût, la marque et la fatigue apparente des années : telle est la tolérance.

21

Mais il ne faut, à aucun prix, se livrer aux manèges ridicules et trompeurs qui consistent à s'affubler d'une jeunesse caricaturale mal appropriée à ce que l'on *peut être* et à ce que l'on *doit paraître*. Il y a ici faute de décence et manque d'égards. En outrageant la vérité, vous outragez aussi le monde que vous ne devez pas juger assez fou pour ne pas savoir attribuer une date de naissance à vos rides plus ou moins mal empâtées.

Ne laissez pas croire aux gens qui vous entourent que vous n'avez pas assez de sérieux dans l'esprit pour pouvoir abdiquer, de propos délibéré. Montrez, au contraire, que vous possédez en vous-même assez de ressources pour trouver encore du bonheur dans cette seconde période de la vie où, si l'on dépense moins de coquetterie, on a plus souvent l'occasion de montrer de la bonté.

La vieillesse invite à l'apaisement.

Du reste, les souvenirs tiennent une grande place dans la vie. Ce sont, pour l'âge du repos, de doux compagnons qui nous rendent singulièrement attrayant le spectacle de cette autre jeunesse, celle qui passe sous nos yeux, que nous devons aider de nos conseils et encourager de notre tendresse.

L'Illustration de ce volume est faite d'après les documents de :

La photographie Reutlinger, 21, boulevard Montmartre, Paris.

La photographie A. Bert, 35, boulevard des Capucines, Paris.

La photographie Talbot, 25, rue Royale, Paris.

La photographie H. Manuel, 27, faubourg Montmartre, Paris.

The International News Service, 200, William Street, New-York.

Vever, joaillier, 14, rue de la Paix, Paris.

« A la gerbe d'or » H. Chapus fils, 86, rue de Rivoli, Paris.

CONSEILS PRATIQUES

POUR ÊTRE BELLE, ÉLÉGANTE, HEUREUSE

Vous connaissez, chères Lectrices, le conseil du docteur, « pour être belles soyez bien portantes ».

Soyez persuadées que si vous suivez les prescriptions de l'hygiène et tant que votre santé sera florissante, la nature se chargera de conserver une perpétuelle jeunesse à votre gracieux visage.

C'est à tort que nos grand'mères répétaient l'antique adage : « il faut souffrir pour être belles » et les hygiénistes modernes se sont chargés de réfuter victorieusement le vieux précepte traditionnel.

Au premier rang d'entre eux, il faut citer le nom du maître corsetier parisien, M. A. CLAVERIE, qui aura peut-être fait l'œuvre la plus utile et en tous cas la plus appréciée des Dames en faisant subir au corset moderne la transformation radicale que l'on sait.

Cette révolution en son genre, le renommé corsetier-spécialiste l'a accomplie naguère en contribuant à lancer le corset droit, mais surtout en créant de toutes pièces le corset « anatomique » par excellence, toujours établi sur mesure selon les dernières données de la Science.

C'est qu'en effet, les Corsets de A. CLAVERIE ne se contentent pas de transformer admirablement la ligne féminine en communiquant à la toilette un cachet de la plus haute élégance, ils visent en même temps à laisser entièrement libres les fonctions de la digestion et de la respiration ainsi que les mouvements et les gestes.

En somme, ils s'adaptent fort heureusement aux exigences mêmes de la vie moderne élégante certes, mais saine, libre, active. Et c'est là qu'il faut chercher la raison de leur vogue aujourd'hui mondiale.

Les toutes dernières créations de corsets de toilette que le maître corsetier lance à chaque saison et qui sont taillés dans de merveilleux tissus exclusifs de coutil broché, de fine batiste, de damas, de satin, de tricot, de nouveaux tissus peau de Suède, peau de gant, etc., sont de véritables chefs-d'œuvre de l'art le plus exquis et le plus parisien.

Mais elles ne laissent pas oublier les avantages incomparables de ses corsets médicaux, de ses ceintures et corselets-maillots et de toute la série absolument unique en son genre de modèles spéciaux que le corps médical recommande à toutes les Dames délicates de l'estomac, atteintes d'obésité ou souffrant d'affections abdominales.

Les salons de A. CLAVERIE, 234, Faubourg Saint-Martin, à l'angle de la rue Lafayette, sont du reste bien connus de toutes les véritables élégantes.

L'« Album des corsets n° 7 » sera envoyé franco sur demande aux aimables Lectrices de « POUR ÊTRE BELLE » ainsi que la « Plaquette spéciale » des corselets-maillots et ceintures-maillots en tissu élastique ajouré.

UN DES CLOUS DE L'EXPOSITION DE BRUXELLES

Nous devons à la bonne grâce de MM. Mercier frères de pouvoir reproduire le somptueux bureau qui fut le clou des classes de l'ameublement et de la décoration à l'Exposition de Bruxelles. Le Roi des Belges fut, on le sait, émerveillé de ce magnifique ensemble de style assyrien, que nos grands décorateurs, poussés par leur habituel souci d'art voulurent exécuter, d'après les travaux de M. Dieulefoy, scrupuleusement.

Le Roi Léopold II témoigna hautement sa satisfaction à M. Henri Mercier à qui, en sa qualité de Président des classes de l'ameublement et de la décoration, revenait l'honneur de guider le Roi dans les diverses sections de l'Exposition. Peu après, le Roi de Bulgarie, à son tour, exprimait son admiration pour ce chef-d'œuvre qui réunit le double mérite de constituer une création originale et neuve tout en étant pleine des bonnes traditions qui font la gloire de l'ameublement des grandes époques.

LA PARURE IDÉALE DE LA FEMME

Si nous remontons aux époques les plus éloignées, toujours nous retrouverons que la coquetterie a été le péché mignon de toutes les femmes.

La nature sait bien ce qu'elle fait et sans conteste la beauté chez la femme est une de ses plus belles créations. La femme belle a le droit d'être coquette et celle moins favorisée a le devoir de l'être, car ici-bas son rôle est de plaire et de rechercher tous les moyens honnêtes pour captiver et garder l'élu de son cœur. Les toilettes, les parfums, les fards, etc., sont autant de « secours » qui existent pour nous donner la main. Mais il est un « ami » si étroitement lié avec nous qui rehausse entre tous notre beauté, tout en conservant la sienne..... c'est la *perle*.

Hélas, je vois le rouge que ce nom fait monter à vos joues. Une seule pensée se forme immédiatement en votre esprit : « cela coûte si cher ! »

Eh bien tranquillisez-vous ! ce que vos moyens ne vous permettent pas de demander à la nature, la société est là pour vous le donner. Le point essentiel est pourtant de frapper à la bonne porte et ce travail — moi je l'ai fait, à vous d'en profiter.

Dans la rue la plus élégante de Paris, où se trouvent réunies les plus grosses richesses, dans la rue de la Paix, au nᵒ 18 se tient le coquet magasin TERISA. Là se tassent groupées, enfouies toute une carrière de merveilles montées sur or, platine, avec de vrais diamants.

La base fondamentale de TERISA, c'est la *perle*, mais je vous le dis en toute lettre : c'est de l'imitation. Je ne veux pas vous induire en erreur, non, je ne chercherai pas « de vains mots » voulant signifier « imitation » pour détourner votre esprit ! Non, la perle TERISA est synonyme de perle imitation. Mais aujourd'hui dites-moi tout n'est-il pas artifice, les brunes par des teintures spéciales ne deviennent-elles pas l'imitation des blondes, les fourrures de Russie ne trouvent-elles pas leur imitation dans nos gentils lapins, le rouge aux lèvres, le noir aux yeux, etc., et tant d'autres exemples sont là pour nous prouver que l'imitation est la reine du siècle.

De tous les différents genres de perles imitation que j'ai vus, pas UNE ne peut égaler celle de TERISA. Semblable en tous points à sa sœur aînée, la perle des profondeurs des ondes, la perle TERISA est belle, belle !

Blanches, azurées, jaunes d'or, noires, bleuâtres, roses, lilas ou grises, ses perles sont de pures merveilles. Le collier avec fermoir or à 150 francs réalisé par TERISA est une superbe chute, qui ailleurs, bien moins jolie est vendue 4 à 500 francs.

Je ne parlerai pas des pendentifs, des bagues, je veux m'en borner là.

Je termine en disant à toutes, toutes, de demander le superbe catalogue de TERISA et de devenir ses clientes, c'est le moyen infaillible pour être aimées, POUR ÊTRE BELLES.

G. DE LA CLEFF DE POGGI.

LES PARFUMS Un froufrou léger... un parfum qui enveloppe...
et c'est une jolie femme qui vient de passer...
Ah! qui dira la puissance de séduction d'un parfum! qui saura tra-
duire les pensées multiples qu'il éveille par ses subtiles effluves!
Aucune élégante ne l'ignore, et c'est pourquoi elle ne se considére-
rait jamais complètement séduisante sans être parfumée.

Mais il y a, ne l'oubliez pas mes chères lectrices, un abîme entre les
divers produits chimiques vendus dans le commerce sous le nom falla-
cieux de « parfums » et les essences rares, distillées avec soin, sélec-
tionnées avec art, que peut vous offrir une marque aussi ancienne et
aussi réputée que la Parfumerie E. Coudray.

Ses parfums pour le mouchoir sont adoptés par toutes nos élégantes,
sur la caractéristique de ces essences aux effluves grisants c'est « leur
distinction ». La Parfumerie E. Coudray s'est toujours refusée à fabriquer ces parfums équivoques, violents, indice du mauvais ton, ses
créations « Pour Elle », « Duchesse d'Enghien », « Adiantis », « Exor »,
sont incomparables. Si ces parfums ont charmé la clientèle aristocra-
tique de la Parfumerie E. Coudray, ses célèbres Talismans de Beauté
ont contribué aussi au succès de cette marque séculaire.

Signalons son produit de beauté « Rosée Sovrana » qui est un produit liquide, absolument limpide, obtenu exclusivement par la distillation de plantes fraîches ayant une action remarquablement bienfaisante sur l'épiderme. La Rosée Sovrana n'a aucun des inconvénients
des crèmes, qu'elle détrône toutes, elle dissipe les rides, assouplit
l'épiderme et assure au teint cette fraîcheur délicate si enviée aux jeunes
filles. Le prix du grand flacon est de 3 francs (port o fr. 50).

Nous devons signaler le très grand succès de la poudre « Secret de
Beauté » de E. Coudray ; jamais on n'avait atteint une telle perfection
dans la composition d'une poudre pour le visage ; son action sur l'épiderme est remarquable et, comme son nom l'indique, elle est le vrai
Secret de Beauté.

Nous engageons d'ailleurs toutes nos Lectrices à demander à la
Parfumerie E. COUDRAY, 13, rue d'Enghien, Paris, sa très intéressante
brochure « L'Art d'être Jolie » ; elle leur sera adressée gracieusement
sur simple demande.

Avouez simplement, Madame, à vos amies, que vous n'avez rien trouvé de comparable, pour la beauté de vos mains, à la **Pâte Agnel** qui vous est maintenant devenue indispensable comme à toutes les Parisiennes.

POUR ÊTRE BELLE !

L'épiderme est un tissu tellement délicat, tellement fragile, qu'il importe d'être très circonspect dans le choix des produits destinés à lui garder sa fraîcheur.

Ce problème de l'hygiène de la peau, si ardu, est cependant résolu grâce aux produits Gorlier. L'Eau GORLIER, qui est assurément la plus hygiénique pour la toilette, parfume et adoucit la peau, lui donne une fraîcheur et un velouté naturel, et fait disparaître, hâle, gerçures, et toutes irritations.

La poudre de riz GORLIER, au parfum délicat et discret, est appréciée entre toutes, pour ses propriétés vraiment hygiéniques.

Le savon lénitif à l'Eau GORLIER jouit des mêmes propriétés que l'Eau GORLIER et en est le complément indispensable. Il donne à la peau un surcroît de fraîcheur et se recommande par la finesse exquise de sa pâte ainsi que par son parfum suave et persistant.

Les produits GORLIER, dont les qualités sont unanimement reconnues, ont obtenu à l'Exposition internationale de Turin, en 1911, la plus haute récompense : LA MÉDAILLE D'OR.

Les produits Gorlier se soumettent du reste, volontiers, à toute épreuve, à tout essai. Une boîte contenant un échantillon de chacun de ces produits est envoyée contre 0 fr. 40 en timbres-poste, adressés au laboratoire GORLIER, 2 et 4, place des Vosges, Paris (IVe arrondissement).

LES PIERROT GOURMAND

Les *Pierrot gourmand* doivent leur incomparable succès à la qualité des produits qui entrent dans leur fabrication ; ceci explique aussi qu'ils ont été imités sans jamais pouvoir être égalés. Aussi les *Pierrot gourmand* sont-ils tout spécialement appréciés dans les familles. Qu'il s'agisse des *Pâtes de fruits*, des *Côtes d'azur*, des *Caramels au lait*, on est sûr d'absorber les fruits les plus choisis, du sucre pur et de la crème de lait. Ces exquises spécialités jouissent de la meilleure vogue et on en voit partout aux thés, aux desserts. Il est devenu de mode d'en envoyer aux anniversaires et il n'y a pas une maîtresse de maison digne de ce nom qui n'ait, toujours prête, pour la joie de ses invités, sa réserve des délicieux *Pierrot gourmand*.

L'HYGIÈNE DE LA BEAUTÉ. Toutes dames désireuses de conserver leur jeunesse doivent s'adresser à Mlle Estelle qui détient le merveilleux secret d'un procédé unique au monde pour améliorer, corriger et régénérer l'épiderme du visage en effaçant les plis les plus anciens, et en redonnant aux muscles leur souplesse primitive, à la peau sa juvénile fraîcheur.

Rénover complètement le visage le plus las, en lui rendant une expression de jeunesse, faire disparaître toutes impuretés, boutons et rougeurs, c'est ce qu'obtient Mlle Estelle par des soins intelligents et savants, et non pas en dissimulant les marques désespérantes du temps par de fâcheux artifices ou des maquillages complaisants.

Ce résultat est acquis graduellement par la savante application de produits végétaux toniques, bienfaisants, n'ayant aucun rapport avec la chimie, laquelle entre trop souvent dans la fabrication d'un grand nombre de produits de beauté nuisibles à l'épiderme.

Mlle Estelle, désireuse de donner aux dames éloignées de Paris le moyen sûr de conserver ou d'acquérir la beauté, leur conseille de demander l'envoi d'un guide fait spécialement pour les différents épidermes.

L'épilation est faite 16, rue de la Paix, Paris, dans les salons d'hygiène et de beauté par l'électrolyse ne laissant aucune trace de brûlure.

Mlle Estelle se tient à la disposition de toutes les dames pour leur donner tous conseils à titre gracieux.

Usine à Levallois-Perret. — Succursales des *Salons d'hygiène et de beauté* : Londres, Constantinople, Boston, Varsovie, Saint-Pétersbourg, Vichy, Alger, Munich, Rome, Marseille.

La maison forme des élèves.

PRODUITS DE BEAUTÉ DU DOCTEUR FRUJAN.

Les Produits de Beauté du Dr Frujan, établis par un spécialiste bien connu pour soigner, nourrir et conserver en bon état l'épiderme, ne sont pas des fards et n'ont aucune ressemblance avec les innombrables spécialités que la parfumerie lance annuellement sur le marché.

Notre crème de beauté n° 1, entièrement soluble, antiseptique et tonique, est un véritable aliment pour l'épiderme, indispensable pour retenir la poudre. Notre crème n° 2 nettoie l'épiderme mieux que le meilleur des savons.

Notre lait épidermique, lotion tonique, donne très rapidement à la peau une blancheur, un éclat et une transparence incomparables. Notre poudre, enfin, est d'une finesse et d'une innocuité absolues.

Tous ces produits se trouvent chez MM. Amiot et Cie, parfumeurs-chimistes, 68, rue de Rivoli, Paris (tél. 228-85), au Bon Marché, et dans les grands magasins de Paris.

LA BASE DE L'ESTHÉTIQUE FÉMININE.

La femme ne peut se passer du *corset*. Malheureusement le nom de corset est souvent donné

à des instruments de torture dont la coupe, ou la composition même de l'étoffe utilisée pour leur fabrication, ne sont nullement en rapport avec les formes ou la sensibilité des sujets qui doivent les supporter. Maintenir certaines parties du corps sans les comprimer, tel est le principe qui nous a amenés à créer un corset entièrement élastique, dit l'*Indispensable*, ne possédant que *deux baleines*, ainsi que différents modèles de corselets, soutien-gorges et ceintures de hanches, applicables suivant les cas.

Toute personne se référant de *Femina-Bibliothèque* obtiendra une remise de 5 p. 100. — Lucien Laroche, fabricant, 41, rue des Archives, Paris (IVe). Manufacture de tissus élastiques, ceintures ventrières, bas élastiques. — Tél. 1025-68.